EL MERCADER DE TUDELA

El mercader de Tudela narra el incierto viaje de un hombre que va al encuentro de sí mismo: Benjamín bar Yoná, rabino de Sefarad, entreví en un sueño su verdadero destino y decide abandonar sus estudios de la Torá para convertirse en un mercader errante. En este imprevisto cambio de ruta, el protagonista da rodeos inútiles, se pierde en la sinuosa corriente de ese mar que es el cuerpo de la mujer, cruza túneles sin fondo, cae vertiginosamente, toma atajos para retomar el rumbo que lo conducirá, una y otra vez, a las mismas preguntas: ¿Cuántos soy? ¿Quiénes soy yo? ¿Qué extranjeros son los que me habitan?

El viaje de iniciación, como mapa del conocimiento, como búsqueda de los orígenes y elección de una vida propia es sólo una de las avenidas de esta novela. Detrás del itinerario personal de Benjamín, se oculta otra trama que él se empeña, a veces inútilmente, en desentrañar: se le ha conferido la misión de portar consigo unos manuscritos que se irán escribiendo y corrigiendo por varias manos iniciadas a lo largo del camino. En este punto, la novela abre reflexiones tan antiguas como vigentes: ¿Cuál es el sentido de la escritura? ¿Qué ocultan los espacios en blanco? ¿Qué dice lo que no se dice? ¿El mundo existe para entrar en un libro o es la palabra la que funda y recrea al mundo con su alquimia secreta?

Muñiz-Huberman traza una historia con los hilos finos de una tela morisca. A menudo tocada por la poesía, la prosa de *El mercader de Tudela* se repliega sobre sí misma, se interroga continuamente. Así, Muñiz-Huberman escribe una página más de ese manuscrito ancestral escrito en el tiempo: el de un pueblo nómada, en perpetua mudanza, que ha encontrado en la Palabra y el Libro no sólo la preservación de su memoria, sino la única y verdadera tierra a la que se puede volver siempre.

La realización de esta obra fue posible gracias a una beca
del Sistema Nacional de Creadores de Arte.

ANGELINA MUÑIZ-HUBERMAN

EL MERCADER
DE TUDELA

letras mexicanas

FONDO DE CULTURA ECONÓMICA

Primera edición, 1998

D.R. © 1998, Fondo de Cultura Económica
Carretera Picacho-Ajusco, 227; 14200 México, D. F.

ISBN 968-16-5357-2

Impreso en México

A ALBERTO
A DANIEL, MIJAL Y KATIA

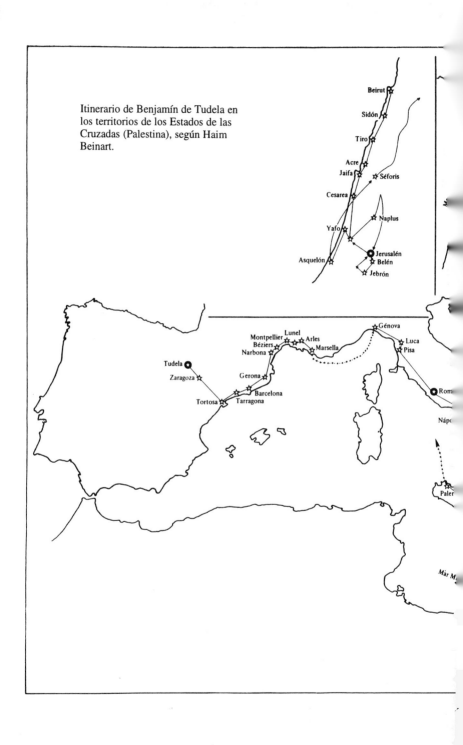

Itinerario de Benjamín de Tudela en los territorios de los Estados de las Cruzadas (Palestina), según Haim Beinart.

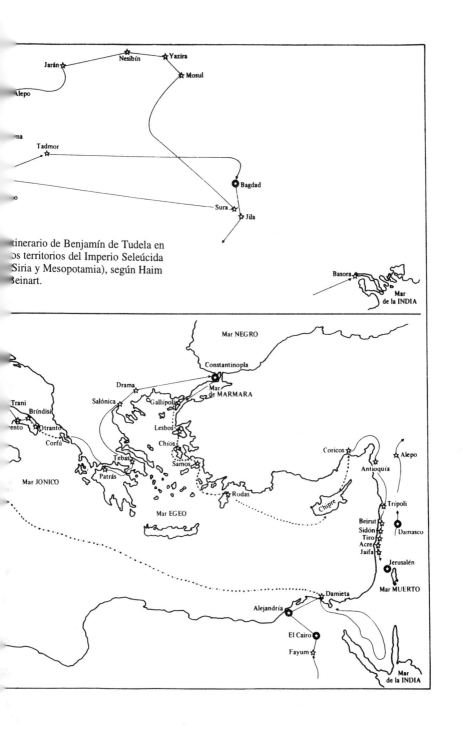

Itinerario de Benjamín de Tudela en los territorios del Imperio Seleúcida (Siria y Mesopotamia), según Haim Beinart.

Las citas del *Libro de viajes* de Benjamín de Tudela han sido elaboradas a partir de dos fuentes:

The Itinerary of Benjamin of Tudela, texto crítico, traducción y comentarios de Marcus Nathan Adler, Philip Feldheim, Nueva York, 1907.

Libro de viajes de Benjamín de Tudela, versión castellana, introducción y notas de José Ramón Magdalena Nom de Déu, Ríopiedras, Barcelona, 1982.

El mapa de los viajes de Benjamín de Tudela procede de esta última edición y fue elaborado por Haim Beinart.

I. EL GRAN ÁLEF EN EL CIELO

¿CÓMO explicarse ante sí y ante los demás que él, Benjamín bar Yoná, abandonaría sus estudios de la Torá y de la Halajá por embarcarse en una aventura como la que iba a empezar?

¿Cómo decirle a sus queridos maestros y a su padre que dejaba de ser rabino por convertirse en mercader?

¿Quién creería que se le había aparecido en sueños el Ángel de la Verdad para iluminar su camino y decirle que cambiase su vida y fuese mercader de telas y piedras preciosas y que hiciera un largo viaje hasta que, en los confines del mundo, encontrara lo que debería encontrar?

Benjamín bar Yoná no pudo contestarse las preguntas, pero tampoco se preocupó por no poder contestárselas. De sus estudios había aprendido que lo más importante quedaba siempre en una interrogación. Que lo más difícil no se descifraba. Y que el conocimiento era inagotable. El mundo era materia fluida de interpretación. Por lo que era más ducho en hacer preguntas que en contestarlas.

Benjamín bar Yoná lo había decidido. El llamado del Ángel no podía ser relegado. Emprendería el viaje acompañado de rica mercadería. Él mismo labraría con esmero algunas joyas de trazo envolvente como había aprendido de los antiguos orfebres. Encargaría en un telar de moriscos que le hilaran telas de oro y plata, brocados de complicado dibujo en todos los tonos del arco iris, alfombras de lana de un solo nudo de motivos angulosos en forma de gancho, ordenados en filas. Acudiría con los pulidores de gemas para que le pulieran aristas y facetas que reflejaran como nunca antes el espectro de la luz. A los iluminadores de manuscritos les pediría que le preparasen libros con las más bellas ilustraciones que pudieran imaginar. A los perfumeros les encargaría esencias nuevas, aceites. pasta de kohol y ungüentos prodigiosos. A los vidrieros, copas, jarras, orzas, ataifores, zafas. En botes especiales que llevaran el llamado cordón de la eternidad y en cajas prismáticas, colocaría las más finas especias y hierbas escogidas de la montaña, para fines medicinales. En arquetas de madera recubierta de placas de marfil con motivos florales, guardaría las piedras preciosas. Iría con los mejores herreros y talabarteros del reino para encargarles dagas y puñales de acero, plata dorada, esmalte y marfil; vainas de madera forrada de cuero labrado; tahalíes de seda y plata. Mandaría construir sólidos arcones de madera de nogal finamente tallada para guardar en ellos su preciada mercadería. Buscaría mulas jóvenes y fuertes para la carga, así como un par de caballos de raza árabe para montarlos él. Hablaría con un buen arriero conocedor de caminos, dueño de un carromato en el mejor estado para trasportar sus pertenencias.

Pasaría tal vez un año en estos menesteres. Estudiaría las rutas y se trazaría un mapa detallado. Viajaría de comunidad en comunidad y en cada una obtendría datos para continuar a la siguiente.

La primera tarea de Benjamín bar Yoná era recordar el sueño en el que se le había aparecido el Ángel de la Verdad, *Malaj ha-emet*. Recordarlo y hasta anotarlo, porque éste no era el primer sueño profético de Benjamín bar Yoná y los sueños son materia etérea y volátil.

Los sueños van y vienen: son libres y se escapan de la memoria. Con frecuencia no se vuelven a recordar, salvo por pequeños avisos en relación con algún acto nimio o intrascendente. Esto lo sabía Benjamín. Benjamín que repasaba una y otra vez la historia de José y los sueños en su prisión de Egipto.

De aquel acto nimio o intrascendente, de aquel movimiento cotidiano, Benjamín sabía poner a prueba su memoria y se esforzaba por recordar, detalle por detalle, las imágenes de su sueño. Si nada más recordaba una sensación: "Sé que mi sueño era de pesadumbre porque al mover la mano me siento entristecer. Y como mover la mano no es signo de tristeza, debe de ser porque en el sueño la mano se relacionaba con algún hecho triste: quizá con un rechazo que provocó dolor en otra persona que aparecía en el sueño y que tampoco recuerdo. Así, despierto, sólo revivo la sensación de pesadumbre cuando muevo la mano. Y mi pesadumbre se duplica al no poder conocer su verdadero origen". Si nada más recordaba esa sensación, su día era triste y solitario. Pero si la sensación era de otra índole, como alegría o euforia, aunque tampoco pudiera recordar los sucesos exactos, su día trascurría en paz y en actividad, contento consigo mismo y en una espera gozosa.

El sueño del Ángel de la Verdad, *Malaj ha-emet*, no era de esos sueños olvidados, sino de los que se recuerdan después con la mayor claridad y con las precisiones más reveladoras.

Lo que Benjamín bar Yoná anotó en su *Libro de sueños* fue así:

Yo estaba en el medio de una pradera de vegetación apenas brotante. La luz del sol era clarísima. A lo lejos, unas montañas de tinte gris pálido se desdibujaban y era un paisaje que nunca había visto. Alguno que otro árbol de hojas plateadas daba escasa sombra. Sabía que iba a ocurrir algo y lo esperaba. La luz fue aumentando y el paisaje y las montañas se disiparon. En el centro de la luz se formó un círculo flotante de luz dorada más intensa aún. Ahí apareció una figura indescriptible, de suma belleza y de tranquilidad irradiada. No podría decir que se trataba de una figura humana ni angélica, ni siquiera abstracta o geométrica. Era como la combinación de las cuatro en una. O, tal vez, se conformaba de ondulaciones delicadas que pasaban de lo humano a lo angélico, a lo abstracto, a lo geométrico. Aunque la figura se movía suavemente, también me parece recordar que aparecía detenida, como pintada en una tabla de plata y oro. Si la figura pudiera tener algún rostro, ese rostro me sonreiría, y si tuviera alguna boca, de ahí saldrían las palabras que escuché:

Tomarás tus pertenencias y partirás rumbo a los lugares que tú te traces, siempre y cuando no pierdas el hilo de conducción, la mano amiga, el techo sagrado.

Llevarás El Libro junto a tu corazón.

Lo abrirás en la página precisa.

La página que nunca vuela.

Para que la dejes volar.

La página en blanco.

Para que la escribas como debió de estar escrita.

13

Recuerda que has sido elegido para que, una vez más, no se olvide el carácter sagrado de la letra.

Esa letra que tú debes mantener en fuego negro sobre fuego blanco.

Recuerda que has sido elegido para que, una vez más, tu pueblo, extraño entre los pueblos, no sea extinguido y no sea olvidado.

Recuerda que te perderás por los caminos y que el regreso será doloroso.

Recuerda que has sido elegido, una vez más, para que una vida salve a muchas vidas.

Luego, se hizo el silencio. Un silencio de melodía que estaba lleno de música de las esferas. Inaudible. La luz se intensificó y la prodigiosa imagen indefinible del Ángel de la Verdad, *Malaj ha-emet*, envolvía el resto del paisaje como si nunca hubieran existido la arena y los árboles de hojas de plata. Todo se difuminó lentamente. Si no hubiera despertado en seguida (dentro del sueño) y no hubiera escrito de inmediato el sueño y el mensaje completo (en el sueño mismo), poco después lo habría olvidado. Pero, en ese mismo instante, lo supe. El sueño tenía que ser recordado y el sueño me obligaba a cambiar mi vida. Para ello había escrito el sueño dentro del sueño.

De este modo, Benjamín de Tudela pudo recordar el sueño que había escrito en el sueño y luego reescribirlo en su *Libro de sueños*. Cumplida esta tarea sólo le quedaba, mientras iba reuniendo su mercadería, hablar con su padre y con sus maestros, y decirles el cambio en su vida.

—Sí, lo comprendo. Yo también soñé con salir de viaje y con las palabras del Ángel que me llamaban. Pero no me atreví. No supe si eran ciertas. Estabas por nacer y no me hubiera perdonado abandonar a tu madre. Prefería el calor de la casa, la chimenea, la buena sopa, el abrigo en invierno, las páginas y páginas por estudiar. Olvidé el sueño cuando lanzaste tu primer grito de recién nacido. Y nunca más lo recordé, hasta este momento en que tú me hablas del mismo sueño.

Aún duda Benjamín bar Yoná. Si la vida es tranquila en Tudela, su pequeña ciudad de Navarra, si los paseos por los jardines y los viñedos de la Mosquera son deleitosos, ¿quién le dice que parta a lo desconocido?, a otras tierras y otros mares, otras lenguas y otras caras: peligros, guerras, traiciones, enfermedades.

El afán de aventura y la curiosidad por el mandato del Ángel de la Verdad de nuevo le afirman en su primer impulso. Sí viajará. Sí dedicará el resto de su vida al peregrinaje. Ya bulle en él la inquietud de quien no puede vivir mucho tiempo en un mismo lugar. De quien necesita nueva cama y nuevas sábanas. Sillas de nuevo cuero y ancho respaldo. Otros paisajes por la ventana. Y algo, algo que desea mucho. Que no sabe bien qué es, pero que desea intensamente, con palpitar de corazón, con nostalgia no explicada. Algo que ha buscado y que aún no encuentra.

Salir de viaje es también una forma del conocimiento. Podrá oír las enseñanzas de los rabinos esclarecidos y discutir con ellos será provechoso. El pensamiento de Maimónides se repite de boca en boca. Quien posee una copia de uno de sus manuscritos se sabe dueño de un tesoro y lo deja leer, magnánimo, a quien no lo posee. Hay también quienes, de manera secreta, crean sus propias interpretaciones de las lecturas sagradas y llaman a estas nuevas lecturas la Tradición, la Recepción de las Letras o la Cábala. Uno de estos iniciados lleva por nombre Abraham ben Isaac y de él escuchará sabias palabras y profecías nunca antes dichas.

De quien no sabe cómo despedirse es de la bordadora, oculta tras de un velo, que le prepara encajes y telas de hilo de oro. Alucena, la hija de los tejedores moriscos con quienes ha hecho trato para su mercadería, posee el color de la esmeralda con rayos de sol en lo único que deja ver de su rostro: los ojos.

Esos ojos acompañan ahora a Benjamín bar Yoná y se le aparecen en claridades, en sombras, en el marco de la puerta, en las vigas del techo, en la página que va a leer el viernes en la noche, en las filacterias dobladas cuidadosamente. Ojos desprendidos con sólo su movimiento y los matices cambiantes de color. Ojos que hablan, que oyen. Ojos que son la letra *ayin: ayin*-ojo: ojo-letra. Ojos para llevarse consigo. Si pudiera llevárselos en su viaje serían ojos-brújula.

—¿De dónde vienen esos ojos? —le pregunta a Alucena, y ella sonríe con los ojos.

—Bórdame esos ojos en las ricas telas que voy a llevarme, ya que no puedo llevarte a ti.

—¿Y por qué no puedes llevarme a mí? —ha dicho Alucena.

Benjamín ha intentado reprimir un gesto de sorpresa y se ha quedado callado. Durante días ha pensado en las palabras de Alucena. ¿Qué habría querido decir? ¿Que era él quien no podía llevarla o que era ella la que no podía irse con él? ¿O que eran los demás los que no los dejarían irse juntos? Pero lo que había que pensar primero era si se irían juntos. Él había hablado por hablar, pero la pregunta de ella era en serio. ¿Podría elaborarse una realidad a partir de una pregunta simple? ¿De algo inesperado? ¿Por qué una negación le había sido devuelta como una pregunta? Él había dado por seguro que no podía llevársela. Ella le había instilado la duda.

Poder ver los ojos de Alucena todos los días: eso significaría llevársela. Pero, ¿cómo se la llevaría? Imposible. Ni en sueños, ni al despertar en el amanecer, ni luego de beber el vino santificado, ni bajo el efecto de la fiebre podía imaginar de qué manera llevársela.

Proseguía con sus preparativos Benjamín bar Yoná y apartaba de sí la imagen de Alucena: los ojos de Alucena. Sólo iría a su casa a recoger las ricas telas bordadas cuando estuviesen listas. Mientras, se concentraba en la lectura del Libro Único: del Libro que encerraba la sabiduría total pero que él aún no sabía cómo liberar.

Le habían traído a Benjamín bar Yoná dos hermosos caballos árabes: uno blanco y otro negro, como él los había pedido. Cada día se acercaba a ellos, los acariciaba, les daba de comer de su mano una manzana. Luego, los montaba por turnos, cruzaba las puertas de la ciudad y galopaba a campo traviesa. Les puso nombre: Álef el blanco, Bet el negro.

Poco a poco acopiaba su mercancía. Poco a poco su padre y sus maestros aceptaban la idea de su partida. El Ángel no se le había vuelto a aparecer en sueños y Benjamín lo interpretaba como buen signo, como aprobación de que cumplía con sus palabras.

Llegó el momento de la partida. Reunió a sus compañeros de

viaje y habló largo rato con ellos para ponerse de acuerdo en la ruta primera. El arriero le pidió permiso para llevar consigo a un joven aprendiz que se conformaba con que se le diera de comer.

El último sábado, en la sinagoga, Benjamín recibió la bendición de los ancianos. Se le pidió que leyera el versículo 18:18 del Libro del Éxodo: "Desfallecerás del todo, tú, y también este pueblo que está contigo; porque el negocio es demasiado pesado para ti; no podrás hacerlo tú solo".

Y se le encomendó a Dios.

Al salir de la sinagoga, Benjamín bar Yoná elevó la vista al cielo: un gran *Álef* se dibujaba entre el brillo de las estrellas: supo que el Ángel de la Verdad había firmado su pacto.

II. HACIA TIERRAS DE CATALUÑA

EL ARRIERO decidió escoger el camino más directo y fácil. De Tudela partirían a Zaragoza. Descenderían por el curso del río Ebro hasta Tortosa y de allí emplearían dos jornadas para llegar a la antigua ciudad de Tarragona.

En Tarragona, Benjamín se apartó de su comitiva para estar a solas frente al mar. El mar era un misterio para él. Un misterio que le era cercano. Algo que no podía explicarse pero que entendía. Más que entender era un sentirse iluminado. El oleaje era para él un movimiento interno de la grandeza de Dios. El oleaje se debatía en su mente y en su corazón. Ese no poder ver más allá de la línea del horizonte era como la fuerza del conocimiento, donde lo más importante aún no se alcanza. Tras del horizonte marino Benjamín bar Yoná colocaba su imaginación y su voluntad.

En la playa, lo que ansiaba era despojarse de toda atadura corporal: desnudar su cuerpo y meterse entre las olas y la espuma. Flotar y dejarse llevar sin freno de la razón adonde las aguas quisieran. Sabía que era un peligro: pero si había abandonado su vida holgada y los campos ceñidos era por entregarse a la fuerza de los hechos sin medida, de la historia que se escribe, de la vida y la muerte que no pueden detenerse. Acaso, el sentido de su viaje sería el abandono de su cuerpo y su mente a las corrientes ocultas que unen, en un punto indefinible, la invisible sutura entre el hombre y su Creador. Las palabras del Ángel podrían llevarle a encontrar —en su peregrinaje—, en algún recodo, en algún alto en el camino, en alguna pequeña hierba, el lugar del desprendimiento y el lugar de la reunión.

Benjamín, frente al mar tarraconense, se despoja, una por una, de sus prendas. Ofrece su cuerpo de mármol griego al oleaje que lo invade. Siente el deseo de dejarse arrastrar hacia lo profundo: hacia ese otro conocimiento que sería el de un reino vedado. Mueve instintivamente los brazos y las piernas, y avanza entre el líquido inasible. Siente el poderío: el cuerpo sabio y el cuerpo deleitoso que estremece y tensa su miembro viril. Es un gozo como podría ser el gozo del tibio líquido antes de nacer. Es un círculo que cierra la naturaleza y que abre la sabiduría. Las palabras del conocimiento se le desbordan en el agua marina y se confunden en un solo fluir los líquidos fecundantes. Ahora, sólo ansiaría el reposo.

Benjamín retorna a la orilla de la playa y se tiende al sol. Un leve estremecimiento en la arena le hace entreabrir los ojos y ver, a lo lejos, la figura del joven aprendiz tratando de escapar de su vista. Como si no quisiera ser notado. Como si fuera pudoroso.

Ya seco su cuerpo, Benjamín reúne sus prendas y se viste. Aún se sienta un rato más a seguir contemplando el mar incesante.

Esa noche, duerme sin sueños. O sin recordarlos. Nada escribe en su libro.

Dos jornadas más les toma a Benjamín y a su grupo llegar hasta Barcelona. Allí, siendo bien recibido por la santa comunidad de hombres sabios y serenos, se queda una temporada. Éste va a ser el lugar de su aprendizaje acerca de las artes de la mercadería.

Benjamín sigue teniendo el mar frente a sí. Ahora, el intenso movimiento portuario le lleva a aprender mucho de las embarcaciones y a reconocer de dónde vienen. Si de Grecia, de Pisa, de Alejandría, o de las tierras de Israel o de las costas norafricanas.

La pequeña y bien cuidada Barcelona le parece una de las más bellas ciudades que ha conocido. Se interna por las callejuelas y nunca deja de sorprenderse al desembocar en el mar. Aprende a distinguir el olor salino según la distancia que lo separa del agua.

Ha sido invitado a casa de grandes príncipes, como el rabino Shéshet, el rabino Shealtiel y el rabino Salomón. Pero con quien ha hecho más amistad es con Abraham ben Jasday. Se aloja en su espaciosa casa y conversan desde el amanecer hasta la puesta del sol. Abraham ben Jasday tiene amigos y parientes en la región provenzal y le proporciona sus nombres para que los visite y le ayuden en sus quehaceres. Abraham ben Jasday le da buenos consejos a Benjamín: le dice qué mercancías puede vender cuando lleguen los barcos de Oriente y cuáles comprar para su viaje por tierras de albigenses. Sobre todo, las especias y las sedas de la China es algo que siempre se demanda. Las tallas de marfil y el polvo de cuerno de rinoceronte son para los caballeros de gusto refinado y de necesidad de afrodisiacos. Le recomienda que, en Narbona, logre conocer a algún alquimista —aunque suelen vivir en clandestinidad—, para que le enseñe algo de su oficio o, por lo menos, de las piedras, de los metales y de los elementos que utiliza en sus artes mágicas. Si alcanza la confianza de alguno de ellos será una puerta abierta para seguir encontrándolos de ciudad en ciudad y trocar la mercadería que ellos utilizan. Pero, le advierte, si entra en ese comercio deberá guardarlo en secreto, pues los alquimistas si bien a veces son protegidos de los grandes señores, otras son perseguidos, sobre todo, por los prelados y sacerdotes de la Iglesia. El oficio de mercader no es tan simple como la gente cree, continúa advirtiéndole Abraham a Benjamín, y los riesgos son numerosos si se quiere avanzar en el arte. Podrá verse envuelto en algún trato de diplomacia o de espionaje y, en ese caso, deberá saber qué responder, a quién servir y por qué.

Benjamín no le dice que él no está seguro de que avanzar en ese arte sea el verdadero propósito de su viaje, pero como todo aprendizaje le es querido, acepta las enseñanzas y guarda en la memoria, como le enseñó su padre desde niño, los datos más importantes. Más que nada, le parece que la gran aventura que le espera no puede ni siquiera imaginarla, porque será algo totalmente nuevo.

Cuando Benjamín se levanta al amanecer para el primer rezo, el *shajarit*, y se dirige al *cal*, siente el frescor penetrando los poros de su piel y una inmensa alegría que no tiene explicación. Y él, que se obsesiona por hallar explicaciones, aquello que carece de una más le absorbe. ¿Qué será una alegría sin explicación? Tal vez, la felicidad, porque esos pasos por el camino empedrado hacia el *cal* con el viento rozando su frente son lo que él podría calificar de una belleza pura. Donde ningún pensamiento le invade y deja que su cuerpo se dirija suavemente hacia el lugar ya conocido. Donde nada le distrae y su única actividad es recibir la vida que se despierta:

el olor del pan en el horno, las campanillas de las cabras, el trote de las mulas. ¿Cómo quedarse eternamente en una sensación así?

Durante otros paseos por las calles barcelonesas siente una presencia que lo siguiera. Primero no piensa en hacerle caso. Son tantas las nuevas sensaciones que desecha algunas por terminar de absorber las del momento. Y las del momento pueden empalmar con las siguientes, pero aún no está preparado y las aparta. Como esa presencia que le parece que le sigue y que deja de lado. Esa presencia o esa sombra escurridiza que, después de un rato, ha desaparecido. Luego, ¿no le seguía a él? Y la olvida.

Hasta que un día decide dedicarle más atención a la presencia evasiva y, al darse vuelta súbitamente, sorprende a quien pone pies en polvorosa y se interna en el dédalo callejero más ágil que una gacela. Imposible seguirlo, pero, por lo menos, sea quien sea, lo ha espantado.

Si en los días siguientes no percibe la presencia puede ser por su desinterés o porque la presencia se cuida más y lo sigue con mayor precaución y en la lejanía. Es entonces cuando se le ocurre pensar que esa figura ya la ha visto. Sí, está seguro. ¿No era la figura de la playa tarraconense que al ser entrevista salió huyendo? ¿Se trata del joven aprendiz? Pero, ¿por qué él? Si quisiera algo podría acercarse a pedírselo. Tendrá que idear algo para atraparlo.

En el momento en que ha pensado entrar en acción, deja de sentir la presencia. A veces, voltea súbitamente, para no encontrar a nadie y sentirse defraudado con la calle desierta. Otras, vuelve sobre sus pasos con rapidez y el eco es el de sus pisadas. Toma atajos o da grandes rodeos: todo en vano: nadie le sigue. Y, sin embargo, antes sí lo seguían. ¿O no?

Olvida el asunto y se reúne con sus compañeros para organizar la marcha. Ahora se dirigen a Gerona, camino que hacen en jornada y media para recorrer una distancia de entre 45 y 50 leguas. Descansan esa noche, hacen un buen desayuno, compran más provisiones y se disponen a cruzar los Pirineos. Llevan como guías a unos pastores vascos, de cuerpo fuerte y rostro impasible, que conocen las mejores sendas. Aún no es época de nieve y aunque la temperatura ha descendido, el frío es soportable. Con una capa ligera es más que suficiente para protegerse.

El ascenso por los montes, aunque lento por la carga del carromato, le permite adelantarse y probar la fuerza y la destreza de sus caballos Álef y Bet. Está contento con ellos. Les acaricia los musculosos cuellos y ellos sacuden la cabeza y relinchan de gusto. Se le ocurre buscar al aprendiz para hablar con él y preguntarle si quien lo sigue es él. Lo llama y el aprendiz no puede negarse.

—¿Te gustaría montar uno de mis caballos?

—Maese Pedro no me lo permitiría.

—Si yo se lo digo, sí.

—Pero no sé montar.

—Aprenderás. O ¿es que te da miedo?

—No. Yo no tengo miedo.

—Sí, ya sé que no tienes miedo. ¿Por qué, entonces, te ocultas cuando me sigues?

—Yo no te sigo ni me oculto.

—Cuidado con lo que dices. Te arrepentirás si mientes.

—No miento.

—Ven, que te enseñaré a montar.

Benjamín monta a Álef, y Farawi, el aprendiz, monta a Bet. Benjamín lo observa y se da cuenta de que sigue mintiendo: Farawi sabe montar muy bien a caballo y aunque lo disimula, en el disimulo Benjamín aprecia su destreza. Lo reta a una carrera y Farawi se traiciona por querer ganarla. Benjamín, que llega primero, se atraviesa en el camino y detiene por las riendas a Bet:

—Dejarás de mentir. Tú sabes montar muy bien. Dime quién eres. No eres ningún aprendiz.

—Soy Farawi, es todo lo que puedo decirte. Porque si sigo hablando, para ti será una mentira y, en cambio, no podré hacerte creer la verdad aunque para mí sea un invento.

—Dejémoslo así por ahora.

—Has hablado oro.

Regresan hacia la comitiva y deciden hacer un alto para comer un poco y dejar descansar a las mulas y a los caballos. Los pastores sacan de sus morrales un pan redondo del que cortan gruesas rebanadas y un gran trozo de queso que se reparten entre ellos. Se acercan a un riachuelo y hacen un cuenco con las manos para beber. Benjamín, Farawi y maese Pedro, el arriero, se preparan también una comida. Los dos mozos le dan cebada a las mulas y a los caballos y luego se apartan a comer.

El camino sigue en ascenso y quieren llegar antes de la noche a un poblado que los acoja, por lo que se apresuran y fuerzan la marcha. Finalmente lo logran y duermen unas horas antes de volver a partir con los primeros rayos del sol.

Al otro lado de la montaña comienza el descenso, que, si bien debe ser cuidadoso, lo hacen más rápido por el ansia de llegar a Narbona.

De nuevo, Benjamín se aparta de sus compañeros. Se interna por un bosquecillo de espesos pinos y se dirige hacia un claro. Le gusta descubrir esos claros inesperados dentro de todo bosque, donde se hace la luz y un sosiego desconocido invade el cuerpo y el alma. Donde lo que antes era el murmullo de cada insecto y pequeño animalillo, el roce de hojas y el caer de ramas secas, se trueca por un silencio en que sólo se escucha el propio oído interno. Ese silbido o eco del oído que nada más se oye en los momentos de absoluto silencio y que, por lo tanto, rompe también el silencio. Silencio que no existe. Pero que todo hombre querría que existiera: nombres dados por la imaginación: Dios y el silencio.

En el claro del bosque lo único que puede intentar Benjamín bar Yoná es un rezo a lo incomprensible y a lo inalcanzable. Un reconocimiento de su propia existencia y de la naturaleza a su alrededor. En momentos como éste, Benjamín se siente parte viva de un todo vivo. Hay un soplo, un ir y venir de él hacia lo demás y de lo demás hacia él que restablece la cadena perdida y reencuentra la dependencia original. Es como si por un lapso de tiempo inmensurable él no fuera él: él no fuera nada: o él lo fuera todo. Como si aún careciera de esencia específica y pudiera confundirse con la hoja, con la brizna, con la espiga, con la sombra de la sombra.

Ese momento en el claro es una comunión. Parecería un vacío de luz. Pero no lo es. Es un pleno. Un poder comprender lo que no se expresará y lo que no sucederá. Una irreversibilidad de la palabra y de la voluntad. Es como si, de pronto, ante sus ojos apareciera la gran bola de cristal que mostrara el destino eterno de los hombres y las cosas. Y todo estuviera ahí, ante su vista, y él, atado de manos, mudo, impotente. Que si hubiera querido prevenir la muerte o la desdicha o la calamidad, la parálisis lo invadiera y el conocimiento fuera inútil y risible. Preguntarse entonces: ¿por qué?, o ¿de qué?, o ¿para qué?

En la suma del abandono, en el casi desmayo, carecer de fuerzas para poner orden en su mente desvariante. Seguir en el abandono. No impedir el desmayo. La muerte del alma. ¿Muerte? ¿Vida?

Cerrar los ojos y que el cuerpo busque su apoyo último: su gran dicha de ya no ser.

Despertar. Cuando sea la hora de despertar.

Que ya no sabe qué es despertar: si vivir en el sueño: o si trastabillar en la vigilia.

La mente también pide reposo y deja que el cuerpo se escape.

Es bueno huir.

Es bueno el gran hueco en las entrañas.

Es bueno el claro del bosque que todo lo permite.

III. NARBONA

FARAWI se inquieta por la tardanza de Benjamín. Se interna hacia el claro del bosque. Le parece que entra en un lugar de encantamiento. Donde el tiempo no corriera y se retomara el ritmo de los antiguos cuentos de Persia y de India. (Los árboles hablan y los pájaros son de oro.)

Farawi observa las huellas en el suelo, las hierbas recién aplastadas, la tierra hundida a tramos. Sí, por ahí ha pasado Benjamín. Será fácil encontrarlo.

Y encontrarlo lo encuentra. Su cuerpo lánguido, como dormido, flor yacente. ¿Su alma? Ésa se le escapa. Ésa es inatrapable.

Farawi se queda un rato contemplándolo. No sabe si duerme o si sólo ha cerrado los ojos.

Con suavidad, como se regresa de otros mundos que no son los del trasiego, Benjamín se incorpora poco a poco. Al ver a Farawi lo único que le dice es: "Regresemos".

Y bien, ya entran en tierras francas y se dirigen a Narbona. Han empleado tres jornadas en llegar y están contentos de pisar el empedrado de una ciudad de nuevo. Narbona es ciudad antigua, la capital de Septimania, por la que pasaron los visigodos, los sarracenos y los francos. Ciudad de reyes judíos que descienden en línea directa del rey David. Ciudad famosa por sus molinos de agua, sus viñedos, sus campos de trigo, sus minas de sal. Ciudad que irradia luz para las demás, centro de estudios de la Torá, adonde acuden quienes quieren ahondar en la palabra divina. Ciudad de sabios, notables y príncipes. En ella los judíos se sienten bien, pueden desarrollar las artes y las ciencias: hay orfebres y plateros; notarios que conocen todo acerca de la ley; médicos que han aprendido la medicina griega y árabe; hay terratenientes y prestamistas; molineros, campesinos y mineros. Los judíos han aprendido a sobrevivir. Los nobles y los prelados los atacan o los defienden según sus propios intereses y hay épocas buenas y épocas malas, pero eso no es novedad: ya estaba anunciado en el *Kohélet*.

Al llegar Benjamín de Tudela se presenta en la casa del jefe de la comunidad, el rabino Calónimos, hijo del príncipe Todros. Le dice cuál es el propósito de su viaje y le pide consejo. El rabino lo acoge y le ofrece posada. Sus heredades son extensas y las tierras le han sido donadas, en toda ley, por el gobernador de la ciudad: nadie podría arrebatárselas sin incurrir en la cólera del gobernador.

Benjamín se queda sorprendido de tanto sabio y erudito que acude a la *yeshivá* o casa de estudios para ahondar en sus conocimientos. Vienen de varias leguas a la redonda y hasta de lugares alejados como de Polonia.

Benjamín bar Yoná se siente fascinado por el ambiente de Narbona y decide quedarse una temporada. Empieza a vender algunas de las joyas que trae y se pasa largos ratos con los orfebres comparando sus técnicas con las que él había aprendido en Tudela. En las tardes se va al mar que queda muy cerca y regresa a tiempo para el rezo vespertino, el *maariv*.

Aún no ha podido averiguar nada acerca de los alquimistas, pero espera una oportunidad para empezar a preguntar. Lo primero es saber a quién preguntarle.

En sus tratos de compra y venta lanza cabos sueltos al hablar por si alguien los recoge y le proporciona alguna pista. De pronto, encuentra una mirada que parece entenderle pero la persona no habla. También ella desconfía y no se expondrá de buenas a primeras.

En días siguientes vuelve a tender sus redes y siente cómo la persona se le acerca y le mira con insistencia. Ahora es Benjamín quien se muestra reticente. Podría ser él quien cayera en la trampa. Ya le había advertido Abraham ben Jasday que tendría que cuidarse mucho.

Decide no insistir por si la otra persona da el paso esperado. Y así es.

—Mi amo tiene una copa como la que describes. ¿Te gustaría verla?

—¿De oro y con la talla de una serpiente que se come la cola?

—Sí, y con un antiguo signo en esmeralda de la tierra de los dragones: donde lo de arriba es igual a lo de abajo.

—¿Dónde vive tu amo?

—En la tercera casa antes de tomar el camino al mar. Como pasas cada día puedes tocar con tres golpes cortos y tres golpes largos. Él te espera.

El sirviente, que ha hablado en murmullos, se da la vuelta rápidamente y desaparece.

Benjamín no duda: ha sido observado por el alquimista y ha recibido una señal. No irá en seguida para no demostrar avidez y por si alguien más escuchó las palabras del sirviente poder descubrirlo a tiempo.

Si en Barcelona se había sentido perseguido ahora se cuidará desde el principio, pues algún delator o el mismo Farawi, de quien no sabe si confiar o desconfiar, podrían aprovechar un descuido suyo. No son tiempos fáciles. Benjamín presiente que desde que ha salido de Tudela algo se cierne sobre él. Que ha sido señalado por alguna causa y que un tejido empieza a entremezclar sus hilos a su alrededor. ¿Sería ésta la advertencia del Ángel de la Verdad?

Y mientras deambula por las calles de Narbona rumbo a la plaza central siente el eco de sus pisadas acompañadas de otro eco. No le queda duda, la persecución comienza. Esta vez no se dará por aludido. Se fingirá incauto y mostrará interés en conocer la iglesia de Lamourguier.

Ante las piedras de la construcción se detiene a observar las figuras talladas y se le olvida que es perseguido. Se ha quedado tanto tiempo contemplándolas que cuando retoma el camino de regreso lo que le sorprende es no ser seguido. Con lo cual se alegra.

Algo sospecha el rabino Calónimos pues lo espera inquieto y le pregunta si no le ha pasado nada.

—¿Qué podría pasarme?

—Desde el momento en que eres hombre vivo cualquier cosa puede pasarte.

—Pues no, no me ha pasado nada.

—¿No has observado si te siguen?

—¿Seguirme? ¿Por qué habrían de seguirme?

—¿Y por qué no? ¿No sabes que a nosotros siempre nos siguen? Que siempre somos objeto de duda en la mente de los demás y que si hay alguien a quien acusar es a nosotros.

—Lo sé y no pienses que no me cuido.

Esa noche Benjamín no duerme bien. Da vueltas y más vueltas en la cama. No sabe si ir a la casa que le han dicho. Por lo pronto dejará pasar varios días. Quisiera soñar otra vez con el *Malaj haemet* y recibir alguna seña. Si no sueña tal vez signifique que no todo irá mal y que debe arriesgarse. En ese caso, no dejaría pasar varios días e iría de inmediato. Sí, lo decide. Irá al día siguiente.

La tercera casa antes de llegar al mar. Una casa en ángulo, de recio portón, altas ventanas con hierros cruzados. Tres golpes cortos y tres golpes largos. Unos ojos instántaneos se asoman por la mirilla. Oye el dar vuelta de los cerrojos y llaves. Media hoja de la puerta se abre. Eleva el pie derecho para atravesar el umbral y luego el izquierdo. Como se hace para la buena suerte. Ya está dentro. Atraviesa un patio y lo llevan por un largo corredor hacia una habitación del fondo, en la semioscuridad.

El misterio más grande es entrar en una casa desconocida. Es una intimidad que se ofrece. Es un reposo que se viola. Aunque alguien espere es siempre una interrupción. Una irrupción.

Mientras llega el dueño, Benjamín trata de ver en la penumbra que lo rodea. Es un cuarto lleno de manuscritos, de instrumentos geométricos, de mapamundis, de dibujos, con una espaciosa mesa y sillas de cuero. Todo en orden, sin una partícula de polvo. Las gruesas cortinas están echadas y a él le gustaría abrirlas porque ama la luz, pero no se atrevería a hacerlo. Levanta una esquina para ver el paisaje y con lo que se encuentra es con un jardín en el más perfecto de los órdenes: un jardín que semeja la vastedad del mundo en miniatura: un jardín de juguete: un jardín de formas paralelas y rectangulares, de triángulos entrelazados y de un círculo hecho de pequeñas piedras pulidas de río, todas del mismo tamaño, en el centro mismo.

Deja caer la punta de la cortina en el momento en que Benois *el Viejo* aparece en el umbral. Lo ha reconocido por la espléndida capa que representa el firmamento nocturno. Esa capa de la que tantos han hablado. Capa que ha sido descrita de boca en boca. Capa milagrosa que va cambiando sus dibujos y la colocación de astros y planetas según se reflejan en el cielo. Capa azul oscuro como la noche y plateada como las estrellas. El Alquimista. Él es el Alquimista.

—Sé que has tenido un sueño y sé que desconoces el porqué de tu salida de Tudela y que una fuerza te impele a seguir por los caminos. Sé quién eres aunque tú no lo sepas. Tu nombre no es tu nombre. Aún careces de nombre. Tu mente es un laberinto y desconoces por dónde internarte. Los rayos del conocimiento te asaetean pero careces de vaso en donde guardarlo. El Ángel de la Verdad también me habló y me encargó tu tutela. Debo instruirte. Ven. Siéntate. ¿Qué es lo que quieres aprender? ¿Artes de la trasmutación? ¿Artes de la medicina? ¿De la física? ¿De la herbolaria? ¿Qué es lo que sabes y qué es lo que no sabes?

—Sé leer todo tipo de alfabeto y conozco las lenguas de los hombres. Interpreto los espacios blancos entre letra y letra y sé dibujar lo escrito y lo no escrito. Conozco las estrellas y el calendario lunar. El sol me deslumbra, pero aún así lo amo: es un gran dios al que no puedo ver de frente. El mar es otro nombre de Dios para mí: me internaría para siempre en él. He aprendido leyes y reglas. Soy orfebre. Soy rabino. Y no sé qué hacer con todo ello.

—Nada.

—¿Entonces?

—Nada. No sabes nada. Tengo que enseñarte como a un niño.

Cada tarde, Benjamín de Tudela acude a la tercera casa antes del mar. Benois *el Viejo* no ha vuelto a aparecer. Benjamín se sienta en la habitación del fondo y espera. Sin que ocurra nada.

Nada es la palabra clave.

Hasta que una tarde oye música de dulzaina. Sigue el sonido para encontrar de dónde viene. En una sala de cortinas de seda y alfombras persas, sentada en una cama, quien toca es una doncella vestida con un velo trasparente de múltiples pliegues que la cubre de la cabeza a los pies. Se incorpora y el velo se desliza. Le hace señas de que se acerque y luego le indica silencio.

No sabe por qué en ese momento se acuerda de los ojos de Alucena y se niega a acercarse. Como si tuviera que serle fiel a una irrealidad, a algo que no existía. La doncella desnuda sigue llamándolo por señas. Pero Benjamín no da un paso.

Los ojos de Alucena vuelven a aparecerse: unos ojos sin rostro que ocupan la habitación entera.

—Ven, soy Alouette, la nieta de Benois, ven conmigo.

Ni aun con palabras puede moverse Benjamín. La figura de Alouette desaparece tras de los ojos de Alucena.

"¿Qué es esto que me pasa? ¿Qué significan los ojos de Alucena y el cuerpo de Alouette?"

Benjamín escapa de la habitación no sin antes oír la recriminación de Alouette:

—Benjamín bar Yoná, no entiendes nada de nada. No eres el iniciado.

Al final del largo pasillo Benois *el Viejo* aguarda a Benjamín:

—En efecto, Benjamín bar Yoná, no entiendes nada de nada. Si querías aprender de mí por qué te quedabas en la biblioteca y no acudías a mi aposento donde te hubiera dado a conocer los instrumentos del saber y te hubiera enseñado las reglas y las tablas, las equivalencias y los opuestos. No se te ocurrió la primera pregunta de quien quiere aprender: "¿Dónde está el maestro?" Y, en cambio, en cuanto oíste la dulce música te distrajiste y fuiste tras ella. ¿Te das cuenta de tu ignorancia, oh docto rabino, estudioso de la Torá y de la Halajá?

—Mi ignorancia nunca la negué: prueba de ello es que acudí a tu primer llamado. Lo que tú nombras distracción por ir en busca de la música no lo es tal: pude haber quedado sordo y no saber que la música era para mí. Porque la música era para mí y Alouette no es sino un espejismo que debería provocar el olvido de mi deseo de instrucción y sumirme, en cambio, en mi deseo de placer.

—Tu respuesta es hábil. Tal vez puedas corregir tu error.

Se suceden los días del aprendizaje. Entrar en el aposento del alquimista es entrar en lo que, para los demás, es un mundo vedado y, para el estudioso, un mundo ordenador. Para los demás, es el origen de lo temible y misterioso; para el aprendiz, de la luz y lo benéfico. Para los demás, la maldad; para el aprendiz, la bondad. Para los demás, el espanto: para el aprendiz, la serenidad.

Los tiempos que corren niegan el gozoso conocimiento y han tachado de perverso lo santificado, de enfermo lo sano, de virulento lo fecundo. La luz del día pertenece al sol y no al hombre. La luz del día se refleja en unas pocas frentes de quienes han recibido por nombre los Iluminados, los Doctos, los Anónimos y muchos otros nombres que van surgiendo por todas partes.

Benjamín bar Yoná lee en pergaminos tan antiguos que las letras se desmoronan en polvo entre sus dedos. Sólo los conjuros de Benois *el Viejo* convierten el polvo en letras y un rayo de fuego las fija en el papel. El proceso de lectura va de un desmoronamiento a una nueva edificación. Benjamín debe recordar las palabras primeras antes de su destrucción para comprobar si han quedado igual luego de la recreación. Su padre le había enseñado que la palabra puede destruirse, mas no así la memoria, y que ésta es la clave de la recuperación. Así, letra por letra y su polvo, se guardan en la memoria de Benjamín. Fuego por fuego se graban en el papel.

Al final, Benois *el Viejo* le dice:

—Es todo lo que me es dado enseñarte. Pasarás de mano en mano. Descubrirás a tu maestro y alcanzarás el día en que tú lo serás. Alouette te espera. Aunque puede que no te espere.

Benjamín bar Yoná se aleja del alquimista. Se detiene un momento por si escuchara de nuevo la música de la dulzaina. Y sí, de pronto le parece oírla. Ahora ya sabe que se trata de una prueba y de que tendrá que dividir su mente y sus sentidos entre lo que ve, lo que imagina, lo que sabe, lo que desea.

De nuevo, Alouette le hace señas y el velo que la cubre empieza a deslizarse por su cuerpo desnudo. Benjamín decide esta vez seguir sus instintos. Los ojos de Alucena no se interpondrán. A su lado, Benjamín acaricia el pelo suelto de Alouette y luego el contorno de su rostro y, suavemente, desliza las yemas de los dedos por sus cejas y sus párpados. Cuando ella abre los ojos son los ojos de Alucena. Pero si parpadea son los ojos de Alouette. Benjamín quiere atrapar los ojos: con una mano tapa la frente y, con la otra, de la nariz hacia abajo: para sólo concentrarse en los ojos. Esos ojos aislados no son nada: no son de nadie. Él creía haber guardado en la memoria los ojos de Alucena y ahora, junto a los de Alouette, no puede recordarlos. O se le han fusionado en unos solos.

Alouette acaricia el cuerpo de Benjamín y Benjamín olvida los ojos. En la cama los dos cuerpos se unen y se envuelven en sí: el ansiado retorno al calor del origen es la fuente del conocimiento.

La copa con la talla del uróboro y la esmeralda en el centro reposa sobre la almohada.

IV. MONTPELLIER

Benjamín de Tudela se despidió de los santos varones de Narbona y retomó con bríos la ruta adelante. De allí a la ciudad de Beziers recorrió las cuatro leguas que las separan sin ningún esfuerzo. Se entretuvo con Salomón Halafta, con José y Natanel, los más renombrados eruditos de Beziers. Dos mañanas después, antes de que los gallos cantaran y de que el sol saliera, Benjamín y su comitiva hacían retumbar el empedrado rumbo a las afueras. En los sembradíos a campo abierto, los campesinos ya clavaban la punta del arado en la tierra y los saludaban al pasar con un "Buen día os depare Dios". El rocío impregnaba las hojas y un agradable olor a humedad terrera cortaba la respiración.

Farawi, desdeñado todo este tiempo, caminaba en la retaguardia sin mostrar interés en la mañana que nacía.

Benjamín inhalaba el frescor con fruición.

Maese Pedro se ocupaba de todo y recorría de arriba abajo el grupo para revisar que hubiera orden.

Han caminado durante dos jornadas sin ningún contratiempo. Vislumbran las torres de la ciudad de Montpellier, capital del Languedoc. Se alojan en casa de Rubén bar Todros y esa noche Benjamín abre la Torá para continuar su lectura y lo hace en el capítulo 24 del Libro de Josué. Hacia el final, en el versículo 30, encuentra una cita que le parece alusiva a su arribo a Montpellier: "Y enterráronlo en el término de su posesión en Timnat-sera, que está en el monte de Efraín, al norte del monte de Gaash".

Y decide darle el nombre hebreo de Har-gaash a la ciudad de Montpellier, como si fuera un volcán en apretada promesa de fuego. O como si fuera fuego largamente apagado en la memoria. O fuego que hubiera de nacer en alguna otra parte del mundo.

Montpellier es una ciudad buena para el comercio y, como le

gusta a Benjamín, muy cerca del mar, a sólo una legua. Allí, en el puerto de Sète, llegan barcos de los extremos del Mediterráneo y el gran mercado de Montpellier está siempre en ebullición con mercaderes de todas partes. Los hay de Francia, de Inglaterra, de Italia, de Algarve, de Lombardía, de Génova y Pisa, del reino de Roma, de Grecia, de Jerusalén y Aco, de Fustat y las márgenes del río Nilo, y de las aún más lejanas tierras de Asia y África.

Benjamín se deleita ante las mercaderías tan diversas que se exhiben y los gustos tan refinados de gente de los más apartados confines; ante el sonido de tanta lengua extranjera, de los ropajes coloridos, de las monedas, pesas y medidas de distintos metales y distintas denominaciones.

Farawi lo acompaña y así descubre cuántas lenguas conoce y cómo debe de haber viajado por tierras extrañas. Piensa que aún no ha tenido una conversación reveladora con él y que no debe posponerla. Su presencia cercana lo abruma y si quiere apartarse de él no lo logra. ¿Por qué es su sombra y otras veces está a punto de escapar?

Luego de la gran distracción que es el mundo externo, Benjamín bar Yoná gusta de retraerse. Se retira al silencio acogedor de la *midrashá:* a sus habitaciones dedicadas al estudio del Talmud, entre blancos muros y estrechas ventanas con un solo parteluz. Discute con los rabinos Natán bar Zacarías, Samuel, Salomón y Mardoqueo sobre algún breve pasaje de la Torá, sobre el significado de una palabra en especial y sobre si el cambio vocálico podría afectar el sentido de la oración. Benjamín se apasiona lo mismo que antes se había apasionado por el mundo de las telas, de las joyas, de las especias, del valor del oro y la plata.

Estando en discusión con los rabinos le vienen a avisar a Natán bar Zacarías que ha llegado una viuda en demanda de sostén para sus hijos pequeños. Natán lo consulta con sus compañeros y todos de acuerdo aportan unas monedas para aliviar la penuria de los sufrientes. Luego, siguen enfrascados en sus lecturas y discusiones.

Un día que Benjamín deambula por las calles pensando en el sentido de su viaje y en la facilidad con que se le olvida que debe descifrar el mensaje angélico, vuelve a sentir esa presencia desconocida. Pero esta vez decide enfrentarse a la presencia: pasar de perseguido a perseguidor. Bajo un arco se escabulle con presteza y, escondido, deja pasar a su perseguidor. Cuando éste se detiene al haber perdido la pista, es el turno de Benjamín de lanzarse sobre él y atraparlo. Alcanza a sentir entre sus manos un cuerpo delgado y frágil. Intenta voltear la cabeza de su apresado para conocer su rostro y la veloz mirada de sus ojos le sorprende tanto que afloja la presión de sus manos y el apresado escapa con tal agilidad que Benjamín desiste de ir tras de él. De nuevo ha sido vencido por unos ojos. Se apoya en la pared del arco y se deja resbalar hasta el suelo. Siente una gran debilidad, como si fuera a desvanecerse. La gente que pasa a su lado posee rostros desconocidos. Rostros que se desintegran: las cejas salen volando: los labios se escapan: los dientes brillan en el aire: la lengua se cae al suelo: los dedos se arrastran: los pies trepan por las paredes: las cabezas saltan como pelotas: troncos y miembros flotando: los ojos: los ojos: los ojos: desorbitados.

Benjamín no es de este mundo.

"No soy de este mundo. ¿En dónde vivo?"

Vive en un mundo de espantos y de incongruencias: en un mundo que no sabía que era el suyo.

Lo que Benjamín ve no es el mundo: creyó que el exterior es el mundo: error: el terror interior es el mundo.

Benjamín no sabe qué hacer: ese momento de melancolía es el momento de su muerte. Eso es lo que siente Benjamín: el momento de su muerte.

"He muerto."

Ha muerto porque no sabe quién es él. Y si no sabe quién es él, no sabe quiénes son los demás. Desconoce cualquier signo de vida viva. Sólo la vida muerta.

Tendrá que partir a la inversa: conocer a los demás para reconocerse a sí. Así.

Ése es el volcán de Montpellier.

El volcán de Montpellier es él. Ahí hizo erupción su volcán.

Si es un volcán es un desorden.

¿Se puede ordenar un volcán?

"Un volcán soy yo."

Su conocimiento se ha vuelto lava y fuego.

Es decir: ha perdido el conocimiento: el adquirido y el propio: su yo se ha desmayado: ha perdido el conocimiento: el adquirido y el propio: su yo se ha desmayado: ha perdido el conocimiento.

"¿Quién soy yo?"

Él es un yo evanescente.

"Yo soy evanescente."

Pero: si ha dicho: yo: progresa.

"Yo progreso."

Benjamín de Tudela se recupera de su desmayo ontológico: por esta vez. Se pone en pie y, con el resto de fuerzas que le queda, corre por las callejuelas, reconoce la casa donde habita y se refugia en su habitación. Atranca la puerta y se esconde en el rincón más oscuro. Se tapa la cara y no quiere ver ninguna parte de su cuerpo, porque sería un cuerpo extraño: irreconocible. Hasta si se palpa el tacto es desconocido. Por lo que aleja las manos del resto de su piel. No se soporta.

Deben de haber pasado horas, porque oye que alguien toca a la puerta y pregunta por él. Es Farawi.

—No, no puedo abrir.

—Te vieron correr por las calles como alma en pena.

—Eso soy: alma en pena.

—Ábreme.

—No: hasta que no sepa quién soy.

—Eres el que es.

—No, no soy. Soy no.

—Te dejo comida y agua a la puerta.

—Un no no necesita comer ni beber.

Si al principio fueron horas, después fueron días los que pasaron. Farawi no dijo que su enfermedad era del alma, sino del cuerpo, para que lo dejaran tranquilo.

Poco a poco, el doliente se fue moviendo del rincón y avanzando hacia el centro de la habitación. La claridad ya no le hería en los ojos. Los puñales clavados en el cráneo se habían ido desprendiendo. El que había sido dolor atenazante desaparecía. De pronto, amaba el sol y hubiera sumergido su cuerpo en el mar.

Poco a poco, la habitación fue recobrando su tamaño real. Dejaba de ser el inmenso cosmos con el rincón al fin del mundo.

Benjamín de Tudela se situaba en el centro. El centro irradiaba una fuerza benéfica: saldría de su oscuro estado de ánimo.

Fue desperezando su cuerpo. Primero los brazos: los estiró todo lo que pudo y se sintió bien. Luego las piernas, el tronco y el cuello. Como había visto que hacen los gatos al sol. Lo volvió a repetir y se sintió aún mejor.

Era como si el fluir de la sangre le renovara cada músculo y nuevos bríos le anunciaran una alegría desbordante. Era volver a ver las cosas de frente y sentir las venas de su cuerpo como los caminos que llevan a todas partes.

De pronto, descubrió que los caminos del mundo yacían en su cuerpo. Que cada milímetro de piel era el recodo esperado. Que en las palmas de las manos estaba trazada la cartografía ideal y que sólo tenía que aprender a leerla.

Ha abierto la puerta por primera vez en nueve días. Nueve días redondos como un círculo. Nueve días como nueve emanaciones divinas: como nueve *sefirot*. Nueve días como una luna llena. Nueve de tres veces tres. Nueve es un círculo y una línea: una cabeza y un cuerpo: el dígito más elevado y el último de la serie. Nueve días oscuros como el final de los tiempos. Nueve mágico: multiplicado por cualquier otro número la suma de los dígitos del resultado será también nueve. Si se invierte el resultado, la cifra será también un múltiplo de nueve. Nueve días. Nueve noches. Nueve meses. Nueve angélico. Nueve benéfico. Nueve peligroso. El nueve envolvente del misterio.

Luego de nueve días y de nueve noches, Benjamín ha renacido. El suyo ha sido un nueve sin medida de tiempo: un nueve dado en un espacio. Ha abierto la puerta y ¿a quién ha encontrado haciendo guardia sino a Farawi?

37

—Farawi, ¿por qué cuidas mi puerta?

—¿Quién sino yo?

Y la pregunta se queda en el aire: no hay respuesta a cuidados de amor.

Los amigos se abrazan y Benjamín le propone a Farawi ir al mar.

Al mar van y nadan hasta el cansancio para luego tenderse, exhaustos, sobre la fina y cálida arena.

Regresan lentamente y Benjamín se informa de lo que ha pasado en esos nueve días. Si se han vendido los brocados, si las alfombras han encontrado nuevo dueño, si alguna de sus espadas cuelga sobre el muslo de un guerrero. Y sí, mientras él languidecía, las ventas han dado frutos y sólo esperan nuevas órdenes de él para comprar y seguir adelante por el camino.

Pero Benjamín bar Yoná necesita unos días más para retomar su *Libro de viajes* y anotar lo que ha visto y vivido en Montpellier. Benjamín bar Yoná es cauto y sólo apunta los datos objetivos, lo comprobable, lo verídico. ¿Lo verídico? Si el Ángel de la Verdad le exigía algo, ¿no sería ése el momento de empezar a relatar su vida por dentro? Su vida por dentro a quién puede interesarle. No, Benjamín bar Yoná no relatará su vida por dentro.

Para acabar de alejar su melancolía regresa a las conversaciones con su huésped, Rubén bar Todros, y los rabinos. Enfrascado en la lectura y en la discusión recupera cierto equilibrio. Luego recibe de ellos consejos sobre las mejores rutas comerciales y cuáles son los productos que mejor se venden. Le encomiendan unos manuscritos para entregárselos al gran rabino Meshulam de Lunel.

Benjamín se queda largas horas hablando con maese Pedro. Revisa las caballerías y se admira de la fuerza y belleza de sus preferidos Álef y Bet. Cuenta la mercadería, cumple con los gastos y le entrega a maese Pedro una suma para él y los mozos.

Se siente dispuesto para emprender la marcha. Otra vez le invade la inquietud del viajero, del que desdeña la calma, del que ansía los campos abiertos.

Ya no quiere detenerse más. Todo lo que había perdido: un tiempo precioso: para el tiempo y para sí: se trasmutaría en deseo de partir de inmediato. En la premura de dar órdenes: en la disposición de los preparativos para seguir el viaje. En volver a recorrer los campos, a galope tendido, con Farawi al lado. En reír como niño y en olvidar como viejo.

El mundo le espera y el mundo se alegra con él. La sonrisa de Benjamín de Tudela se refleja en la sonrisa de los demás. Los músculos de la cara elevan las comisuras de los labios, las bocas se entreabren y pequeñas arrugas empequeñecen los ojos: sonrisas vuelan de cara en cara. El milagro del placer se contagia.

Ha llegado la hora de partir. Las despedidas son efusivas: los abrazos: las bendiciones. De las ventanas salen manos agitándose en adioses. Benjamín promete que regresará.

V. MARSELLA

LA COMITIVA del mercader Benjamín bar Yoná de Tudela viaja cuatro leguas en dirección a Lunel. Una vez localizada la comunidad judía que allí habita, Benjamín pregunta por la casa del gran rabino Meshulam. Debe entregarle los manuscritos que le encomendaron. Antes de hacerlo toma un poco del agua que llevan en orzas para refrescarse la cara y las manos.

Ha dejado los manuscritos a un lado, pero cuando regresa a recogerlos no los encuentra. Los busca por todas partes inútilmente. Piensa que los ha cambiado de lugar y recomienza la búsqueda. Revuelve los cofres y los arcones, las sedas apiladas unas sobre otras, las alfombras. Revisa de nuevo sus vestiduras y las bolsas de cuero. En vano. No quiere preguntarle a nadie si no los ha visto, pues eso indicaría descuido de su parte. ¿Cómo es posible que se hayan perdido? Pospone la visita al gran rabino hasta que no haya encontrado los manuscritos.

Pero las noticias vuelan y no sólo el rabino Meshulam y sus cinco hijos saben ya del arribo del mercader de Tudela, sino Moisés Nisim, Samuel *el Viejo,* el rabino Ulsarnu, Salomón ha-Cohen y el médico Yudá ben Tibón *ha-Sefardí.* Este último manda traer a su paisano para ofrecerle su proverbial bienvenida a todo viajero y a todo estudioso de la Torá.

Benjamín, en la cálida compañía de Yudá, no vacila, luego de un rato de conversar y de haber bebido una copa de vino tinto, en confesarle la desaparición de los manuscritos. Yudá no se preocupa y le asegura que aparecerán. Siguen hablando y quedan de acuerdo en que Benjamín se alojará en su casa mientras esté en Lunel. En eso, aparece y desaparece como una ráfaga un pequeño niño y Yudá se disculpa explicando que se trata de su hijo Samuel ben Yudá ibn Tibón que se caracteriza por lo travieso e inquieto y que no sabe qué hacer con él.

Yudá ben Saúl ibn Tibón es un médico famoso, así como un excelente traductor que se vio obligado a huir de su natal Granada por las persecuciones contra los judíos. En Lunel, ya sin temores, se deleita traduciendo del árabe al hebreo a los poetas Bajía ibn Pacuda, Yudá ha-Leví, Salomón ibn Gabirol.

Esa noche, Benjamín, preocupado por la pérdida de los manuscritos vuelve a buscarlos y, de pronto, aparecen en una de las bolsas de cuero. Los revisa con cuidado y no le parece que falte ninguno, pero no está seguro que estén en el orden en el que se los dieron. Sin embargo, no puede hacer nada, sino cuidarlos celosamente por el resto de la noche y llevárselos a primera hora del día siguiente al rabino Meshulam.

Cuando el rabino Meshulam los recibe se queda contemplándolos en silencio como si algo no estuviera bien. Entonces le pregunta a Benjamín:

—¿Esto es todo lo que te dieron para mí?

—Sí.

—¿Y el orden? ¿Estás seguro que te los dieron en este orden?

—No lo sé. Yo también he dudado. Pero debo confesarte algo: los manuscritos desaparecieron de la bolsa de cuero durante unas horas y luego volvieron a aparecer.

—Es grave lo que me dices, pero, al mismo tiempo, te agradezco que no lo ocultaras. Alguien los ha leído antes de mí y esto es un peligro.

—Si puedo hacer algo para reparar mi descuido no vaciles en pedírmelo.

—Tendré yo también que confiarte un secreto. Sé que el Ángel de la Verdad, *Malaj ha-emet*, te ha visitado. Es por eso que se te confiaron los manuscritos; lo que no se te advirtió es lo valiosos que son. Poseen un valor que descubrirás poco a poco. Viajarás de comunidad en comunidad con los manuscritos: siempre se los entregarás a alguien en especial: los recogerás y los guardarás para el siguiente depositario. Pero nunca habrá de verlos otra persona: provocarían la muerte del lector inadecuado. Es ésta la manera de protegerlos para que no sean utilizados en contra nuestra.

—¿Quiere eso decir que la persona que los sustrajo de la bolsa de cuero y los leyó habrá de morir?

—Tú has hecho la pregunta y tú hallarás la respuesta.

Las semanas que permanecen en Lunel, Benjamín y Farawi se dedican activamente al comercio. Las mercaderías de España son apreciadas por los ricos habitantes que hacen acopio de ellas para sus casas, para los ajuares de las novias, para deleite de la vista y el tacto.

Cerca, a dos leguas, está la ciudad de Posquières, famosa por la academia rabínica que encabeza Abraham bar David a la que acuden estudiosos de todas partes, hasta de las lejanas Germania y Polonia. El rabino Abraham acoge a los estudiosos en su casa y los provee de sustento. Si llega algún viajero escaso de medios él le sufraga los gastos; pero nadie se queda sin aprender los secretos de la ley y la sabiduría de los escritos sacros.

De allí, Benjamín de Tudela parte hacia Bourg de Saint Gilles, lugar de peregrinación para los gentiles. Se encuentra a tres millas del mar y a un costado del río Ródano. Benjamín, tan amante del agua, aprovecha para escaparse de los negocios y nadar unos días en las aguas serpentinas del río y otros días en las rizadas del mar. El Ródano, de poderoso caudal, muestra aguas azules y blancas, generosas, que irrigan las llanuras del bajo Languedoc y que proveen la riqueza de los cultivos de cereales y hortalizas. Para Benjamín es un gozo contemplar los campos sembrados y la bendición de Dios sobre ellos.

Un día ve de lejos cabalgar al señor de la región, el poderoso conde Raymond, que tiene en su empleo a funcionarios y consejeros judíos como el príncipe Aba Mary, hijo del rabino Isaac.

Benjamín parte después a la ciudad de Arlés, rumbo a Marsella. Emplea dos jornadas para llegar. Sabe que permanecerá un tiempo largo, no sólo por el gran comercio que allí se desarrolla, ni por el interés de conocer las dos importantes comunidades judías, sino porque Marsella se asienta al lado del mar. Y el mar se le empieza a convertir a Benjamín en una especie de obsesión y de necesidad. Tanto que decidirá continuar el viaje embarcándose por primera vez. Pero, antes, le habrán de ocurrir extraños sucesos en el puerto de Marsella.

Primero, visitará las comunidades: la que se asienta a la orilla del mar y la que se enseñorea en la alcazaba. Los comerciantes viven cerca del puerto y su vida es un constante tráfago entre llegada y partida de barcos provenientes de Palestina, Egipto, el norte de África, España e Italia. Las mercaderías más preciadas son las maderas, los textiles, las especias, los metales, las piedras, los remedios y las pócimas, las tinturas y los colorantes, así como los esclavos. Internarse en las callejuelas portuarias es sentir la febrilidad de vidas en tensión y de vidas en inminencia. En cambio, en la alcazaba la comunidad reside alrededor de la gran academia rabínica presidida por sabios y eruditos que dan un tono de recogimiento y de silencio. Parecieran dos ciudades, la terrena y la celeste y así son sus gobiernos: la del puerto depende del vizcondado y la de la parte alta del obispado. Benjamín se pasea de la una a la otra y siente la escisión que se marca en su vida.

En Tudela vivía en el orden y la certeza y ahora, cuando camina por el puerto, se siente invadido por otro orden y otra certeza. Ya no son los estudios y el pensar sistemático lo que le rige, sino el deseo de lo desconocido y de la aventura. Una especie de alegría, de abandono, de claridad lo dominan. Ha borrado tristeza y arrepentimiento y esto le extraña. Es como si hubiera adquirido una dualidad. Si está con los rabinos de la alcazaba se sumerge en el mundo de la contemplación y olvida el tráfico inquietante del puerto. Si habla con los mercaderes en ningún momento recuerda que es portador de un mensaje angélico y de unos manuscritos secretos. Cuando se queda a solas es cuando se interroga.

Quiere conocer Marsella, la capital de Provenza desde su más antigua historia. Se entretiene en las ruinas de la que fuera colonia griega, denominada Massalia y luego romanizada. Aprende sobre las hazañas de los masaliotas y su fidelidad a Roma en las guerras púnicas. Su error de haber apoyado a Pompeyo en la lucha contra César y de cómo éste despojó a la ciudad de sus privilegios, dejándola federada. Regresa una y otra vez a los antiguos lugares donde la tradición cuenta que estaban los asentamientos.

Luego emplea su tiempo en visitar pequeñas aldeas pescaderas de hermosas playas azules.

Hay un lugar al que siempre regresa: Hyères: obsesivo lugar que le atrae poderosamente. Denominado Olbia, la feliz, por los griegos, para Benjamín es eso: el lugar de la felicidad: por el paisaje, por el perfume de las flores, por los pinos traídos de Alepo que llegan hasta la fina arena, por el color azul del mar.

Busca en los anales la historia de Hyères. Hay una referencia en Lucano. Un monje que dice pertenecer a una secta de cristianos de costumbres especiales le da a leer *La Farsalia* para que encuentre el pasaje donde se menciona a Hyères. Según él recuerda se describe cómo los romanos construyeron barcos de guerra aprovechando la madera derribada en los montes. Esos barcos no fueron pintados ni adornados con mascarones de proa y la cubierta se convirtió en espacio de batalla. Bruto Albino, almirante de César, navegó por el Ródano abajo y ancló las embarcaciones en las islas de Hyères, al este de Marsella. Poco después empezó la batalla con los griegos. Batalla sangrienta. Batalla olvidada.

Benjamín de Tudela de tanto costear los mares mediterráneos que adquieren distintos nombres según la geografía y los reinos a los que pertenecen, está seguro de la decisión que va a tomar. No puede posponer el deseo de hacer su primer viaje en barco.

Su amor por lo marino y la marinería lo conducen a recorrer el puerto y a conocer a la gente. La gente del puerto es otra gente que no tiene nada que ver con la que él conocía hasta ahora: esa gente tierra adentro de España: sin mar: pero imaginándolo.

La gente marinera es libre, desenfadada, que no piensa en el mañana. Capaz de divertirse sin preocupaciones. En las tabernas beben y gritan. Les gusta la buena comida, condimentada, espesa. Hartarse hasta la desazón. Embriagarse hasta el desmayo.

El dinero que han ganado se lo gastan sin siquiera pensar en guardar algo. Van en busca del amor fácil y aunque corren alarmantes historias sobre enfermedades e invalideces, nada les arredra en su afán de encontrar puerto seguro entre los muslos de tanta moza grata. Bubas, escrófulas, sarna, qué son para ellos. Luego, un baño de azufre puede ayudarles. Infusiones de flores cordiales. Cataplasmas de harina de linaza. Pócimas. Bálsamos de Judea o de la Meca. Colagogos. Afrodisiacos y antiafrodisiacos. Los remedios están a la mano.

Benjamín de Tudela se queda admirado de tanto medicamento que desconocía. Piensa si los grandes médicos árabes y judíos de Sefarad habrán oído de ellos.

Hay un médico que empieza a nombrarse en boca de los sabios, un médico tan viajero o más que Benjamín. Que tuvo que huir de Córdoba por la persecución e intolerancia de los almohades: Moshé ben Maimón. ¿Conocerá él tanta enfermedad y tanto remedio? Benjamín, que también sabe medicina, anota en otro libro lo que aprende en Marsella.

Ya son tres los libros que escribe Benjamín: el de los sueños, el de los viajes y el de los medicamentos.

Deambula por las calles y observa los tipos, las vestimentas, el porte de las mujeres galantes, de las esclavas, de las prostitutas. Le llama la atención las peculiares maneras de hablar y de pronunciar tantos idiomas que oye. Las consonantes arrastradas, las guturales; los sonidos vocálicos abiertos o cerrados.

Sobre todo, le atrae el lenguaje de gestos: lo que el rostro y las manos indican más allá de las palabras. Piensa si no será esto lo que quieren interpretar los sabios de la Tradición o la Cábala ante los límites de una palabra encerrada en sonidos o dibujada en letras. El silencio, el espacio blanco entre letra y letra significan más que las formas y los movimientos. Ojos y manos recuperan su valor original: el inmenso poder de lo no dicho por lo sugerido: los dedos en semicírculo y la leve torsión de la muñeca dicen lo que las palabras no dicen. Brazos y hombros en ondulaciones, la frente fruncida, las cejas a punto de volar más allá de los idiomas pronunciados que Benjamín escucha. "Sí —piensa Benjamín—, cualquier lenguaje se habla por gestos."

Benjamín, sin hacer caso de las advertencias de los rabinos, se interna más y más por las callejuelas retorcidas. Quiere llegar al corazón del barrio oscuro: aquel que está prohibido para judíos y cristianos. Aquel en el que la manera de comunicarse es la más prodigiosa y la más íntima que existe.

Sin pensar, sin sentir, deja que su cuerpo lo dirija hacia las profundidades. Goza de esa nueva sensación en la cual memoria, entendimiento y voluntad se le escapan y, en su lugar, lo impredecible, lo desafiante, un miedo sin miedo lo embargan.

Y como es tan placentera esa nueva sensación sigue perdido en el dédalo. Hasta que, al final de la callejuela, una mano le indica que entre en una casa.

Benjamín obedece, ya que es dado a aceptar el lenguaje de los signos.

Oscura casa, de velos y cortinajes, de cuentas de cristal y de pequeñas campanas de plata que cuelgan de hilos de oro y púrpura del alto techo. Que al roce del cuerpo empiezan a sonar en distintos y gratos tonos, aunque sin melodía alguna que pueda seguirse. Meros sonidos, uno tras otro, en deleitosa sucesión o chocando entre sí. Pero como las campanas son de tamaños diferentes, los sonidos varían y el resultado es un concierto de cristales y plata.

Surgen manos adornadas con anillos en cada dedo y pulseras de oro que entrechocan entre sí. Manos que se acercan al cuerpo de Benjamín. Manos que parecieran no pertenecer a cuerpo alguno. Manos cuya profesión es ser manos.

Manos esmeradas. Manos firmes, de dedos largos. De piel suavizada por aceites y ungüentos. De piel que ha absorbido perfumes, agua de jazmín, polvos de arroz. Deleitosas manos que recorren despaciosamente el cuerpo de Benjamín.

Primero, recorren el contorno de su cuerpo: palpando los músculos y presionando hasta sentir la extensión y la calidad de los huesos.

Después, el roce es de piel a piel para percibir la sensibilidad, la reacción, el nervio alerta o el nervio dormido que hay que despertar.

Las manos deben saber si el cuerpo es un cuerpo que responde ligero o es un cuerpo-latente. Las manos deben cumplir su cometido.

Las manos inician una danza de flexibilidades con las falanges de los dedos enroscándose y desenroscándose, a la manera flamenca.

Luego, las manos toman del brazo a Benjamín y lo conducen más adentro, hacia la intimidad de una recámara con más velos y cortinas de cuentas de cristal.

Ahora, son las manos de Benjamín las que empiezan su recorrido. Repiten el paso de la emoción: cerebro, nervio, piel, éxtasis.

Las ropas caen. Los cuerpos desnudos se tienden sobre las gruesas capas de alfombra y el reconocimiento se establece.

Los ojos: ¿dónde esos ojos? Los ojos que ven a Benjamín: que lo obsesionan.

¿Cómo son siempre los mismos ojos si el rostro es diferente?

Pero, ¿es diferente el rostro?

La verdad es que no conoce el rostro. ¿Cúyo es?

Ojos de Alucena. Ojos de Alouette. ¿De quién ahora?

¿El rostro?

¿Puede describir el rostro de Alucena?

¿Puede describir el rostro de Alouette?

¿Puede describir el rostro de ella, ahora?

¿Quién es ella?

Benjamín necesita un nombre. ¿Quién es ella?

Lo adivina. Y si no lo adivina ése es el nombre que le da: Agdala.

—¿Eres Agdala?

—Asciendes. Sabes mi nombre sin preguntarlo.

—Sé tu nombre, o ¿te lo he dado?

—Asciendes.

—¿Por qué tus ojos están en todas partes? Ojos ubicuos.

—Están donde estás tú. Como Dios, que está donde estás tú.

—¿Tus ojos están porque los veo?

—Asciendes.

La comunión se logra. Deseos y cúspides son dos sexos en un pleno abarcante. Lo suave que es turgente ocupa el lugar cálido y húmedo que lo constriñe. No hay mayor deleite.

El hundimiento en oscuro pero iluminante placer es la sabiduría del rostro de Dios. Por eso, sólo quedan los ojos, faros-estrellas, que guían. Sólo la presencia del rayo de luz que permite la pupila. El ángulo disminuido: la contracción de la luz: el modo de Dios para crear.

En la comunión de Benjamín y Agdala el mundo se ha recreado una vez más. Los cuatro elementos, agua-tierra-fuego-aire, se han reunido cuando Agdala ha untado en sus dedos una mezcla de pomadas de Oriente y con ella ha acariciado las sienes de Benjamín hasta que ha caído en suave sueño.

Sueño en el que ha soñado: su ausente Ángel se le aparece.

Ángel de la Verdad que no habla. Ángel silente.

Si señala es hacia arriba.

Nada más.

El sueño del Ángel ha terminado.

Pero el sueño de Benjamín no ha terminado y aún sus ojos no se abren a la luz del día.

Duerme como nunca ha dormido. Como un sueño eterno.

Cuando despierta no tiene idea del tiempo que ha pasado. Si mucho. Si poco.

Agdala le ha preparado una infusión de cáscaras de manzana y flores de jazmín que le hace recobrar la memoria.

La memoria sí, pero la acción no. Su cuerpo sólo quiere estar acostado. Su mente es la que no para de dar vueltas en círculos incesantes. Recuerda y sabe que tiene un propósito: por lo pronto, la compra y venta de mercadería. Después, esa misión que el Ángel de la Verdad, *Malaj ha-emet,* le quiere dar a entender y a la que él se resiste todavía.

Eso y los amoríos: ¿por qué se le encomienda ir de mujer en mujer? ¿Por qué él que antes no conocía mujer ahora son tantas las que aparecen y lo toman en sus manos y lo vuelven parte de ellas y le confían mensajes que él no descifra?

Entre el Ángel y los rabinos de palabras a medio significar, y el encuentro sin sentido con Benois *el Viejo* y los que guardan la Tradición hay hilos que se le escapan.

Sí. Todo lo recuerda. Pero por recordar es incapaz de ponerse en movimiento. A eso conduce la memoria: a no hacer nada.

"La memoria es para la memoria. Es otro ejercicio o es otra acción. Es un arte, dicen los maestros. Por lo tanto, si no se preserva es el silencio absoluto.

"Dios fue Dios para darle la memoria al hombre. El hombre guarda a Dios en la memoria. Dios existe en la memoria.

"Memoria-guardiana-de-Dios."

Por pensar esas cosas, Benjamín de Tudela permanece estático. La inacción es el quehacer de la memoria.

No mueve su cuerpo recostado sobre las espesas alfombras de hilos de colores azul y rojo y blanco y verde. Su cabeza apoyada en una almohada de seda de la China con bordados de aves fantásticas, de dragones temibles, de flores desconocidas. Suave y refrescante tela.

Agdala a su lado, la de las manos que indican, que acarician, que reconocen, que curan. Agdala, la de las manos sabias.

Manos que ahora le parecen a Benjamín más poderosas que los ojos obsesionantes.

Los ojos, obsesionantes.

Las manos, sabias.

Los ojos sólo ven o son vistos.

Las manos todo lo saben y todo lo hacen.

Nada sería sin ellas.

Nada. Nada. Nada.

Las Manos.

Las Manos de Dios.

Pero sobre todo:

las manos del hombre.

Que hicieron hombre al hombre.

Un signo de que empieza a moverse Benjamín es que quisiera tener en este mismo momento sus libros para escribir. Como si lo adivinara, Agdala le dice:

—Aquí tienes con qué escribir y en dónde escribir.

Benjamín se medio incorpora. Se apoya en la tablilla que le ofrece Agdala. Moja la pluma en el tintero.

Benjamín escribe.

VI. EL VIAJE POR MAR

Días de placer van y vienen. Farawi se impacienta con Benjamín. Siente celos de su permanencia constante con Agdala. Los rabinos le recriminan y le aconsejan. Pero es inútil, Benjamín empieza a perfilarse como una suma de Benjamines.

Si al principio le inquietaban las actuaciones que de lo oculto salían a la luz, porque eran para él lo inesperado, después fue adquiriendo el hábito de aceptar todo lo que viniera de su interior sin proponerse juzgarlo. Era como si capas de leyes y preceptos indiscutibles perdieran su peso sin siquiera volver a echarlo de menos. Sentía su constante desprendimiento en astillas, en finas rebanadas. Y no le importaba. Y no le importaba que no le importara.

Farawi lo intuía. Lo esperaba despierto a la hora del alba, cuando a veces regresaba a la casa donde se hospedaban.

—Te apartas, te alejas: ¿a dónde vas?

—No puedo evitarlo. Algo sucede en mi interior: como si hubiera cobrado una vida por separado. Como si en mí convivieran muchas otras personas.

—Te divides y te pierdes.

—No lo sé. Aún estoy en confusión. Es como si quisiera muchas cosas y no supiera cuáles ni porqué.

Un buen día, Benjamín decide sacudir su languidez. Le dice a Agdala que partirá por mar. Que ya no puede quedarse más entre sus brazos y sus almohadones de seda, sus perfumes y sus infusiones relajantes. Agdala lo aprueba: se ha cansado de la inactividad y la indecisión de su querido mercader. Lo que sí le pide es que si vuelve a pasar por Marsella alguna vez que la busque.

Benjamín se sorprende de su indiferencia y, de nuevo, siente que ha fallado con ella como con las otras mujeres.

Sólo le queda regresar a su fiel Farawi y ponerse de acuerdo en el seguimiento del viaje. El rabino Meir de Marsella al saber de su partida se apresura a entregarle unos manuscritos que habrá de llevar hasta la siguiente comunidad que visite.

Benjamín acepta lo que se está volviendo una rutina para él incomprensible. Intenta preguntarle al rabino cuál es el sentido de ese ir y venir de los manuscritos, pero desiste. Casi los considera como otra mercadería más que debe acompañarle.

Con Farawi se dirige al puerto en busca de una embarcación que los trasporte a Italia. Es ahí donde conocen a Gualterius ben Yamin, hombre de letras y viajero como ellos. Traban conversación y Gualterius es de la idea de que la sabiduría sólo se adquiere de la combinación alquímica entre hechos vitales y lectura de extraños y ocultos manuscritos que hay que perseguir en monasterios y en bibliotecas de los más alejados países del mundo. Gualterius ha elaborado una lista interminable de títulos y su colocación en bibliotecas. Con los ojos cerrados podría localizarlos en un instante: si en el primero o segundo libreros: si hacia mano derecha o izquierda: si hacia el techo o el suelo. Es más, recuerda la llave de cada biblioteca que ha visitado y cuántas vueltas son las necesarias para abrir cada cerradura.

Gualterius ben Yamin se deleita explicándole al mercader de Tudela que en la lectura lo que importa es la memoria precisa de cada letra, de cada signo y, mejor aún, de lo que el copista pudo haber intercalado en los espacios en blanco entre letra y letra.

Gualterius se desespera porque lo que se escribe no es lo que podría haberse escrito si la velocidad de la mente se equiparase a la de la escritura. Y no es cuestión de torpeza de la mano, les aclara a Benjamín y a Farawi, sino de falta de espacio: no hay espacio para lo que debería decirse.

—Es imposible —continúa— encerrar en letras, en papeles, en libros, lo que se quiere expresar. Encerrar en bibliotecas es un acto de ilusión, como los juglares que lanzan al aire frutas de colores.

Benjamín y Farawi han olvidado lo que los llevó al puerto y desisten de buscar un barco que zarpe pronto. Es subyugante escuchar lo que Gualterius tiene que decir.

Gualterius sabe hablar: sabe fascinar con la palabra. Los lleva a su reducida habitación en lo alto de una fonda. Les muestra las páginas que él ha escrito y les señala las dudas que lo acosan:

—Es difícil organizar un nuevo mundo. Es difícil creer que las cosas habrán de cambiar. Pero yo creo: yo creo en el constante cambio. Hasta lo que he escrito esta madrugada ya no es lo mismo si lo leo ahora o si os lo doy a leer. Las palabras cambian, saltan de renglón en renglón: es un error creer que han quedado atrapadas.

—¿Es por eso que los manuscritos que trasporto me son cambiados? —pregunta Benjamín.

—Calla, eso no debes difundirlo —se inquieta Farawi.

—¿Manuscritos, manuscritos? —inquiere Gualterius—. ¿Acaso eres portador de manuscritos? ¿Eres capaz de llevar el peso de las letras contigo? No sabes a lo que te arriesgas. Pero no todo debe ser lectura y estudio. Debes viajar, penetrar en los espacios prohibidos. Si quieres conocer el peso de los manuscritos que cargas contigo nada mejor que tu empresa de mercader que te permite viajar hasta el fin del mundo.

—Tú eres viajero: cuéntanos de tus viajes —pide Benjamín.

—Mis viajes no son hacia regiones lejanas: a veces viajo en redondo. Doy pequeñas vueltas sobre un punto en el suelo y lo que veo a mi alrededor es totalmente diferente. O me pongo de cabeza y todo es al revés. Gusto de visitar las casas de las prostitutas y de hablar con ellas. Me embriago con sus bebidas fermentadas y con el maravilloso polvo de hachís. No me detengo ante nada. Ni siquiera ante la muerte, a la que sé que un día buscaré sin que ella me haya buscado a mí.

—Entonces, únete a nuestra compañía para seguir la ruta de los manuscritos y de los puertos.

—No sé. Yo no decido nada en el momento. Lo decido cuando se decide solo. Cuando estoy ante un callejón sin salida y la decisión es única. Cuando, en realidad, ya no hay que decidir.

—Y, ¿no te asusta que sea tarde?

—No. Lo que me atrae es la inevitabilidad.

Farawi le recuerda a Benjamín que deben proseguir con la búsqueda de una embarcación y se despiden de Gualterius ben Yamin.

Hablan con el capitán de un barco grande y bien construido, de velas blancas sin una rasgadura, de palos y mástiles firmes. Para fin de mes estaría listo para zarpar y ellos tendrían tiempo más que suficiente para ordenar, empacar y preparar su nuevo viaje.

Es en esos días sin mucho qué hacer que Benjamín de Tudela, en uno de sus vagabundeos por las callejuelas del puerto, se topa con la figura obsesiva que lo persigue. La figura no se escapa ni se esconde, sino que espera, tranquilamente, a que Benjamín se le acerque. Una vez frente a frente le susurra:

—Te veré pronto y entonces podremos hablar.

—Pero no huyas. Dime, ¿por qué me sigues y luego te escapas?

—Cualquier acto tiene sentido: todo es pensado y meditado.

—¿Quién eres?

—Habrás de adivinarlo. En los escritos lo encontrarás.

Benjamín no adivina. Benjamín se ve envuelto en misterios que no sabe por dónde empezar a desenmarañar. Por todos lados le llegan avisos y aún sigue sin entender.

Farawi trata de distraerlo: de que no resuelva los misterios: de que sólo centre la atención en él.

—Olvida esos llamados y esos signos. No son nada. Enredos de tu mente. ¿Quién puede probar lo que dices? Termina ya de arreglar nuestros asuntos y marchémonos ya. Marsella te hace daño.

—No es el lugar: soy yo.

Benjamín acude a Gualterius. Pero Gualterius ha desaparecido: nadie lo ha visto ni sabe dónde está: como si no existiera.

Benjamín acude a Agdala. Pero Agdala está en baños de purificación y no lo verá.

Benjamín acude a Farawi. Pero Farawi se ha montado en Bet y galopa por las playas más alejadas hasta la puesta del sol.

Entonces, Benjamín acaricia la cabeza de Álef y le pide consejo. Los húmedos y grandes ojos de Álef le miran profundamente. Benjamín desiste.

"¿Por qué no encuentro la respuesta? ¿Por qué no entiendo las partes que me han ofrecido y no puedo llegar al todo? Los ojos de Alucena, el cuerpo de Alouette, las manos de Agdala: ¿cómo unirlas para hacer un cuerpo? Un solo cuerpo: un solo gólem.

"Olvido el Libro: el único lugar de las respuestas. Sólo recuerdo el versículo de despedida de los ancianos de Tudela: 'Desfallecerás del todo, tú, y también este pueblo que está contigo; porque el negocio es demasiado para ti; no podrás hacerlo tú solo'."

"¿Será ésa mi condena: desfallecer?"

El día de la partida se acerca. Ya han sido embarcadas las mercaderías y en cuanto a los nuevos manuscritos Benjamín los lleva consigo sin separarse de ellos. Le gustaría despedirse de Gualterius ben Yamin, pero sigue sin saberse nada de él.

El último día decide pasar por la fonda y subir al cuarto. La puerta está entornada y el cuerpo de Gualterius yace en la cama, desmadejado, un brazo colgando inerte. Se acerca, pues lo cree dormido o, tal vez, embriagado o poseído por las extrañas drogas que gusta de ingerir. Pero es otra la realidad: su cuerpo frío ya no late. El brazo colgante parece señalar una hoja en el suelo. Benjamín la recoge y lee lo que dice: "Ya no hay caminos. Ya no hay veredas. Estoy contra un alto muro que nunca podré escalar. Los guardias no me han dejado pasar. Las puertas se han cerrado. No existe más la frontera entre la vida y la muerte. Mi obra ha…"

Benjamín se queda un rato con el papel en la mano. Mira el cuerpo inerte de Gualterius. No entiende qué es morir: ese cuerpo que hace unos días se movía, hablaba, deseaba, esperaba. Ahora es nada. Bruscamente nada. Todo un maravilloso mecanismo destruido, sin la menor posibilidad de ponerse en marcha de nuevo. Una inteligencia y una sabiduría acumuladas para quedar en el más absoluto de los silencios. Todas las experiencias sumadas y los recuerdos ordenados dentro de un cuerpo que ya empezaba a corromperse. La limpieza, la suavidad y el perfume de una piel que ya hedía. El esfuerzo de vivir cada día, de vencer los obstáculos, de encontrar un sentido, todo, todo ello para ser arrojado inútilmente. Lo que se requiere para que unos músculos y unos nervios y un cerebro den la orden de esbozar una sonrisa, paralizado.

Un corazón que trabaja sin cesar para bombear la sangre, detenido de pronto. Unos pulmones que dejan de ser fuelle. Un aparato digestivo que interrumpe su función alquímica. Unos huesos que ya no sostienen el cuerpo y que sólo ellos quedarán de testigos desnudos.

Benjamín no sabe dónde está la inexistente frontera entre vida y muerte.

Benjamín no entiende cuál es la suma angustia que empujó a Gualterius para ser su propio ejecutor. Pero suma angustia debió ser. Sumo fin de la esperanza. Alto muro que no pudo escalar. Fin de todo. Eso debió sentir Gualterius.

Benjamín pasea la vista por el cuarto, como si buscara algo sin saber qué. Todo en orden: ninguna violencia. La muerte tranquila: visitante correcta. Sobre una mesa, un atado cuidadoso de papeles. Y, aquí, no resiste la tentación. Se acerca a los papeles y los mira sin tocarlos. Sobre ellos dice: "Para Benjamín de Tudela". Luego le pertenecen. Luego puede llevárselos. Él, el encargado de llevar y traer manuscritos, cuenta ahora con otros más.

Benjamín bar Yoná se convierte en una biblioteca ambulante. ¿Por qué se le encargan textos y más textos? Si él también tiene una misión de escribir, ¿por qué más y más textos? ¿Qué hacer con ellos? ¿Cómo cuidarlos a todos? Si son ya como hijos, ¿cómo mantenerlos vivos?

Benjamín bar Yoná cubre con la sábana arrugada el cuerpo de Gualterius y se despide en voz alta:

—Me llevo tu obra, Gualterius, me llevo y te cuidaré tu obra. Que tu cuerpo ya se ha perdido.

En alta mar, Benjamín revisa tanto papel que le acompaña. Necesita ordenar entre los manuscritos de los rabinos, la obra de Gualterius ben Yamin y sus propias notas de viaje y libro de sueños. Por lo pronto, ata cuidadosamente cada paquete y lo guarda en cada una de las divisiones de su bolsa de cuero. Aprovechará la travesía para escribir acerca de la vida de la comunidad judía de Marsella, sus miembros, los oficios y número de familias, los barrios y las condiciones.

Todo va bien hasta el momento en que estalla una tormenta. La embarcación se balancea como si fuera una nuez en el inmenso mar. La tripulación se ata con gruesas sogas para no ser arrastrada por las olas desesperadas. Los caballos y las mulas relinchan y sus ojos se abren en desmesura. Cocean y quieren romper los cabezales. Maese Pedro le grita a los mozos para que se aferren a los cofres y echen mantas sobre la mercadería para evitar que se empape.

Benjamín se ha asomado un momento a cubierta y al ver cómo da vueltas el palo mayor se ha desmayado. Farawi lo carga hasta la litera, se golpea la cabeza y queda tendido a su lado.

Poco después despierta Benjamín en un camarote lleno de agua y con los muebles fuera de lugar. Farawi sangra y siente un intenso dolor de cabeza. Benjamín arranca un pedazo de tela de su camisa y con él venda la herida de su amigo.

Ni Benjamín ni Farawi, que nunca antes habían viajado por mar, podían imaginar lo que es una tormenta. Hay momentos en que creen que el balanceo está disminuyendo, intentan incorporarse para volver a perder el equilibrio en un nuevo recrudecimiento del oleaje. Poco después, se sienten tan mal que el mareo hace presa de ellos y empiezan a vomitar incontrolablemente. Están seguros de que ha llegado el fin del mundo y que su fin está próximo. Entonan rezos y piden perdón.

El capitán mantiene el barco en ruta y sólo espera a que pase el tiempo y con él el fin de la tormenta. Él no necesita rezar pues sabe que nunca es eterna una tormenta y que la calma habrá de arribar. Lo único que le importa es mantener firme el timón, dar órdenes sobre el movimiento de la botavara y aguantar.

Cuando todo ha pasado, Benjamín, a duras penas repuesto, baja con Farawi a la bodega para ver qué ha sucedido con su gente y pertenencias. Se encuentra con un auténtico desastre. Gran parte de las telas y alfombras se han empapado, los cofres se han abierto y sus contenidos están desparramados por el suelo, los hermosos cueros repujados se han oscurecido por el agua salina que los ha penetrado, algunos de los manuscritos iluminados que eran para la venta se han echado a perder irremediablemente. Las carnes saladas, los embutidos y las galletas son una masa amorfa. Benjamín piensa que su fortuna se ha perdido, pero Farawi y el capitán le convencen de que mucho del desastre podrá remediarse. Maese Pedro y los mozos empiezan de inmediato a ordenar: ésa es la tarea mayor del hombre: rehacer lo desecho: reconstruir lo destruido. Y mientras más grande el desastre, más esfuerzo por corregirlo.

"Somos hormigas —piensa Benjamín—, que nos destruyen con gigantesco pie el hormiguero y en ese mismo momento empezamos a erigirlo de nuevo."

Brilla el sol, en completo olvido de la tormenta, y los hombres también olvidan. Suben las mercancías para que se sequen y aireen. Embalan los objetos desparramados y cierran los cofres como si no hubiera pasado nada. Esto los mantiene entretenidos durante días y en una constante esperanza de recuperar y salvar muchos de los objetos. Es como un juego en el que hay que ganar la partida.

Por fin, Benjamín puede sentarse a escribir.

VII. POR TIERRAS DE ITALIA

EL VIAJE por mar que sólo duró cuatro días, a Benjamín y su compañía les pareció mucho más largo por todos los sucesos que acaecieron. Estuvieron contentos de arribar al puerto de Génova y, al principio, perdían un poco el equilibrio al caminar en tierra firme, pero, poco a poco, se fueron sintiendo mejor.

Buscaron un espacio amplio donde seguir remediando los daños de su mercancía y donde los caballos pudieran recobrar la tranquilidad y comer pienso fresco.

Benjamín se sorprendió de encontrar sólo dos judíos en toda la ciudad, Samuel ben Pelit y su hermano, procedentes de Ceuta, tintoreros de oficio, hombres de extrema bondad y que le ayudaron todo lo que pudieron. Ellos le explicaron que los judíos no se asentaban en Génova porque la exigencia era pagar por la iluminación de la catedral.

Otras cosas más le sorprendieron a Benjamín. Anotó en su *Libro de viajes:*

> La ciudad está circundada por una muralla. No tienen rey que los domine, sino cónsules que ellos nombran por propio arbitrio. Cada ciudadano tiene una torre en su casa y cuando están enemistados se hacen la guerra unos a otros desde lo alto de sus torres. Son los que dominan el mar; construyen embarcaciones llamadas galeras y van a piratear y saquear por los mares de Italia y Berbería y al país de Grecia hasta Sicilia, y de todas partes traen botín y pillaje a Génova. Están en guerra permanente con los pisanos.

Benjamín de Tudela sólo espera quedarse en Génova lo necesario para poner en orden su mercadería. No le gusta la ciudad ni el belicismo de sus habitantes. No encuentra un espíritu propicio para sus aventuras. Hombres y mujeres carecen de esos signos en clave que él busca en las almas. No hallaría con quien perderse en un lecho o en una discusión de espacio blanco entre letras o de silencios entre sonidos. Se retrae y se esconde como cuerno de caracol.

Aprovecha para sentarse a estudiar la obra de Gualterius ben Yamin. Le pide a Farawi que lo acompañe y que él lea también los escritos. En el cuarto de la fonda donde se han hospedado, acercan dos bancos a la ventana para mejor recibir la luz del sol. Leen y anotan:

El pensamiento de Gualterius se guía por una visión metafísica de Dios, del lenguaje y de una sociedad necesitada de redención. Gualterius señala cada injusticia y cada dolor del hombre común y corriente, del campesino, de la mujer, del niño y del viejo. Está empeñado en desfacer entuertos. Sería un caballero andante si no viera también en ellos la jerarquización y el engaño. Cree en el luchador único, sin apoyo. Desdeña cualquier ley o programa a seguir. Rompería las reglas y erigiría las antinomias. Pero esto también sería falso.

Benjamín de Tudela, luego de escribir estas ideas, reflexiona sobre ellas. Nunca antes había oído o leído algo así. ¿Podría existir una sociedad mejor que la de ellos? ¿Sería posible el espíritu de la rebelión? ¿Cómo conciliar la búsqueda de Dios y la búsqueda del hombre libre?

Farawi le responde que si algo ha provenido de la mente humana es porque puede realizarse. No es partidario del estatismo y si hay imaginación puede pensarse en mejores sistemas de vida. ¿No habían surgido nuevas religiones como el cristianismo y el islamismo? ¿No veían ahí, en Génova, que podían existir gobiernos sin reyes ni príncipes, sino de ciudadanos elegidos por otros ciudadanos? Luego podían existir otras soluciones para la sociedad.

—Sí, tienes razón: el pensamiento es algo vivo, tan vivo como lo puedan ser los textos escritos, como es viva la Torá. Y ahora, leyendo a Gualterius, nos damos cuenta de que sus ideas son vivas, de que podríamos hacerlas realidad.

—Eso ya no lo sé. El escrito debe permanecer escrito. El escrito no es para mover a las masas. El escrito es mágico. El error es creer que la magia es real. El escrito es ilusión y buenos deseos, como la magia.

—Entonces, ¿cuál es su vida?

—Es una vida propia que no se rige por la vida biológica: por la vida que nace y muere. Es otra vida y es otra muerte: se llaman así porque nos faltan palabras.

—¿Crees que la palabra es verdad?

—Claro: la palabra es palabra: la palabra es verdad: la palabra es cosa: eso significa *davar* en hebreo.

—La palabra de Dios tiene la fuerza de la creación: palabra que es, al mismo tiempo, el instrumento de la creación. *Davar* posee las propiedades de la realidad creada.

—Como cuando escribo: la palabra se me convierte en la cosa escrita.

—Y en muchas otras cosas más. La palabra es también la emoción o el sentimiento. ¿No hay palabras que te hacen reír y otras llorar?

—Simples palabras que lo son todo.

Un día toca a la puerta la figura que persigue a Benjamín: ojos, manos, boca: ahora sólo faltan las palabras.

—¿Me dirás, por fin, quién eres?

—Ya que no eres bueno para adivinar, te lo diré. Soy Alucena. No hagas caso de mis ropas de hombre. Soy Alucena. Nunca viste mi cara por el velo que me cubría. Sólo conocías mis ojos. —Y colocándose un pañuelo bajo los ojos y tapando el resto de la cara, agrega: —Y así, ¿me reconoces?

—Sólo me queda reconocer que vivo en el engaño. Si ni siquiera pude pensar o imaginar que eras tú quien me perseguía, ¿cómo puedo leer, meditar, discurrir? Todas mis palabras han sido vanas frente a tu presencia. Vivo en espejismos. Ya no sé dónde está la verdad.

—No deberías preocuparte por la verdad. Yo ni siquiera sé si existe y vivo tranquila.

—¿Y Alouette? ¿Y Agdala?

—¿No se te ocurre pensar que podrían ser una parte de mí?

—¿Tú, dividida en tres? ¿O imaginada?

—Eso dependerá de ti: me verás como quieras verme. Será un aprendizaje hasta que puedas unir las esencias fragmentadas y descubras mi verdadero ser.

Benjamín que se creía llamado al estudio divino y que es el portador de manuscritos mágicos, ha sido llamado a una tarea imposible: descubrir quién es Alucena.

Benjamín que había sido visitado por el Ángel de la Verdad y que no descifraba su mensaje, se enfrenta al difícil arte de saber quién es el otro —la otra— frente a él.

Benjamín, nuevo mercader, tendrá que apreciar no los espacios blancos entre letra y letra como pretenden los lectores de la Tradición o de la Recepción, sino los espacios blancos entre esencia y esencia de Alucena: los encajes en el vacío.

De Génova, Benjamín de Tudela parte con su compañía hacia Pisa. Camino que recorre en dos jornadas. La ciudad es muy grande y tiene vínculos comerciales con el Oriente, por lo que Benjamín hará buenos negocios. Hay unas diez mil torres en sus casas para defensa de los ataques de las ciudades vecinas. Se habla de que habrá de construirse una torre especial que perdurará por los siglos de los siglos. En la plaza, los arquitectos toman medidas y aseguran que la torre será la más alta del mundo y que igualará a la de Babel. La catedral está empezando a elevarse sobre sus cimientos. Se nota un fervor y una prosperidad nacientes. Los habitantes son valerosos y han probado su destreza en batallas contra los sarracenos. Al igual que en otras ciudades italianas no hay reyes ni príncipes como gobernantes, sino cónsules. La ciudad carece de muralla y está a unas seis millas del mar. La navegación por el río Arno permite el acceso.

Benjamín cuenta veinte judíos en Pisa, a cuya cabeza están los rabinos Moisés, Jaim y José. Habla con ellos y hace algunas transacciones, vendiéndoles joyas labradas en oro a la manera morisca. Le aconsejan que vaya a la ciudad de Luca que queda a unas cuatro leguas aproximadamente.

Pasa de la Toscana a la Lombardía y en Luca se encuentra con unos cuarenta judíos. Los hombres principales son los rabinos Samuel y Jacob, pero el más importante es el rabino David, quien lo acoge en su casa y se convierte en su consejero. En Luca, descansa algunos días y se dedica al estudio de la Torá y al rezo. Desde siglos atrás se había establecido una academia talmúdica y años

61

antes de la llegada de Benjamín, Abraham ibn Ezra había escrito allí parte de su obra.

El rabino David le insiste a Benjamín que debe ir a Roma, la gran capital, cosa que Benjamín no había dudado en hacer.

Emplea seis jornadas en su marcha desde Luca hasta Roma. Por el camino, Benjamín va pensando en su llegada a la gran capital, cabeza del reino de los cristianos. No deja de producirle cierta sensación de extrañeza el que él, un judío, haya decidido visitar tal ciudad. Por un lado, le atrae la grandeza y la historia en ella acumuladas; por otro, le repugna saber que ahí está la sede del antisemitismo, de las persecuciones contra sus hermanos, de la injusticia contra los pobres, del lujo y del boato, de las riquezas mal habidas, de la corrupción. No entiende cómo una Iglesia puede dar cabida a tanta maldad.

El idioma de la cristiandad es un idioma ajeno. El latín no es considerado idioma de cultura, sino de guerra: un idioma de soldados: para dar órdenes concisas: para ejecutar sentencias. Es el idioma del pueblo que mató a su propio mesías. De sus lecturas, Benjamín sabe que tal pueblo si construyó mercados fue para exhibir la prostitución; si erigió puentes fue para cobrar peaje; si hizo baños fue para el deleite de los nobles y ricos, mas no para uso del pueblo o con significado ritual; si creó circos fue para la brutalidad y el salvajismo.

Así que, con ánimo dividido, Benjamín piensa que lo mejor será esperar a estar en Roma y entonces sacar sus propias conclusiones. La campiña se muestra por mezcla de colores verde y oro: laureles y eucaliptos, espigas de trigo y salvado. Otros colores son los de las campanillas, los alhelíes, las siemprevivas, las pimpinelas, las glicinas. El perfume de la yerbabuena y la mejorana le acompaña todo el viaje.

Cabalga en Álef y se aleja del grupo. Esta vez no quiere hablar con Farawi. Quiere estar solo. Presiente otro ataque de melancolía y prefiere la soledad. No soporta los ojos de los demás.

El mundo se le viene encima. No quisiera sentir ni pensar. No quisiera hacer nada ni tomar ninguna decisión. Regresar al primer mundo, al de la no-voluntad, inmerso en el agua de la creación.

Como en sueños las capas de agua se vuelven telarañas espesas. Su cuerpo flota y trata de abrirse camino entre la trasparencia. El espacio es inabarcable como el fondo del mar. O tan reducido como la extensión de brazos y piernas.

Su deseo es el no-deseo. Estar confinado sin darse cuenta. Que las fronteras sean tan estrechas que no se noten y parezcan el cuerpo propio. La liviandad absoluta y la falta de gravedad: un cuerpo sin leyes. Un cuerpo que funcione solo: sin ningún apuro. Un cuerpo que conozca el orden de las cosas.

Nadar como nadó en la playa de Tarragona. Arrastrado por la corriente. Envuelto en las olas. Capas y capas de lo no visto pero sí sentido. Poder estar bajo agua y respirar. Respirar de otro modo: con branquias: con los pulmones colapsados. Rodar sobre sí mismo eternamente. Ignorar el tiempo medido. Acatar el tiempo sin tiempo.

Frente a un espejo o un cristal, no saber que lo son. Frente al aire no reconocerlo. No entender ningún sonido ni lenguaje: sólo el correr del río: el batir de la ola: el caer de la cascada: gotas de lluvia en la frente.

Extraordinaria pérdida de la memoria y del conocimiento: cada instante recreado: como el primero de la vida. Partir de cero sin saber que se parte de cero: el desaprendizaje absoluto. Con una esponja húmeda borrar cualquier nota sobre el tablero.

Sólo así evitaría el dolor Benjamín de Tudela. El dolor de la melancolía. Porque, ¿quién dice que no duele la melancolía? Que sea un dolor no localizable en parte alguna del cuerpo no implica su ausencia. Antes bien, esa indefinición es su carácter primero. Esa inapetencia. Esa ambigüedad. Ese deseo de muerte.

Si en este momento espoleara a su caballo y a toda carrera se estrellara contra un árbol, podría sellar con la muerte esta falta de vida que le embarga.

No quiere vivir, pero su desánimo es tal que ni siquiera puede apelar a la muerte.

Es haberlo perdido todo sin siquiera haberlo tenido todo.

Es el más vacío de los vacíos.

Es el no-retorno de las cosas.

Es el fin irremediable.

Es la nada.

Con estos ataques de melancolía Benjamín se desgasta. Bajo sus ojos se marcan ojeras oscuras y profundas que ya no le abandonan. Su mirada pareciera atravesar los cuerpos de los demás y penetrar en un estado desconocido. Aprehender lo oculto tras de toda piel y todo cráneo. Desmenuzar lo que nadie se confiesa. Operar sobre una mesa los gestos apenas esbozados, los movimientos que delatan, el rápido parpadeo de lo imperceptible. Adivinar en qué momento ocurre la traición de cada músculo estremecido.

Es verdad que Benjamín no guarda para ningún propósito el enorme cúmulo de sensaciones coleccionadas. "Entonces, ¿para qué, se pregunta, se me ha conferido este don? No sé cuál es el propósito de reunir estos gestos, estas maneras de los demás. Es una reunión de inútil sabiduría. Avanzo por los rincones del alma. Desmenuzo lo mínimo. Como si llegara a lo que no tiene posibilidad de subdivisión. Al átomo de los filósofos griegos. Y, una vez que llego me pregunto: ¿para qué? Quisiera dar otro paso más y traspasar lo indivisible. Como si tuviera una intuición de que hay algo tras de las apariencias y no supiera qué. Que el mundo no es lo que percibimos sino que la realidad está más allá. La realidad del horizonte no es su fin sino lo que queda al otro lado. Porque, en mis viajes, nunca llego al horizonte: nunca puedo poner el pie en el horizonte. Y tampoco es verdad que al otro lado del mar hay un abismo, porque según avanza el barco el abismo desaparece. Pero no el misterio. Y lo mismo con las personas: creo que estoy llegando a ellas y se me escapan. Y lo mismo conmigo: no llego a mi propio fondo. Esa sensación de no tocar el fondo es lo que me desespera."

VIII. ROMA Y HACIA EL SUR

BENJAMÍN se dedicará a conocer intensamente la ciudad de Roma. Le llama la atención cómo está dividida en dos partes por el río Tíber. En una está la basílica de San Pedro y el palacio de Julio César. En la otra, los edificios son muchos y grandes; las construcciones, diferentes a las de cualquier otra ciudad del mundo. Se nota, sin lugar a duda, que fue la capital de un gran imperio y que su gloria no ha desaparecido. Maravillado escribe en su *Libro de viajes*:

Entre lo urbanizado y lo devastado hay veinticuatro millas. Hay allí ochenta palacios, de ochenta reyes que tuvo Roma, llamados emperadores. Desde el reinado de Trajano hasta el reinado de Nerón y Tiberio, que fueron en tiempos de Jesús el Nazareno, hasta el reinado de Pipino, padre de Carlo Magno, el que por vez primera conquistara España del dominio de los árabes. Allí, en las afueras de Roma, está el palacio de Tito, a quien no quisieron recibir el Cónsul y sus trescientos consejeros por no haber cumplido sus mandatos y tomado Jerusalén sino al cabo de tres años, y ellos le habían ordenado dos años. Allí está el palacio de Vespasiano, edificio grande y muy fuerte. También está allí el palacio real de Termal Coliseo; en su interior hay otros trescientos sesenta y cinco palacios, tantos como días tiene el año solar. El perímetro de los palacios es de tres millas.

Hubo una guerra entre ellos, en época antigua, y cayeron muertos dentro del palacio más de cien mil hombres; allí están los huesos amontonados hasta nuestros días. El rey hizo esculpir el asunto de la guerra, de este lado y de aquel lado, frente y frente, con los hombres, sus caballos y sus armas, todo en piedra de mármol, para mostrar a la humanidad la guerra que hubo en época antigua.

Más maravillado aún, recuerda que el temible imperio no pudo vencer a los judíos sino luego de tres años de intensas guerras y que el heroísmo de los defensores de Masada opacó el triunfo de las legiones romanas. Benjamín de Tudela busca en las ruinas de Roma una grandeza perdida y recuerda con fervor el espíritu indomable de Eleazar ben Yair. De los romanos quedaron las ruinas y de los defensores judíos la memoria del heroísmo.

Benjamín ha leído a Josefo Flavio y el discurso final de Eleazar ben Yair en donde le pide a los 960 defensores de Masada que se suiciden antes que caer prisioneros de los romanos. Que quemen el palacio, las construcciones y los almacenes de comida. Que cada familia sortee quién va a matar a los suyos, a los niños, a las mujeres, a los ancianos. Y esto, para Benjamín, es el verdadero triunfo y no las vanas grandezas imperiales.

Frente a las ruinas, Benjamín reza por los caídos en Masada.

Luego, Benjamín visita el Coliseo y la iglesia de San Juan de Letrán y, otra vez, se conmueve ante

las dos columnas de cobre que estaban en el Templo de Jerusalén, obra del rey Salomón —la paz sea sobre él—. Y en cada columna está grabado: "Salomón, hijo de David". Y decían los judíos de Roma que cada año, por Tishá be-Ab, apreciaban sobre ellas una exudación que discurre como agua.

Benjamín no se extraña, pues las columnas desarraigadas lloraban el exilio de la Tierra Santa.

Benjamín busca la cueva donde Tito, el destructor del Segundo Templo, ocultó la Menorá y los objetos que sustrajo de Jerusalén.

Asimismo, hay allí una cueva en un monte, a un lado, sobre la ribera del río Tíber, donde están sepultados los diez justos, asesinados por orden real. Ante San Juan de Letrán está esculpido en piedra Sansón, con una lanza en la mano. Asimismo Absalón, hijo de David.

Benjamín sigue los rastros de los despojos romanos y rescata en su *Libro de viajes*, para los tiempos de los tiempos, lo que le fue arrebatado a pueblos más antiguos y más dignos.

Anota también la cantidad de judíos que habitan en Roma. Su admiración es grande:

Allí hay unos doscientos judíos honorables que no pagan impuesto a nadie, y entre ellos hay servidores del papa Alejandro III, obispo mayor encargado de toda la cristiandad. Allí hay grandes sabios a cuya cabeza están: el rabino Daniel, el maestro y el rabino Yejiel, servidor del papa, joven hermoso, inteligente y sabio, que sale y entra libremente en casa del papa, oficial de su casa y de cuanto en ella hay; es nieto del rabino Natán, el que escribiera el *Séfer ha-aruj* y sus comentarios. Además están el rabino Joab, el rabino Menajem, jefe de la academia talmúdica, el rabino Benjamín bar Shabetai —bendito sea su recuerdo—.

Benjamín, deambulante de las ciudades, descubridor de las entrañas urbanas siente la atracción de los barrios desconocidos, de los despreciados, de los olvidados de la mano de Dios. Por ellos se interna, como lo ha hecho en Marsella y en otras ciudades. Aquí echa de menos el mar y la vida ambigua de los puertos. Dirige sus pasos hacia los callejones tortuosos, donde el empedrado es desigual, donde las construcciones están a punto de derrumbarse, donde el olor es fétido, donde sabe que le espera la aventura y la sorpresa.

Es una atracción que no puede evitar: como si la delgada línea divisoria entre el orden y el desorden fuera su interés principal. Como si estuviera a punto de descubrir esencias no analizadas, esencias no razonadas, esencias de lo oculto y de lo real. Porque para Benjamín éste era el mundo real y no el de los palacios y las academias. Necesitaba una explicación tan profunda que sólo podría encontrarla en la alteración del orden: allí donde la subversión fuera la razón de ser. Y no entendía por qué, pues, por otro lado, admiraba y amaba el mundo de la belleza y del saber. Era como si sólo por los extremos pudiera llegar a comprender. ¿El qué?

Yejiel, el bello joven servidor del papa, sabio y estudioso, era para él como una estrella a mediodía. Y para que mejor brillara, se internaba por las callejuelas de los barrios miserables. Mientras más sentía el dolor, el rostro desfigurado, los puñales amenazantes, la sangre que brota, más recordaba el rostro perfecto de Yejiel. Y el rostro perfecto de Yejiel se sumaba a las bellezas de Farawi, de Alucena, de Alouette, de Agdala.

Rostros y cuerpos eran un conjunto de belleza única y total. No sabría qué hacer si no tuviera el don de conmoverse ante la belleza.

La belleza, para él, no tenía sexo. La belleza era un todo magnífico. Dios le había otorgado la sabiduría de amar la belleza. Llegó a pensar, Benjamín de Tudela, que la belleza de los rostros y cuerpos que lo acompañaban eran la verdadera y única belleza de Dios. Y que él vivía para amar esa belleza.

Por las callejuelas oía los gritos, las voces destempladas, los sonidos desarticulados y ásperos. Para, entonces, recordar las melodías, las suavidades, los cánticos.

¿Por qué necesitaba las oposiciones? ¿Por qué lo que ya sabía tenía que volver a experimentarlo una y otra vez? ¿Qué sentido de la redención le hacía saltar de charcos a fuentes, de perversiones a bondades?

La puesta del sol parecía no convencerle de que volvería a salir y que de la noche esperaría el amanecer. Se aferraba a las muertes por tanto amar las vidas.

El olor a podrido, a desechos, a sustancias descompuestas era un revolvente para anhelar los perfumes, la limpieza, la composición. Como si su memoria fuese pequeña y lineal.

¿Sería por una pérdida de sus propios laberintos internos por lo que añoraba los mecanismos paralelos? La reducción geométrica era la reducción sensorial.

Los gestos torvos, las caras marcadas, las puntas de los cuchillos eran las cicatrices por él temidas y ansiadas. No le hubiera importado ser marcado y perder él también la causa de la armonía. Pero no en los demás: no hubiera querido las marcas y las desfiguraciones en los demás: en los que él había de contemplar.

Como si la redención fuera en él solo: por los demás adquirir la reacción perfecta, en equilibrio. Que el sufrimiento se borrara en los demás y que él lo cargara para así no verlo. Ojos que no ven, corazón que no siente: porque él no se podía ver a sí, por eso reclamaba para sí el dolor de los demás.

De este modo, se borrarían los signos de la iniquidad.

De este modo, se erigiría el deseo de la perfección.

De este modo, estrellaría inútiles espejos incapaces de reflejar la totalidad.

De este modo, inauguraría las esencias cotidianas.

Benjamín bar Yoná se baña a las orillas del río Tíber con Yejiel. Farawi resiente no haber sido invitado. Farawi piensa que Benjamín es inconstante. Benjamín necesita el cambio. No es que deseche compañía y amores, sino que incorpora los nuevos y, por nuevos, atraen su interés. Farawi no comprende, no acepta. El quiere a Benjamín para sí porque él es nada más de Benjamín. Farawi adivina que los demás se mantienen en la unicidad y le son fieles a Benjamín, pero que Benjamín los reúne, los colecciona y para todos guarda amor. Farawi quisiera que Benjamín eligiera un solo amor y que con él se quedara: Alucena, Alouette, Agdala. Y un solo amigo: él, la memoria de Gualterius, Yejiel. Benjamín ama la totalidad y el infinito de cada uno de ellos.

Benjamín busca el rostro que refleja otro rostro y no se conforma con uno determinado. Es como si buscara un rostro sin rasgos: un rostro en blanco: vacío. Y como si ese rostro sin esculpir representara el temor más grande que pudiera experimentar. Farawi quiere el rostro de rasgos definidos, en los cuales tener solaz, aislarlos, reunirlos, recomponerlos. Farawi gusta de expresar que los ojos son la luz, que las cejas son alfanjes, que la frente es un espejo, que las mejillas son campos de mirares, que la nariz es una torre, que la boca es un lago, que los dientes son barcos de vela, que el cuello es un palacio. Benjamín borra los rasgos de su amor anterior y sólo recuerda al que tiene enfrente. Y aun así, no lo describe. Sería imposible describir los rasgos del amor.

Por eso, Farawi se impacienta. Benjamín olvida.

Farawi erige construcciones. Benjamín las atraviesa.

Al regreso del baño en el río, Benjamín no entiende el silencio hosco y la mirada encendida de Farawi. Benjamín lo abraza y Farawi se retrae. ¿Por qué?, se preguntan los dos.

Como Benjamín no entiende, le propone a Farawi:

—Nos iremos a visitar las ciudades cercanas.

Como Farawi tampoco entiende, a pesar de que se ha jurado, en despecho, no aceptar nada de él, claudica y acepta. Compañía que se recobra un poco es compañía al fin.

Así, vuelven los dos a pasear por los campos. Benjamín ya ha olvidado a Yejiel y Farawi no se lo recordará.

Salen temprano hacia Capua, montados en sus fieles corceles, Álef y Bet. Les toma cuatro jornadas llegar.

A Benjamín le parece que Capua es una buena ciudad a pesar de que el agua es mala y de que el terreno es mortífero. Viven bastantes judíos, alrededor de trescientos. Entre ellos, abundan los sabios dedicados al estudio de los libros sagrados. La comunidad acude a resolver sus problemas con estos sabios a cuya cabeza están los rabinos Conso, Israel y Zaquén, así como el bondadoso David cuya alma esté en el Paraíso.

Benjamín y Farawi no se detienen y siguen su viaje. Costean hasta llegar a Puzzoli, llamada Sorrento *la Grande*. Benjamín escribe en su *Libro* que se trata de una extraña ciudad que fue cubierta en dos partes por el mar. En la fecha en que él está aún pueden verse los callejones y torres que había en medio de la ciudad. También en ese lugar se encuentra un manantial que brota de las entrañas de la tierra y que da un aceite llamado petróleo. Los habitantes lo recogen de la superficie del agua y lo utilizan para confeccionar ungüentos y remedios. Benjamín compra una cierta cantidad de este petróleo para incorporarlo a sus medicamentos. También se interesa por las aguas termales que están a la orilla del mar. Nunca antes había conocido esas aguas. Visita los baños, de los cuales hay unos veinte establecimientos a los que acuden las personas aquejadas de alguna enfermedad. Las personas que se sumergen en las aguas curativas salen remozadas y curadas de todo mal.

Ahora que es verano, llegan muchos enfermos, acompañados de parientes y amigos, de la región de Lombardía principalmente. Hay casas especiales para hospedarlos y los mercados adquieren nueva vida. Es una buena oportunidad para ofrecer mercaderías y, una vez que llega el cargamento de Benjamín y que maese Pedro organiza las ventas, se obtienen jugosas ganancias.

Benjamín se deleita describiendo en su *Libro de viajes* el paisaje italiano. Se contagia de la vida sensual y goza el uso de los sentidos. Ahí, la luz es más luz, el cielo azul y las nubes blancas son un agradable techo colorido. El perfume de las frutas es tan apetitoso que llega a preferirlas antes que cualquier guiso o cocido. El vino es de los que se deslizan suavemente por la garganta y no raspan en su descenso hacia el estómago. Antiguas fórmulas seleccionadas han perfeccionado su elaboración y es un deleite acompañar cada comida de las distintas clases de vino. Prueba también los quesos que elaboran los pastores y no sabe cuál es el mejor de ellos.

Luego anota en su libreta, rumbo a Nápoles:

Desde allí se recorre un trayecto de quince millas por debajo de las montañas, que es obra que mandó hacer Rómulo, el rey que construyó la ciudad de Roma. Todo esto lo hizo por miedo al rey David —la paz sea sobre él— y a Joab, jefe de su ejército; por eso levantó aquella obra sobre los montes y por debajo de los montes hasta la ciudad de Nápoles.

El viaje por el túnel es un penetrar en los secretos de la tierra. Es un enfrentarse a extrañas formaciones geológicas: es un descubrir cada capa de tierra con su historia: restos enterrados de vegetales, de animales, de minerales. Con hachones se alumbran el camino y la compañía grita al unísono cuando en una pared una calavera parece agitarse y sonreírles burlonamente. Los cristianos se persignan, los judíos y los musulmanes pronuncian rezos. No se vislumbra la salida y el calor es sofocante. Una ráfaga de aire apaga los hachones y empiezan a caminar a tientas.

Imagina Benjamín que esa oscuridad sin fin debe de ser como la muerte: un viaje sin ojos: perdido el sentido de la orientación: extendiendo los brazos para no tropezar el cuerpo contra las paredes. Ignorar si se camina poco o mucho, en línea recta o en círculos. No saber quién es el que va al lado y sentir el espanto de los caballos, de las mulas: sus relinchos de terror y su trote acelerado.

No queda más remedio que seguir paso a paso hacia adelante. Por notar la inutilidad de la oscuridad, Benjamín cierra los ojos y siente que así se pierde más. Por un instante considera que está soñando.

El Ángel de la Verdad le toma de la mano y llegan todos a la salida.

IX. MÁS DE ITALIA

NÁPOLES es la siguiente ciudad que está asentada en el *Libro de viajes* de Benjamín de Tudela. Le interesa describir los muros fortificados y el golpe de las olas contra las piedras. Reconoce la arquitectura griega y recorre con gusto las partes nuevas y viejas de la ciudad. Le atrae el clima, de suavidad cálida, y la indolencia que origina. Anota los quinientos judíos que habitan y su modo de vivir. Los justos entre los justos merecen su admiración: el rabino Ezequías, el rabino Shalom, el rabino Elia ha-Cohen y el maestro Isaac de Har Napus. Con ellos pasa largas horas hablando de la Torá. Les cuenta lo que se estudia en tierras de Sefarad y los nuevos manuscritos que se están escribiendo.

Elia ha-Cohen muestra interés en verlos y, como él no está en la lista de quienes pueden leerlos, se los enseña únicamente, sin dejárselos para que los estudie. El rabino se maravilla y reconoce la gran sabiduría de los maestros sefardíes. Recuerda las obras de Yudá ha-Leví y las alaba en su grandeza.

Benjamín, luego de comprar y vender mercadería y de quedar a la par, decide continuar viaje por vía marítima, ya que su afición por los barcos sigue en aumento ahora que visita tanto puerto italiano.

Desembarca en Salerno, luego de haberse dejado seducir por el continuo mar azul, azul tan intenso que no encuentra otro semejante ni en brocados ni en manuscritos. Se admira del color del mar acumulado y, en cambio, de su trasparencia en la mano. Se exalta de contemplarlo y no sabe cómo llamar a esa sensación equiparable a la levedad, a la alegría y a una especie de comunión con la naturaleza toda. No le importaría, en ese momento, morir en el mar. Pero, más bien, le parece un nacimiento: un reconocer el aire en la piel: un suavizar el calor del sol por las gotas de agua salobre. Humedece sus labios con la lengua y siente el suave sabor de la sal.

Que el barco le haya trasladado sin el menor esfuerzo de su parte, que el viaje haya sido sin el menor percance es para dar gracias a Dios y a los ángeles. El *Malaj ha-emet* le acompaña y se manifiesta en el rítmico oleaje y en la espuma salpicante.

El puerto de Salerno es un puerto pesquero con cadenas y postes de roca, con embarcaciones de todo tipo, tranquilo y seguro. Las altas murallas, por la parte continental y a la orilla del mar, son inexpugnables. La alcazaba, en la cima de una montaña, es también poderosa.

En la ciudad está la afamada Escuela de Medicina y Benjamín se pregunta si se estudiarán los textos de Maimónides. Por donde viaja recupera la memoria del sabio sefardí, aunque ignora a qué lugar lo habrá llevado la fortuna en ese momento. Moshé bar-Maimón viaja en condiciones distintas a las de él, obligado por la persecución y la intolerancia: Córdoba no resultó una ciudad segura para los judíos y muchos tuvieron que huir. Tudela permitió que uno de sus hijos preclaros pudiera darse el gusto de escoger su vida y recorrer el mundo según su placer. Benjamín lo entiende y también da gracias por esto.

En Salerno hay una gran comunidad de judíos: seiscientos es el número. Florecen las artes y los oficios, y los sabios pueden estudiar sin preocuparse por el sustento. Ha atraído a rabinos de otras ciudades, como Yudá bar Isaac bar Melquisedec que ha venido de Siponte, Elia de Grecia y Abraham de Narbona. Este último es quien recibe los manuscritos y a quien Benjamín le trasmite las noticias de sus correligionarios narbonenses.

Abraham le pide a Benjamín que se quede hasta que pueda entregarle una respuesta y agregar él, a su vez, la parte que le corresponde. Benjamín nota que Abraham no menciona nada de esto a los demás sabios y que se retira sigiloso para meditar y luego escribir.

Al cabo de una semana, antes de empezar el *shabat*, Abraham llama a Benjamín y le dice:

—He leído y releído: no he podido parar. Luego he pensado y he pensado: no he podido parar. Las ideas me atrapan en soledad. Pienso que me vuelvo loco. ¿Qué son estas palabras que retumban en mi mente y que brillan en el papel? ¿Cuál es su fuerza que no se ve y que persiste? ¿Cómo podré yo agregar otras palabras a lo ya dicho? Mi tarea más difícil es atrapar el vuelo de las letras: lo que veo ante mí son las veintidós letras volando. ¿En qué orden colocarlas para no destruir el mundo? ¿En qué papel escribirlas y con qué tinta? ¿Qué colores usar? ¿Cómo salpicar el polvo de oro?

"Aunque no es esto lo que me detiene, sino lo otro. Lo otro. El más allá de las palabras. El centro. El meollo. La nuez y no la cáscara. La almendra. La esencia. Poder desnudar cada letra y alcanzar su absoluta razón. Su absoluta interioridad.

"Que cada letra adquiera el trazo dibujado por primera vez. El deleite de lo inusitado. La tinta fresca convertida en fuego negro sobre el papel traslúcido convertido en fuego blanco. Fórmulas que no lo son y recetas desdobladas. El atanor nunca apagado del alquimista incipiente y los elementos que lo mantienen encendido.

"¿Cómo reunir las artes de otras artes para conformar nuevas artes?

"Sé que me faltan las palabras si no resuelvo el orden de las letras.

"Por eso me parece que enloquezco.

"El ritmo de tambor de las letras.

"Me da por repetir el abecedario: en su orden: en su sonido.

"Es como una canción de cuna: no sé si entiendo: pero me adormece.

"No puedo alterar ese orden establecido desde la creación.

"Desde que nació una por una la criatura y la palabra.

"Pero lo que quiero, en realidad, es alterar esa criatura y esa palabra.

"Ha sido demasiado el tiempo del orden: que nazca el caos.

"Un caos ordenado.

"¿Cómo es posible?

"Sí.

"Por eso, no encuentro la manera de decirlo. Que álef no fuera álef, ni bet, bet. A no fuera a, ni be, be.

"¿Entiendes?

"No. No puedes entender. Porque yo tampoco entiendo.

"Desvirtuar el origen del lenguaje.

"Música. ¿Podría ser música?

"Donde un sonido sigue a otro.

"Eso es el lenguaje: ¿cómo trastocarlo?

"El caos:

"sólo el caos impera.

"Ése es mi mensaje."

Benjamín de Tudela ha guardado silencio. Tal vez el caos sea silencio.

Ha contestado, luego de un largo rato:

—No llegaremos a la entraña.

Y luego ha vuelto a guardar silencio.

Benjamín ha tomado la ruta a Amalfi y en media jornada ha llegado. Son pocos los judíos que viven allí, apenas veinte, pero muy destacados, como el médico Jananel y el magnánimo Abu Alnir. Benjamín se relaciona con los cristianos que son poderosos mercaderes y viajeros como él. Anota en su *Libro:*

> No siembran ni cosechan, sino que todo lo compran con dinero, pues habitan en las altas montañas y en las cimas de los peñones; no obstante poseen muchas frutas: es tierra de viñedos, olivares, vergeles y huertas. Nadie puede hacer la guerra con ellos.

En un vergel de Amalfi, ha encontrado a Alucena, bajo un naranjo en flor, cubierto su cuerpo por pétalos de azahar. Y no le ha sorprendido. Como si lo esperara. Se ha arrodillado junto a ella y aunque hubiera querido separar los pétalos despacio, no lo ha hecho. Primero se ha quedado paralizado mirándola. No sabe qué pensará. No sabe si saldrá huyendo si intenta mover sola una mano. No sabe si inclinarse a besarla. Alucena cierra los ojos. Benjamín, con el dorso de la mano acaricia su cara, las mejillas, los ojos cerrados, los labios entreabiertos. Es asfixiante el olor del azahar. Sopla una leve brisa y el olor aumenta. Adivina que ella no quiere más que eso: ser vista: ser sentida.

Al día siguiente, Benjamín regresa al vergel, pero no encuentra a Alucena. Vuelve a regresar al día siguiente y tampoco la encuentra. Al cuarto día, de nuevo, Alucena está bajo el naranjo.

—¿Qué quieres? —le dice.

—Estar siempre contigo —le contesta.

Y no importa quién ha hablado primero: las palabras se han dicho: basta que ahora lo dicho sea hecho.

O, tal vez, ni siquiera basta que lo dicho sea hecho: es suficiente con que haya sido dicho.

"¿Qué será el amor? —se pregunta Benjamín—. ¿Hacer o decir? ¿Se sabrá alguna vez?"

"¿Qué será el amor? —se pregunta Alucena—. ¿Hacer o decir? ¿Se sabrá alguna vez?"

Benjamín piensa que no se sabrá nunca.

Benjamín piensa que el amor es estar siempre al lado.

Alucena piensa que el amor es estar siempre al lado.

Es siempre ver.

Es siempre palpar.

Es siempre escuchar.

Es siempre preguntar.

Es siempre: siempre.

El amor es un adverbio: estar siempre al lado del verbo: con la palabra al alcance de la mano: acariciándola.

El amor nunca debe ser interrumpido.

El amor. El amor.

Pero el amor sí es interrumpido.

Benjamín retoma sus viajes y en una jornada llega a Benevento, lugar del buen viento: a la orilla del mar y al pie de la montaña. Se recrea con el paisaje y quisiera permanecer sin moverse: en contemplación y recibiendo el aire en el rostro.

De allí, en dos jornadas, llega a Melfi, en tierras de Apulia. Luego se dirige a Ascoli y, por fin, al puerto de Trani en el mar Adriático. Anota, meticulosamente, el tipo de vida, los sembradíos y los jardines, las casas y las mercaderías más preciadas. El número de judíos y sus ocupaciones. Poco a poco va haciendo un mapa de vidas y de hechos.

A veces, abre la palma de su mano izquierda y en el trazo de las líneas no sólo descifra su propia vida sino el correr de las rutas, las marcas y las señales de los ríos y las montañas: lo que le queda por recorrer y el enigma de la muerte. Recuerda la maldición de la mortalidad y la bendición de ignorar el momento en que habrá de ocurrir. En algún pliegue de la mano, en algún recodo del camino, aparecerá la muerte: de la que no se huye: de la que no se escapa.

Frente a los paisajes de Italia, Benjamín se reconcilia con la muerte. Si pudiera quedarse eternamente contemplando la vista de campiña y mar no moriría. Lo malo son las ocupaciones que tiran de su brazo y lo obligan a interrumpir el fluir de la naturaleza en comunión con su cuerpo y con su alma. Pequeños momentos que no puede alargar. Tantos menesteres le esperan que aunque quisiera no puede postergarlos.

Y bien, sí, va a postergarlos. Qué importa la postergación. Qué importa romper el hilo de la continuidad. Si todo son pasos interrumpidos, vacilaciones, gestos a medio esbozar, palabras casi pronunciadas. En cambio, ahí, en lo alto, el paisaje es uno y carece de principio y fin.

Ensimismado, nota una mano suave que se posa sobre su hombro. Es la de ella y no quiere darse vuelta a verla: lo sabe.

Alucena siempre le acompañará: esté o no a su lado.

Tal vez, la soledad necesitaba ser compartida.

Alucena desaparecerá.

Al descender hacia el puerto le espera Farawi y aún pueden recrearse ambos en la contemplación del mar. El azul intenso, rizado por el viento, algún pico de espuma y, sobre todo, el movimiento de los barcos. Ese lento inclinarse del blanco velamen como si fuera a acostarse en líquido lecho. Esa certeza de que la fragilidad lleva en sí una voluntad invencible. Ese deslizarse sin tropiezo. Esa pérdida del peso. Ese vientre del barco que es un paraíso cargado de todo lo que el hombre puede desear y apetecer.

Trani es una ciudad grande y buena: lugar de reunión para quienes quieren embarcarse a Jerusalén: peregrinos cristianos, soldados cruzados y también sabios y mercaderes judíos.

En la ciudad, de vida apacible, hay una comunidad de doscientos israelitas y Benjamín busca al predicador Natán. Con él pasa varios días proporcionando y recibiendo información.

Un día se reúnen con un guerrero francés que parte a Tierra Santa, André Delabelle. Natán discute con André cuáles son las mejores vías para evitar la guerra y qué salvoconductos son necesarios. André Delabelle se entretiene dibujando unos mapas y marcando la ruta de los castillos cruzados. Algunos empiezan a ser construidos para defender las fronteras y que las vías de los mercaderes sean, de este modo, protegidas. Con la llegada no sólo de monjes y de soldados, sino de artesanos, agricultores, mujeres y hasta niños, el comercio se ha engrandecido y André le recomienda a Benjamín que se dirija hacia allí, pues los negocios son buenos.

Benjamín habrá de recordar estos consejos y guardará con cuidado los mapas en su bolsa de cuero para el día en que los necesite. Se despide de André Delabelle y ponen fecha lejana para encontrarse en Jerusalén.

Los manuscritos van y vienen: las anotaciones aumentan. Benjamín emplea más tiempo para escribir que para cualquier otra ocupación. Confía en Farawi y en maese Pedro.

Con dolor abandona ese puerto preciado y se dirige con su comitiva a Colo di Bari para encontrarse con la desolación. La gran ciudad ha sido destruida por Guillermo I *el Malo,* rey de Sicilia, y nadie la habita, ni cristianos ni judíos. Imposible detenerse ahí. Buscan algún pozo para proveerse de agua y todos han sido cegados. Un perro huye espantado ante su presencia. El viento arrastra escombros y cascajos. El polvo se eleva en remolinos. Un aullido los inmoviliza.

Siguen camino y en jornada y media llegan a Tarento, que está bajo el poder del reino de Calabria. El puerto es seguro y su fortificación circular está perfectamente construida y es muy bella. Sus habitantes son griegos y recuerdan sus antiguas tradiciones. La ciudad es rica y de mucho comercio. La pesca es abundante y es famoso el cultivo de las ostras. Los compradores de perlas tienen en ella un lugar de abastecimiento. Benjamín de Tudela se propone escoger algunas perlas. Acude con los rabinos Meir, Natán e Israel, jefes de la comunidad de trescientos judíos que habitan Tarento.

Les muestra sus manuscritos y se los deja para que los estudien, mientras busca a los mercaderes de perlas que ellos le han recomendado.

Se presenta en la casa de Yosef Margalit y le pide que le muestre las perlas. Yosef está enamorado de las perlas: las coloca en cajas de madera labrada sobre pequeños trozos de brocado o de terciopelo y las acuna como si fueran niñas recién nacidas. Cada una tiene un nombre de cariño: Blanca, Rosa, Amada, Siempreduerme, Caradeluna, Lucisombra, Tornasolada. En realidad, es un comerciante que no quiere deshacerse de su mercancía. Benjamín también se enamora de las perlas y le insiste para que le venda algunas. La disputa no es por el precio sino porque Yosef Margalit no quiere vender sus preciadas perlas. Sólo cuando Benjamín le enseña un puñal árabe con su tahalí grabado, Yosef empieza a vacilar. Tal vez podría hacerse un trueque. Poco a poco Yosef cede y finalmente llegan a un acuerdo. Benjamín se queda con Amada, Caradeluna y Lucisombra. Además del puñal le regala una hebilla de cinturón preciosamente incrustada con rubíes y zafiros.

Luego, Benjamín y sus acompañantes toman camino hacia Brindisi y llegan en una jornada. Brindisi, a orillas del mar, de floreciente agricultura, tierra olivarera y triguera, de excelentes frutales y exquisitos vinos. Puerto que une Oriente con Europa. Puerto de donde parten las expediciones de los cruzados a Tierra Santa. Puerto donde Virgilio, de regreso de Grecia, ya enfermo, murió luego de atroces pesadillas y de dolores sin fin. En tierra tan bella y tan floreciente, con el mar de fondo y el trasparente cielo, no debió ser triste la muerte, a pesar del dolor.

Desde allí, Benjamín viaja hasta Otranto. Benjamín escoge los puertos no sólo por el afán de comerciar, sino porque el mar lo ha convertido en su adicto y es una necesidad para él contemplar su incesante movimiento y su color ondulante y el blanco de la espuma. Es una obsesión amorosa y piensa en Alucena y en Alouette y en Agdala cuando está frente al mar. Con ellas podría internarse en el mar y no regresar a la orilla. No se explica cómo pudo vivir tanto tiempo en Tudela, donde el mar es sólo un sueño. Y se pregunta ahora si no sería por eso que decidió salir de su ciudad natal.

En dos jornadas de distancia, llega Benjamín a Otranto, donde está el brazo de mar que une el Adriático con el Jónico. Se encuentra con una comunidad de judíos de quinientos a cuya cabeza están los rabinos Menájem, Caleb y Maly.

La última impresión que se lleva de tierras de Italia es la del mercado de Otranto con su olor a frutas a medio fermentar, higos, manzanas, peras, ciruelas, racimos de uvas.

X. MAESE PEDRO

MAESE Pedro ha permanecido a la expectativa. No quiso llamar la atención desde el principio. Su papel es el del solapado. El del que todo lo observa y lo guarda en la memoria, por si acaso. El del que calla, mas no otorga. El del que atrapa al pájaro y deja a los cien volando. El del que, arrimado a buen árbol, convertirá la buena sombra en mala tormenta.

Silencioso. Retraído. Obediente.

Maese Pedro es infalible. Maese Pedro sabe muy bien lo que hace.

Maese Pedro fue contratado desde Tudela, al mismo tiempo que por Benjamín bar Yoná, por el conde Dolivares para que observara todo lo que de extraño ocurriese en el largo viaje.

Extraño. ¿Qué es extraño?

Eso es lo primero que tiene que aprender maese Pedro. ¿Qué es extraño?

Extraño es escribir, por ejemplo. Extraño es leer. Escribir. Leer. Representación de signos sobre el papel. ¿Por qué? Si tenemos la lengua para hablar, ¿por qué escribir?, ¿por qué leer?

"Extraño es haber aprendido a usar los dedos y la mano para sostener una pluma y ejecutar unos trazos. Y luego, que esos trazos sean reconocidos por un lector y sean dos los que entiendan. Pero que no se trate de dibujos sencillos. Que todos podríamos entender. Ah, no. Ahí hay un misterio. Son signos indescifrables. Luego el que los usa algún secreto se trae y no quiere que yo lo sepa. Si es secreto. Si es misterio. Es malo.

"Malo. Malo. Malo. Esto es lo extraño. Esto es lo que el conde Dolivares me pidió. Que observara. Que vigilara. Que guardara en la memoria: la que no traiciona: porque el papel guarda pero traiciona. Si yo supiera lo que dice en el papel sería el dueño del mundo. Poseería todos los secretos. Todas las claves. Pero, de inmediato, me traicionaría.

"No. No aprenderé. Ni a leer. Ni a escribir. Mi poderosa memoria será mi guardiana: mi protectora. Mi silenciadora.

"Sola la lengua. La lengua sola. Será mi arma. Para hablar o para callar. Pero será mi voluntad la que la mueva. Y la voluntad no deja trazos ni señas.

"La bendita invisibilidad me guiará."

Maese Pedro trama. Observa los ires y venires de Benjamín de Tudela. Le sigue y se esconde. Ha visto otras sombras que se unen a la persecución. Sombras quebradizas. Pequeñas sombras frágiles que, a veces, sorprende Benjamín.

Benjamín ya se sabe vigilado, aunque no por él. Son sombras femeninas las otras. Benjamín no sospecha de maese Pedro. Es más, lo cree su aliado. Ni siquiera lo duda. Ni siquiera se lo ha planteado.

Maese Pedro conoce esas otras persecuciones. Persecuciones que son el hilo que urde la trama. Que poco a poco tejen la denuncia. Que el invento de un gesto interpretado engaña al que lo ve, no al que lo emite.

El que interpreta se aleja, por más que quiera acercarse. Es tan fácil equivocar lo esbozado, lo arrepentido, lo silenciado.

El que interpreta recrea según sus posibilidades, sus errores, sus obsesiones.

El que interpreta rehace.

El que interpreta es un perseguidor.

Así que la labor de maese Pedro será la de exponer cartas de una baraja marcada. La trampa acecha.

Maese Pedro se mueve con soltura por las callejuelas que frecuenta Benjamín de Tudela. El suyo es un cuerpo escurridizo, propio para disimularse en intersticios, para aplastarse contra muros, para desaparecer por lo alto de los arcos, para no ser visto ni adivinado tras de las columnas. Posee maese Pedro las cualidades del espía perfecto y las aplica sin piedad.

Debe averiguar, según instrucciones del conde Dolivares, por qué Benjamín viaja de comunidad en comunidad. Cuál es su consigna. Qué significan los manuscritos. Pero maese Pedro aún no encuentra el hilo conductor.

A veces, maese Pedro se olvida de su tarea y se refugia en la primer taberna que halla a su paso. Pide vaso tras vaso de vino o de aguardiente. Hasta que se le nubla la vista y el habla le tartamudea.

Si cae redondo al suelo no recuerda después quién lo ha ayudado a levantarse. Benjamín de Tudela lo ha hecho con harta frecuencia sin que él lo supiera. Ha oído sus palabras revueltas e inconexas. "Manuscritos." "Vigilar." "Vigilar." Pero no le ha dado importancia. No tiene por qué pensar que corre peligro. Con frecuencia olvida las advertencias de los rabinos y descansa desatento.

Si Farawi hubiera oído las palabras vacilantes de maese Pedro se hubiera alarmado y le hubiera advertido a Benjamín de que un lobo rondaba sus pasos.

Maese Pedro sustrae los manuscritos hebreos encomendados a Benjamín de Tudela y se los lleva a algún fraile que sepa leerlos. Lo que el fraile le traduce carece de significado para él. Relatos de caballeros enamorados de doncellas veladas en castillos de difícil acceso. Doncellas ciegas que iluminan y enseñan. Fuentes de sabiduría bajo los árboles. Árboles plenos de atributos. Sellos que lacran grandes misterios. Cerraduras que hay que abrir para conocer el cofre de las joyas del saber. Letras que explican palabras. Nuevas maneras de contar historias. Y una frase que se repite en todos los manuscritos: "Fuego negro en fuego blanco".

Maese Pedro se rompe la cabeza imaginando qué querrán decir esos escritos. El mismo fraile lo desconoce y ya no tiene a quién acudir.

Espera a que aparezca el mensajero del conde Dolivares, como habían acordado, y no le queda más remedio que inventar una historia de las historias. Recibe una moneda de oro en pago y su boca se llena de mentiras: esos manuscritos son cosa del diablo. Son fórmulas de encantamiento. Son invenciones contra los cristianos. Conjuros. Sangre de niños sacrificados. Hostias profanadas. Blasfemias. Desdoros. Pozos negros envenenados. Aves de mal agüero. Piedras en el camino. Malos rayos que parten.

El conde Dolivares habrá de completar el resto.

Benjamín de Tudela, incauto, a pesar de las advertencias que ha recibido, al ver restituidos los manuscritos y no encontrar una explicación aceptable por su desaparición, prosigue en sus estudios y anotaciones.

Suele despertarse al rayar el alba y considera ésta como la mejor hora para escribir. Pareciera que el Ángel de la Verdad, *Malaj ha-emet,* guiara su mano y que las palabras fluyeran de él como dictadas por una voz interna. *Currente calamo.*

Farawi duerme. Maese Pedro duerme. Los mozos duermen. Álef y Bet duermen.

El silencio y la liviandad del aire son los adecuados para desencadenar la mente. Benjamín cubre las hojas de signos y las va dejando a un lado. Le distrae un roce, un movimiento, algo que bulle. Se levanta y busca. Sigue un sonido hacia la puerta de salida. Puede haber sido el postigo de una ventana. Un cerrojo mal encajado. Aspira el aire fresco del amanecer. Se acerca al caldero del agua y toma un poco de ella para enjuagarse la cara. Hace buches y los escupe. Regresa a su habitación y el aire ha dispersado los papeles. Los arregla. Cree que falta una hoja, pero no, es el desorden únicamente. Apoya las hojas de canto sobre la mesa, les da unos golpecitos para unirlas por igual.

Al día siguiente partirán, piensa. De nuevo siente la inquietud de los caminos y el deseo agudo de embarcarse, casi como un dolor.

Con lo cual, maese Pedro no podrá continuar con sus planes funestos.

Farawi se alegrará por la partida: en tierra de cristianos se siente extraño. El viaje continuará por Grecia y luego hacia Constantinopla. Se irá acercando a la tierra de sus antepasados.

Es el momento en que Alucena decide unirse a los mercaderes.

Llega con un talego de cuero y vestida con calzas y jubón, para semejar doncel.

El viaje a Corfú dura dos días y las pasiones se ponen a prueba. Para Farawi es el momento en que ve su alejamiento de Benjamín: Alucena lo ha suplantado en el corazón de su amigo y ya no logra estar a solas con él. Sus celos estallan cuando los descubre bajo cubierta, los cuerpos enlazados y gimiendo de amor.

Se aleja y golpea su cuerpo contra el palo mayor. Está a punto de arrojarse al mar, cuando es rescatado por Benjamín que ha intuido su reacción. Pero lo rechaza y se hunde en la bodega entre las pilas de mercaderías y se niega a regresar a cubierta.

Los amigos no hablan el resto del viaje y Alucena se aparta.

El mutismo los marca.

¿Qué tiene amor que así une y separa; que la tenue línea de la amistad se destruye por el poderoso amor de la especie? ¿Qué teme Farawi ante Alucena? ¿Qué teme Alucena ante Farawi? Mientras que Benjamín es el amado, el disputado, el que puede escoger. El que puede escoger o el escogido.

Benjamín no cree que perderá la amistad de Farawi por el amor de Alucena. Pero Farawi piensa diferente: sabe que los espacios reservados para él serán ahora para ella. Ella, aunque no exija, será el centro para Benjamín. Farawi sentirá una pérdida. Benjamín y Alucena se unirán más. Benjamín, poco a poco, reconocerá que sí ha perdido parte de Farawi. Alucena sabrá que los ha separado aunque no fuera ésa su intención: luchará porque no se separen. Atraerá a Farawi a su lado. Se hará su amiga. Farawi empezará a amarla. Benjamín empezará a sentir celos.

El que aprovechará esta serie de situaciones a su favor, será maese Pedro. Maese Pedro los observará y reflexionará sobre los procesos en su lento desarrollo. Tendrá el tiempo por delante para utilizarlo como mejor le convenga. Después, descubrirá el poder de precipitar los hechos en su propio interés.

Las conversaciones serán las siguientes:

Benjamín: No me rehúyas. Yo te necesito y me eres importante.

Farawi: No es como antes y esto es lo que resiento.

Benjamín: Algún día tenía que pasar.

Farawi: Pero yo he quedado solo.

Benjamín: No es verdad: lo que ha cambiado es la relación con el tiempo que pasábamos juntos. Pero sigues conmigo.

Farawi: Ya no nos escaparemos a cabalgar juntos o a nadar en el mar. Habrá cosas que ya no me contarás.

Benjamín: Escapar, siempre nos podremos escapar, o mejor, podremos llevar a Alucena con nosotros. Y en cuanto a cosas que no habré de contarte, ¿cómo sabes tú que yo te haya contado todo siempre?

Alucena: No me rehúyas, Farawi, que yo te quiero por lo que quieres a Benjamín.

Farawi: No puedo evitarlo. Por ahora no puedo. Tú no has perdido un amor, lo has ganado. Yo, al contrario.

Alucena: El amor se acumula, no se pierde.

Farawi: El amor se pierde.

Maese Pedro: Al final yo seré el ganador y reiré mejor.

Los hilos se entretejen. El viaje por mar sirve para reflexionar. En Corfú, Benjamín, Farawi y Alucena recorren la isla. Esta vez no se sienten perseguidos. Empieza a surgir una alegría entre los tres. De pronto, se ríen despreocupados. Tal vez, haya concordia entre los tres.

Benjamín se sorprende de encontrar un solo judío en la ciudad, por nombre José. Le pregunta cómo puede vivir sin comunidad y él le dice que se imagina a sí en viaje interminable y que hace cada día lo que haría en un viaje: reza al amanecer y al ponerse el sol: celebra la primera estrella del *shabat* y lee la Torá: se purifica y come solamente verduras, fruta y pescado.

Benjamín piensa que ser judío es un acto de voluntad y de imaginación. Claro, también de memoria.

Para Benjamín, éste es un hombre santo: el viajero inmóvil.

De nuevo se embarcan Benjamín y la compañía hacia Arta, que es el principio del reino de Manuel I Comenio, emperador de Oriente. A pesar de que es una aldea, ahí vive como un centenar de judíos, algunos de nombre pagano, como el rabino Hércules.

Siguen camino durante dos jornadas sin grandes incidentes hasta Achelous, donde viven treinta judíos y luego hasta Anatólica, que Benjamín describe como asentada sobre un brazo de mar.

En otra jornada llegan a Patrás, ciudad fundada por Antípatros, rey de los antiguos griegos. Puerto del Peloponeso que exporta aceite, vino, cuero, entre aguas del Jónico y del golfo de Corinto. Benjamín, Alucena y Farawi pasean por las antiguas ruinas y se deleitan con la vista del mar. Alucena, en un impulso, besa a Benjamín y a Farawi y los abraza como si los dos fueran uno. Luego se sueltan y corren entre las viejas construcciones abandonadas. Farawi alcanza a Alucena y están a punto de caer al suelo y de enredarse en abrazos cuando llega Benjamín. Y, de nuevo, los tres se enlazan y se besan. Se sorprenden, pero siguen acariciándose. El sol brilla en un cielo tan azul que parece mar en ló alto. Ni una nube y sí una suave brisa que salta de un cuerpo a otro.

Luego, se separan y vuelven a unirse para bajar abrazados lentamente hacia el puerto.

A lo lejos, maese Pedro los observa.

XI. ALUCENA

ALUCENA todo lo ha dejado para irse con Benjamín de Tudela. Ha decidido no pensar en el pasado: borrarlo.

Sólo me queda este momento: el presente. Aquí, en tierra griega, me dedico a la diosa Afrodita. Buscaré su templo y reviviré su culto. Que no sé cómo era, pero que lo inventaré. Lo importante es que lo regía el amor y eso haré: amar.

> *Amar a Benjamín de Tudela.*
> *Ése es mi honor.*
> *No sé si existo o no.*
> *Amo.*
> *Lo cual es suficiente.*
> *Amo. Tengo que descubrir qué cosa es eso. No solamente amar. Sino saber qué es amar. De dónde viene. ¿Por qué amo? ¿Qué es? ¿Por qué a Benjamín de Tudela?*
> *O, tal vez, no preguntarme nada. Amo. Eso es todo.*
> *Vago por los campos. Me siento tranquila y me siento enloquecer. La claridad no dirige mis pasos. Los pensamientos se me confunden. Amo. ¿Por qué a Benjamín de Tudela?*
> *Quiero tenerlo presente siempre. A mi lado. No: frente a mí.*
> *Verlo constantemente: eso es a lo que aspira el amor: a la presencia constante.*
> *No concibo la separación.*
> *En la cópula no concibo la separación.*
> *En la vista no concibo la separación.*
> *En su voz no concibo la separación.*
> *En su piel no concibo la separación.*
> *En su lengua no concibo la separación.*
> *En la gota de miel no concibo la separación.*
> *En la gota de semen no concibo la separación.*

En el color verde-amarillo-café de sus ojos no concibo la separación.

En la saliva no concibo la separación.

En el sudor y en la sangre no concibo la separación.

Separación: no hay separación.

Por lo tanto, si me voy de su lado no concibo la separación.

Separación: no existe la separación.

Unión: eso es lo que existe.

No concibo la separación.

Estoy, siempre estoy con Benjamín de Tudela.

Aun cuando no estoy.

¿Por qué Benjamín de Tudela?

¿Quién es Benjamín de Tudela?

Es un hombre bello: amo su rostro y su cuerpo: su perfil de estatua griega: la serenidad de sus rasgos: su barba florida: su mentón partido: su sonrisa tranquilizadora: sus cejas casi en ángulo: el color rojizo oscuro de su pelo: su cuerpo que me acoge: su exacta estatura acoplada a la mía.

Amo su sabiduría y su humor melancólico.

Su caminar pausado.

Cómo bebe de la copa de vino y corta la carne con el cuchillo.

Cómo prepara la pluma y la tinta para escribir.

Sus dudas: sus vacilaciones: sus arrepentimientos.

Su certeza.

¿Es Benjamín de Tudela o no lo es?

¿Quién soy yo? ¿Acaso soy yo?

¿Existe Benjamín por mí o yo por él?

¿Quién ama? ¿El o yo? ¿O los dos?

¿Para amar basta uno o bastan dos?

¿Uno convence al otro? ¿O los dos están convencidos?

¿Quién da el primer paso?

¿Avanzan los dos?

Uno en uno.

Uno en dos.

Dos en dos.

Dos en uno.

¿Sabré que es el amor?

¿Qué es el amor?
El amor es.
Es el amor.
El amor es Benjamín de Tudela.
Me pasaré la vida amando a Benjamín de Tudela.
Benjamín de Tudela.
El placer de su nombre: Benjamín de Tudela.

Alucena se convierte en la imagen en espejo de Benjamín. Se dedica a observarlo como un espejo. Quisiera llevar consigo no su retrato, sino un espejo que lo reflejara aunque no estuviera presente. A veces, saca de un bolsillo un pequeño espejo de plata pulida y busca en él su imagen. La encuentra. La imagen que se quiere encontrar se encuentra. Alucena ve en el espejo a Benjamín. Ve a Benjamín: no un Benjamín estático: sino un Benjamín que sonríe: que se mueve: que habla con ella.

Alucena, en las noches, sueña con Benjamín. Un Benjamín nuevo que dice lo que no dice despierto. Que la lleva a lugares inventados, que no existen o que aún no han recorrido. En sueños, continúa la vida de Alucena con Benjamín. Es igual de real: ¿quién ha dicho que los sueños no son verdad? A veces, Alucena despierta en clímax exaltado y es eso, un clímax exaltado. Luego, el sueño no es sueño. Y qué bien que se trate de un continuo, que no haya interrupción. De nuevo, que no haya separación. Ni aun cerrando los ojos.

Alucena ama locamente. Ama. Ama. Sin cordura. O con una nueva cordura: la cordura de la locura de amor. Ama el amor absoluto: sin ningún otro pensamiento. Se despierta y ama. Se acuesta y ama. Duerme y ama. Camina y ama.

Amor rige el centro de su vida.

Es el más dulce de los oficios: amar de principio a fin: sin ninguna restricción: ocupación de tiempo completo: ¡Ay, quién la pudiera tener!

Los viajes de Benjamín y su compañía por Grecia siguen adelante. Para Alucena marcan el conocimiento del amor. Cada ciudad que recorren es otra manera de amar a Benjamín.

Otro viaje por mar, que es donde mejor sabe el amor, los conduce a Lepanto, estratégico puerto en espera de grandes batallas, de grandes sucesos. Benjamín se dedica a visitar la comunidad judía y a anotar en su *Libro* el número de cien judíos que allí habitan y los nombres de los principales de ellos: Guri, Shalom y Abraham. Les muestra los manuscritos y les pide que agreguen algo para llevarlo a la siguiente comunidad.

Alucena lo espera todo el día y sabe que la noche será suya. Alucena no se impacienta: reglas del amor son el amor irrestricto. Hasta que se retrase es buen índice de un mayor saboreo del placer. Anticipa o recuerda y el juego de la memoria pasada o la que habrá de venir es la constancia de amor. Pruebas se deslizan por su imaginación y por su realidad. Pruebas e imprevistos en un juego de juegos. Donde lo lúdico de la infancia se recupera en toda su pureza. Una pareja que ama es una pareja vuelta a las aguas del origen. Una pareja que se funde en la nada plena. Que se mueve con el ritmo del claustro materno. Que conoce el camino de regreso y que intuye el fin de los tiempos. Una pareja en el orgasmo reconoce al otro como su yo y es lo mismo que haberse unido a Dios. Una pareja en el orgasmo es la muerte verdadera. Es el único momento de vida vivida. Es el conocimiento absoluto. Es la revelación en el instante. Es la fracción en que se borra el tú y el yo. Es el descanso de la omnipresencia del sujeto. Es la única clave de la comunión.

Las grandes batallas y sucesos son los de Benjamín y Alucena. En Lepanto se dan batallas de amor en lecho de plumas. La paz se alcanza en copas de vino y en el roce de los dedos sobre los labios. Ha sido bueno que Alucena invocara a Afrodita: Afrodita le ha cumplido.

(Farawi ha perdido la batalla, porque él también se ha enamorado de Alucena y nunca podrá decirlo.)

Después de Lepanto viene Crissa, a jornada y media de distancia. En Crissa, Benjamín anota cuidadosamente la cifra de doscientos judíos terratenientes que siembran y cosechan sus heredades porque no hay ley que les prohíba tenerlas, y esto le asombra.

En Crissa, Benjamín y Alucena van a los pajares, extienden un manto y sobre el mullido colchón el amor es grato entre el olor a semillas y campo recién labrado.

Luego emplean tres jornadas en llegar a Corinto, la capital, donde los negocios prosperan y Benjamín obtiene jugosas ganancias. Derrama las monedas de oro por el suelo y sobre ellas derrama el semen que no alcanza a guardar Alucena.

En dos jornadas llegan a Tebas, la grande, donde la comunidad judía florece y son dos mil sus miembros. Benjamín de Tudela se admira de los finos artesanos que son considerados los mejores de toda Grecia. De seda y púrpura elaboran magníficas vestiduras que es un honor portarlas. Pero también es un honor conocer a los sabios tan famosos que allí moran, cuyos comentarios de la Mishná y del Talmud son tan notables como los de los sabios de Constantinopla. De ellos, del gran rabino Coti, de Moisés, su hermano, de Jiya, de Elia Tirotot y de Yoctán, recibe Benjamín las más importantes lecciones. Son ellos los que corrigen algunos errores de los anteriores lectores de los manuscritos y son ellos los que vuelven a advertirle que un peligro grande se cierne sobre él, que no debe desoírlo. Le piden que no olvide al Ángel de la Verdad y que siga el camino que él le ha señalado.

Esa noche, Benjamín le entrega a Alucena la más bella vestidura que haya podido imaginar, hecha de polvo de oro y filamentos de plata sobre negra seda de Oriente. Él se envuelve también en una túnica de idéntica tela y, hermanados, luego de vestirse se desvisten para mejor gozarse.

Desde entonces ésas serán las vestiduras del amor. Que doblarán cuidadosamente y guardarán en cofre de caoba entre hojas de mandrágora y flores de jazmín.

Que desdoblarán cada noche para dejarlas caer sobre sus cuerpos y luego dejarlas caer sobre el suelo.

Que gracias a las suntuosas telas el desnudo es más desnudo. El tacto de tejido y piel más sensual. La caricia sobre la tela y bajo la tela más deseada.

El dibujo de los filamentos de oro y plata es seguido por los dedos expertos en busca de sensaciones desconocidas. El dibujo marca sus líneas y se realza por los músculos subyacentes. El dibujo adquiere carne propia y la sensación es doble: la de los dedos que acarician y la de la piel acariciada.

La negra seda, en contraste con la blanca piel, con su suavidad especial acentúa la suavidad de las formas del amor. Acariciar dos suavidades: no llegar a la verdadera por el excitante impedimento de la tela. Amar más el cuerpo vestido que el desnudo. Más la provocación. Más la culminación.

Para después, en el desnudo absoluto, la calma envuelva los cuerpos y la caricia, lenta y pausada, sea la nueva forma de cubrirlos. Entonces, piel con piel, avance la sensación en un olvido de fronteras y los dos cuerpos sean uno. Tan fuertemente entrelazados, tan poderosamente unidos que nadie ni nada podría separarlos. Que si cayeran a un abismo o al fondo del mar seguirían siendo uno y no dos. Que si rodaran, rodarían incesantes a la par del movimiento universal. Que de este modo el nuevo y único cuerpo adquirido definiera el principio armónico del amor.

Después, en Egrippo, floreciente ciudad con el tráfago de mercaderes de todos los confines del mundo, Benjamín y Alucena se gozan a orillas del mar.

El mar proporciona a los amantes el ritmo del oleaje y el ritmo del orgasmo. Entre las olas que los bañan y se retiran, para volver a regresar y de vuelta a retirarse, son parte de la fuerza de la naturaleza. Acoplan sus movimientos a las olas, y el agua que los envuelve periódicamente suaviza las pieles, desliza los cuerpos. La tersa arena, de cristales transparentes, se acomoda, benefactora, a la forma de sus espaldas, de sus brazos, de sus piernas. Poco a poco se hunden en pozos salpicados de espuma salada. Algún pequeño cangrejo sale huyendo de su cueva destruida. Algún trozo de madero golpea sus pies. Ellos se ríen en medio de tanto amor.

A lo lejos, Farawi sufre y recuerda las playas tarraconenses cuando era él quien se bañaba con Benjamín.

De Egrippo a Jabustrisa llegan en una jornada, otra gran ciudad a orillas del mar. Benjamín sólo escoge el camino del mar. Se ha convertido en su obsesión. Dice que es para seguir la ruta de los mercaderes y negociantes, pero es otra su razón. Razón que aún no dilucida, que aún sigue sin ver.

Alucena no piensa en razón: intuye fuerzas ocultas que mueven las pasiones. Es el amor por el inexplicable mar: por la frágil embarcación que flota en las aguas. Es el ritmo incesante. Es el amor que no para. Las vueltas del timón: la ruta de las estrellas: la imantada brújula.

Es la preferencia por el mar porque el camino no queda marcado: ni las huellas en la orilla permanecen. Igual que en el amor: cuyas huellas se borran: cuya comprobación no existe.

Camino repetido y, sin embargo, nuevo: el del mar y el amor. En esto coinciden Benjamín y Alucena. Sus caminos se entrecruzan. Aman las mismas olas.

Las manos del mercader conocen los tactos de todas las telas del mundo, como las de los amantes los cuerpos, y luego se las enjuagan en el mar para volver a empezar desde el hilo y desde la arena.

Ésa es la historia que Alucena comprende.

XII. EL ÁNGEL DE LA VERDAD

¿EL AMOR hace olvidar? ¿Olvidar qué? ¿No es en sí olvido?

Benjamín bar Yoná ha olvidado por amor. Ha olvidado su oficio y, en lugar de tallar piedras preciosas, talla y pule amor. Ha olvidado el estudio y la lectura de los manuscritos, porque su estudio y lectura es, ahora, amor. Ha olvidado al Ángel de la Verdad por amor. Sus sueños son sueños de amor.

Pero el Ángel de la Verdad no lo ha olvidado. Ángel intermediario, Ángel de la duda, Ángel de la palabra.

Ángel que se aparece, invisible para los demás, visible para el elegido. Inaudible para los demás, audible para quien debe oír.

Ángel sin alas, pero que vuela. Sin voz, pero que habla. Etéreo.

—Te has olvidado de mí, Benjamín, pero yo no de ti.

—¿Olvidado? Estoy lleno de memorias. Tan lleno que no quepo en mí. Todas las memorias me llevan a la memoria.

—A una única memoria: no a la que debe ser.

—La que debe ser es la que me llena y ésa es la memoria de amor. No sé de otra.

—¿Recuerdas que tenías una misión?

—Misión, misión: la he descubierto en el amor. Sin amor no hay misión.

—Llamémosla también misión de amor. Misión que trasciende el amor.

—No. La única que trasciende el amor es la de amor mismo. No te oigo y no te veo, Ángel de la Verdad. No es tu momento.

Trasparencia rodea a Benjamín. Benjamín no se inmuta. Ha olvidado al Ángel y a los ancianos de Tudela que rezaron por su buen viaje y mejor retorno. Ha olvidado a su padre: no tiene noticias de él y no sabe si sus cartas le llegan. Nada importa. Sólo amor.

Absorto. Pasión sin otro nombre que pasión.

Farawi sufre. Maese Pedro observa.

Alucena es el centro.

Benjamín ya no está enfermo de melancolía. Ya no sufre las dolorosas migrañas. No se encierra y no se exalta.

Alucena todo lo cura.

Una enfermedad se cambia por otra. Pero ésta no parece enfermedad.

Benjamín continúa recorriendo Grecia. De Jabustrisa, a orillas del mar, se dirige a Rabónica, donde viven cien judíos y se presenta con los principales. Habla con ellos, pero sólo ansía el momento de dejarlos y de reunirse con Alucena. Anota cuidadosamente sus nombres y oficios. En medio de la escritura, acordarse, como por rayo de iluminación de sus días y noches de amor con Alucena, es el más alto de los gozos. Brevísima interrupción en el cuidadoso anotar que aun le da mayores fuerzas para seguir con su tarea y que el trascurrir del tiempo más lo acerque a Alucena.

Es una alegría. Una verdadera alegría interna. Algo que tal vez el Ángel de la Verdad no entienda.

De Rabónica, Benjamín y su compañía, luego de viajar una jornada, arriban a Sinón Pótamos, donde la comunidad judía es pequeña, alrededor de cincuenta solamente. La ciudad está al pie de los montes de Valaquia, la antigua región de Dacia, de hombres aguerridos que bajo el mando de Decébalo habían vencido y humillado a los romanos y obligado a pagar tributo. Por lo que los romanos se juraron conquistarlos y se enzarzaron en cruenta guerra durante seis años hasta que los dominaron, siendo emperador Trajano.

Benjamín de Tudela anota en su *Libro de viajes:*

Es la nación llamada Válacos, gentes ligeras como ciervos, que bajan de las montañas para saquear y pillar las tierras de Grecia. Nadie puede subir hacia ellos para guerrear, tampoco rey alguno los puede dominar. No están muy versados en la religión cristiana; se llaman entre ellos con nombres judíos. Hay quienes dicen que eran judíos y que llaman "nuestros hermanos" a los judíos; cuando se encuentran con ellos los saquean, mas no los matan, como hacen con los griegos. No tienen religión alguna.

Valaquia ha sido y es lugar de paso para pueblos invasores, pero los válacos, al amparo de las montañas de Transilvania, son poderosos guerreros que se mantienen firmes en su lengua, sus costumbres y sus territorios, los cuales recuperan y pierden, y seguirán recuperando y perdiendo a lo largo de los siglos.

Benjamín se aventura entre los bosques hasta que es detenido y apresado por un grupo de hombres armados que lo conducen ante su jefe. Le han despojado de las pertenencias de valor que lleva y se han quedado extasiados por el rollo de manuscritos. Le preguntan qué es y él guarda silencio. Sólo hablará ante el jefe.

Cuando llegan ante el capitán Dacio, que así se hace llamar en honor de sus antepasados, él también se queda maravillado, no ante los objetos de valor, sino ante los perfectamente caligrafiados manuscritos. Le parecen cosa de magia y le pregunta a Benjamín qué son. Para Benjamín es difícil explicarlo, pero aun así intenta decir algo.

—Son letras que expresan la palabra de Dios. Que describen la creación letra por letra y, aún más, cuyo mayor sentido es el espacio blanco entre el negro de cada letra: lo que no está dicho pero hay que buscar y sobrentender e interpretar. El vacío.

—Es decir, magia.

—Si por magia entiendes poesía.

—¿Poesía o religión? Porque yo no creo ni ninguno de mis guerreros creemos en la religión.

—¿Religión o Dios?

—Religión.

—Dios.

—Explícame: ¿por qué me conmueven estas letras que no entiendo?

—¿Cómo explicarte?, si a mí también me conmueven.

—Te lo dije: es magia.

—Si así quieres llamarlo. Pero no es magia. Magia sería demasiado sencillo.

—De lo que te quitaron mis hombres nada me interesa. Yo sólo me quedaré con los manuscritos. Ya puedes marcharte.

—Los manuscritos no puedes quitármelos. Son sagrados y tú no crees en nada. Soy su depositario y es mi misión llevarlos para los entendidos.

—Entendido soy yo que, por no saber nada, lo sé todo. Mientras que tú has resultado un pobre guardián del más preciado tesoro. A mí nadie me los quitará, entre estos montes y con mis soldados. Recuerda que soy válaco y amigo de los judíos.

—No puedo dejártelos: mi viaje terminaría en este momento y aquí.

—Pues termina tu viaje y únete a nosotros. Trae a tus amigos contigo y tus caballos y tu mercadería. Sería de mucho provecho para nosotros. A cambio, te protegeríamos y vivirías en absoluta libertad. Con la naturaleza y con Dios. Me enseñarías tu lengua y a leer los manuscritos. Nada te ataría y el día que quisieras irte podrías hacerlo.

—Entonces déjame ir ahora.

—No.

El Ángel de la Verdad no ceja en comunicarse con Benjamín, a pesar de su poca receptividad. Esta vez le pone ideas en la mente y le induce a que acepte el trato del capitán Dacio. Benjamín siente un mareo, casi un desmayo. Cuando despierta es como si hubiera pasado mucho tiempo. Siente debilidad muscular y los pensamientos se desplazan lentos y en desorden. ¿Dónde estoy?, se pregunta. Mira al techo y no reconoce la tienda de campaña hecha de pieles curtidas en la que se encuentra. Un asta de toro pende junto a la entrada y amuletos de oro y plata sirven para espantar a los malos espíritus. Un suave calor le envuelve y percibe olor de incienso. No siente deseos de moverse aunque quisiera hacerlo. Ha perdido la voluntad y ha olvidado sus afanes. Se quedaría todo el tiempo tendido entre las pieles de cordero sin nada qué hacer y mirando al techo. No le importa saber si es de día o de noche. A su lado hay una jarra de plata en forma de calabaza y está casi seguro de haber bebido del líquido que guarda. Se la acerca y huele: el olor es embriagante. Piensa en extraños brebajes y en estados de ánimo abatidos. Recuerda su conversación con Dacio y se le ocurre que ha sido secuestrado y que ya no verá a sus amigos ni a Alucena.

—Sin embargo, yo te salvaré —oye que le dice una voz.

Carece de fuerzas para contestar.

—Si me haces caso, yo te salvaré.

El silencio es su respuesta.

—Por ahora, quédate aquí: aprenderás cosas.

Ni siquiera siente interés por aprender.

—Duerme. Necesitas dormir. Y ya no bebas de esa jarra. Pide agua clara de la fuente de la montaña y de comer sólo frutas. Tu cuerpo y tu alma deben clarificarse.

Agua clara de la fuente, ¿a quién pedírsela?

Sólo hay una voz que le habla.

De nuevo duerme y eso es lo mejor. Los sueños curan. El Ángel de la Verdad, *Malaj ha-emet,* le arrulla y guarda como si su cama fuera de cuatro esquinas y no las pieles de cordero tiradas sobre el suelo.

Duerme. Sueña.

Está en lo alto de la montaña. La luz del Ángel le ilumina. Destellos de oro y ríos de plata serpentina con infinitos peces de todos los colores. Un arco iris dibuja tenuemente un ámbito naranja, azul, verde, amarillo, rosa. Calma y felicidad absolutas. No hay palabras. Sólo ideas. Sólo sensaciones.

Lo que cuenta es ese momento. Lo pasado es una nostalgia. Lo por venir no es nada. El arco iris es asible. Lo toca con la mano: siente su frescor. Podría guardárselo para que contagiara los reflejos de los diamantes. Pero Benjamín carece de forma: es una presencia invisible: un dios que todo lo abarca sin manifestarse: como cuando escribe y se siente desaparecer ante las palabras que quedan atrapadas en el papel, mientras él flota, flota, flota.

Duerme. Despierta.

Lo que quisiera en este momento. Lo que quisiera ardientemente en este momento. Es ponerse a escribir. Pero, ¿dónde, dónde puede escribir?

Nadie tiene papel. Ha sido despojado de sus manuscritos y sólo le queda memorizar las frases que se hubiera puesto a escribir. Las repite una y otra vez, una y otra vez. Se desespera:

quiere salir: quiere irse. Le esperan los viajes. ¿Y sus amigos qué harán?

Dacio se presenta para aprender la lengua de Benjamín. Es la oportunidad de Benjamín de tener papel y de escribir. Le enseña pacientemente a Dacio el trazo de las letras y a pronunciarlas y leerlas. Benjamín encuentra cierto deleite en regresar al inicio sorprendente del aprendizaje. ¿Cómo trazar el álef? ¿Cómo dibujarlo y engalanarlo? Dacio se ríe:

—Tu caballo se llama como la letra.

Y sí, la letra misteriosa es también el nombre del caballo. El caballo es, entonces, el misterio. Dacio lo comprende. Para él, el caballo es una parte del guerrero. Un gran guerrero es dueño de un gran caballo.

Dacio aprende con rapidez. Benjamín le pide los manuscritos para que lea de ellos. Aunque no están dirigidos a él, sabe que no habrá perjuicio en su conocimiento. Dacio no escapará de las montañas de Transilvania y el secreto quedará encerrado entre las rocas y el brotar de las fuentes.

Cuando Dacio lee los manuscritos es como si ya los hubiese conocido. Su abuelo le contaba historias parecidas y adivina palabra por palabra cómo se urde el relato.

—Conozco la historia de los cuatro rabinos que entraron en el paraíso: el que enloqueció, el que murió, el que abjuró y el justo que entró y salió sin que nada le pasara. Cuando tenga hijos les contaré a ellos estas historias para que no se pierdan en el olvido y, a su vez, se las trasmitan a sus hijos. Ahora quiero que me escribas estas historias para que sean también mi tesoro. Después te dejaré marchar. Pero antes serás miembro de nuestro clan y asistirás a nuestra gran ceremonia del bosque.

Benjamín de Tudela se dispone a rescribir partes de los manuscritos y a agregar otros relatos. Durante varios días, los hombres de Dacio se han dedicado a robar papel, plumas y tinta para que Benjamín pueda trabajar. Han buscado una roca lisa y han colocado una tabla sobre ella para facilitarle la tarea. Hay gran entusiasmo en este grupo de hombres por algo que es tan alejado de sus actividades y que les parece de índole mágica. Se suelen colocar a sus espaldas para ver cómo hace los trazos. Que su jefe haya podido aprender a escribir les parece otra habilidad más que demuestra su poderío.

El día de la gran ceremonia se acerca. Las mujeres se dejan ver y preparan la comida. Los niños saltan a su alrededor y pellizcan, en cuanto pueden, masa de pan y trozos de dulce o mordisquean aceitunas encurtidas. Algunos hombres tocan flautas y panderos y todos se reúnen para ensayar bailes y cánticos.

Los hombres han cazado animales y aves para el banquete y Benjamín observa que los desangran y purifican según la manera ritual judía.

Llega el momento de la fiesta y a Benjamín le parece una total mezcla y confusión de todo tipo de fiesta que haya él visto. Reconoce rastros de paganismo, escenas bíblicas, rezos cristianos, letanías islámicas. Los bailes son en círculos y las espadas centellean al aire. Cuando todos están agotados, las mujeres cantan unas canciones monorrítmicas. Finalmente, el banquete está listo y todos comen con apetito desusado.

Benjamín comprende que se trata de su despedida.

La madrugada siguiente parte.

Pero algo le ha ocurrido antes de partir. Va recordando cada detalle mientras desciende de la montaña de los válacos. Poco antes de ir a dormir, aunque fuera un par de horas, ha tenido una aparición. Mejor dicho, dos apariciones:

—Soy Irit, hija de Dacio. Dacio me manda para que tu semilla fructifique en mí. No puedes negarte porque hago lo que las prostitutas sagradas: vengo a ti con la palabra del vino bendecido y del pan recién horneado. Dacio, mi padre, tuvo la visión de un Ángel que se había posado sobre tu tienda. Polvo de estrellas cae sobre tu frente y ésa es la señal de que eres el elegido para entregarme tu semilla. Yo la cuidaré, yo la alimentaré: cuando hayas terminado tu recorrido y alcanzado el fin del mundo regresarás sobre tus pasos y yo te mostraré a tu hijo, quien habrá de suceder a Dacio en el mando de nosotros. Recorre mi cuerpo y márcame con tu semilla. Y si no regresas, igual la haré crecer.

El Ángel de la Verdad susurra en el oído de Benjamín:

—Obedece: Irit es nombre de flor y recogerá tu semilla: tu semilla ha de extenderse por las tierras y los mares, los desiertos y la montañas. Tu viaje es para esparcir semillas a los cuatros vientos. Tú no lo sabes pero has dejado semillas por tu camino.

XIII. LA AUSENCIA

AL DESCENDER de la montaña Benjamín de Tudela se encuentra con algunos campesinos que lo saludan. Se dirige hacia Sinón Pótamos y todo parece normal. Con quien primero se topa es con Farawi.

—¿Qué ha pasado en mi ausencia?

—Nada. Estamos desempacando. Nos ofrecen un lote de esmeraldas sin tallar. Te estaba esperando para que lo vieras.

—¿Y en los demás días qué ha pasado?

—Lo de siempre: ya lo sabes.

—Digo, durante mi ausencia.

—Ah, ¿en este par de horas? Nada, lo que te acabo de decir del lote de esmeraldas.

—¿Par de horas? Si he estado días ausente: calculo que un mes o más.

—¿Qué dices? Ven, que te enseñe las esmeraldas. El joyero Jacob regresa a medio día para conocer tu respuesta.

—Pero no me entiendes. ¿De nuevo te invaden los celos? ¿Pretendes ignorar mi ausencia? ¿Qué ha ocurrido durante ella?

—Por un par de horas no me voy a preocupar. Casi te alcanzaba, pero pensé que querrías estar solo.

—Bueno, hoy te ha dado por ser irónico. Menos mal.

—Alucena, te he echado de menos.

—Y yo a ti. Cualquier tiempo sin ti es tiempo que no vale.

—¿Qué has hecho en este tiempo?

—Poco. Arreglé mi ropa y ahora iba a caminar por los alrededores.

—Y ¿en los días anteriores?

—Tú lo sabes: hemos viajado juntos.

—Sí, pero me refiero a mi ausencia.

—¿La de esta mañana?

—¿La de esta mañana? Si he estado más de un mes en las montañas con los válacos. ¿No notaste mi ausencia?

—¿Qué dices? Si sólo has estado un par de horas fuera.

—¿Te has puesto de acuerdo con Farawi para burlarte de mí?

—Eres tú el que se burla de mí.

—Maese Pedro, ¿cuándo me viste por última vez?

—Anoche, antes de ir a dormir. Ya todo está en orden, para lo que ordenes. Álef y Bet descansaron y están hoy ansiosos por salir a trotar. ¿Los mando ensillar?

—Así que, ¿desde anoche no me ves?

—Sí.

—¿No desde hace un mes?

—¿Un mes? Desde anoche.

—Benjamín, ya está aquí el joyero Jacob y quiere saber qué piensas de las esmeraldas.

—Farawi, atiéndelo tú. Tengo que pensar en otras cosas.

"¿Qué me pasa? ¿Lo habré soñado? Para ellos es como si no me hubiera ausentado, o sólo por un par de horas."

"¡Los válacos, vienen los válacos y el temible Dacio los capitanea!" Es el grito que se escucha por todas partes. Nadie intenta defenderse porque es inútil. Dacio ve a Benjamín y exclama: "Nada temas". Llama a sus soldados y como una exhalación, igual que llegaron, se alejan. La compañía no deja de darse gracias porque han sido perdonados y los bienes respetados.

Farawi se acerca a Benjamín:

—¿Acaso conocías a Dacio?

—He pasado treinta días o más de treinta en su campamento en las montañas y tú insistes en que salí a pasear por dos horas.

—No es posible, Benjamín bar Yoná, anoche llegamos a Sinón Pótamos.

—Eso es lo que no entiendo: mi tiempo y tu tiempo son distintos. Tal vez la clave esté en los manuscritos: me los quitaron, pero después me los devolvieron. Tendré que revisarlos con sumo cuidado. Algún trazo ha sido desfigurado. Tal vez la palabra *zman* haya sido cambiada de lugar.

Benjamín se sienta a revisar los manuscritos y la palabra que indica el tiempo, *zman*, no aparece por ningún lado. "Es imposible, es una palabra necesaria: la recuerdo: estaba escrita. Como si alguien la hubiera borrado. ¿Adónde habrá ido a parar?", piensa Benjamín. "Y ¿a quién le interesaría borrarla y para qué? De lo que ya no me queda duda es que inspeccionan mis escritos. Son muchos los sucesos sin explicación: las desapariciones, el desorden, el cambio de palabras, la extraña situación en que el tiempo corre para mí y no para los demás. Debo partir. Debo seguir adelante. Alguien me alcanzará si me quedo quieto. En cuanto cerremos trato con los mercaderes nos pondremos en marcha de nuevo."

Gardaki se encuentra a dos jornadas de viaje, pero es una ciudad en ruinas, sin vida, con escasos habitantes entre griegos y judíos. No hay nada qué hacer. Para Benjamín y su compañía sólo les significa un leve descanso y seguir adelante.

En dos jornadas más, helos frente al mar. Ese mar que no pueden dejar de ver, al que siempre vuelven: inseparables de él. Armiro es la gran ciudad-puerto, que se baña en las olas. Plena de vida, bullanguera, habitada por venecianos, pisanos, genoveses, algunos florentinos, milaneses y paduanos. Donde Benjamín escucha de nuevo el dulce tono de las hablas italianas y el alegre carácter de los parlantes. Donde Benjamín se admira de la pujante comunidad judía de cerca de cuatrocientos miembros. Allí conoce a su cabeza, el maestro Shilo Lombardo, al rabino José, el administrador, y al rabino Salomón, el jefe. Logra cerrar varios buenos negocios: las esmeraldas que adquiriera Farawi son vendidas para un duque de Venecia y las ganancias son jugosas.

Luego de descansar se dirigen, en una sola jornada, a Bisina, con una pequeña comunidad de judíos, apenas un centenar, pero bien organizada por el maestro Shabetai y sus colaboradores cercanos, los rabinos Salomón y Jacob. De ellos, Benjamín recibe consejos y una explicación particular de antiguas raíces arameas en el hebreo.

Decide embarcarse, que es su pasión, y navegar dos días hasta la ciudad de Salónica. Benjamín recorre el barco. No se cansará de recorrer el barco. Habla con los marineros. Con el capitán. Lo observa y aprende de él. Si le dejara un día manejar el timón. Se lo pide y sí, por qué no, hay calma y simplemente tendrá que mantener el rumbo. La barra del timón es pesada. Hay que aguantarla con fuerza en el centro. La brisa refresca su rostro; infla las mangas de su vestimenta. Gotas de mar le salpican. Pasa la lengua por los labios para recoger el sabor salobre. Y ¿si lo dejara todo por volverse marinero? ¿Alcanzarían sus bienes para comprarse un barco? ¿Dejarlo todo por navegar? Podría ser. Con Farawi y con Alucena.

Navegar antes de morir. Cuando sienta que la muerte se le acerca se embarcará para morir en el mar. Qué tranquilo y qué bien: sin ceremonias. Lanzado al fondo del mar: pasto de los peces y limpios huesos en el agua.

Cuando termine su recorrido y su libro llegue al punto final, se comprará un barco para vivir en él.

—¿Qué pensarías, maese Pedro, si nos quedáramos a bordo del barco?

—¿Sin poner pie en tierra?

—Sin poner pie en tierra.

—Mal, muy mal.

—¿Y tú, Farawi, qué pensarías?

—Con tal de que no nos aburriéramos.

—¿Y Alucena?

—A mí sí me gustaría; pero a Álef y a Bet no les gustaría.

"Es verdad, a Álef y a Bet no les gustaría nada. Ellos necesitan tierra firme bajo sus cascos. Un viaje pequeño lo toleran, aunque se inquietan. No son animales para vivir en un barco. ¿Cómo no pensé en ellos? Cambiaré mi deseo por Álef y Bet. Sí, creo que sí. Me he precipitado: sólo pensé en mí. Álef y Bet son letras vivas que quieren correr por el campo de la imaginación. Por ellas iré a tierra firme. Por ellos, por mis caballos." Esto es lo que decide, finalmente, Benjamín de Tudela.

Y, luego, Benjamín de Tudela se recrimina. "Sí, los caballos están bien, pero ¿y mi misión? Me estoy apartando. Siento como un peso este buscar lo que es mi misión. Yo mismo alejo al Ángel de la Verdad. Me invade la pereza. No tengo ganas de seguir."

Maese Pedro observa las vacilaciones de Benjamín y como adivinándole piensa: "Voy bien; siempre que se aparte de lo que él cree que es su misión es un triunfo para mí. Ni siquiera me importa servir al conde Dolivares. Yo sí tengo una misión, que es la de estorbarle. Qué fruición la de provocar el mal por el mal. Habré de hundirlo, de envenenarlo poco a poco".

Farawi piensa que Benjamín padece. Que sufre un extraño mal. Que debe ser advertido.

Alucena lo quiere para sí. Que sólo piense en ella. Que no haga nada más que estar a su lado.

Desembarcan en Salónica, sin que ninguna duda se haya resuelto. Quienes sí se alegran son Álef y Bet que relinchan de gusto.

Salónica es ciudad antiquísima. Y de antiquísima comunidad proveniente de judíos alejandrinos. Fundada por el rey Seleuco, de la estirpe de los sucesores de Alejandro el Magno, creció y floreció antes de la cristianización. Pablo de Tarso predicó tres sábados seguidos en la sinagoga y no logró convencer a nadie. Sólo logró la expulsión por los rabinos montados en cólera.

Los romanos le habían otorgado la autonomía a la comunidad judía que pudo crecer y aumentar los lazos comerciales con muchos países mediterráneos. Pero esos tiempos habían pasado. Los emperadores Constantino y Teodosio emitieron leyes antijudías. Lo mismo Justiniano y Heraclio. Solamente Alexio I, durante la primera cruzada, alivió en algo la suerte de los judíos.

Benjamín de Tudela anota en su *Libro de viajes:*

Es una ciudad muy grande, tiene como unos quinientos judíos; y allí están el rabino Samuel, maestro, y sus hijos, grandes sabios; éste es el encargado de los asuntos de la comunidad, bajo la autoridad del rey; además, están su yerno, el rabino Shabetai, y los rabinos Elia y Mijal. Es lugar de opresión para los judíos, que se ocupan en la manufactura de la seda.

A Benjamín le duele la opresión que sufren los judíos. Para aliviarla en algo se reúne con los rabinos de Salónica y discuten pasajes de la Torá alusivos a la justicia y a la misericordia. Les cuenta de los sabios de Narbona y de cómo están elaborando nuevos relatos sobre las antiguas historias del pueblo de Israel. Les menciona una palabra que es la clave del judaísmo: *kabalá*. Tradición y memoria que guardan las historias y permiten su reinterpretación. La tradición se recibe, pero también se cambia en el correr de los tiempos. Todo tiene su tiempo y su momento. Es el momento de leer los manuscritos y de encargarle a los rabinos salonicenses que agreguen sus propias versiones y que encuentren consuelo en cada una de las palabras sagradas, en cada una de las letras sagradas. Que sepan ver el fuego negro sobre el fuego blanco. Y aun lo no escrito entre lo escrito. Que sólo así preservarán la vida más allá de la muerte. Que su destino será largo y su final abrupto.

Benjamín de Tudela no sabe si esas palabras pueden consolar. Tal vez distraigan durante un momento: el del estudio y el de la lectura. Pero después los rabinos quedarán solos y tendrán que trasmitir sus palabras al pueblo, para que el consuelo también les alcance.

Benjamín, en su viajar sin parar, vive de ausencia en ausencia. Cuando se despida de los rabinos salonicenses, de los orfebres a los que ha visto pulir las joyas y guardarlas en cajas recubiertas de terciopelo, de los hombres que han cuidado las moreras y los gusanos de seda, de las mujeres que amasan el pan y la *jalá,* cuando ya no oiga los cánticos ni el lento deletreo de los niños que van a la *yeshivá,* revivirá él también, como es su costumbre, el hondo dolor del abandono.

Es entonces cuando le regresan las punzadas en la cabeza y la temible migraña. Busca un paño limpio, lo humedece en agua fría y se lo coloca sobre la sien ardiente. En Salónica, la esposa del rabino Shabetai le ha cortado una hoja de laurel y la ha envuelto en el paño fresco para mejor aliviarle.

Benjamín de Tudela vive de migraña en migraña. Sus viajes no le sirven para dejar atrás el dolor. Recostado en la cama, en la oscuridad, siente cómo las arterias de la cabeza se inflaman y oprime con sus dedos las del cuello para aliviar en algo la tensión. Empieza a temer algo más grave. Su habla se vuelve lenta. Su memoria se trastroca. Su sentido del olfato se agudiza, pero su vista le engaña. No soporta el ruido ni la luz. Repasa sus conocimientos médicos. Si fuera algo más grave podría tratarse de un tumor. O podría ser signo de que el mal de la melancolía avanza en su cuerpo y en su mente. ¿Qué hacer?

Poco o nada. Su misión es continuar con los viajes. Sepa o no para qué. Quisiera que el Ángel de la Verdad, *Malaj ha-emet,* le hablara claro de una vez. Piensa que ha fracasado si no puede todavía hallar el significado de su viaje. Tal vez a eso se deban las migrañas que padece. Si su alma no encuentra el camino, el cuerpo se adormece en el dolor.

Da vueltas y vueltas en la cama. Con su brazo derecho se cubre los ojos. Alucena entra de puntillas, se acuesta despacio a su lado y le acaricia suavemente las sienes. Poco a poco, Benjamín se siente resbalar hacia el tranquilo mundo del olvido.

Cuando abre los ojos no tiene noción del tiempo y ni siquiera pregunta qué hora es. Sea la hora que sea el milagro ha ocurrido. La ausencia ha curado el dolor. A su lado Alucena duerme y respira rítmicamente. Le besa el pelo y acaricia su piel tersa. Alucena abre los ojos.

—Ahora lo sé. Mi ausencia y el distinto tiempo recorrido para ti y para mí eran una prueba. Hace unas horas no lo sabía, pero ahora lo sé. Lo sé. Era una prueba. Una semilla ha prendido. Mientras enseñaba a Dacio cómo leer los manuscritos, la semilla crecía.

—Sí. La semilla: tu semilla: ha prendido en mí.

XIV. LA SEMILLA

SEMILLAS van y vienen. ¿Cuál es la semilla para Benjamín y cuál
es la semilla para Alucena?
    Semilla es la idea que prende, dice Benjamín.
    Semilla es la carne que prende, dice Alucena.
    La semilla crece, dice Benjamín.
    La semilla crece, dice Alucena.
    Coinciden o no coinciden, la semilla es una.
    Una es la creación.

Por debajo de la lava que ha resbalado de los volcanes abre su camino y explota, la semilla.
    Brota.
    Repta.
    Incide:
    la semilla.
    Parece muerta y está viva.
    Parece líquido y es sólido.
    El desierto la niega:
    pero se asoma entre la arena.
    No se la puede pisar.
    Aplastar.
    Destruir.
    Millones de años fosilizada para que su mensaje se trasparente.
    ¿Quién la guarda en la mano?
    ¿Quién la retiene a su pesar?
    ¿Quién la estruja?
    La semilla entre los dedos es un mínimo y molesto roce.
    Lo que importa es la promesa.
    Ah, el bienaventurado futuro.
    Tuvo olor la semilla:

pero lo ha perdido.

¿Fructificará?

No hay nada que lo afirme ni lo niegue.

Resbalará lentamente.

Qué terrible mínimo peso.

Entre semillas te veas.

¿Por que habías de recoger la semilla?

¿Acaso: dispersarla?

Hacia los cuatro poderosos vientos:

he ahí la danza de la siembra.

Si Benjamín y Alucena danzaron.

Si Benjamín descifró cauteloso o no los manuscritos.

Si Alucena sintió el recorrido germinal en su sangre.

O si fue al revés:

camino de ida y vuelta:

no tiene marcada la dirección.

Benjamín es Alucena.

Alucena es Benjamín.

¿Y Farawi?

En el reino de las semillas todo es semilla.

¿Y maese Pedro?

Lo mismo.

Alquimistas. Cabalistas. Caballeros cruzados. Siervos de la gleba.
Unidos. Sin saber por qué.

Por la semilla.

La semilla crece horizontal.

La palabra crece horizontal.

Las raíces y el cordón umbilical.

Las ramas y el cordón umbilical.

Lo que proponen los sabios rabinos es desenmarañar las raici-
llas de las ramas. Sacudir la tierra suelta de en medio.

¿Y la semilla?

La semilla.

Había una vez una semilla.

Que no sabía dónde ir.

Se plantó en el camino de Benjamín, gran andador.
Y empezó a crecer.
Benjamín creyó que eran las páginas del libro.
Alucena creyó que era carne de la carne: herencia viva.
La semilla se creyó a sí.
Envuelta en espesa corteza.
O:
acompañada de rasgos de pluma escribiente.
O:
en revuelto y pegajoso oleaje.
La semilla es la semilla.
No tiene explicación.
La semilla.
Es como es.
La absoluta fidelidad.
A sus orígenes.

Indestructible.
Eso es lo que busca Benjamín y no lo sabe.
Alucena, lo intuye.
Indestructible semilla.
Semilla.

El último reducto del reducto.

Pero:
¿qué semilla?
S e m i l l a.
Semilla sin semilla.
Semilla sin sílabas.
Semilla sin letras.
Sin consonantes ni vocales.
Semilla sorda.
Sorda semilla.
Semillasemillasemillasemillasemillasemillasemilla.
Semilla, vaya, semilla.

Ah:
semilla.

Para Benjamín es el principio.
También para Alucena.
Para Benjamín es el orden mantenido.
Para Alucena también.
Para Benjamín es la palabra de Dios.
Para Alucena es la palabra encarnada.
Benjamín baila alrededor de la semilla.
La semilla baila en Alucena.

He aquí que la semilla crece: crece: crece.
Cumple con su deber: toda semilla crece.
No puede ser detenida:
aunque puede estar latente.
Los fríos y las lluvias caen sobre la semilla.
En realidad, la semilla se ríe.
La semilla es una gran carcajada en potencia.

Benjamín se ha quedado pensando en la palabra semilla. Le gustaría discutir con el Ángel de la Verdad sobre esta palabra. Lo que pasa es que la palabra se le ha escapado. Si en lugar de la palabra tuviera ante sí la semilla, todo iría bien.
Ése es el problema:
semilla, ¿dónde estás?
Semilla es una ausencia.
Es una imaginación.
Semilla.

Alucena adora las semillas.
Las siente brotar de su piel.
Son semillas doradas.
Casi se convierten en espigas.
Semillas por todas partes.

Si Benjamín de Tudela logra comprender el semillero de los manuscritos mucho habrá avanzado. Claro que aquí se trata de semillas empalabradas. De semillas entextadas. De semillas enmanuscritadas.

Mientras que para Alucena la semilla se mueve, salta y da vueltas. Tendrá que hacerle entender a Benjamín que las otras semillas no sirven. O bueno, que sirven de otro modo.

Para Farawi semillas son semillas. Pero, sobre todo, semillas son cálido semen trasportador.

Para maese Pedro, semillas son semillas de traición. Ja, ja, se ríe.

Benjamín de Tudela desenrolla los manuscritos en busca de la semilla perdida. De la semilla guía. De la semilla clave.

Alucena acaricia su vientre, guardián de la verdadera semilla.

Benjamín se pregunta: de todas las palabras, ¿cuál es la semilla?

Alucena, sabia, entera, completa: sabe la respuesta.

Benjamín quisiera conocer más lenguas para encontrar la respuesta.

Alucena no necesita palabras: es la sabiduría de la fecundación.

—No te preocupes, Benjamín, que la semilla crecerá.

—¿Crecerá?

Benjamín habla con Farawi:

—¿Sabes, tú, qué es la semilla?

—Yo sólo sé de la semilla de amor.

—¿Qué semilla de amor?

—De mi amor por ti.

Benjamín habla con maese Pedro:

—¿Sabes, tú, qué es la semilla?

—Yo sólo sé de semillas que crecen.

—Qué error: la semilla que yo busco es la semilla de las semillas.

¿Existirá la semilla que busca Benjamín, el viajero de Tudela?

"¿Quién me dijo que tenía que buscar una semilla?"

114

No, en realidad nadie le dice nada a nadie. Benjamín se cree a
sí. Se cree todo lo que piensa. Es un cerebro creyente.

Ángel de la Verdad, ¿dónde estás?

En verdad, el Ángel de la, es quien ha lanzado semillas a diestra y
siniestra.

Las semillas son para ser interpretadas.

(¿No sembradas?)

En los semilleros crecen las.

Y en los seminarios las.

("Ya entiendo, piensa Benjamín, las son la reticencia y la elipsis.")

"Empiezo a entender: los manuscritos están llenos de reticencias y
de elipsis. Tantas reticencias y tantas elipsis que no hay nada escrito: un gran blanco: un gran inmenso: un gran negro: un gran vacío.
Los manuscritos desenrollados ante mí no tienen nada escrito."

Lo que se preocuparon los rabinos de anotar era nada. Nada de nada.

Hay que saber qué nada anotar. No cualquier nada. Sino la que
se ajusta al espacio en blanco. Fuego negro en fuego blanco son
dos nadas.

Maese Pedro estuvo trasmitiendo mensajes de nada. Traición de
nada.

"Entonces, ¿no ocurren los hechos? ¿Nada está sucediendo?"

En efecto, nada sucede. Sucede nada.

Por lo menos en los manuscritos.

"¿Y mi *Libro de viajes*? ¿Tampoco sucede?"

El *Libro* sí. Los viajes no.

"Mi *Libro* es acción: ¿vive?"

Tu libro sí.

"¿Los viajes?"

¿Qué viajes?

"De lo que trata el *Libro*."

Ah, ¿pero trata el *Libro*?

Benjamín de Tudela corre aterrado en busca del *Libro de viajes*.
¿Estará en blanco o en negro?

Mira que si todo lo que ha escrito se hubiera borrado y la página estuviese en blanco. O si la tinta se hubiera corrido y mostrase la página en negro.

Ante una página en blanco ocurre la desesperación y los melancólicos se melancolizan más. Pero, ante la página en negro, ¿qué hacer? ¿Qué hacer? Ése debería ser el verdadero humor negro: el de la página en negro.

Semillas negras podrían surgir de la página en blanco. Y viceversa. Semillas blancas de la página en negro.

¿Cómo resolver el asunto de las semillas?

Benjamín, Alucena, Farawi, maese Pedro, así como los rabinos comentadores tiene cada uno de ellos un caudal de semillas.

Semillas y más semillas. De entre ellas una es la escogida. Una es la clave. Una es.

Una.

Semilla.

La.

XV. EL VIAJE PROSIGUE: CONSTANTINOPLA

BENJAMÍN DE TUDELA debe proseguir con su viaje, semillas aparte. De Salónica, la comitiva se traslada en dos jornadas a Demitrizi, lugar donde habita una pequeña comunidad judía, de unos cincuenta miembros. Benjamín habla con los rabinos Yeshaya, Maquir y Eliab. Se informa del tipo de vida que desarrollan y de cuáles son las condiciones de su vida. No es grande su ambición y, aparte del estudio, se conforman con poco. Benjamín recuerda una frase de los antiguos sabios: "Es rico quien aprecia lo que tiene". Así, no desdeña a los habitantes de Demitrizi y les rinde homenaje. Su comida sencilla y sus casas sin lujo, sus vestimentas sin adorno y los pequeños huertos son muestra de un sosiego interno, de un lento trascurrir del tiempo. Ir a rezar con ellos es el olvido del tráfago y del apremio. Es volver a encontrar el susurro de Dios.

Después del lento discurrir, Benjamín y los suyos se encaminan al noreste hacia Drama. Drama es ciudad prominente en la región de Macedonia, nudo de comunicaciones. Está situada en la falda meridional del monte Falakrón y los habitantes son recios y poderosos. Alrededor del mercado, sobre todo de productos agrícolas del entorno, las discusiones son serias y cerrar un buen negocio es la principal habilidad. Los sabios Mijael y José presiden la comunidad de unos ciento cuarenta judíos. Todos viven bien y en orden. Los consejos que Benjamín recibe en materia mercantil son sencillos y prácticos, y agradece la instrucción. Aprender es materia que no tiene fin, ya sea en los negocios, en el tráfico de piedras preciosas o en los comentarios de filosofía y teología. Benjamín salta de uno a otro asunto con suma agilidad.

De allí, Benjamín se dirige en una jornada hacia Crestópoli, donde sólo viven veinte judíos. Lugar de paso, intermedio en la ruta a

Constantinopla. Benjamín ordena a su compañía aprovisionarse para el viaje. Compran varios sacos de naranjas que les recuerdan las de tierras catalanas.

De nuevo, Benjamín elige la vía marítima, hasta Abidos, que se asienta sobre un brazo de mar. Navega tres días y luego retoma los caminos de tierra. Se interna cinco jornadas entre las montañas a paso lento y tortuoso. En un recodo ha intuido una sombra y un movimiento de alguien que tratara de empujarlo al abismo. Se ha dado vuelta veloz, y no ha encontrado a nadie. El único cercano es maese Pedro, pero su rostro permanece impasible. Farawi habla solícito con Alucena. No. No han sido ellos.

La gran metrópoli de Constantinopla es uno de los sueños de Benjamín. Ansía conocer sus palacios, sus riquezas, su bullicio, su incesante ir y venir, las mezclas de los pueblos, los cantos y los bailes, la Babel de idiomas. Ha oído tantas cosas durante el viaje que le parece que arribará a una ciudad mágica, suma del poder y del lujo.

Cuando llega decide que habrá de quedarse una larga temporada. Sus negocios crecerán y se dedicará a recorrer y a conocer la gran Constantinopla. Alucena se siente aliviada de poder permanecer en un lugar sin el cansancio de los viajes.

La figura del emperador Manuel, el vencedor de los normandos, ejerce fascinación sobre Benjamín. Doce príncipes rodean al emperador y cada uno posee un palacio majestuoso. A su cabeza está el rey Hiparkos, y los que portan los títulos de Megas Domestikos, Dominos, Megas Dukas, Ekonomos Megale y el resto.

Benjamín anota en su *Libro de viajes:*

El perímetro de la ciudad de Constantinopla es de dieciocho millas, la mitad sobre el mar y la otra mitad sobre el continente. Se asienta sobre dos brazos de mar: uno que viene del mar de Rusia o Negro y otro del mar de España o Mediterráneo. Vienen aquí todos los mercaderes de Babel y de todo el país de Shinar, de Persia y de Media, de todo el reino de Egipto, de la tierra de Canaán, del reino del Rusia, de Hungría, de Patzinakia, de Jazaria, del país de Lombardía y de España.

Es una bulliciosa ciudad; a ella vienen con mercadería desde todos los países marítimos y continentales. No hay como ella en ningún país, excepto Bagdad, la gran ciudad de los ismaelitas. Allí está la iglesia de Santa Sofía, así como el Papa de los griegos, ya que éstos no profesan la religión del Papa de Roma. Hay allí tantas iglesias como número de días tiene el año, y una incalculable cantidad de dinero que anualmente traen, como impuesto, de las dos islas, de las fortalezas y de las grandes capitales que hay allí. Riqueza tal no se encuentra en ninguna iglesia del mundo. En el interior de la iglesia hay columnas de oro y plata e incontables lámparas de plata y oro.

Allí hay un lugar destinado a la diversión del rey, adosado al muro del palacio, llamado Hipódromo. Cada año el rey organiza una gran diversión en el día de la Natividad de Jesús. En dicho lugar se exhiben, ante el rey y la reina, todo género de seres humanos que hay en el mundo, con todo tipo de encantamiento o sin él; y traen leones, panteras, osos y zebras para que luchen entre sí; hacen lo mismo con las aves y no se ve espectáculo como ése en ningún país.

El rey Manuel construyó un gran palacio, para el trono de su reino, sobre la orilla del mar, a más de los que edificaron sus antecesores, y lo llamó Blanchernes. Recubrió de oro y plata pura las columnas y los muros, pintando sobre ellos las guerras que él mismo realizó. Allí hay un trono de oro y piedra noble, e hizo pender una corona áurea de una cadena de oro sobre el trono, estando situado su asiento precisamente bajo ella; en la corona hay incontables piedras preciosas, tantas que, por la noche, no es necesario poner allí lámparas, pues todos ven la luminaria que desprende la luz de las piedras preciosas. Y hay tantos edificios allí que no pueden ser enumerados.

Benjamín prosigue en su admiración. De la inmensa cantidad de mercadería que llega a la capital del imperio, sobre todo tejidos de seda, púrpura y oro, se colman los palacios y las fortalezas. Oye decir que el impuesto recibido es de veinte mil piezas de oro anualmente. Impuesto recabado del alquiler de las tiendas y zocos, así como de los mercaderes marítimos y continentales.

Cuando Benjamín se pasea por las calles de la ciudad magnífica observa las vestimentas de los griegos y por ellas reconoce su poder y riqueza. Los caballeros visten de seda con encajes de oro y bordados delicados. Se adornan de exquisitas joyas y piedras preciosas y es un espectáculo inolvidable verlos cabalgar sobre corceles igual de engalanados como sus dueños.

Benjamín se extiende en las descripciones de su *Libro:*

El país es pródigo en toda clase de ropas, así como abundante en carne y vino. No se ha visto tal riqueza en ningún otro país. Allí son muy sabios en toda la literatura de los griegos. Cada cual come y bebe bajo su parra e higuera. Reclutan mercenarios de todos los pueblos gentiles llamados bárbaros, para guerrear con el sultán Mas'ud, rey de los turcomanos, llamados turcos, porque ellos carecen de espíritu combativo. Se les considera, por tanto, afeminados que carecen de fuerza para resistir.

Benjamín resiente el confinamiento de los judíos y lo hace constar para todo tiempo venidero:

Y los judíos no están en la ciudad, junto a ellos, porque fueron deportados a la otra parte del brazo de mar. Estando rodeados por el brazo del mar de Mármara, por un lado, no pueden salir a comerciar con los habitantes de la ciudad, sino a través del mar. Hay allí como unos dos mil judíos rabanitas y como unos quinientos caraítas por otra parte; entre éstos y los rabanitas media una barrera. Hay asimismo sabios, a cuya cabeza están: el maestro rabino Abtalión y los rabinos Obdadia, Aarón Bejor Shuro, José Shir Niro y Eliaquim el administrador. Entre ellos hay artesanos sederos, muchos comerciantes y muchos potentados. Allí no está permitido a los judíos montar a caballo, excepto a Salomón el egipcio, que es médico del rey. Gracias a él encuentran los judíos gran alivio en su opresión, pues permanecen gravemente oprimidos. Grande es el odio que les tienen los curtidores de pieles, quienes vierten sus aguas pestilentes en las calles, frente a las puertas de sus casas y ensucian el recinto de los judíos. Por eso los griegos detestan a los judíos, ya sean buenos o malos, agravando su injusticia sobre ellos. Los judíos son, sin embargo, ricos y buenos, caritativos y cumplidores de los preceptos, soportando la iniquidad de su opresión resignadamente. El nombre del lugar que habitan los judíos es Pera.

Benjamín visita al médico Salomón el egipcio para pedirle noticias de otras tierras y para que le explique la relación entre los rabanitas y los caraítas.

—Los rabanitas siguen la tradición de las academias de Palestina y de Babilonia, como tú bien sabes, Benjamín; son los redactores de la Mishná y del Talmud. Su tradición se inicia tras de la destrucción del segundo Templo. Los caraítas niegan la tradición talmúdica rabínica y sólo aceptan la Torá. La Torá debe ser leída o recitada y su interpretación es libre.

—Se dice más de los caraítas que de los rabanitas.

—Es la regla: de lo que se niega surgen las diferencias. De ahora en adelante encontrarás en tus viajes a los caraítas y en cada lugar aprenderás algo nuevo acerca de ellos.

—¿Congruente o incongruente?

—Ambos: congruente e incongruente. Oirás que no comen carne o que prefieren la de las aves. Que circuncidan a los recién nacidos o que abominan de la costumbre. Que leen la Torá al derecho o al revés. Que celebran el *shabat* en la oscuridad y que ni siquiera se permiten cortar el pan.

—Son pocos y se extienden por todas partes: ¿llegará a ellos la luz?

—Ellos se consideran la luz mientras que el resto vive en la oscuridad.

—¿Imposible reconciliarlos?

—¿Reconciliarlos con qué?

—¿Acaso tú eres caraíta?

—Yo ya no sé lo que soy. Veo al hombre enfermo lo mismo si es cristiano, que si musulmán, que si judío o caraíta. En lo que todos coinciden es en la enfermedad.

—Y muerte.

—Y muerte.

El esplendor de Constantinopla envuelve a Benjamín de Tudela. La riqueza del comercio en sedas, orfebrería, perfumes y esencias da un toque de molicie y de lujo que, sin embargo, no desmiente la actividad febril y el cálculo de los mercaderes. La fabricación de esmaltes y de mosaicos propicia el espíritu del arte, la minucia de la pintura fragmentada en piedras de color. Pasajes de la vida de los emperadores. Las frutas y árboles de la tierra. Las fuentes de agua y los animales que casi cobran vida entre los mosaicos.

Benjamín no resiste la tentación de entrar a un taller de mosaicos. Le mueve el deseo de ver de cerca el trabajo de los artesanos.

Observa el proceso desde el comienzo. La preparación de la piedra: su desmenuzamiento: el tallado: el proceso de tintura: cómo encajar los fragmentos con delicada pinza: las figuras que van tomando forma.

Esa noche al regresar con Alucena le pregunta directamente:

—¿Y la semilla?

—La semilla crece. ¿No te has dado cuenta?

—Sí. La semilla crece.

Pero, ¿es la misma semilla?

En los laberintos de la ciudad Benjamín extiende delgados hilos invisibles que se retuercen y que se convierten en semillas de pensamiento. Las semillas crecen. Benjamín está en un dilema. Se trata de los manuscritos. ¿Qué hacer con ellos? La verdad es que según avanza en su viaje, más se aleja del deber de los manuscritos. ¿Luego era un deber los manuscritos? ¿Por eso le pesan tanto? ¿Luego le pesan? ¿Tanto?

De pronto, siente la tentación de la libertad. Del abandono. De saltarse las reglas. De no tener obligaciones. De crear su propio camino, sin tener que preguntar por vías y atajos.

Hasta cierto punto lo ha estado haciendo. Por algo quiso marcharse de Tudela. Por algo se inventó la necesidad de este viaje. Y todas las fantasías. Pero ahora lo quiere deliberadamente.

Ahora empieza a entender. Vislumbra retazos de su interior. Como si no se tuviera miedo a sí. Como si pudiera evadir los pretextos. Como si el hermético mensaje del Ángel de la Verdad no fuera tan hermético y la sencillez fuese la clave de la complicación. Se trataba de mirar al interior.

Se trataba de mirar al interior, no como lo difícil sino como lo fácil. Y esto era lo difícil.

Lo que empezaba a descubrir Benjamín era fascinante. Algo así como el agua tibia. Pero el agua tibia descubierta por uno solo no tiene nombre. Y, entonces, se dedica uno a intuir, luego a comprender y, por fin, a analizar todas las aplicaciones del agua tibia. Del agua tibia del interior.

Tibiezas aparte, Benjamín se enfrentaba a sí por primera vez.

Y, claro, el proceso tenía que ser por pasos. Tal vez, se había equivocado al pensar que su vía era la mística. O, cuando menos, la de intérprete de manuscritos. Tal vez, simple admirador y no ejecutor. Simple viajero.

¿Por qué no ser simple viajero?

¿Sería ésa la señal?

¿La semilla?

Benjamín sigue por los vericuetos. Los vericuetos son sencillos. Simplemente se sigue por ellos y son sencillos. Es como seguir el hilo de color de las alfombras moriscas para reconocer la figura, la greca, el filo de la flor. Es como seguir el buril que talla la piedra. Es como mezclar los metales al fuego del atanor. Es como seguir el fluir de una palabra en otra, en otra, en otra. Es como soltar las amarras de su mente y echar marcha atrás en todo lo que se le había enseñado:

Que lo estricto deje de serlo.

Que la ley deje de serlo.

Que el orden se desconozca.

Que la razón se olvide.

Que triunfe el querido, absoluto, suave desorden.

Que se cree una nueva manera de ser: la del caos amado.

Benjamín corre a buscar a Alucena para comunicarle esta novedad, el gran descubrimiento.

—Pero, querido querido, al fin despiertas. ¿No supiste nunca observar tu entorno? ¿No se te ocurrió que eso de anotar metódicamente viajes, personas, oficios no te llevaría a buen fin?

—¿Cómo sabes lo que anoto?

—Todo el mundo sabe lo que anotas: Farawi, maese Pedro, yo.

—Así que eso explica las desapariciones de los manuscritos y de mi *Libro de viajes.*

—Entre otras cosas.

—Y, ¿el episodio con Dacio?

—Estábamos de acuerdo. Queríamos que desdoblaras la realidad. Que perdieras tu mundo plano. Tu mundo de reglas.

—Y ahora, ¿qué haré con los manuscritos de los rabinos?

—Nada. Sigue circulándolos. Es divertido.

—Pero mi misión, ¿cuál es mi misión?

—Olvida las misiones. Simplemente sigue con el viaje.

—¿Es eso un propósito?

—Claro. El mejor de los propósitos. O de los despropósitos.

XVI. LOS QUEHACERES

BENJAMÍN DE TUDELA aún sigue apegado a cierto orden. Por eso prosigue con el viaje y prosigue escribiendo. De nuevo, la compañía se embarca y llega a Rodosto. De nuevo, el mar entretiene y fascina. De nuevo, en tierra firme, Benjamín anota en el mundo de su *Libro*. Puntualmente son cuatrocientos los miembros de la comunidad judía y los nombres de los jefes se escriben con letra cuidada. Que la letra escrita debe ser santa.

De Rodosto, los viajeros se dirigen a Gallípoli y ése sí es un lugar de presagios. La torre, las fortificaciones, el amplio puerto. Todo pareciera a propósito para grandes hazañas, para locuras o para desvelos. Y seguro será así a lo largo de su historia.

Benjamín se interroga: "¿Lo que yo escriba quedará para los siglos de los siglos? Sí. Pero mis desvaríos, eso no debe conocerse. ¿Y, por qué no? Este lugar con este nombre tan especial: Gallípoli, Gallípoli, ¿por qué lo anoto como si grandes sucesos hubieran de marcarlo? Por ahora no pasa nada. No puedo saber lo que sucederá en estas aguas, en estas arenas. Y, sin embargo, habrá historias qué contar. Batallas famosas y cruentas. Herederos del Shabetai que acabo de conocer que caigan en la apostasía y que canten desde lo alto de una torre. ¿Por qué puedo predecir cualquier cosa? Predecir es interminable y pertenece al reino de la locura. De la inseguridad. Predecir. Predecir. No vale nada".

¿Y Alucena?

Alucena no predice. Alucena sabe. Y como sabe está tranquila. La semilla que custodia es un apoyo. Piensa: "Pequeña semilla, ¿qué serás? No predigo. Presé. Serás. Toda semilla es. ¿Será? ¿Me oyes? Tienes que oírme: porque somos dos en una. El hilo de mi pensamiento te llega. Lo siento. ¿Lo sientes? Semilla: No sólo estás formando tus yemas, tus raíces, tus ramas: no: no sólo. Lo importante son los vericuetos: los circuitos cerrados y los abiertos: la periferia de la expresión: la periferia y la inferia. Semilla: hay laberintos profundos que se te marcan indeleblemente. Semilla: ¿me oyes? Sííí. Ah, bueno".

El quehacer de Alucena es un quehacer indetenido, pero que alienta. Es sentarse a la sombra de una higuera: notar el aire fresco entre las hojas y su leve parpadeo: el paso de luz a sombra en un instante inatrapable: la temperatura ni caliente ni fría: el silencio con leves intervalos de zumbidos, de cantos de pájaro, de frotar de alas, de picos en el tronco. Es un deseo de no ser interrumpida en el suave abandono que la envuelve. No querer mover ni un miembro de su cuerpo aunque los sienta plenos de una energía bullente. Es una intensa vida interna que no necesita agitarse. Es la presencia de otros movimientos que escapan de ella, pero que sólo son posibles en su interior carente de voluntad.

Por eso, el quehacer de Alucena es intenso y es pausado a la vez. Absorbe unos aires sólo por ella percibidos que la elevan a regiones fuera de este mundo. Fuera y tremendamente dentro. La semilla que la invade es una concesión: es un apartamiento: es una inmersión en las profundas aguas de la vida.

La palabra pesa para Alucena. La palabra se le convierte en el lenguaje de todas las cosas. Por primera vez comprende que unas cosas llevan a otras cosas. Que hay hilos: lazos: cordones: visibles e invisibles. Asociativos.

Recoge del suelo, bajo la sombra de la higuera, una piedrecilla. Es pequeña, pulida, como de río arrastrada. ¿Qué hace ahí? Le da vueltas entre los dedos: luego, sobre la palma de la mano, la hace saltar brevemente: y cierra el puño con ella dentro. Verla, casi le provoca lágrimas: ¿qué hace ahí esa piedrecilla? Ha sido sacada de su lugar. Ha viajado en desorden, entremezclada con quién sabe qué objetos disímiles. Siente la tentación de quedársela: de seguir arrastrándola por parajes desconocidos: de que, igual que sería imposible regresarla a su origen —porque nadie lo conoce—, acepte el destino de una mayor lejanía.

Es tan suave al tacto la piedrecilla pulida que Alucena no puede desecharla. La acaricia con la yema de los dedos: se la cambia de mano: el placer es redondo. El placer es la piedra. O la yema de los dedos. Alucena no lo sabe.

Ese no saber tranquiliza a Alucena. Desde que la semilla es parte de ella, es su compañía, saber y no saber se han fundido. Ignorancia ha huido. Sabiduría de las cosas reina.

La piedrecilla es como la semilla: por eso ha estado a punto de llorar. Abre el puño y deja que una lágrima redonda caiga sobre la piedra: la mancha húmeda que la oscurece le provoca más llanto. Es agradable el brotar de las lágrimas: su deslizarse mejilla abajo y su gotear en la palma de la mano. Luego, con la lengua, prueba su sabor y le gusta regresar a sí lo que de sí salió.

Deja la piedra sobre el regazo y continúa contemplando el entorno. Eleva la vista: el cielo de color y las nubes son abarcados con ojos primerizos. ¿Cuánto puede abarcar un ojo?, se pregunta. ¿Qué es un ojo?

No lo sabe y, al mismo tiempo, lo sabe. Lo que no puede es explicarlo. ¿Para qué explicarlo?, se pregunta de nuevo. No importa. Lo que cuenta es la sensación. La alta paz.

Alta paz irradia Alucena.

Posa la vista en el suelo: infinidad de hierbas la distraen: las conoce y no las conoce. Puede nombrarlas o no. Tampoco importa. Sólo la sensación es lo que cuenta. Aprende de ellas su forma y su particular tono de color. Nunca las olvidará.

Quisiera detener la vista en el trasparente aire y ver en la espesura sin matiz. Cree que lo logra. Hay algo en lo no visto.

No se explica qué es lo no visto pero lo presiente. Misterios de todos tamaños danzan sin forma. Flechas lanzadas al azar, sin arco y sin mano. Como la semilla que guarda y cuyo contorno desconoce.

¿Las cosas crecerán?

Alucena observa la piedra en su regazo que no habrá de moverse si algo no la impele. Acaricia su vientre como si acomodara la semilla. Rueda la piedrecilla contra la piel, contra la forma de lo informe.

La piedrecilla refresca a Alucena. Se la coloca en la sien derecha y la presiona un poco. Es agradable sentirla. Se adormece.

Farawi se ha montado en Bet y se dirige al acantilado. Amplia es la vista desde el punto más alto. Piensa en Benjamín. Lo quisiera más cerca de él. Como cuando no estaba Alucena. Pero empieza a querer a Alucena y esto lo consuela. Si puede querer a quien quiere a Benjamín y quien es querida por Benjamín, todo irá bien.

El amor entrelaza los pensamientos de Farawi. Son muchas sus maneras. Amor que todo lo centra. En el desbordamiento, el cauce es sereno.

Farawi se desmonta. Acaricia la frente de Bet. Le habla al oído. Bet, querido Bet. Se distrae con el sonido que se acerca de los cascos de un caballo. ¿Si fuera Benjamín?

Es Benjamín.

Querido Benjamín. Benjamín querido por tantos.

No hablan. Se sonríen. Es suficiente. Se quedan juntos hasta que el sol se pone entre las olas del mar. Lo que piensa cada uno se lo guardan: muy bien pudiera ser lo mismo.

Regresan al principio del anochecer. Sombras apenas delineadas se marcan a un lado y otro del estrecho sendero. Las ramas de los cipreses se alargan y se tocan: en los espacios en claro pueden verse las estrellas adelantadas y un reflejo pálido que anuncia la luna.

En tres días será luna nueva, el 29 de *tammuz*, fin de mes. Celebrarán en la noche galopando por la orilla de la playa y metiéndose con los caballos en el mar.

Sí, piensa Farawi, aún hacemos cosas los dos solos. Ésos son los quehaceres que nos unen y por los que sabemos que nos amamos.

Lo mismo piensa Benjamín.

El Ángel de la Verdad, que se aparece poco, también piensa. Piensa que Benjamín está encontrando un camino propio y que, tal vez, no deba distraerlo. El Ángel es quien ordena las rutas, pero las rutas son escogidas por los hombres. Muchos podrían ser los caminos de Benjamín, pero Benjamín escoge uno nada más. Nada más se puede transitar por uno a la vez. Como nada más se puede beber una copa de vino. Y es una la vigilia y es uno el sueño. El Ángel se aparta discretamente. Que es una de sus grandes cualidades.

Benjamín siente la necesidad de volver al tallado de las piedras preciosas y al arte de la orfebrería. Se encierra en el taller del maestro Shabetai, el lejano, lejano antecedente de otros Shabetais que transitarán por las calles de Gallípoli.

Benjamín toma una, la esmeralda, con unas delicadas pinzas y la pule en facetas que reflejen inesperados destellos. Le gustan las piedras que brillan como los astros. Le gusta la semitrasparencia de los colores del arco iris atrapados en la joya. Le gusta el capricho de la piedra y el capricho del orfebre y el capricho de quien vaya a usarla.

Piensa que una joya no es más que un capricho. ¿Quién habría de necesitarla?

Nadie.

¿O habrá quien sí la necesite?

Quien se muera por ella.

Quien tenga que sentirla en su piel o verla en la piel de alguien.

Sí.

O no.

Como suele suceder.

Quehaceres van y vienen en días que van y vienen.

Alucena ha recordado, casi sin proponérselo, el arte de hilar. Ha comprado en el mercado un huso. Devana las madejas y va tejiendo telas suaves. Telas livianas. O telas de abrigo. Telas para todo tipo de vestimenta. Le gusta repetir movimientos idénticos: adquirir destreza en la constancia: velocidad en el hábito: infalibilidad.

Un nuevo ritmo la acompaña: el ritmo de la semilla que crece. A su alrededor las cosas se contagian del mismo ritmo. Una música interna se desborda hacia las altas esferas. Y de las esferas desciende a su cuerpo. Como si un flautista enlazara espirales de sonidos capaces de mover piedras, metales, perfectas construcciones.

Su manera de andar se ha vuelto pausada, como si su cuerpo fuera parte del aire o de la tierra y no se separara de los elementos.

Todas las mañanas antes de abrir los ojos, se queda un buen rato en la cama, fingiéndose aún dormida. Luego va estirando los pies y las piernas, los brazos, el cuello. Se sorprende de no haber abierto los ojos. Si los abre no sabe si encontrará luz u oscuridad. Adivina qué habrá de encontrar.

Alucena abre los ojos y le gusta lo que hay, sin importarle si es luz o si es oscuridad. Aunque hubiera apostado a la una o a la otra igual se hubiera contentado. Si luz, porque ya venía el día. Si oscuridad, porque podría quedarse otro rato más en la cama.

El cuerpo de Alucena pesa y sólo ella lo nota.

Parece que Benjamín no ha entendido qué es la semilla.

Alucena así lo prefiere, pues continuará viaje con él.

Y viaje continúan. En dos jornadas llegan hasta Cales, donde habita una pequeña comunidad de cincuenta judíos. Se quedan unos días para recoger la información que Benjamín necesita y luego prosiguen hasta la isla de Mitilene, donde encuentran comunidades en diez lugares distintos.

Con su habitual ritmo lento, sin prisas, se dirigen después, por vía marítima, hasta Chíos. Allí, la comunidad es grande, cerca de cuatrocientos judíos. Benjamín penetra en los bosques de almácigo o lentisco. Los árboles, de la familia de los terebintos, tienen unas incisiones de las que destila una resina clara y aromática. La resina es recogida en botes especiales y luego es destilada por sus propiedades tónicas y astringentes. Benjamín recuerda sus conocimientos médicos y manda preparar un pomo de masticatorio con la almáciga por si hiciere falta en caso de debilidad.

Luego navegan hacia Samos y las islas adyacentes, todas con comunidades grandes y en actividad plena. Continúan camino marino hasta Rodas y el *Libro* se llena de anotaciones y cifras. En una esquina, se le ocurre al autor hacer un diminuto dibujo del barco en el que viajan.

Cuando Benjamín de Tudela llega a Chipre de nuevo se encuentra con judíos rabanitas y caraítas. Escucha de cada uno de ellos las críticas hacia los otros y la falta de entendimiento. Por si fuera poco, conoce allí a la secta herética de los epicúreos, judíos asimilados al epicureísmo helénico que han sufrido la excomunión porque profanan la noche del sábado y guardan, en cambio, la noche del domingo. Para Benjamín ver de cerca a los practicantes de esta secta es algo extraordinario. En Tudela sólo se sabía de los epicúreos por las lecturas de los libros antiguos de Filón de Alejandría y de Flavio Josefo. Es más, Benjamín no creía que siguiera existiendo esta herejía.

Sin decirle nada a nadie acude el domingo a sus celebraciones y acepta de ellos un vaso de vino. Piensa que la duda, uno de sus preceptos defendidos, no es tan mal precepto. Pero guarda silencio. Otros, en cambio, evitan la duda. Benjamín queda aún en mayor duda.

"La duda es un concepto, piensa a solas Benjamín, verdaderamente crucial: madre de la verdad. Emparentada con mi Ángel perseguidor. El gran quehacer del pensamiento no es el orden ni la lógica, como pretenden los sabios árabes y cómo dicen que también pretende el gran sabio judío Maimónides y no digamos de otros sabios cristianos, habidos y por haber. No qué va, el gran quehacer es la duda. Sin la duda no hay avance. Viva la duda: desestabilizadora: ambigua: etérea: espiritual.

"Yo, a la duda me entrego, por ella me desvivo, por ella me despierto en la madrugada, por ella me desvelo, a ella amo e invoco.

"¿La duda?

"¿Sí?

"¿O no?"

XVII. LA MÚSICA DE LAS CIUDADES

DE LA gran isla de Chipre, en barco, durante cuatro días, rumbo a tierra firme. Nuestros viajeros desembarcan en Coricos, principio de la tierra de Armenia y del reino de Toros, señor de las montañas, quien reina hasta Trunia y hasta el país de los turcos.

Este viaje de Benjamín y compañía siempre bordeando el mar. O siempre bordeando la tierra, que parece más seguro el mar que la tierra. Que el dibujo de los puertos y ciudades es visto desde el mar y es apuntalado por los barcos. Si no hay puerto no hay desembarco. Álef y Bet empiezan a hastiarse. ¿Dónde están los extensos campos para galopar y las abruptas montañas para trepar? El cargamento se vuelve más ligero según avanzan. La tierra estorba bajo los pies: es preferible el balanceo de cubierta y las velas infladas al aire.

Alucena se siente como una vela que flotara: el aire hace volar sus vestimentas: por un momento cree que va a ser arrebatada de cubierta y envuelta en una nube pasajera. Benjamín y Farawi la detienen cada uno de un brazo. Es bueno sentirse afianzada. Con los pies en la tierra.

En Coricos comen con gran apetito: verduras de los huertos preparadas en salmuera, dátiles e higos con gota de miel, turrón de semilla de ajonjolí. Álef y Bet agradecen el estar en una cuadra y comer, sin perder el equilibrio, hojuelas de avena y salvado. Todos duermen a placer.

De allí, en dos jornadas, se dirigen a Malmistros, también asentada a orillas del mar. Y hasta aquí, anota Benjamín en su *Libro*, llega el reino de los helenos.

Luego, toman la ruta de Antioquía, ciudad grande entre las

grandes, asentada sobre el río Fer, que Benjamín conoce como río Yaboc, el cual baja del monte Líbano y de la tierra de Jamat.

En Antioquía, Benjamín decide quedarse una larga temporada. Le ha gustado la ciudad y allí donde le gusta es lugar que ansía conocer en sus recovecos y en sus callejuelas, en sus plazas y mercados, fortificaciones y palacetes. Maese Pedro le recuerda que es la ciudad de mártires del cristianismo, de Cipriano y de Justina. Cipriano, el mago y estudioso, que vende su alma al diablo y por amor a Justina se convierte a la religión naciente, olvidando malas artes y hechicerías. Cipriano, que paseaba por los campos de Antioquía con un libro de Plinio en la mano en busca del dios que habría de iluminarlo y que repetía la frase indicadora: "Dios es una bondad suma, una esencia, una sustancia". Que contemplaba, a lo lejos, las altas torres de Antioquía y le parecían de oro brillante, de alabastro, de mármol pulido. Que oía el bullicio de las fiestas en honor de Júpiter tronante y el murmullo secreto de los nuevos cristianos. Que se debatía entre las dos religiones y que, por amor, escogió la que anunciaba Plinio.

Benjamín escucha las historias de maese Pedro y piensa cómo han cambiado los tiempos: ahora la nueva religión es la triunfante y comete los mismos y hasta peores excesos que la pagana. Entonces, Benjamín también le cuenta historias de mártires judíos a maese Pedro, como la de Ana y sus siete hijos que fueron matados y enterrados en Antioquía. Y agrega algo que maese Pedro olvida: que los miembros de la nueva fe, en época de los apóstoles eran todos judíos, y que en esta ciudad fueron llamados por primera vez cristianos o mesianistas, porque para ellos ya había llegado el Mesías.

Benjamín continúa a solas sus paseos. Escala la montaña sobre la ciudad y recorre la muralla que la circunda. En la cima de la montaña tiene un encuentro con un hombre. Es el encargado del manantial que brota entre las rocas. Es un hombre silencioso que hunde sus manos en el agua y luego las considera puras. Observa cómo las gotas resbalan entre los dedos y luego, si los eleva, resbalan hacia los brazos. Posa sus labios en la piel humedecida como si la besara y se abstrae. Su labor consiste en vigilar el manantial y en enviar el líquido preciado por veinte acueductos subterráneos hasta las casas de la ciudad. El hombre tiene un saludo propio para toda persona que se acerque: no es el de buenos días ni el de desear paz. A quien se acerca al manantial le dice: "Buena agua", para, en seguida, guardar silencio. Y cuando la persona se aleja, pronuncia lentamente: "Agua buena". Su sabiduría se concentra en esas dos palabras que vierte e invierte.

Ésa quisiera ser la sabiduría de Benjamín de Tudela: dos palabras que abarcaran el universo. O mejor aún: una palabra. A la manera de los que habrán de ser cabalistas: en busca del único y verdadero nombre de Dios.

Ésa quisiera ser la sabiduría de Benjamín de Tudela: pero no sabe dónde hallarla.

Por eso es caminante. A ver si por los caminos halla la palabra. Después de conocer al hombre del agua buena o de la buena agua, baja de la montaña y deja atrás el trasparente brotar de los manantiales. Rodea la ciudad en su otra vertiente y se topa con el río que la circunda. Parece que Benjamín tuviera preocupaciones bélicas, pues se detiene a observar las fortificaciones, el material del que están construidas, las cuadradas piedras y la manera como han sido incrustadas, los contrafuertes, las troneras, las barbacanas, las contraguardias, las torres de vigilancia, las torres albarranas, las torres del homenaje, las almenas, las escarpas y alcoleas, el antefoso, el foso y el contrafoso, las cunetas, las caponeras, los terraplenes, los puentes levadizos.

Para Benjamín un castillo, un almodóvar, un alcázar, una alcazaba es motivo de admiración. Quisiera conocer a un gran constructor que le confiara los secretos, las frágiles leyes del equilibrio, de las pesas y medidas, de las palancas, de las plomadas, de los cálculos matemáticos.

Le parece que una edificación es como las infinitas palabras de los Libros Santos, por la manera en que ni el mínimo resquicio ni la mínima sílaba pueden ser menospreciados.

134

Contempla la unidad y desconstruye lo construido con la vista para luego reconstruirlo en la imaginación. Compara con los manuscritos que le han sido encargados llevar de comunidad en comunidad. Los textos que guardan la misma unidad de los muros y de las espesas fortificaciones. Y si estuviera Alucena a su lado los compararía con los tejidos que ahora la ocupan de manera tan placentera y tan precisa. Los tejidos internos y los tejidos externos.

Tejidos todos: los de piedra: los de palabras: los de hilos de colores: los de músculo, nervio, hueso.

En esta ciudad tan fortificada, Antioquía, a orillas del río Orontes y al pie de la montaña Silpio, edificada en el año 300 por Seleuco Nicátor que le puso el nombre de su padre Antíoco, Benjamín de Tudela hace constar que en ese momento es dominio del príncipe Beaumont de Poitiers, quien es llamado el Papa. Que por todos lados encuentra desorden, luchas de reyes y príncipes, batallas por dominar y poseer, pueblos que vencen a pueblos y los persiguen y masacran. Gente que huye a otras tierras, casas que son abandonadas, campos olvidados, aperos de labranza inservibles, cosechas podridas, animales muertos.

Así sufren también las comunidades de su pueblo, y los judíos van y vienen por las ciudades según son aceptados o rechazados. En Antioquía, Benjamín sólo encuentra diez judíos, vidrieros de oficio, a cuya cabeza están Mardoqueo, Jaim y Samuel. Le llevan a sus talleres y admira la manera de soplar el vidrio, el colorido que emplean y los objetos tan bellos que elaboran.

Mardoqueo, Jaim y Samuel están empeñados en crear un gólem de cristal que fuera, a su vez, el creador de figuras extraordinarias: un unicornio que trotara por los cielos: un dragón que viviera en las entrañas de la tierra custodiando antiguos tesoros: una carroza como la descrita por Ezequiel: un león, un águila y un cordero entremezclados, a la manera de esfinge: un poderoso templo salomónico: y otras y múltiples figuras de grecas y abstracciones geométricas.

Benjamín se interna, con cuidado, por el frágil y transparente mundo de Mardoqueo, Jaim y Samuel. Teme rozar algún objeto que pudiera caer al suelo y no quisiera escuchar su fragmentación. Aunque el sonido de cristal roto sea agradable.

El sonido de cristal roto es agradable porque es lo más parecido al fin de la vida del hombre: un último esfuerzo irrepetible, irrecuperable: bello en su ruptura instantánea.

El taller de los vidrieros se llena de sonidos musicales. Sobre una mesa, Mardoqueo, Jaim y Samuel han colocado copas de distinto tamaño y grosor llenas a distinta altura de agua pura de la montaña donde ha estado Benjamín. Con la mano sobre las copas las hacen vibrar y entre los tres, Mardoqueo, Jaim y Samuel, han creado una música que muy bien podría ser la de las esferas.

Benjamín se maravilla y le pide permiso a los vidrieros para traer en seguida a Alucena y a Farawi para que se embelesen. No se detiene un momento y parte en su busca.

De regreso, los tres escuchan a los tres. Mardoqueo, Jaim y Samuel no sólo repiten las melodías conocidas, sino que han inventado las suyas. Es un concierto que proporciona placer, nunca antes oído: la, fa, sol, mi, re. Luego explican que unen los sonidos a las letras del alfabeto hebreo: do es *álef*, re es *bet*, mi es *guímel*, fa es *dálet*, sol es *hei*, la es *vav*, si es *zayin*. De las letras pasan a las emanaciones divinas y a la numerología. De ahí a las esferas del cielo y a la armonía del universo.

Mardoqueo, Jaim y Samuel no han escogido los antiguos instrumentos del rey David. Desdeñan arpas, salterios, címbalos y flautas. Ellos prefieren las copas de agua que reflejan trasparencia de trasparencia y que son lo más puro que puedan imaginar.

Benjamín se queda con ellos tiempo indefinido: días y más días: semanas y más semanas. Quiere aprender su arte. Un arte portable que, en cualquier lugar donde se encuentre, podrá ejecutar.

Antes de partir a las siguientes ciudades, Benjamín se aprovisiona de copas y otros objetos de vidrio, con lo cual Mardoqueo, Jaim y Samuel quedan muy contentos del buen negocio que han hecho.

En dos jornadas Benjamín y la compañía llegan a Lega o Ladikía, ciudad en la que hay un centenar de judíos. Allí, Benjamín vende parte de su frágil mercancía, salvo las copas, y queda también muy contento del buen negocio.

En otras dos jornadas llegan a Gebal, o Baal-Gad, al pie del monte Líbano. Allí Benjamín conoce a la feroz horda de los *al-hashishín*, que se hartan de hachís antes de salir a pelear. Asesinos entonces y asesinos después. Palabra que pasará a todos los idiomas y que Benjamín hace constar por primera vez entre los viajeros.

Los *al-hashishín* no creen en la religión de los ismaelitas, sino en la de uno de ellos al que consideran como profeta; y hacen todo lo que les ordena, ya sea para muerte o para vida. Le llaman *al-Shaij-al-hashishín*. Él es su patriarca: a su dictado salen y vienen los montañeses. El lugar de su residencia está en la ciudad de Cadmos, que es Cadmot, en la tierra de Sihón. Son fieles a lo que les dice su patriarca. Les temen en todos los lugares porque matan a los reyes con fanatismo. La extensión de su territorio es de ocho jornadas. Están en guerra con unos hombres llamados francos y con el gobierno de Trípoli, que es Trublus al-Sham.

Esta secta nizaria de los asesinos o *al-hashishín* proviene de la rama de los chiitas ismaelitas. Han matado con crueldad a reyes y príncipes y a todo el que les estorbe. Mataron a Nizam al-Mulk y a Ramón de Trípoli. Matarán a Conrado de Monferrato. Sólo no pudieron acabar con el invencible Saladino. Su lista de acuchillados crecerá con el tiempo: caballeros de la Cruz, templarios, jeques árabes, mercaderes judíos. Y aún mil años después seguirán acuchillando. Son fieles no sólo a sus jeques sino al preciado hachís que desata su alma. Y son fieles, sobre todo, a sus cuchillos, que se heredan de padres a hijos. Labrados cuchillos infalibles que se dirigen a la yugular y, en instantes, desangran a la víctima. Ni el más famoso de los médicos, ni Maimónides mismo, podría restañar la sangre y aplicarle con un paño limpio un torniquete a quien yace en el suelo desmayado. Sería demasiado tarde. Los *al-hashishín* se cubren la cabeza con un turbante y el rostro con un velo blanco y negro. Imposible saber quiénes son. Su táctica es la del terror. Y a fe que lo logran. Hasta que no surjan los encargados de vengarse y las muertes se multipliquen, porque a una venganza sigue otra venganza y otra venganza a otra venganza más, y es el cuento de nunca acabar.

Cuento de nunca acabar que acabará cuando no haya más sangre que derramar. Y sean dos frente a frente: para matarse los dos: para sobrevivir uno: o para decidir, aunque tarde, el momento de la paz y la reconciliación: y sobrevivir los dos, frente a frente, de todos los miles de miles, millones de millones que habrán perecido. En futuras generaciones, lentamente, reconstruirán el fin de los tiempos y su calendario empezará, otra vez, del uno en adelante.

Así, por lo menos, lo espera y desea Benjamín de Tudela.

Porque el hombre cuando no hace música de las esferas y la naturaleza guarda silencio, se queda paralizado. A veces, el llamado de Dios es tronante y derrumba murallas y fortificaciones para acabar con el silencio y la necedad. Benjamín está en región de grandes terremotos y temibles desmoronamientos de todo aquello que se mantiene en pie. De todo aquello que el hombre iluso cree tan firme que nunca habrá de caer. Mientras más firme, más formidable su caída. Mientras más sustentado, más deleznable. Mientras más elevado, más bajo se estrellará. Mientras más seguro, más fragmentado. Mientras más protegido, más muerto.

Benjamín recuerda a su paso por estas tierras de Asia Menor, de Turquía, de Siria, de Líbano, de Israel, la destrucción en tiempos remotos, pero repetible en cualquier momento, aun en el mismo en el que él pone un pie tras del otro, de todo habitante, de todo ser vivo, de toda casa, de todo muro, de todo arco, de toda columna, de todo camino, de todo árbol, de todo río.

Silencio. Por fin. De todo sonido. Música perdida en el horizonte. Que habrá. Que.

XVIII. EN ORIENTE

BENJAMÍN siente que este su caminar y navegar lo lleva en una dirección constante. Benjamín viaja hacia Oriente. Va en busca del sol. De todos los países que son países del sol.

Lo que siente Benjamín es una fuerza que tirase de él. Un imán o una atracción. Un son envolvente. Un latido. Un palpitar de piel herida. Un magnetismo. Una fascinación. Un señuelo. Un hechizo. Un reclamo. Una seducción. Un arrebato. Una cautividad. Una elección irresistible.

Lo que siente Benjamín es el principio de lo que habrá de sentir, de ahora en adelante, todo viajero que tome su misma ruta: de occidente a oriente. De Occidente a Oriente. El imán. La atracción.

Lo que busca Benjamín en la salida del sol es la fuente de la vida. Es un desandar lo andado para llegar al origen. O un andar lo desandado. Es una inversión. Es una corrección. Es una vocación. Es una invocación.

La rosa de los vientos apunta al este. La flecha que se cimbra es la precisa. No puede ser detenida. Como Benjamín de Tudela en su caminar. Como Alucena en su semilla creciente. Como Farawi en su amor y maese Pedro en su dudar.

Benjamín sabe que la gran ciudad de Oriente es Jerusalén. Todo rezo se dirige al oriente, se esté donde se esté. Y si se dirige hacia el oriente el rezo llegará a Jerusalén, que es el centro del universo: el centro de la tierra: el centro del cielo: el retrato y la inversión.

El primer deber del caminante es orientarse y la palabra lo dice: ir a oriente.

Los pueblos de Oriente son los más antiguos, pues para ellos el sol ha salido antes. O, por lo menos, recuerdan y han marcado en sus calendarios esa salida del sol desde tiempos inmemoriales. Son más constantes con el horario y diario de sus vidas y no interrumpen el fluir del tiempo por los artificiales cortes históricos. El tiempo es uno y no puede empezar y terminar por capricho de un hombre, por más poderoso que sea. Porque por más poderoso que sea, el tiempo al final le vencerá. El tiempo es Dios.

Aunque el sol, puede ser la luna. La luna, más tranquila, menos avasalladora. Más misteriosa también. Que rige las cosechas, la marea, que se puede observar a simple vista sin que el ojo se ciegue, más piadosa por eso. Que cambia y se muestra plena, en cuartos crecientes o menguantes, o bien nueva, pero cuya otra cara desconocemos. Que es indicadora del reino de la noche. Del reino del amor: medida exacta e infalible de veintiocho días: su ciclo y ciclo de su única dueña en la tierra, la mujer. Que no el hombre. La mujer, depositaria de los secretos lunares.

Así, Oriente es la luna también. Es la mujer. Es el secreto profundo de las cosas. La luz de lo oculto: el camino hacia la interioridad. La matriz. La inmensa matriz fecundadora.

Todos los viajeros caminan hacia Oriente, aun sin saberlo, y Benjamín más que nadie.

Piedra de toque. Oriente envuelve. Es el origen.

Benjamín llega a Biblos, la fenicia, también llamada Gebal, frontera de los amonitas. Ahora en manos de los cruzados genoveses, gobernados por Guillermo Embriago también llamado Guillermo de Tiro. Gebal, de las maderas preciosas, alabada por el profeta Ezequiel. Famosa por sus artesanos, picapedreros y carpinteros, que construyeron el templo del rey Salomón y repararon sus naves. Por sus bosques de cedros, cipreses, abetos que suben por las altas montañas al este de la ciudad. Por su riqueza de vinos, aceites, trigo y curtido de cuero.

Gebal o Biblos para los griegos, porque de ahí provinieron los más antiguos escritos en alfabeto fenicio y dio origen a la palabra biblia.

Benjamín de Tudela se ve envuelto en las más antiguas historias de la antigüedad y, en una especie de remolino de lecturas y datos entremezclados, describe, confundido, el templo y los altares de Adonis y Júpiter Ammón como propios de los amonitas. Siente la atracción de lo pagano y habla con Farawi:

—Qué imponentes los ídolos y el trono recubierto de oro. Las estatuas de mujeres. Los altares de los sacrificios.

—Qué extraño ante nuestros credos: escuetos: severos.

—Aquí nació Filón: estos templos y estos dioses desmedidos debieron influir en su deseo de concordar helenismo y judaísmo, ¿no te parece?

—Me parece que el sol de Biblos iluminó sus palabras.

—El sol que sale por oriente.

Benjamín sigue su camino. Anota en su *Libro de viajes* el número de judíos que habitan en Gebal-Biblos: doscientos, entre artesanos, ebanistas, curtidores, vinateros y estudiosos de los textos sagrados. Escribe para la posteridad los nombres de los rabinos Meir, Jacob y Simjá, jefes de la comunidad. Con ellos habla, largo y tendido, mas no siente la necesidad de mostrarles sus queridos manuscritos: permanecen en el fondo de la bolsa de cuero. No mostrarlos y no escuchar sus comentarios puede ser una pérdida o una traición: pero, a veces, su misión es una carga y prefiere elegir el silencio. Cuando el cansancio y la tristeza lo invaden y no tiene ganas de explicar lo que ha explicado en tantas ocasiones.

Sí: la fatiga se apodera de él según progresa el viaje. La fatiga y cierto automatismo: como si fuera un gólem que empezara a repetir los pasos de su sombra. Menos mal que persigue el mar: que es su descanso: donde todas las rutas se borran y no importa el orden de los pasos. También los viajeros del mar navegan hacia el oriente. Enceguecen como Benjamín y hunden sus cuerpos en las olas.

Benjamín sigue la ruta del mar: la ruta del comercio: la ruta de la vida febril. Luego de descansar. Luego de perder un poco la que es su melancolía consuetudinaria: que a veces lo eleva y que a veces lo hunde: como los remos en el agua. Luego de esforzarse y sacudir su deseo de no hacer nada: de paralizarse: de perder el sentido. Luego de enfrentarse a la única realidad certera de que la vida sigue mientras no llegue la muerte, Benjamín se niega a sí y llama a sus amigos para ordenar el viaje. Se niega a sí, porque está a punto de llegar a la conclusión de que su profundo quehacer sería el no quehacer y la inmovilidad ansiada. Pero, contraviniendo su apatía, requiere a sus amigos.

—Amigos míos, sigamos viaje, a ver si así, al decirlo, me invade el impulso.

—Querido Benjamín, siempre te seguiremos: eres el alma del amor —le contesta Farawi.

—Aunque no siguieras viaje, nosotros te llevaríamos y lo haríamos por ti, digo yo, Alucena.

—Y yo, maese Pedro, aunque dudo por otras razones, por esas mismas razones te conmino a montarte en Álef y encabezar la marcha.

—Amados míos, sigamos el camino de los espejismos.

El camino de los espejismos es el sur y es el oriente. Dos jornadas les toma a nuestros viajeros llegar a Beirut, donde habitan unos cincuenta judíos, a cuya cabeza están el rabino Salomón, el rabino Obadia y el rabino Yosef, quienes ya los esperan, porque la fama de Benjamín el viajero empieza a extenderse por todos los confines.

Beirut o Beerot, la antigua Beryte de los fenicios, llamada Pax Julia por los romanos, bajo el mando de los cruzados desde 1110 cuando Balduino I la conquistó.

Puerto de toda nave y comercio de algodón, cuero, telas teñidas, perfumes, ánforas y aceiteras.

Benjamín se deleita en la riqueza de las mercaderías y se pregunta qué es lo que mueve al hombre a fabricar tanto de cada cosa y a combinar formas y colores en motivos que siempre sorprenderán. Algunos más bellos que otros, pero seguros todos de encontrar el comprador apropiado. Como si estuviera esperando el deseoso de una determinada forma y de un determinado color a que apareciera ante su vista para no dudar en comprarlo. Como si el artesano supiera que existía una afinidad entre su arte y el gusto de otro hombre, tal vez de otra tierra, a quien no conocería pero que habría de apreciar su esfuerzo y le estaría agradecido sin saber tampoco quién había sido él ni a qué nombre respondía. Imperceptibles lazos se anudan entre las mercancías que viajan de un país a otro, de manos que laboraron a manos que apreciaron. De cuerpo tenso por el trabajo a cuerpo relajado por el regalo que ha recibido. De sudor trasmutado en lágrima de alegría. De piel endurecida a piel suavizada. De cansancio sin fin a molicie de amor. De ofrecimiento anónimo a recepción agradecida.

Benjamín, movido por tanta pregunta, por tanta suposición, pero por escasa certeza, siente el impulso de que no puede detenerse mucho tiempo en cada ciudad que visita. Prosigue su caminar y en una jornada llega a Saida, que es Sidón. Ahí viven pocos judíos, cerca de una veintena, pero lo que más le va a atraer es conocer el pueblo de los drusos y escuchar lo que se cuenta de ellos.

Benjamín pone atención a las variadas historias que oye acerca de la secta de los drusos. Han tomado su nombre de Al-Darazi, uno de los fundadores y se basan en el ismaelitismo fatimí. Entre sus creencias están la de la encarnación de la divinidad y la trasmigración de las almas. Entre sus deberes, la mutua asistencia y el decir siempre verdad. Los drusos son independientes, rebeldes, violentos y justicieros. Están en guerra con los habitantes de Sidón y se refugian en las montañas y en los peñascos, desde donde preparan sus ataques. Su territorio se extiende hasta el monte Hermón y sus posiciones son inexpugnables.

Pero Benjamín también ha oído que son paganos y que carecen de religión alguna. Que no tienen rey ni príncipe que los gobierne. Y entonces anota estos datos en su *Libro de viajes:*

Entregados a la depravación, poseen a sus hermanas y el padre posee a su hija. Celebran una fiesta anual y vienen todos los hombres y mujeres a comer y beber juntos, y se cambian sus mujeres, cada uno con su amigo. Dicen que el alma, al tiempo de salir del cuerpo de un hombre bueno entra en el cuerpo de un niño que nace en el mismo momento que sale de aquél el alma. Y si es un hombre malo, entra en el cuerpo del perro o del asno: tal es su camino de torpeza. No hay judíos entre ellos, aunque acuden artesanos y tintoreros que permanecen entre ellos por asunto de artesanías y comercio, regresando a sus casas.

Estiman a los judíos. Son ligeros por los montes y las colinas y nadie puede guerrear con ellos.

Lo que no se esperaba oír Benjamín es lo que Farawi le confiesa:

—Yo vengo de los drusos y regreso a mi hogar. Por eso quería hacer el viaje contigo.

—Entonces, ¿te quedarás con ellos?

—No sé. Te llevaré conmigo. Te darán la bienvenida. No son como te han contado.

Benjamín y Farawi, montados en Álef y Bet, toman la ruta de las montañas y según avanzan por los puestos de observación excavados en las rocas, Farawi se da a conocer y es saludado con admiración. Se corre la voz de su llegada y poco a poco aparecen más guerreros por el camino, que los acompañan como guardia de honor. La villa asentada en una meseta se ofrece a la vista tras de un pronunciado recodo y protegida por el poderoso monte Hermón. En esta época del año empieza a acumularse la nieve y un aire gélido obliga a embozarse en las capas. El bien ajustado turbante que usan los drusos protege la cabeza y el rostro, de tal modo que las ráfagas de aire frío son más llevaderas. El soplo de aire vivifica y los caballos relinchan de gusto. Benjamín y Farawi desmontan y se dirigen hacia la tienda principal, fabricada de tejido de piel de cabra y con alfombras de hilos de colores en dibujos geométricos.

El jeque Al-Daudi los recibe con muestras de amor y los introduce en la tienda. Se sientan sobre cojines de seda bordada y absorben el olor del café que está siendo preparado en el *finján*. Luego, la infusión se vierte en diminutas tazas de porcelana y se les ofrece humeante y oscura. Para Farawi es recuperar un olor y un sabor perdido durante años. Para Benjamín es probar una deliciosa bebida, para él desconocida y que le produce una reacción tonificante: poco a poco el cansancio huye de su cuerpo y, en cambio, siente una excitación que lo predispone a la actividad. Quisiera salir a caminar por la montaña y permanecer en vela durante la noche. Quisiera ponerse a escribir de inmediato sus páginas de cada día. Su habitual desmadejamiento huye y siente cómo le invade el calor de la bebida por las corrientes sanguíneas de su cuerpo. Se ha fortalecido y su mente, con mayor claridad, vislumbra pensamientos que nunca antes se le habían ocurrido. No sabe qué pensamientos son: es una especie de catarata de ideas que no sabría cómo ordenar, pero que adivina formidables, diferentes, nunca antes enunciadas. Un fluir que, tal vez, algún día pueda discernir.

Luego de que han saboreado el café, Al-Daudi habla:

—Por fin, Farawi, hijo de mi hermano, has regresado. No sabíamos si aún te contabas entre los vivos. En mis rezos te nombraba y pedía que te encaminaras a oriente. He sido escuchado por El Único y has vuelto a tu tierra. Bendito sea El Único que así encamina a los viajeros. Y tú, Benjamín bar Yoná, hijo eres también del Único y a ti encomendaré mis rezos desde ahora. Porque el amigo de mi amigo, mi amigo es. Puedes quedarte a vivir con nosotros. Tu gente y la nuestra somos hermanos. Lo que pidas se te concederá.

Pero Benjamín bar Yoná permanece callado. Su petición, su duda, es siempre la misma: ¿Por qué viajo? ¿Hacia dónde me dirijo? ¿Por qué ya no acude ante mí el Ángel de la Verdad? ¿Cuál es el sentido de los manuscritos?

Benjamín bar Yoná bebe y huele en acto simultáneo otro trago de café y las preguntas se esfuman. Bebe otro más y se olvidan. Si su quehacer fuera tan sólo beber esta bebida embriagante se daría por satisfecho para el resto de su vida. Pero entonces su vida debería de ser tan corta como la pequeña cantidad de líquido que cabe en la taza. Que su vida durara lo que el líquido que bebe y fuera tan intensa y de sabor tan espeso que, entonces, no importara su brevedad. El placer de la bebida café y su aroma lo trasportan a una sensación afrodisiaca. Quisiera que Alucena estuviera a su lado y que copularan sobre esa alfombra más maravillosa aún que las que mandó tejer en Tudela.

La taza de café y Alucena envueltas en el mismo vaho, en la misma excitación, en el mismo anhelo y pérdida de la memoria. Un doble-imaginado-éxtasis-amoroso exalta su mente.

XIX. LOS AMIGOS

Benjamín y Farawi hablan largo y tendido. Luego de pasar varios días entre los drusos, Farawi se siente tentado a terminar ahí su viaje. Ha sido mucho el tiempo trascurrido lejos de los suyos y ansía el descanso. Sabe que Benjamín se decepcionaría si lo abandona, pero algo le inclina a quedarse. Ama a Benjamín y no verlo será doloroso. Pero haber sentido de nuevo el calor de su gente y la vida libre, el aire de la montaña, el agua fresca que brota de las fuentes, ha sido tan poderoso que decidirá quedarse.

Benjamín lo intuye. Primero se rebela, no aceptará la separación de Farawi. Pero, poco a poco, comprende que el verdadero amor es la libertad del otro. Y que lo que el otro elija debe ser respetado. Que sólo así podrá mantenerse el amor. Que lo que parece dolor se trasmutará en placer: placer por el placer del otro.

De momento, no dicen nada más. El entendimiento ha sido en silencio. Se despiden.

Benjamín sigue camino, porque su vida es el camino y la incesante certeza que lo acompaña de no poder parar, de no poder poner fin. De la misión desconocida que aún debe cumplir sin saber cuál es. Y como respuesta a su vagar y divagar, el casi olvidado y olvidador Ángel de la Verdad, *Malaj ha-emet,* se le aparece:

—Por ahora, tu misión es caminar: ¿no puedes aceptarla así?

Y eso es todo lo que el Ángel dice, para en seguida desaparecer.

La aparición y desaparición del Ángel, en un instantáneo rayo de luz, acarrea mayores dudas a Benjamín el dudador. ¿Qué misión es ésa de ser el eterno caminante? Atajos, desvíos, sendas, rutas centrales, por tierra y por mar: ¿cuál escoger y cuál desdeñar? Ambas decisiones igual de difíciles.

Sigue sin entender, Benjamín de Tudela, por más que se esfuerce por entender. Hay una fatalidad que lo arrastra en medio del desconocimiento y del esfuerzo por ver lo invisible, por oír lo inaudible.

¿Será ése el sentido oculto? ¿Permanecer toda la vida en el camino de la búsqueda? ¿No alcanzar el don del hallazgo?

Benjamín se debate por los caminos. Sigue porque tiene que seguir. Y del territorio druso toma la vía de Sarepta, que pertenece a Sidón. Luego, en media jornada, llega a Tiro la Nueva, ciudad que se interna en el mar o puerto que penetra en la ciudad: cualquiera de las dos. Fronteras borradas: ciudad-puerto: puerto-ciudad. Los barcos navegan entre las torres. Como si una fantasía hubiera mezclado los elementos. Como una ciudad laberíntica: envuelta en círculos de agua. Que para ir de una casa a la otra fuera necesario navegar.

Las dos torres que cuidan la entrada de la ciudad-puerto o del puerto-ciudad, son enlazadas en la noche por gruesa cadena que corre de la una a la otra. Un aduanero grita: "La cadena va". Y el otro le responde: "Va la cadena". Y ajustan el mecanismo con poderosas barras infranqueables. Si alguien quisiera salir de noche, con algún buen o mal designio, en cualquier tipo de embarcación o de alguna otra manera, fracasaría en su intento. De este modo, la ciudad queda protegida y los barcos también. Benjamín admira esta ciudad. Este puerto, que le parece el más bello que nunca antes haya visto. Imagen que guardará, impecable, para siempre.

Benjamín pasea por la hermosa ciudad que se encuentra bajo el mando de los cruzados de Venecia. Y esa mezcla de agua y tierra, de construcciones anfibias, algo recuerda a Venecia. Su intensa actividad marítima y comercial ha enriquecido a sus habitantes que aman y embellecen las calles, las casas, los huertos, los templos.

En Tiro florecen quinientos miembros de la comunidad judía. Hay sabios famosos y expertos talmudistas. Hay mercaderes refinados, artesanos exquisitos, navegantes intrépidos, constructores, vidrieros. El comercio de la púrpura es el más apreciado y su venta es cotizada entre todas las naciones mediterráneas. El azúcar es otro de los productos más estimados y ahí se cultiva el de mejor calidad que pueda encontrarse. Los campos de caña se extienden por el horizonte y es un gusto contemplar el jugoso verde.

Benjamín se entretiene largas horas hablando con los sabios talmudistas Efraín de Sad, que es juez, y con el rabino Meir de Carcasona y con Abraham, el jefe de la comunidad.

Con Meir intercambia noticias sobre las tierras de Francia. Ambos se vuelven nostálgicos por un rato y recuerdan amigos en común. Se les representa la imagen de la ciudad de altas torres y largas murallas que la vista no acaba de abarcar. El abigarrado mundo de construcciones que, visto desde fuera, pareciera no guardar un espacio libre, ni una pulgada donde cupiera nada más: ni una aguja en un pajar. Pero que, desde dentro, permite tanta gente, tanto movimiento, carruajes, animales, cabras, burros, caballos, perros, gatos. Todos conviviendo en mayor o menor armonía.

Meir le confiesa a Benjamín que sabía de su viaje: que las noticias le habían antecedido y que el rumor era alrededor de los manuscritos que portaba. Pero que solamente él lo sabía, ni Efraín, ni Abraham. Le advierte que mientras más dure su viaje, menos gente debe saber su secreto. Y Benjamín se sorprende, porque ni él mismo sabe el secreto. Calla, pues la prudencia así se lo exige.

A solas, se interroga: "¿Qué es lo que me acompaña? ¿Qué es lo que me antecede? ¿Qué es lo que queda tras de mí? La verdad es que no sé lo que me mueve que los demás sí parecen conocer. ¿Dios mío, qué es? ¿Cómo puede ser que mi destino sea caminar a ciegas? ¿Por qué los demás ven lo que yo no veo? Será porque no puedo ver mi rostro, ni conozco mi mirada ni el color de mis ojos. Mi rastro queda a mis espaldas y no puedo regresar a él. Desconozco el camino por delante. Es tal la fragilidad que me envuelve que no entiendo por qué ante los demás se convierte en fortaleza. Cuando yo carezco de fortaleza: sólo me guía un impulso indefinible de seguir adelante. Pero no sé nada de mí. ¿Qué verán los demás en mí si yo no veo nada? ¿Cuál es la trasparencia que se me convierte en opacidad? Como si fuera dos personas o no sé cuántas. Una: yo; otra: la que ven los demás. Y el Ángel de la Verdad, ¿qué verá en mí?"

Benjamín bar Yoná sube por la muralla de Tiro la Nueva y en este su deambular solitario, por primera vez echa de menos a Farawi.

Farawi, que se ha quedado entre los drusos y que ya no lo acompañará. Sube la pronunciada pendiente hacia el lugar donde le han dicho que se ve Tiro la Antigua. Al llegar, lo que contempla es un espectáculo tan maravilloso que no sabe si es fantasía o realidad.

Lo que contempla es la antigua ciudad sumergida. Desde el farallón dirige su vista hacia el mar, allá abajo, y a través de la claridad de las aguas, distingue todo: las torres, los zocos, las plazas, los palacios. Como si la ciudad aún estuviera habitada por hombres-peces que entraran y salieran a sus quehaceres en medio del fondo marino. Como si el suave oleaje pareciera mecer las casas y las construcciones, alargando e inclinando las formas.

En ese momento, Benjamín siente un deseo súbito: lanzarse a nadar en la ciudad sumergida. De regreso en Tiro la Nueva hablará con los pescadores y les pedirá ser llevado al lugar exacto para sumergirse ahí.

Regresa de inmediato y busca a quien le alquile una barca para ir a Tiro la Antigua. Descubre que no ha sido el primero con esas intenciones y lo dirigen a Asael.

Asael es un joven pescador de larga cabellera rubia que se ata con un lazo cuando sale a pescar. Tiene largas manos de movimientos suaves y dicen que si las coloca sobre la cabeza o los hombros de quien padece un dolor, del cuerpo o del alma, lo cura de inmediato. Pero únicamente lo hace viniendo de él, no porque se lo pidan.

Benjamín no le ha dicho que padezca dolor alguno y, sin embargo, Asael lo ha reconocido como enfermo de melancolía. Ha colocado sus manos de dedos afilados sobre los hombros de Benjamín y le ha dicho que conoce su mal y que lo llevará en barca a Tiro la Antigua.

Benjamín le ha contestado que no sólo quiere ver, sino sumergirse en lo profundo del mar. Que quiere olvidar y que quiere encontrar no sabe qué.

—Ésas son las personas que llevo conmigo —ha dicho Asael—, que llevo en mi barca y que luego se quedan conmigo: dentro de mí. Estoy poblado de otros seres. Benjamín, ya nunca te escaparás de mí. ¿Aún así querrás ir conmigo a Tiro la Antigua?

—Aún más —le ha contestado Benjamín.

¿Cómo explicar el lento balanceo de las firmes construcciones ahora arraigadas en la arena profunda? El lento balanceo de las torres, las murallas, los palacios, mecidos por las olas. Que parecen a punto de derrumbarse, en silencio, sin esfuerzo, en serenidad. Esas construcciones escapadas al tiempo y, sin embargo, marcando el tiempo pasado. Esa fortaleza y esos vacíos de líquido. Piedra limpia, porosa, trasparente.

Benjamín se sumerge en la ciudad perdida y flota entre las calles. Hay casas que han conservado las puertas de madera y los poderosos goznes. Hay muebles enterrados en la arena. Hay vasijas, hay cofres con joyas preciosas, hay platos y jarras de vidrio. Hay escalones de piedra que no llevan a ningún lado. Ventanas al abismo. Techos en el suelo. Torreones impecables. Murallas íntegras. Un templo en el que se podrían rezar las más extrañas oraciones.

Asael, desde la barca, observa el fondo del mar y los movimientos pausados de Benjamín. Cuando Benjamín se apoya en una columna y se paraliza, es el momento en que Asael se lanza súbito al agua. Lo apoya en uno de sus brazos y con el otro nada hasta subir velozmente a la superficie.

Benjamín yace desmayado en el piso de la barca.

Benjamín sueña en la muerte que le invade. No siente miedo ni horror. Una calma absoluta. Un flotar sin peso. Un regreso al olvidado líquido amniótico: amado, deseado. La inmensa matriz abarcadora que todo lo permite. Donde todo vuelve a ser el origen: ni una duda: ni una pregunta: ni un hastío. Un total desmadejamiento de la fuerza, de la estría muscular que mantiene el vigor de cada célula, de cada elemento enhiesto. Palabras lejanas, como en eco, que se confunden con las suyas, le dicen que repose, que el fin ha llegado y que su constante caminar no era sino ir en busca de la muerte. Que el Ángel de la Verdad era el Ángel de la Muerte. Y si él no quería entender el mensaje era porque ya sabía que todo viaje conduce a la muerte. Pero no quería reconocerlo. ¿Quién quiere reconocer la muerte en vida?

Pero ahora ha llegado el momento. Reconocer la muerte no es tarea tan difícil. A punto de morir, todo vuelve a tener sentido:

como antes de nacer. Si pudo existir el no ser, el no ser puede volver a existir. Nacimiento y muerte se igualan: es cuestión de inhalación y exhalación de aire.

Asael ha tendido el cuerpo de Benjamín en el suelo, sobre el pecho, y oprime en movimiento repetido los pulmones para que arrojen el agua absorbida. El cuerpo no responde. La lasitud es sinónimo de desaliento. Pareciera que Benjamín se deleitara en el abandono: que toda su melancolía hiciera presa de él para reclamar su absoluto reino. Qué mayor placer que rendirse y escoger el fin último después de la visión que acababa de serle ofrecida en el fondo del mar. Lo suyo no sería muerte sino tránsito a una eterna verdad, a una aterrorizante belleza: perder el ritmo para alcanzar la armonía sostenida: el sonido ininterrumpido: donde no hubiera ni principio ni fin: una continua línea no dibujada: un no espacio y no tiempo en consolador vacío. Una no conciencia y, por lo tanto, ni siquiera la validez de lo anterior.

Pero los caminos tienen su camino. Benjamín, que ha conocido la albura de la muerte, recibirá la concesión del retorno. Lo muerto será un recuerdo únicamente. Lo vivo ganará la batalla y Asael será el hacedor. Será el iluminador. El apuntalador.

Benjamín no estará seguro de que ésa hubiera sido su decisión. Cuando se apoyó en la columna de la ciudad sumergida no le hubiera importado quedarse ahí para siempre. Cuando la parálisis le invadió, sonrió. Hubiera sido el custodio de Tiro la Antigua.

—¿Por qué me trajiste de regreso, Asael? Yo no te lo pedí. Sólo quería que me dejaras en la ciudad hundida. No arreglé contigo viaje de ida y vuelta: te pagué la mitad porque quería quedarme en el fondo del mar para siempre. ¿Por qué no cumpliste el trato? ¿No me advertiste que los que te conocían se quedaban dentro de ti? ¿Tú mismo no te conoces? Creí que había hallado un aliado en ti y que ya no habría de regresar. Era la manera de poner fin al viaje y de encontrar, por fin, un sentido, en medio de mis sinsentidos. Has destruido mi propósito. Me has vaciado.

—El que no entiende eres tú: recibes una tras otra llamadas

revelatorias. No soy Asael, soy el Ángel de la Verdad, el Ángel de la Muerte. Y puede que sí sea Asael. Soy Asael. Estás dividido y una parte tuya lucha contra ti. Te cuesta trabajo mantener en pie la otra parte: la que te da vida: la que te lleva adelante. Es más fácil que sucumbas ante el desánimo, ante la parálisis, ante el desasosiego. Y estás equivocado: la vida es la que vence: ¿no viste los peces entre las ruinas? ¿no crece la hierba entre las piedras? ¿no hay siempre sobrevivientes de las más espantosas catástrofes? Guerras, epidemias, pestes: nada acaba con el hombre. El hombre es un aferrado. Vive, tú.

—Vivo y no vivo.

Ahora Benjamín se une a Asael. Le acompaña a todas partes. Sale de pesca con él. Amante que es del mar, aprende las faenas de los pescadores. Estaría dispuesto a dejarlo todo. Siempre está dispuesto a dejarlo todo por algo nuevo. Sólo así se mitiga su melancolía progresiva. Quisiera ya no tener que viajar. No tener que discutir con los rabinos minucias del lenguaje, interpretaciones del texto. Está cansado. Aburrido. Harto.

No importa el deseo de sus compañeros de seguir adelante. Maese Pedro no sabe cómo evitar que la compañía se desintegre. Alucena vaga sola y acaricia su semilla. Los caballos se impacientan.

La compañía vive días de desconcierto. Maese Pedro ha decidido no más espiar a Benjamín. Al último emisario del conde Dolivares lo ha despachado sin ninguna noticia y ha desdeñado la bolsa llena de monedas de oro. Le ha pedido que trasmita al conde Dolivares que el negocio ha terminado. Casi pareciera que la melancolía también avanzara sobre él. Enfermedad, que como cualquier otra, puede contagiarse.

Alucena habla poco con Benjamín. Lo ve poco. ¿Qué será de ella si es abandonada?

Farawi, entre los drusos, sabe también de las andanzas de Benjamín y entristece a solas. Un principio de arrepentimiento lo invade. Pero lo suprime. No puede atarse a Benjamín: su vida es otra. Se debe a su pueblo: ellos lo esperaban y lo necesitan.

XX. ASAEL

ASAEL no sólo lleva a Benjamín a pescar. Lo lleva por los altos pasos de las montañas y le enseña cuevas recónditas donde se guardan antiguos tesoros y hay manuscritos enterrados en recipientes de barro.

—¿Comprendes, ahora, por qué tenía que salvarte? Éstos son los verdaderos manuscritos que debes rescatar y llevar contigo. Lo que te daban los rabinos no valía la pena. En éstos, en cambio, está la historia no contada aún de nuestro pueblo, preservada y protegida por los siglos de los siglos y hasta por la eternidad. Dejaremos de ser perseguidos cuando se conozca lo que está escrito aquí. Tú serás el custodio de estos manuscritos, pero por ahora no te los entregaré. Antes tenemos muchas cosas por hacer.

Pisan, Asael y Benjamín, las finas arenas de la montaña. El sol cae a plomo. No hay dónde refugiarse del calor. Portan turbantes para protegerse un poco y amplias vestiduras de color blanco. Llevan agua para beber. Al llegar a las cuevas es un alivio internarse en su frescor. Descansan un rato. Luego Asael retoma la marcha y baja por pequeñas salientes en la roca hacia un fondo que parece no tener fin. Si miran hacia arriba un rayo deslumbrante de sol los ciega instantáneamente.

Asael se detiene ante una mínima, casi imperceptible, marca en las rocas. Guarda silencio y, con el dedo en los labios, le indica a Benjamín que también él lo guarde. Se quedan quietos. Estáticos.

Asael quiere asegurarse de que no han sido seguidos. Beben un poco de agua y permanecen inmóviles. Vuelve a mirar hacia el pozo de luz. Espera otro rato. Por fin, se decide a escarbar la fina arena. Aparece una especie de jarrón sellado del mismo color de la arena. Con un pequeño cuchillo, Asael presiona a manera de palanca alrededor del cuello del jarrón. Poco a poco, va desprendiéndose. La tapa se suelta. La coloca con suavidad a un lado. Introduce la mano estrechándola y saca, con movimiento delicado, un rollo de pergamino.

El rollo está muy seco, casi a punto de resquebrajarse. Asael lo rocía apenas con unas gotas de agua para poder desenvolverlo. Luego se lo pasa a Benjamín para que lo lea.

Benjamín queda deslumbrado. Sí: ahí es donde está la clave: donde se guarda la verdadera historia. La conmoción de los pueblos. ¿Qué hacer entonces? De nuevo, es más grande la tarea que sus fuerzas.

—No, Asael, no podré hacer nada.

—Podrás.

—No.

—Podrás.

Y Benjamín de Tudela sí podrá, aunque crea que no puede. Y podrá, porque las grandes tareas se imponen y escogen hombres dubitativos y temerosos. Débiles, pero obstinados. Desvalidos, pero obsesionados.

Asael lleva consigo a Benjamín a visitar a los enfermos. Asael usa las manos como curación milagrosa: se las lava en agua perfumada con pétalos de rosa de Jericó: se las seca en un paño de lino y las impone en la cabeza o en los hombros de los dolientes y los dolientes se tranquilizan. Benjamín busca hierbas entre los riscos y prepara medicamentos. Los dos hablan en voz baja con los enfermos y calman sus quejas. Cada palabra es bálsamo. Cada consuelo es curación.

Luego, Benjamín enseña a Asael a montar a caballo. De nuevo, Álef y Bet galopan por los campos y recuperan su agilidad. Están ansiosos de desfogar su energía y rivalizan entre sí. Para los jinetes es un gozo recibir el golpe de aire en los rostros que casi les corta la respiración. Se hunden en el vértigo que trae consigo una velocidad mayor de la humana: la sensación de peligro y de que no puede hacerse nada para detenerlo.

En eso, Benjamín recuerda a Farawi y desea intensamente su presencia. Se recrimina haberlo olvidado tan pronto. Haberlo cambiado por Asael. También recuerda a Alucena y no se explica cómo la ha borrado tan sin pena. Sin decirle nada a Asael, lo abandona y corre hacia la compañía. Sabe que ellos aguardan y que él no se lo merece.

Farawi no regresará. Pero Alucena está inmóvil: como si hubiera perdido toda fuerza. El misterio de su semilla aún no se desentraña. Literalmente. El embrión guarda su destino.

Y a medio camino de su correr hacia ellos, se da la vuelta y regresa con Asael. Asael sonríe, vencedor. Ahora trepan con los caballos por las montañas. En un alto se detienen y contemplan el paisaje: laderas áridas, olivos que parecieran secos, florecillas silvestres de todos los colores, rocas y rocas doradas, cauces vacíos de agua.

Descienden al *wadi* más cercano, poniendo a prueba los músculos y la precisión de Álef y Bet que no resbalan ni una vez y sus orejas tensas y alternantes permanecen atentas al viento.

En el *wadi* galopan de nuevo. Los cascos de los caballos retumban por el cauce seco como si fueran todo un ejército. O como si fueran truenos de una tormenta. El eco aumenta el ruido tanto que llega a ser infernal. Benjamín no lo soporta. Enloquecido, espolea a Álef y lo obliga a trepar por la ladera del *wadi*. Desde arriba nota que las patas del caballo están empapadas no en sudor sino en agua y que el ruido lo ha provocado una avenida de aguas: el cauce seco ha dejado de serlo: el río reclama su territorio.

Asael no ha logrado escapar a tiempo. Caballo y jinete se debaten en la furia de las aguas que arrastran piedras: los cuerpos se hunden y reaparecen. Asael no logra mantenerse a flote. En cambio, la cabeza de Bet sobresale, si Asael lograra aferrarse al caballo podría salvarse. Benjamín se desmonta de inmediato, baja corriendo por la ladera para tratar de ayudar a Asael, arranca una rama y se la alarga, Asael fracasa en el intento de atraparla y las aguas lo impelen sin misericordia. En un recodo del río recobrado, Benjamín los pierde de vista.

Benjamín queda paralizado. Algo le dice que es inútil buscarlos. Y otro algo le dice que debe intentarlo. Se desparaliza y se monta en Álef. Se apresuran por la margen del río. Pero ya no alcanzan a verlos.

Corren y corren durante horas Benjamín y Álef.

En vano.

En Tiro hay noticias para Benjamín de Tudela. El misterio de la semilla se devela. Alucena tiene a su hijo recién nacido entre los brazos. En la tierra de la leche y la miel, sus pechos manan. La cabeza del niño se apoya en el pecho izquierdo y los labios buscan el pezón.

Benjamín, a la manera de Job, quisiera interrogar al Hacedor. ¿Por qué quien nace sustituye a quien muere? ¿Por qué alegría y tristeza son indistinguibles, inseparables? ¿Debe penar por la muerte o celebrar por la vida? ¿No es uno y lo mismo?

En esos momentos de duda, la duda se acentúa más: no sabe si Asael ha muerto y no sabe si su hijo vivirá.

La vida, más poderosa, lo arrastra. El llanto del recién nacido borra el duelo por Asael. Las noches en vela olvidan los días de quebranto.

El recién nacido se agita en movimientos involuntarios: necesita afirmar el desorden del pequeño mundo apenas creado. No hay dirección, no hay propósito. Sólo el dolor rompe en llanto.

Asael ha desaparecido: ha perdido la voluntad que durante tantos años desarrolló: ha deshecho el orden de su vida: ha penetrado en un oscuro mundo: ha inaugurado el caos.

El recién nacido viene del caos: se debate en busca de un punto de apoyo: no sabe a dónde girar: se desespera con sus diminutos brazos en aspa. La boca es la única que entiende, que encuentra, que succiona.

Asael se desliza, poco a poco, en el caos donde la voluntad se pierde y donde el sentido se excluye. Ni siquiera su boca reacciona: en el avasallamiento del agua que invade el interior de su cuerpo, la boca es la fuente de la muerte.

El recién nacido en un estado de limbo que se pierde y en definiciones que se ganan, abre los ojos en el absoluto de los azoros.

Asael quedará con los ojos en blanco: opacados: con la retina obturada.

El recién nacido ensayará rictus sin sentido.

Asael quedará en la parálisis.

El recién nacido llorará, gritará, sonreirá.

Asael: en el silencio.

El recién nacido no sabrá que inaugura el ruido.

Asael tampoco podrá juzgar.

Un juicio empieza.

Un veredicto termina.

Benjamín bar Yoná, mercader de Tudela, viajero de manuscritos misteriosos, amigo de amigos, amante de amantes perdidas, contempla al recién nacido y no sabe qué hacer ni qué decir.

Un hijo.

¿Qué es un hijo?

No se lo esperaba.

No entendía lo que era la semilla.

Un hijo.

De nuevo empieza el aprendizaje. Todo es aprender. Nada es saber. Todo es el camino. Nada es el llegar. Todo es interrogante. Nada es responder.

¿Qué hacer ante un hijo? Pequeña forma resbaladiza, quebradiza. ¿Cómo cogerla entre las manos? ¿Qué hacer con ella? ¿Cómo mantener su vida? ¿Cómo darle todo? Desde una cuna, un techo, un abrigo.

Si él es itinerante. Perpetuo itinerante.

Si carece de raíces.

Salvo las de su pueblo, que del camino y del polvo se han hecho poderosas. ¿Será ésa su herencia para el recién nacido: el polvo del camino?

No: algo nuevo habrá de hallarse.

Habrá, habrá de hallarse.

¿Y Alucena?

Alucena es todo.

Fuente y vida.

La que mantendrá vivo al recién nacido.

Cuando Benjamín bar Yoná deja de pensar en el recién nacido, piensa en el recién muerto. Asael. Perdido para siempre.

Y luego deja de pensar. Piensa, en cambio, en el deseo de volver a tomar camino. Ya no quiere quedarse quieto. Pondrá en movimiento a la compañía. Es como si quisiera borrar al recién nacido y al recién muerto.

Jerusalén. Partirá hacia Jerusalén.

Pone en marcha a la compañía. Dedica una carreta para Alucena y el recién nacido. La manda forrar de suaves y espesas telas. Manda construir una cuna que sea mecedora a la vez y la cubre de fina gasa para que los insectos no puedan pasar.

De pronto, siente que el recién nacido es suyo y lo quiere.

Desde Tiro llegan en una jornada hasta Acre o Aco, o San Juan de Acre como lo llaman los cruzados, en la frontera de Asher. Es el comienzo de la tierra de Israel y se asienta sobre el gran mar. Puerto abierto a todos los peregrinos. Donde el movimiento de barcos es incesante. En días de Benjamín de Tudela y en toda época de la antigüedad. Puerto de paso obligado, fortificación para guerreros egipcios, persas, griegos, romanos, árabes, otomanos, cruzados. Punto a atacar y a defender. Entrada a los imperios de Oriente. Quien lo domina, domina la llave del territorio.

Los cruzados han dividido el puerto en barrios: el de los venecianos, el de los pisanos, el de los genoveses, el de los hospitalarios y el de los templarios.

Benjamín puede soñar y luego trascribir a su *Libro de sueños* que veinte años después de su paso, una fortaleza orgullosa será el temor de los invasores y que habrá de ser construida para el tiempo de los tiempos. Las olas treparán por las altas murallas y la espuma marcará la rivalidad de sus gotas salpicantes. Gruesas piedras al pie del acantilado serán el quebradero de frágiles barcas, y en la arena del fondo quedará enterrada la aventura malhadada de los idos a pique.

Cerca del puerto vienen a morir las aguas del río Najal Quedumim, revueltas entre los peces y la trasparencia de las algas, con rodadas y perfectas piedras pulidas que los niños reúnen para jugar juegos de azar.

Benjamín no olvida su tarea de fiel anotador de las comunidades judías a su paso. Luego de visitar y charlar con los rabinos principales, Sadoc, Jafet y Jonás, obtiene de ellos los datos requeridos y estampa la cantidad de doscientos en su *Libro de viajes*.

Libro de sueños y *Libro de viajes* ya le parecen uno solo a Benjamín de Tudela. Rasga con la punta del cálamo letras y palabras en uno y otro. A veces, lo que escribe en uno explica el otro. A veces, debe revisar cuidadosamente lo escrito por si lo ha colocado en el libro preciso. Materia de sueño repite materia de vigilia. Pero también, materia de vigilia es parte del sueño. Palabra e imagen se deslizan de uno a otro libro, de uno a otro sueño, de una a otra vigilia.

Si Asael ha muerto no sabe dónde describirlo: ¿en un sueño habido?, ¿o en el recuento de los días?

A Alucena y el niño, ¿dónde colocarlos?

La ausencia de Farawi, ¿es real o ficticia?

¿Y Bet, en qué lugar se hallará?

Lo que él escribe, aunque dividido en dos libros para separar verdad de ficción, empieza a desleírse. La tinta se adelgaza y la pluma se quiebra. Las líneas se inclinan y el espacio de la hoja se pierde.

Benjamín se ha quedado dormido sobre la página que escribe. Visitado por ángeles, se siente trasportado por los aires y envuelto en nubes. Su cuerpo flota y sus miembros se desmadejan.

Asael sonríe vagamente. Bet trota de nube a nube. Benjamín estira desesperado una mano para alcanzarlos y desaparecen.

Si estuviera dormido insistiría en abrir los ojos. Pero cree que está despierto y que no puede abrirlos.

XXI. JAIFA Y CIUDADES VECINAS

Sigue camino Benjamín. Inmerso en dudas. ¿Cuándo no? Y sin saber cómo acabar con ellas. ¿Y si nunca acabara? Al parecer, ése es su sino. Ahora está solo. Ni Farawi ni Asael a su lado. Recuerda el misterio de los manuscritos preservados en las antiguas vasijas que Asael le enseñó y la promesa de entregárselos. Pero ahora Asael ya no está y será otro misterio sin resolver. Recuerda, entonces, los papeles que le dejó a su muerte Gualterius ben Yamin. Que aún no ha tenido tiempo de ordenar. "Portador de manuscritos", le llamó Gualterius. Y, sin embargo, no cumple con la misión de descifrarlos e interpretarlos. Los caminos lo empujan hacia delante y no encuentra el momento de sentarse a estudiar la preciada carga de palabras que le acompaña.

Desde Aco, Benjamín de Tudela recorre tres leguas hasta Jaifa, cerca de la antigua Gat-Jéfer, a la orilla del mar. Lugar de nacimiento de Yoná ben Amitai, profeta que menciona San Jerónimo. Territorio de la tribu de Zebulón con el monte Carmelo al fondo.

Benjamín visita los santuarios de Elías: la cueva y el sitio donde estaba el altar derribado, reconstruido en tiempos del rey Ajab. Al pie del monte camina entre los sepulcros de los israelitas. Pero ahora, hay otros santuarios, los de los cristianos, con la iglesia de San Elías. Algunos ermitaños habitan en las cuevas, quienes, después, habrían de fundar la orden de los carmelitas.

Benjamín regresa una y otra vez al monte Carmelo y repite el ascenso hasta el antiguo altar circular. Las ruinas apenas alcanzan la medida de cuatro codos. El monte es sagrado para todas las religiones y hasta los griegos lo dedicaron a Zeus, siendo para los romanos el lugar de contemplar la *stella maris,* la seña segura de los navegantes. Por Jaifa pasaba también la *via maris,* de Egipto hasta Damasco.

Benjamín evoca a los viajeros por tierra y por mar de rutas milenarias. Aquellos que hacían una pausa, como él, y se detenían en busca de otras huellas. ¿Cuántas veces habrán sido holladas las laderas del monte? ¿Cuántas más habrán de serlo?

Benjamín coloca suavemente la mano sobre el altar. Siente una tibieza agradable. Un estremecimiento de la mano a la piedra que en seguida pareciera rebotar de la piedra a la mano le trae consuelo: una especie de pacto de que la historia continúa: de que mensajes eternos permanecen: de que eslabones de cadena se engranan siempre. Brisa marina le envuelve y una casi inaudible melodía le anuncia que el Ángel de la Verdad, *Malaj ha-emet,* le envía una seña. Y eso es todo. El Ángel ronda.

Mientras desciende lentamente tiene un deseo súbito de ver a Alucena y al recién nacido: de traerlos al monte Carmelo para que se rodeen de paz y de tranquilidad.

Al llegar al pie del monte se queda un rato contemplando cómo desciende el torrente Quishón. Es agua bendita que salpica gotas de purificación según marcan en claroscuros las rocas y el terreno por donde pasa. Le gustaría atrapar un poco de espuma para llevársela al pequeño niño. Le gustaría empaparse los dedos en la frescura y tocar la frente y las mejillas de Alucena. En ese mismo instante que lo piensa quisiera que sucediera. Si no fuera por esa distancia de la mente y los hechos. Son muchas las acciones que se pierden.

De Jaifa parten todos a Cafernaum en un recorrido de cuatro leguas. Cafernaum, que significa la aldea de Najum o también Maón, el lugar de Nabal el carmelita. ¿Quién fue Najum o quién fue Nabal?, Benjamín no lo sabe, sólo repite lo que oye de los demás. Pequeña aldea de pescadores en la orilla del mar de la Galilea. Donde se dice que hay las ruinas de una antigua sinagoga cubiertas por un monte. Y sí debe ser, porque Yosefus menciona el lugar en su *Guerra de los judíos,* como un terreno fértil y bien irrigado. Los cristianos dicen que ahí vivió y predicó Yoshúa. (Columnas bajo tierra con hierba entremezclada. Símbolos esculpidos en la piedra: flores y hojas, una *menorá,* el arca de la Torá, el tabernáculo, estrellas de cinco y seis puntas. En el recuerdo: solamente en el recuerdo.)

Seis leguas más y Benjamín y su compañía llegan a Cesárea, que es la Gat de los filisteos. Allí deciden quedarse unos días. La ciudad es hermosa y espléndida la vista sobre el mar. Los cruzados la han fortificado y han construido un puerto. La han convertido en sede del arzobispado y han erigido una catedral. Años atrás, cuando fue capturada por Balduino I, soldados genoveses, durante el saqueo, encontraron como botín un delicado vaso de cristal verde y pensaron que era el Santo Grial. Lo llevaron a Italia, a la catedral de San Lorenzo y le dieron el nombre de *Sacro catino*.

Benjamín escucha esta historia y muchas otras que no sabe si creer o no. Le cuentan de pasadizos secretos a la fortaleza y de la manera de hacerla caer. De tesoros ocultos, de espadas encantadas, de bálsamos que todo lo remedian guardados en frascos multicolores, de afrodisiacos que deben beberse gota a gota porque si no desatarían la locura.

Y, entonces, recuerda su estancia en Narbona con Benois el Viejo y su noche de amor con Alouette. La copa con el uróboro y la esmeralda en el centro. Las enseñanzas del alquimista y la advertencia del sentido que debería encontrar. Todo lo ha olvidado. Su viaje carece de razón si su memoria es tan flaca. Tantos mensajes que lleva dentro de sí y qué pronto los olvida.

Pero, ¿por qué ahora los habrá recordado? Esas historias de recipientes maravillosos, de pócimas, de pasadizos ocultos, lo deciden a visitar a los samaritanos de la ciudad, a pesar de la prohibición que se le ha hecho. La comunidad está dividida en doscientos judíos y doscientos samaritanos.

Los samaritanos gustan de llamarse a sí mismos los guardianes, los observantes de la verdad. Su libro único es la Torá. Hay misterio en sus orígenes, en sus prácticas y costumbres. Un extraño velo envuelve su historia. A veces dicen alguna palabra reveladora. Otras, callan. Algo a punto de escaparse de sus labios se interrumpe en un sonido a medias.

Benjamín de Tudela camina entre ellos y es invitado a tomar el agua de la paz. Se sienta en un tapete en el suelo y escancian agua de una jarra de plata para él. Entonan la bendición del agua y de la jarra. Loan los cánticos del cielo y de la tierra. Le advierten que no se fíe de ningún manuscrito ni lo juzgue fidedigno si no proviene de uno de los Cinco Libros Santos. Cuando Benjamín quiere inquirir, con el dedo en los labios, le indican que debe guardar silencio.

—Lo que no se pregunta no se pregunta.

—Lo que no se ha respondido no se ha respondido.

—El silencio es el silencio.

—Así nadie será acusado.

—¿Por qué?

—No lo sabemos.

—El aire lo canta.

—El agua lo dice.

—La tierra lo guarda.

—El fuego lo explica.

—¿Por qué?

—No lo sabemos.

—No oigas porque eres sordo.

—No veas porque eres ciego.

—No hables porque eres mudo.

—Silencio.

Benjamín decide seguir camino adelante y guardar toda enseñanza en la memoria. Tal vez no convenga escribir. Algo debe ser preservado en el misterio. Para ahora o para después. Algo encontrará su lugar y su momento. Ordena su mercancía y en media jornada llega a Caco, también conocida como Queila, pero allí no viven judíos y apenas se detiene un día. En media jornada más llega a Lod, llamada San Jorge por los cristianos, porque es donde está enterrado el santo. En Lod solamente vive un judío tintorero con quien pasa una tarde Benjamín.

Para llegar a Sebastia, que es la siguiente ciudad a donde se dirige, emplea una jornada más de viaje. Sebastia es, en realidad, Samaria o Shomrón. Benjamín pregunta por el palacio de Ajab, hijo de Omri, y le señalan la dirección de las ruinas. Benjamín, aficionado de las ruinas, que por donde pasa las persigue, dedica varios días a visitarlas.

Camina entre los restos de la antigua acrópolis fortificada: la muralla que rodeaba el palacio y los almacenes reales. Ahí se encontraba también la casa de marfil que Ajab mandó construir para Jezabel. Y mucho, mucho tiempo después Herodes reconstruyó la ciudad y erigió un templo en honor del emperador Augusto: agregó un teatro, un estadio y una nueva y poderosa muralla. Fue entonces cuando se le dio el nombre de Sebastia, equivalente griego de Augusto. Luego, los primeros cristianos difundieron la noticia de que san Juan Bautista había sido enterrado ahí.

Benjamín sigue caminando y sintiendo palpitar la historia enterrada bajo sus pies. Es para él un deleite tratar de entender el curso de la vida en las manifestaciones antiguas. Detenerse ante un signo tallado en una piedra. Recoger del suelo, después de escarbar entre el polvo, un resto de barro cocido que fue un plato o una vasija, o una tablilla en que un mercader anotaba cuidadosamente las cuentas de sus ganancias. Entonces, Benjamín limpia la tablilla, sopla la tierra acumulada y se sorprende de poder interpretar las anotaciones. Aquel mercader de años ha, era igual a él. Su misma precisión, su mismo deseo de dejar por escrito. Lo que él escriba, su *Libro de viajes,* ¿será también leído por generaciones futuras? ¿Alguien recogerá sus letras y volverá a sorprenderse, a armar operaciones e historias?

Benjamín camina de nuevo. El monte asciende. Llega a los manantiales. Contempla desde lo alto los arroyos, los huertos, los vergeles, los viñedos, los olivares. Piensa: "Éste es mi paisaje. Mi mismo paisaje del otro extremo del Gran Mar. De la costa catalana. De la tierra navarra. De mi querida Tudela. ¿Lograré terminar mi viaje? ¿Regresaré algún día a Tudela?"

Desciende a paso lento. Grabando en su memoria cada pulgada de terreno. A veces, vuelve la cabeza y repasa la vista que ha dejado. O se detiene y contempla a sus pies la ciudad reptante. Le admira, siempre le admira, el ingenio que ha llevado a la construcción de ciudades, de torres, de puentes, de palacios, de templos. La mezcla y el corte de las piedras, la excavación, el trazado geométrico, el cálculo matemático, el peso de la plomada, el uso de la palanca. Los hombres que suben y bajan por el andamiaje, cada uno como una pequeña hormiga con su carga preciosa.

Benjamín y su compañía hacen camino al andar y en dos leguas llegan a Nablus, que es Shejem, en el monte de Efraín. Ahí Benjamín conoce otra comunidad de samaritanos o cuteos. Los visita y les trae saludos de sus correligionarios de Cesárea. Sigue indagando acerca de sus costumbres y visita extensamente la ciudad que se extiende por un valle custodiado por los montes Garizín y Ebal.

La comunidad samaritana es grande: debe haber un millar de cuteos. Su doctrina es la de la ley de Moisés exclusivamente. Sus sacerdotes descienden de la estirpe de Aarón y se llaman aaronitas. Estos sacerdotes se mantienen aparte y sólo se emparentan entre sí y no con el resto del pueblo. Su religión está más apegada al texto que la de los judíos. Aún ofrecen sacrificios, sobre todo en la fiesta de Pésaj. Cumplen al pie de la letra lo escrito en la Torá: "Y será que, cuando Yavé tu Dios te introdujera en la tierra a la cual vas para poseerla, pondrás la bendición sobre el monte Garizín y la maldición sobre el monte Ebal". Así que se trasladan a la sinagoga en lo alto del monte Garizín y cumplen con la ley. Aseguran que ése es el lugar del Templo y se afirman como los descendientes de la tribu de Efraín. Ofrecen el sacrificio del cordero pascual y repiten las palabras de Josué:

Entonces Josué edificó un altar a Yavé, Dios de Israel, en el monte de Ebal, como Moisés, siervo de Yavé, lo había mandado a los hijos de Israel, como está escrito en el libro de la ley de Moisés, un altar de piedras enteras sobre las cuales nadie alzó hierro: y ofrecieron sobre él holocaustos a Yavé y sacrificaron víctimas pacíficas. También escribió allí en piedras la repetición de la ley de Moisés, la cual él había escrito delante de los hijos de Israel.

Benjamín habita entre los samaritanos de Shejem unos días y aprende aún más cosas de ellos. Visita la tumba de José, hijo del patriarca Jacob, que ellos veneran en su lugar exacto como lo dice en el libro de Josué:

Y enterraron en Shejem los huesos de José que los hijos de Israel habían traído de Egipto, en la parte del campo que Jacob compró de los hijos de Hemor, padre de Shejem, por cien corderas y fue en posesión a los hijos de José.

Benjamín recibe una gran sorpresa cuando descubre que el alfabeto hebreo de los samaritanos excluye el uso de tres letras. Comprende, entonces, que ellos no pueden leer sus manuscritos y por qué los de Cesárea le exigían silencio.

("Me dijeron que guardara silencio. Y ahora me dicen que las tres letras que no usan son *hei, jet* y *ayin. Hei,* letra que toman del nombre de Abraham, no la usan porque carecen de dignidad. La *jet,* que toman del nombre de Isaac, porque carecen de benevolencia y la letra *ayin,* que toman de Jacob, porque carecen de humildad. La letra que sustituye a esas tres es el *álef* y ésta es la prueba de que no son de la estirpe de Israel. ¿Cómo cambiar el *álef* por otras letras negadas? El *álef,* principio del alfabeto: letra generadora: que lleva en sí todos los trazos de las demás. Letra silencio: letra todopoderosa. O quizá sea por eso: letra abarcadora que puede significar todo sonido y todo no sonido.

"¿Y si alterara el sentido de mis manuscritos? ¿Si mi viaje fuera el hallazgo del silencio total? ¿De la escritura muda? Ir poco a poco sustituyendo las letras hasta quedarme solamente con el *álef. Álef.*")

Benjamín de Tudela anota en su *Libro de viajes* otras costumbres de los samaritanos:

Se guardan de la impureza de un muerto, de hueso humano, de cadáver y de sepultura. Se desprenden de los vestidos que llevan a diario; cuando van a su sinagoga, se lavan el cuerpo con agua y visten otras ropas. Tal es su costumbre todos los días.

Benjamín acude a los manantiales, que siempre que siente agua ha de ir a verla y refrescarse la cara y las manos. Pasea por las huertas de todo fruto y los vergeles de toda flor y hierba. Esto es en el monte Garizín, por eso bendito. Pero en el monte Ebal, maldito y árido, lo que abundan son las rocas y las piedras. Entre ambos montes se extiende Shejem y Benjamín se alegra de haber estado allí. Pero ni en Sebastia ni en Shejem o Nablus ha encontrado judíos.

Recoge a su compañía y en cuatro leguas llegan al monte Guilboa, de triste recuerdo por la muerte en batalla del rey Saúl y de Jonatán, y por la maldición de David: "Ni rocío ni lluvia caigan". Benjamín no se detiene en tan árido lugar y continúa por cinco leguas más hasta una aldea, cuyo nombre olvida anotar, por las prisas ante la amenaza de la llegada de guerreros, y donde tampoco encuentra judíos.

Es así como, esforzándose, recorre otras dos leguas y penetra en el valle de Ayalón, llamado Val de Luna por los cristianos.

Enfila a Guibón la Grande, que recibe el nombre de Mohamerie-le-Grand y se encuentra a una legua. Igualmente no hay judíos en esta población. Descansa brevemente con sus acompañantes y se dispone a partir lo más pronto posible hacia Jerusalén.

XXII. HACIA JERUSALÉN Y EN JERUSALÉN

ALUCENA vive la extrañeza de ser dos cuerpos. El suyo, más otro que se mueve, involuntariamente, a su lado: que agita los brazos y las piernas, que emite sonidos instintivos, que apenas detiene la vista y que su cabeza se ladea.

Nadie le ha dicho qué es tener un hijo y todo lo inventa de la nada. Como si fuera la primera mujer de la tierra. Sin madre. Sin hermana. Sin aya.

Así que es dos cuerpos: uno, ella: otro, él. Dos cuerpos unidos: las manos de Alucena suplen las del niño incapaz: con ellas hace todo lo que él no puede hacer: trabaja para ella y para él: se ha duplicado. Le amamanta: y ahora sus pechos recuerdan el espasmo amoroso en un espasmo de leche que fluye hacia una boca hambrienta, que le repite la sensación amante del padre. Pero en su mente separa los dos espasmos: uno es el del hijo: otro el del padre. Piensa: "Sólo ahora comprendo el amor: esa falta que el padre rebuscaba en el pezón sin leche es la que da vida en el pezón con leche para el hijo. Uno pierde y otro halla. Uno revive el placer perdido: otro se aferra sin saber qué es el placer. Ambos satisfechos: ambos plenos. Y soy yo, Alucena, la donadora: la que puede ser dos, siendo una. Soy mi cuerpo y soy los otros cuerpos que de mí dependen. El padre me habitaba fugazmente: el hijo me habitó nueve meses: y ahora, aunque externo, me sigue habitando por ese su aferramiento a mis pechos y su movimiento desatinado. Apenas descubro mi cuerpo. Apenas uno sensaciones. Apenas entiendo creaciones. Cuando creí que mi piel era el mundo entero, aparecen más y más mundos y submundos. El conocimiento se extiende por el cuerpo".

Alucena ha cambiado el ritmo de su vida. La invade la lentitud. La guían la paciencia y la piedad. Está a la sombra. La sombra que busca y la sombra que ofrece a su hijo. Él, en cambio, carece de sombra: cuando la adquiera empezará a separarse de ella. El día que descubra su sombra, ella recuperará su cuerpo único: singular: le entregará a él su propio cuerpo y ella se aligerará.

Ya no corre por los campos con Benjamín, aunque quisiera hacerlo. Empieza para ella una cuenta del tiempo dividido entre una acuciosidad del momento presente y una esperanza de recuperación en el porvenir. Un tiempo lento y un tiempo recuperable. Una elasticidad del instante y una prolongación consoladora. Tener un hijo detiene las horas en un nuevo recuento: es un adentramiento en el tiempo primigenio: aquel que se olvida del reloj y se enlaza con la naturaleza. Es el tiempo del cosmos: del caer de las hojas y del rocío que empapa: del sol que raya el horizonte y de la primera estrella de la tarde. Lo demás no cuenta, sino el llanto del niño y su cuerpo dormido.

Maese Pedro está poseído por el desencanto. Una vez perdida su relación con el conde Dolivares, ha desaparecido el interés en el viaje. Piensa en el regreso, si el regreso no fuera también un peligro, pues sufriría castigo a manos del conde. Las ganancias que ha obtenido no sabe en qué emplearlas. A veces piensa quedarse en donde está: no seguir camino: ingresar en un monasterio. Pero tampoco se decide. Quizá su destino sea ser la sombra de Benjamín bar Yoná, de ayudarle hasta el final, de hacer posible ese viaje al que se le había encomendado obstaculizar. Al parecer, los destinos se encuentran en las encrucijadas. Claro que si abandonara al mercader de Tudela aún lograría causarle mal. Pero, ¿qué sería de él? No quiere arriesgarse a vivir con un peso. Las pequeñas almas con frecuencia abjuran del pecado.

¿Y Farawi? ¿Qué ha sido de Farawi? Farawi tampoco encuentra la paz. Es bienvenido en el centro de los suyos. Es agasajado y es el primero en ser escuchado. Su voz es regalo para quienes le rodean: alabanzas y bendiciones le cubren. ¿Qué más puede desear? Y, sin embargo, llora internamente.

Farawi no quería la paz para sí. Sentado en la preciosa alfombra de hilos de color azul-negro, café, blanco, verde, entremezclados de grecas, de hojas lanceoladas, de flor de granada, no tiene en qué pensar. ¿Qué importa la caza? ¿Qué importa afilar las dagas? ¿Qué importan el pastoreo o las guardias nocturnas?

Es una lástima que el retorno a su pueblo no haya sido de felicidad: que lo invada el arrepentimiento y que sólo piense en el bien perdido.

Se desespera. Se levanta y recorre, insensato, espacios delimitados: no puede romper las paredes de pieles de la tienda y retrocede en ira. No quiere vivir confinado. Levanta una esquina de la piel que cubre la puerta y se lanza en carrera hacia el campo libre y los montes. Los hombres y las mujeres se apartan atemorizados. Si Farawi sufre, ¿qué será de ellos?

En lo espeso de un matorral se lanza al suelo, y araña y castiga su cuerpo entre las ramas, las piedras, la dura arena. Quisiera morir.

De pronto, oye un relincho, el trotar de un caballo. Siente cerca de su cabeza un vaho consolador, unas crines que rozan su piel. ¿Qué pasa? Se da la vuelta lentamente. No puede creer lo que ve. Nunca se lo hubiera imaginado. ¿Cómo es posible que Bet esté ante él?

—Bet, Bet, ¿qué pasa? Dime: si pudieras hablar.

Y como si quisiera hablar Bet relincha y sacude la cabeza y agita las crines y mueve despacio las patas delanteras, casi escarbando la tierra.

—Bet, ¿qué quieres decirme? ¿Dónde está tu amo? ¿Acaso Benjamín ha regresado?

Farawi se incorpora y acaricia la frente de Bet. Lo abraza por el cuello y llora en él. Algo ha pasado. Bet viene solo. ¿Querrá decir que Benjamín ha muerto? No ha recibido noticia alguna de él desde que se separaron. No lo piensa más y decide en ese instante que partirá en su busca.

Su tío Al-Daudi lo considera un signo del Único. Un signo de que Farawi partirá para siempre. De que sus caminos no correrán paralelos y de que, en vida, ya no se reunirán. Es triste para él haber recuperado por tan poco tiempo al hijo de su hermano, al sucesor, para perderlo para siempre. Pero ésos son los designios del Único y más vale aceptarlos. Lo que está escrito no se borrará. Lo que se ha pronunciado queda guardado en la memoria.

Tío y sobrino se abrazan y se besan. La partida no puede retardarse más. Farawi monta a Bet y con la mano dice adiós a todos los que han salido a despedirse de quien era su esperanza y que ahora quedan en el desaliento. Los senderos del Único se aceptan. No resta sino ver la figura a caballo desaparecer en el horizonte.

Benjamín bar Yoná de Tudela se dirige, por fin, a Jerusalén. Ha recorrido tres leguas para llegar al pie del monte y, entonces, principiar la *aliá* o ascenso. Todo el que llega a Jerusalén asciende y Benjamín asciende como los demás.

La ciudad es pequeña y fortificada bajo altas murallas. Los cruzados asentados largo tiempo la han nombrado el Reino de Jerusalén. Trasladaron allí el gobierno y los poderes de la Iglesia, así como las órdenes militares y monásticas. La ciudad florece y se desbordan ríos de peregrinos de todas partes del mundo. Bulle la vida y las hospederías alojan a ismaelitas, armenios, griegos, georgianos, francos, portugueses, escandinavos. Los judíos se dedican a la tintorería: son famosos por las bellas tinturas que logran en tejidos, lanas, sedas y brocados. Han obtenido la exclusividad del rey por un alquiler que le pagan anualmente y nadie compite con ellos. La pequeña comunidad habita al pie de la Torre de David, al extremo de la ciudad.

Para Benjamín de Tudela la mayor emoción ha sido estar ante la antigua muralla, resto del Templo. Ha contemplado la primitiva obra de basamento, cuya medida es de diez codos aproximadamente. Ha puesto su mano en las piedras y ha rezado. Luego ha llevado a Alucena y al niño, y de nuevo ha rezado.

La Torre de David constituye la ciudadela y es el lugar mejor guardado. Ahí se encuentra la guarnición militar del rey, los almacenes para el ejército y la ciudad, así como la aduana. Hay dos grandes edificios, el hospital de los caballeros de la Orden de San Juan de Jerusalén que son cuatrocientos. Ahí, los soldados y los peregrinos que se enferman encuentran reposo, curación, todo tipo de ayuda, y los médicos son los mejores que pueda haber. El otro gran edificio es el palacio del rey Salomón, donde se alojan los caballeros francos que toman el voto de servir durante años.

Cuando Benjamín ha pasado delante del palacio, un soldado se le ha acercado y le ha dicho:

—¿No me recuerdas? Soy André Delabelle. Sabía que nos encontraríamos.

Benjamín de Tudela y André Delabelle se han sentado en un banco y hablan de lo que han pasado. Los mares, las tierras, los vientos que han conocido. André ha peleado y es un soldado sin descanso. Su piel se ha endurecido y su corazón también. No sólo sabe de batallas, de estrategias, de fortificaciones sino de muerte, de sangre, de fines inevitables. Hablar con Benjamín es olvidar los horrores: primero hablando de ellos: luego sellándolos. Le dice que pelear contra los árabes o las tribus turcas no era lo peor, sino mantener el dominio sobre la ciudad conquistada. El asedio era, simplemente, la habilidad guerrera: es más fácil atacar que defender. Luego, la ciudad conquistada tenía que ser protegida y gobernada. Y ése era el problema. Los cruzados habían empezado las fortificaciones: construían una red de espesas construcciones para retener las fronteras. Si al principio habían sido peregrinos armados, ahora se habían convertido en caballeros de órdenes espirituales y bélicas, perfectamente organizados. Los caballeros templarios, los hospitalarios de San Juan y los teutónicos se apartaban de sus orígenes y cambiaban el fervor religioso por el interés mundano. Poco a poco, sin casi darse cuenta, adquirieron la pasión de la conquista y el amor a lo terreno. Algunos escogieron el desenfreno, la crueldad, la avidez. Fortificaron los puntos cruciales en la costa y en el interior. Desarrollaron grandes artes de ingeniería militar.

André Delabelle le describe a Benjamín bar Yoná el castillo de Montfort. Ahí los caballeros viven sometidos a estrictas reglas comunales. Si sale vivo del compromiso que ha firmado para guerrear durante un año, quisiera recluirse en Montfort. Piensa que matar no es el camino para acercarse a Dios. Que hay algo mal en la idea de la cruz y la espada, pero por ahora es lo único que sabe hacer. Sin embargo, lo considera una prueba misteriosa que debe pasar. Luego, se recluirá.

André Delabelle ha visitado Montfort. Extensos terrenos agrícolas que reciben agua del arroyo Kesiv proveen de alimento a los cruzados. La fortaleza alberga sótanos, establos y almacenes. El agua no falta, contenida en grandes cisternas. Los muros y las columnas son inexpugnables. Una alta torre advierte desde la distancia el poderío del castillo y desde ella, la vista es espléndida: si el día es claro se dibuja en la lejanía la ciudad de Aco. Ahí es donde André Delabelle quisiera enterrar sus días.

Benjamín Bar Yoná no sabe dónde quisiera enterrar sus días. Aún no le ha llegado el momento del descanso. Aún desconoce la fatiga de la vida. Esa ansia de seguir adelante es como una condena sin explicación. Como si alguien, como si una voz interna, como si un ángel, le dijera sin cesar: adelante: adelante: no te ates: adelante.

Benjamín regresa a Alucena y a su hijo. Están a su lado: son parte de él. Pero le atraviesa, como luz instantánea, el espantable pensamiento de que podría abandonarlos: de que podría irse sin más: sin decirle nada a nadie y que nadie supiera de él. Para preguntarse: ¿y para qué?

Borra. Borra el pensamiento. Retuerce su mente. Si hubiera silencio en la mente. ¿Por qué la mente no para? Piensa Benjamín.

"¿Por qué no para la mente? La mente avanza, retrocede, insiste, despierta, recuerda, hilvana. Pero no para. Alto. Quisiera que parara. Me enloquece. Me aterroriza. Me llena: no deja un espacio vacío: como algo a punto de reventar. ¿Qué hacer con el relleno de mi cabeza? Un relleno de todo tipo de tejido: palabras, palabras, sonidos, sonidos. No hay silencio en la mente. Todas las palabras explotan."

Alucena arrulla al pequeño niño. Debe empezar a hablarle. Primero los sonidos más fáciles: el juego de los sonidos: luego palabras: luego cantos. Cantos, sobre todo.

Farawi corre leguas a caballo.

Maese Pedro ha oído las descripciones de André Delabelle. Quisiera encerrarse en Montfort.

André prepara sus armas. Pronto saldrá a combatir.

Benjamín duda. Benjamín no deja de interrogarse.

Las aguas corren por sus cauces. Las aguas de los ríos y las aguas de los ríos de los hombres. Que serpentean y se deslizan por antiguos caminos, a veces sabiéndolo, a veces ignorándolo. Señas, marcas, piedras rodadas, briznas, encrucijadas, altos y bajos pensamientos, aciertos y errores, acantilados, abismos, recovecos y remordimientos, tierras fértiles, altozanos, remansos, otras vías del conocimiento.

Los montes guardan secretos. Los montes de los hombres también. Senderos milenarios. Rutas inexpugnables. Un claro en el bosque. Círculos en el bosque. El atajo que se convierte en camino más largo. Las ramas entretejidas. El muelle terreno tapizado de hojas secas. Crujidos. Graznidos. Cantos de pájaro. Rocío en los pétalos. Suspiros. Llanto. Hondo estertor del pecho. Un cuerpo dormido contra el tronco. Gotas de sangre de crimen oculto. Ecos. Ecos. Pasos furtivos. El mendigo que languidece. El asceta en lo recóndito. El ermitaño perdido. ¿Citas de amantes?

Benjamín desde lo alto de la muralla contempla los caminos que suben a Jerusalén. Las altas piedras doradas por las laderas. Un niño pastor arrea el rebaño de ovejas. Un jinete en caballo blanco se acerca velozmente. El sol se pone e irradia tonos rojo y naranja sobre las nubes, sobre los ojos de agua.

XXIII. SUCESOS

ANDRÉ DELABELLE pertenece al grupo de los trescientos caballeros que sale cada día a pelear. Prepara sus armas y la protección de su cuerpo: la cota de malla, el yelmo, el poderoso escudo en el que ha mandado grabar una hermosa doncella que le hace honor a su nombre. Cuando le preguntan quién es ella con el dedo en los labios indica silencio. No puede decir quién es: ha hecho voto de callar. Solamente sonríe.

Es en ella en la que piensa cuando empuña su lanza y arremete contra los infieles. No pierde la sonrisa y eso debe sorprender a sus enemigos y hacerles pensar que no morirá. ¿Acaso se sonríe ante la muerte? André sí.

André visita el Santo Sepulcro cada día, antes de disponerse a partir. Ha llevado a Benjamín, que se resistía, pero que finalmente ha accedido para ver el espectáculo de los peregrinos con su fervor, sus rezos, su absoluta creencia, sus ofrendas, sus peticiones. Y se sorprende: se sorprende de la fe profunda. Sabe que él no cree de ese modo y observa a André para adivinar su piedad.

El rostro de André no refleja nada: es el rostro de un guerrero que sólo cree en la batalla y cómo vencer al enemigo. Y que, sin embargo, acude al Sepulcro.

Van y vienen los días y André Delabelle va y viene de sus incursiones. Al regresar en la noche busca a Benjamín de Tudela y, a veces, es locuaz y, a veces, se abstrae en el mutismo. Como si sus sentimientos necesitaran la locura de la palabra o el silencio de la cordura. Como si la muerte fuera una parte aceptada de su vivir y se le representara como la que todo lo puede una sola vez, vencida cada día por la vida. Como la irrepetible, como la sin imaginación.

Que la vida brote y brote: esto tranquiliza a Delabelle. Faltan pocos días para que se cumpla su voto de pelear y ya le esperan en el castillo de Montfort, donde ha pedido no ser guerrero.

La última mañana habla con Benjamín.

—Regresaré de manera inesperada: ése ha sido el sueño de este amanecer. Caerán rayos del cielo. Flechas se clavarán en las nubes. Lloraré sangre. Siento un dolor tan profundo en el pecho que no sé si podré levantar los brazos para pelear.

André Delabelle se marcha con su sueño y su dolor en el último día que habrá de guerrear. Benjamín tiembla y su corazón se ha estremecido. Un presentimiento le ha hecho gritar:

—No te marches, André, no salgas hoy.

Pero André ya ha montado en su caballo y no le ha oído o ha fingido no oírle.

Ese día una fuerte jaqueca le ha impedido a Benjamín atender sus negocios. Se ha paseado inquieto en su habitación oscurecida para que la fuerte luz del día no agudice su dolor. Luego, fatigadísimo, se ha acostado, ha cerrado los ojos y se los ha cubierto con un paño negro humedecido. El intenso palpitar de las sienes y la inflamación de las arterias del cuello tampoco logran disminuir. Le gustaría beber una tisana calmante, pero el cuerpo no le obedece y es incapaz de levantarse de la cama. Si Alucena adivinara su dolor y le colocara las manos en la cabeza. Las manos frescas de Alucena calmarían el ardor y las palpitaciones. El suave masaje en los músculos del cuello distendería la presión. Su cuerpo se aflojaría y entraría en una placentera somnolencia.

Pero esto es un deseo apenas. Ahora sólo siente agujas que rasgan su piel. Un temor de que algo en su cabeza reviente. Un ansia de golpearse, para que un dolor quite otro dolor.

No puede hacer nada. Sólo esperar y esperar.

La puerta se abre. Alucena le intuye. En silencio coloca sus manos en su piel doliente. Luego, besa sus sienes como si le chupara el punto de dolor. Cuando nota que Benjamín se ha dormido sale despacio de la habitación y cierra la puerta sin hacer ruido.

Es al atardecer cuando regresan los caballeros de la Orden del Hospital de San Juan. Han sido emboscados. Traen heridos y un muerto sobre las monturas de los caballos.

Benjamín aún no despierta del dolor.

Tocan con estrépito a la puerta y Alucena corre a abrir para que el ruido no lo despierte.

—Ha muerto André Delabelle. Cayeron flechas del cielo y las nubes enrojecieron. Antes de morir pronunció el nombre de Benjamín bar Yoná de Tudela. Éstas son sus pertenencias.

Alucena recibe una cruz de oro y un puñal. Benjamín baja la escalera acelerado.

—Él lo sabía. Él lo había soñado. Le grité que no saliera hoy a guerrear. Era su último día y fue su último día. ¿Por qué? ¿Por qué?

La jaqueca de Benjamín lo asaetea intensamente y, en ese mismo instante, desaparece de repente. Es muy extraño que sienta alivio cuando otro dolor le oprime el corazón.

André Delabelle es enterrado al pie de Montfort. Maese Pedro pide ser admitido en su lugar.

Benjamín de Tudela está perdiendo uno por uno a sus acompañantes. Por un momento piensa en abandonar su empresa. O en quedarse a vivir en Jerusalén con Alucena y su hijo. Quisiera que el Ángel de la Verdad, *Malaj ha-emet,* le diera algún indicio. Pero el Ángel sólo aparece en último extremo. Las pequeñas decisiones son suyas y aun las grandes también parecen ser suyas. ¿Cuándo, cuándo el Ángel aparecerá a su llamado?

Por lo pronto, y en espera de alguna seña, recorre la ciudad y se la graba en la memoria para luego describirla en su *Libro.* Acude a las cuatro puertas que son los cuatro accesos, llamadas Puerta de Abraham, Puerta de David, Puerta de Sión y Puerta de Josafat. Llega al sitio del Templo de Jerusalén. Llega a la roca del monte Moria, donde Abraham ofreció a su hijo, y contempla la grandiosa y dorada cúpula de la mezquita de Omar. Llega al Muro Occidental, el lugar sagrado del Tabernáculo, donde acuden los judíos a rezar y a pedir ayuda.

"Qué ciudad —piensa Benjamín—, tres veces sagrada."

Y continúa recorriendo palacios, caballerizas, piletas de sacrificios, antiguas piedras y antiguas edificaciones. Y lo que no encuentra lo imagina:

"Aquí pudo vivir el fundador de mi casa. Mi más lejano antepasado pudo pisar estas mismas piedras que ahora yo piso. Y ese lejano antepasado caminó mundo y más mundo hasta toparse con Tudela y ahí se quedó. Mientras que yo deshago sus pisadas, acoplo sus huellas a las mías en sentido inverso y recupero espacio y tiempo. ¿Quién sería? ¿Quién sería él? ¿Ella? ¿Ellos?

"No, yo no puedo parar. Si sé algo es el camino incesante. El camino incesante y el sentarme sólo a escribir:

Saliendo por la puerta de Josafat hacia el valle de Josafat está el Desierto de los Pueblos. Allí está el mausoleo de Absalón, la tumba del rey Uzías y allí hay un gran manantial, las aguas del Siloé, en el torrente de Quidrón. Sobre el manantial hay un gran edificio del tiempo de nuestros padres, no encontrándose allí sino muy pocas aguas. Los habitantes de Jerusalén beben, en su mayoría, aguas de lluvia que recogen en cisternas, en sus casas.

Desde el valle de Josafat se sube al monte de los Olivos, pues entre Jerusalén y el monte de los Olivos no media sino solamente el valle. Desde el monte de los Olivos se ve el mar de Sodoma, y desde el mar de Sodoma hasta el pilón de sal, que era la mujer de Lot, hay dos leguas. Los rebaños lo lamen y después vuelve a crecer, como era en un principio. Asimismo se contempla toda la pradera y el torrente de Shitim, hasta el monte Nebo.

Enfrente de Jerusalén está el monte Sión; no hay otro edificio en el monte Sión sino una iglesia para los incircuncisos. Delante de Jerusalén, como a unas tres millas, hay un cementerio de israelitas, quienes, en aquellos tiempos, enterraban a sus muertos en cuevas; cada sepultura tiene su fecha, pero los cristianos destrozan las sepulturas y edifican sus casas con las piedras. Y llegan aquéllas hasta la frontera de Benjamín, en Shalsejo.

Hay grandes montañas alrededor de Jerusalén. En el monte Sión están las tumbas de la casa de David y los sepulcros de los reyes que le sucedieron. Mas no se conoce dónde está el lugar, pues hace quince años se cayó un muro de la iglesia que está en el monte Sión y dijo el patriarca a su encargado: 'Toma las piedras de las murallas antiguas y edifica con ellas la iglesia'. Así lo hizo; contrató obreros a salario acordado, en número de veinte, e iban extrayendo las piedras del basamento de las murallas de Sión. Entre aquellos hombres había dos muy unidos por gran amistad: un día, uno invitó a su compañero y tras la comida fueron al trabajo. Díjoles el encargado: '¿Por qué os habéis retrasado hoy?' Respondieron: '¿Qué te importa? Cuando nuestros compañeros vayan a comer, haremos nosotros nuestro trabajo'. Llegó la hora de comer y sus compañeros se fueron a comer; ellos arrancaban las piedras y, al levantar una piedra, encontraron allí la entrada de una cueva. Dijo uno al otro: 'Entremos y veamos si hay allí dinero'. Caminaron por la entrada de la cueva hasta que llegaron junto a un palacio, grande, edificado sobre columnas de mármol, cubierto de plata y oro. Ante ellos había una mesa de oro, y el cetro y la corona: era el sepulcro del rey David. Y a su izquierda estaba el sepulcro del rey Salomón, de la misma manera, y así todos los sepulcros de todos los reyes de Judá enterrados allí. Había allí unos cofres cerrados que nadie sabe lo que contienen.

Quisieron estos dos hombres entrar en el palacio y he aquí que un tempestuoso viento, saliendo de la boca de la cueva, les golpeó. Cayeron al suelo como muertos y yacieron hasta el atardecer. Y he aquí que vino un viento, gritando con humana voz: 'Levantaos, salid de este lugar'. Y salieron de allí, temerosos y a toda prisa. Fueron al patriarca y le contaron estas cosas. El patriarca mandó traer ante su presencia al piadoso asceta rabí Abraham Alconstantiní, quien va vestido de luto por la destrucción de Jerusalén, y le contó todas aquellas cosas, según el relato de los dos hombres que venían de allí. Le respondió rabí Abraham diciéndole: 'Aquéllas son las tumbas de la casa de David, de los reyes de Judá; mañana entraremos tú, esos hombres y yo, y veremos qué hay allí'. Al día siguiente mandaron buscar a esos dos hombres, encontrándoles acostados, cada uno en su lecho, temerosos, diciendo: 'Nosotros no entraremos allí, pues no es voluntad de Dios mostrarlo a ningún hombre'. El patriarca ordenó tapiar aquel lugar, para ocultarlo de los hombres, hasta hoy. Y ese rabí Abraham me contó estas cosas.

"Sentarme sólo a escribir y el camino incesante, eso es lo que sé", repite en pensamientos Benjamín bar Yoná.

Así, retoma la senda, ahora en dirección a Bet-léjem, la casa del pan o Belén. Antes de llegar el camino se bifurca y ahí se detiene ante el sepulcro de Raquel, construido con el número de piedras que representan a los hijos de Jacob, menos Leví que no poseía tierras. Hay también una cúpula sostenida por cuatro columnas.

Benjamín recorre el lugar y siente el peso de los tiempos: un aire sobrenatural que sopla en secreto: un consuelo en el pecho: una iluminación interna. Escucha el murmullo de agua. Torrentes, pozos y manantiales abundan en esa tierra.

Bet-léjem es fértil en granos. Entre los trigales se amaron Rut y Boaz. Rut, la mejor espigadera, fue luego la dueña de los campos, la extranjera que fundó la casa de David. David el betlemita fue ungido allí, en terreno sagrado, por Samuel.

Benjamín de Tudela había planeado ir a Belén con André Delabelle, para que le enseñara los santuarios cristianos, pero ahora ya no será así. Le había escuchado decir que Jerónimo, el patrón de los traductores, había escogido el lugar para establecerse, en el siglo V, y que había construido un monasterio. Allí había traducido al latín la Biblia y sabios judíos que vivían en la vecindad le habían ayudado. También André le había dicho que lo llevaría a visitar la cueva en donde había vivido.

Benjamín, sin su guía, preferirá no acudir a esos lugares y, en cambio, buscará las casas de los judíos. Le han dicho que sólo viven unos pocos tintoreros y acude con ellos para hablar de sus vidas y de sus penurias. En grandes peroles de hierro hacen las mezclas de colores y luego introducen las telas que van a ser teñidas. El olor es ácido y cosquillea en la nariz. Benjamín estornuda y los tintoreros se ríen: "Sí, eso siempre pasa al principio. Nosotros ya estamos acostumbrados", le dicen. Las manos de los tintoreros son oscuras, mezcla de tantos colores que dan un tono pardo indefinido a sus pieles y que por más que se las laven con jabón nunca llegan a perder. Benjamín les entrega unas telas para que se las tiñan. Deja pagado su trabajo y sigue camino. Tal vez no piense regresar y por eso las ha dejado pagadas: no quiere que hagan un gasto inútil.

A seis leguas está Jebrón, llamado San Abraham de Jebrón por los cristianos. La antigua ciudad, ahora en ruinas, estaba en el monte y la actual está en el valle, en el campo de Majpelá, en el lugar de la cueva donde Abraham enterró a Sara. Hay una gran iglesia de San Abraham en donde era templo judío en época de los ismaelitas. Los gentiles han erigido seis sepulcros con los nombres de Abraham y Sara, Isaac y Rebeca, Jacob y Lea. Los guardianes le aseguran a los peregrinos que éstas son las tumbas de los patriarcas y cobran por visitarlas. Pero si llega un visitante judío y les da una gratificación especial, le abren una antigua puerta de hierro del tiempo de los patriarcas por la que desciende casi a tientas y llevando una vela para alumbrarse.

Benjamín ha descendido con la vela en la mano y ha contado los altos escalones para calcular la profundidad y por si tiene algún significado especial. La primera sección de escalones le da el número veintidós, el del alfabeto hebreo. Llega a una cueva vacía que le hace pensar en la combinación total de letras para crear palabras. Se detiene un momento y, en la oscuridad y con su pequeña luz, rememora la creación del mundo y la batalla del rayo y el caos. Continúa descendiendo y esta vez son diez los escalones. Desemboca en una segunda cueva vacía. Es el lugar donde flotan las emanaciones divinas o *sefirot*. Gloria, grandeza, justicia, bondad, sabiduría, belleza, verdad, fundamento, reino. Arriba la corona y el invisible *Álef* abarcador: principio y origen de toda letra: gran silencio antes de la pronunciación: antes de emitir sonido alguno. Continúa su descenso Benjamín bar Yoná y son seis los escalones por las seis tumbas que se encuentran en la tercera cueva: la de Abraham, la de Isaac, la de Jacob, la de Sara, la de Rebeca, la de Lea. Al llegar, un viento poderoso apaga la vela de Benjamín y un frío súbito lo hace estremecerse. Viene la calma y en cada sepulcro hay una lámpara encendida y, a su luz, Benjamín puede leer las antiquísimas inscripciones hebreas con los nombres de los patriarcas de Israel.

Éstas son las verdaderas tumbas y sólo los que descienden con fe las hallan: para los demás son suficientes las de arriba.

Benjamín recorre la cueva y descubre otras urnas con los huesos de tantos y tantos israelitas que fueron enterrados al amparo y en compañía de los antepasados. Benjamín entona el rezo de los muertos. Graba en su memoria cada rincón de la cueva para luego contárselo a quien quiera saber del descenso al origen. Porque la muerte es el origen: se parte de la muerte para hallar la vida. Desandar el camino es encontrar la fuente de la vida. Hacia atrás: hacia adelante: es la rueda de la fortuna.

XXIV. PUEBLOS, CAMPOS, CIUDADES

Ha sido difícil apartarse de la cueva de los patriarcas. El silencio, la oscuridad, el olor a humedad, el escalofrío han sido marcas de la muerte que paralizan y que invitan a no salir del mundo en descenso.

Benjamín, casi a punto de desvanecerse, al empezar a perder el equilibrio ha reaccionado y su cuerpo ha adquirido vigor de nuevo. El aire enrarecido le asfixia. Busca a tientas los escalones y repite la cuenta a la inversa: primero seis escalones y la cueva: luego diez escalones y la otra cueva: finalmente veintidós escalones.

La luz del exterior lo ciega: se tapa la cara con las manos y cree que ha perdido la vista. El dolor y el deslumbramiento le impiden ver. Siente pánico. No se atreve a separar las manos. Sólo cuando oye risas y burlas, poco a poco entreabre los dedos y permite que un poco de luz le alumbre. Separa los párpados lentamente y se da cuenta de que su vista está intacta. También él se ríe y se aleja rápidamente del lugar.

Al final del campo de Majpelá está la casa de Abraham y se dirige hacia ella. Delante de la casa brota un manantial, dador de vida y de orígenes. El paisaje es claro, desbrozado, silencioso. Pocos llegan ahí y no se permite ninguna construcción. Benjamín se sienta en una piedra y se envuelve en el pensar y en el rememorar.

Da gracias de haber podido conocer esta tierra santa: de haber llegado a esos campos, esos atardeceres, esos golpes de viento y aires del desierto. El *jamsín* o espeso aire del desierto lo sofoca: fina arena cubre su piel: si se pasa la lengua por los labios, recoge los granos cristalinos y siente un delicado sabor salino. El mar vuelve a su imaginación. Sus recorridos han sido ahora por tierra y quisiera regresar al mar: el *jamsín* ha despertado su nostalgia. ¿Qué hace sentado en esa piedra, cuando el mar en movimiento lo espera?

El *jamsín* despierta también su migraña. Un fuerte dolor de media cabeza (si la vez anterior fue el lado derecho, ahora será el izquierdo) empieza a anunciarse. Se levanta: contempla un rato más el paisaje, la casa, el manantial. No le queda más remedio que regresar.

El dolor de cabeza es leve: apenas unas punzadas en lo profundo del cerebro. Lo soportará. Podrá ordenar los preparativos para continuar viaje al día siguiente.

Farawi ha devorado distancias y ha fatigado a Bet. En Jerusalén le dicen que la comitiva de Benjamín bar Yoná hace días que partió.

Mientras, Benjamín llega a Bet-Yobrín y la necrópolis de Mareshá. Se dirige a Torón de los Caballeros que es la antigua Sunem y que será lugar de grandes fortalezas y de sangrientas disputas por los siglos de los siglos. Torón de los Caballeros, más tarde llamada Latrum, está en una encrucijada fatal. Ahí, Benjamín siente venir un ataque de melancolía y se aparta con horror. Sólo ha encontrado tres judíos en el lugar.

Decide seguir camino y así pasa por otros poblados. En tres leguas llega a Silo, llamado San Samuel de Silo por los cruzados y resiente el cambio de nombre y más aún el traslado de los restos del sepulcro de Samuel hacia Silo. Estas guerras religiosas trastrocan los lugares y quitan la paz no sólo a los vivos, sino a los muertos. Cuando los cristianos tomaron Ramlé de los ismaelitas se llevaron los restos de Samuel *el ramateo* que yacían en la sinagoga para enterrarlos en Silo y construir la gran iglesia de San Samuel. "¿Quién les dio permiso? ¿Quiénes son ellos para borrar la historia y alterar nuestros designios?, piensa Benjamín, y se violenta internamente. No solamente nuestros designios: los designios de Dios: por lo que sólo les queda guerrear a los cristianos. Han convertido su religión en muerte y en desorden: ¿qué puede esperarse de ellos?

"Prefiero seguir por los caminos en busca de la historia de mi pueblo, agrega en sus pensamientos Benjamín, pero me duele lo que han hecho de esta tierra. La han convertido en tierra de paso y tierra de sangre. No respetan ni las piedras, ni los restos, que trasladan a su antojo y para su caos.

"Quiero recorrer cada palmo de esta tierra: grabármela en la memoria: escribir sobre ella: y dejar anotados los hechos y los nombres. Luego, cuando regrese a Tudela, tendré todo el tiempo para volver a correr por los cauces de mi memoria y escribir el resto. ¿Me atreveré a escribirlo todo? ¿Por qué no? ¿Y qué es todo?"

De Silo, luego de recorrer tres leguas, Benjamín se acerca a Gibat-Saúl, rebautizada por los francos como Mahomerie-le-Petit. Allí no encuentra judíos y sigue adelante. Sin embargo, hace algunas ventas y obtiene ganancias. En época de guerra toda mercancía es bienvenida: le han comprado un collar de perlas para una novia pronta a casarse. Benjamín le desea suerte y que su marido no vaya a ser arrastrado a pelear. En el collar, ha engarzado las perlas de Yosef Margalit, la Amada, la Caradeluna y la Lucisombra.

Toma el camino hacia Bet-Meubí, que es Nob, antigua ciudad de sacerdotes. Son tres leguas de distancia, pero a la mitad pregunta por los dos peñascos de Jonatán, llamados Boses y Sené. Su deseo de conocer todo lugar de la historia de los antepasados no se sacia y visita los peñascos. Recuerda el Libro de Samuel y la historia de David perseguido por Saúl. En esos campos, David se escondía y cuando entró en Nob no les dijo a los sacerdotes, todos vestidos de lino blanco, que venía huyendo del rey y al contrario fingió que venía en misión secreta. Les pidió pan y una espada. Y esto fue la perdición de los sacerdotes, todos ellos masacrados después por el rey Saúl. Sus túnicas blancas quedaron tintas en sangre: muertos ellos, las mujeres, los niños, y todo ser vivo: animales, bueyes, asnos, ovejas. Todos pasados a cuchillo. Nob, ciudad de los sacerdotes, sacrificada, ahora que pasa Benjamín sólo cuenta con dos judíos, de oficio tintoreros. Con ellos se entretiene un rato y al atardecer le llevan a los campos por los que huía David.

De Nob, Benjamín viaja tres leguas a Ramas, que es Ramle. Se detiene a visitar las antiguas murallas y aún distingue letras grabadas sobre las piedras. Le dicen que a dos millas hay un gran cementerio judío. Fue una ciudad próspera donde floreció la comunidad judía, a pesar de que dos terremotos la devastaron. Benjamín absorbe el perfume de Ramle: hay olores en las ciudades que son indefinibles. Hay tonos y colores: algunos más lumínicos. Hay muros, puertas, altos techos: y, sin embargo, nunca se repiten. Benjamín se esfuerza por no olvidar cada detalle y se pregunta: "¿Acaso lo recordaré cuando pase el tiempo?"

Es grande la nostalgia de Benjamín por el mar y decide desviarse hacia la costa. Lo más cerca es Yafo y galopa sin descanso hasta llegar.

Se deleita contemplando el puerto y el movimiento de los barcos. No hace otra cosa que ver. El atractivo de sólo ver: ni siquiera pensar: sólo ver. Recibir imágenes lentamente. Guardarlas en la memoria. Compararlas con otras imágenes. De otros puertos. Los puertos catalanes. El recuerdo de la primera playa y de su cuerpo entre las olas. La sensación de amor pleno. De un gozoso erotismo. De un suave placer. De un olvido. De un deseo de muerte.

Sí: todo eso. Revivirlo. Nada más.

Pero ha dejado atrás a su compañía y a Alucena y al niño. Así que, apenas descansando lo indispensable para que Álef se reponga, de nuevo retoma el camino. Ha quedado de verse con ellos en Yavne, la ciudad de la gran academia rabínica, centro de los estudios talmúdicos y mishnaicos, donde enseñaron los más famosos sabios y se estableció el canon bíblico. Ciudad rica y floreciente. Hoy, ciudad vacía, donde no habita ni un judío. Benjamín quiere rescatar los pasos perdidos. Quiere recorrer lo que ya no existe. A veces, su destino es ejercer la pura melancolía.

(Mientras Benjamín cabalga, Farawi también cabalga, pero en dirección opuesta: tan cerca que casi se cruzan pero sin llegar a adivinarse. ¿Qué ha pasado con su sentido del amor?)

De Yavne, el mercader de Tudela se dirige a Palmid, que es Ashdod, la filistea, en ruinas y sin habitantes judíos. En dos leguas más llega a Asquelón la Nueva y ahí se establece una temporada, para escribir y comerciar. Anota en su *Libro de viajes:*

Asquelón la Nueva fue edificada por el sacerdote Esdras, sobre la orilla del mar. Al principio la llamaban Bené-Berac, y está a cuatro leguas de Asquelón la Vieja, hoy devastada. Es una ciudad grande y hermosa; a ella vienen de todas partes con mercadería, puesto que se asienta al extremo de la frontera de Egipto. Hay en ella como unos doscientos judíos rabanitas, a cuya cabeza están los rabinos Sémaj, Aarón y Salomón. Hay allí como unos cuarenta caraítas y como unos trescientos cuteos. Dentro de la ciudad hay un pozo que llaman Bi'r Abraham, que fue perforado en tiempos de los filisteos.

Benjamín es acogido en la casa del rabino Sémaj. Agotado, descansa y duerme durante varios días. Repuesto ya, retoma diálogos interrumpidos de sus viajes anteriores. Los manuscritos, que han sido dejados de lado tanto tiempo, vuelven a recuperar su atención. Se los muestra a Sémej y Sémej se inquieta:

—Aquí hay algo que se me escapa. Son textos interpretativos, pero algunas palabras pueden ser leídas de un modo o de otro y el sentido cambia totalmente. Siento una intención oculta que no puedo descifrar. No sé por qué fueron escritos de esta manera.

—A lo largo de mi viaje le he mostrado estos manuscritos a muchos sabios, y tú eres el primero en admitir que hay un sentido oculto. Los demás me aseguraban o fingían que todo estaba claro.

—Y tú, ¿qué piensas?

—Yo siempre estoy en la duda. No sé si me han cambiado algo quienes los han leído. En ocasiones, los manuscritos desaparecieron y luego volvieron a aparecer. A veces, pensé que mi misión era trasladarlos de comunidad en comunidad para que se difundieran y que no debería averiguar mucho acerca de ellos.

—Sí, algo deben significar. Si así te fue encomendado debes proseguir hasta la consumación de tu viaje. Nada te lo impedirá: estarás protegido por ellos. Creo que a eso se debe su oscuridad.

—Es extraño que cada persona que los lee concluya algo diferente.

—Déjamelos un poco más de tiempo. Tal vez agregue unas reflexiones.

—Son para eso, Sémej. Lo que escribas será valioso.

El rabino se queda los manuscritos: se siente fascinado por ellos: admira la perfecta caligrafía y alguna que otra miniatura incorporada en el texto. Lo que añada será primero ensayado varias veces para no errar letra alguna. Deberá imitar los trazos sin vacilación: nadie notará que es otra mano la que conduce la pluma: como él mismo no puede saber en qué momento hubo intervenciones ajenas.

De pronto, Benjamín se siente asaltado por un deseo: ¿y si le llevara los manuscritos a los caraítas y a los cuteos?

Benjamín deambula por Asquelón, por las hermosas calles y por los centros de mercadería. Vende muy bien sus piezas y compra nuevas. Acude a los talleres de orfebrería y trabaja en la creación de anillos y broches. Mientras, le da tiempo a Sémej para que se extasie con los manuscritos.

¿Y él? ¿Qué es de él internamente?

Algo le rebulle por dentro. Algo ha crujido y algo se ha roto. Algo ha perdido y es como si frío filo lo invadiera. O un preciado engranaje que se hubiera detenido. O un vuelo suspendido en el aire. O una rama desgajada. O un sordo dolor que no se localiza.

Y la pregunta que se hace es: "¿Por qué no significa algo mi hijo? ¿Por qué no lo quiero? ¿Por qué no lo cargo en mis brazos? ¿Por qué no busco a Alucena? ¿Por qué ya no la amo?

"¿Será verdad lo que me pregunto?"

Benjamín se silencia. Se abstrae puliendo una arista de diamante, traído de lejano desierto. O frotando el brillo del oro o convirtiendo la plata en espejo reflejante.

Y caminando. Caminando sin rumbo. Galopando por los montes. En desesperación. Absoluta e inexplicable desesperación.

Hasta que ya no puede más y le pide ansioso los manuscritos a Sémej, aunque no los haya terminado y ordena a su compañía recoger las mercancías y lanzarse presurosos de nuevo a los caminos.

Quietud. En el movimiento encuentra quietud.

Recorre jornadas y leguas: uno y otro camino: uno y otro pueblo: una y otra muralla: una y otra ciudad.

Paso. Trote. Galope. Carrera.

Carrera. Galope. Trote. Paso.

La compañía no puede seguir su ritmo. A duras penas.

San Jorge, que es Lod. Zerayín que es Esdraelón: donde sólo se detiene porque hay un manantial y el agua le atrapa: bendita agua pura: bebe agua y se moja la cabeza por si encontrara calma. Las gotas le escurren por la cara. Deja beber a Álef y a las cabalgaduras. Moja también la cabeza de Álef y Álef se sacude. Sólo eso le dibuja una sonrisa en el rostro. Alucena, triste, enjuga una lágrima.

Desde allí, llegan en tres leguas a Séforis. Benjamín se detiene porque quiere visitar a los muertos. Quiere estar a solas en los sepulcros de los santos maestros. Reposar al lado de la tumba del gran rabino Yudá ha-Nasi, de Rabbán Gamaliel, de Jiyá de Babilonia y de Jonás ben Amitai. Sólo la muerte trae la calma y por eso se apetece. Sube a la montaña y pasea entre las múltiples lápidas de tantos y tantos antepasados. Se siente acogido entre ellos. En paz. Entre la hierba que crece junto a las piedras y el aire que agita su cabello. A sus pies, la vista del verde valle.

XXV. ALUCENA ES MUCHAS ALUCENAS

ALUCENA siente el distanciamiento. ¿Hasta cuándo seguirá los pasos de Benjamín? Podría seguirlo siempre si eso significara el amor. Pero si no, ¿qué hacer entonces? Sabe que él no la rechazará, pero también sabe que hay un velo entre los dos: una trasparencia que se nota: presente. Silencios que marcan el silencio. No hablar o simplemente no tener qué decir. No tener qué decir no porque no haya nada, sino porque lo que hay se calla. Lo que hay no puede salir o se entrecorta o se cierra.

De ahí las frases interrumpidas sin que exista manera de continuarlas. Y, sin embargo, un deseo de que no sea así: de que surja el cuadro de la natural exposición. La exposición de la intimidad: siento esto ahora: te quiero o no te quiero: me gustas o no: te esperaré o no.

Alucena lo sabe y trata de remediarlo: no preguntando lo que, de por sí, es una respuesta: no acosando, si el acoso constriñe más. Tampoco, retroceder en el silencio: ampararse en la indiferencia: cerrar los ojos. Consolarse: pasará: esto pasará: después volverá a ser igual todo.

No: nada es igual. Nada regresa. Ni nada es todo.

¿Qué hacer, entonces?

No lo sabe. Verdaderamente no lo sabe.

Y entonces, ¿qué decisión tomar?

Tendrá que tomarla y tomarla será la separación.

Le dirá a Benjamín que continúe el viaje sin ella.

O un día desaparecerá. Lo mismo que supo aparecer.

Benjamín necesita renacer. Piensa que en la Galilea se recobrará. Llega a Tiberias. Éstas son sus palabras:

Allí cae el Jordán, en el valle, entre dos montañas, llenándolo, y le llaman mar Quinéret, que es un lago grande y extenso como un mar. Está

189

el Jordán entre las dos montañas y se vierte hacia la pradera, que es el lugar llamado las Cascadas de las Cimas, saliendo para caer en el mar de Sodoma, que es el Mar de la Sal.

Allí hay una comunidad pequeña, de cincuenta judíos, a cuya cabeza están Abraham el astrónomo y astrólogo, y los rabinos Mujtar e Isaac.

Benjamín hablará mucho con Abraham y aprenderá de él a leer el cielo. La constelación de Orión será su guía, como un gran ángel. Sin embargo, advierte Abraham, aunque las estrellas, el sol y la luna son manifestaciones divinas no deben ser adoradas. Hay que tomarlas en cuenta para el calendario, las cosechas, el cambio de día a noche, las estaciones y hasta las vidas de los hombres, pero nunca adorarlas.

Abraham le enseña a Benjamín cómo trazar el Zodiaco, cuyas doce casas representan los doce meses del año y las doce tribus de Israel. Si quisiera agregar más, añade, los doce signos equivalen a las doce trasmutaciones del nombre inefable de Dios.

—Piensa en esto, Benjamín, y verás una relación con algunas partes de los manuscritos que portas. Las estrellas del cielo son tantas como los granos de arena del desierto. Las dos grandes luces son el sol y la luna. Los planetas se encuentran en las doce regiones del cielo. Luego están las estrellas fijas que trazan figuras en el firmamento. Dividiremos las noches en velas, cada una llamada *ashmoret:* la primera, hasta las diez de la noche, la segunda hasta las dos de la madrugada, la tercera hasta la salida del sol. Así aprenderás a leer en la oscuridad y con la vista arriba.

—¿Me dirás qué instrumentos tienes y cómo los usas?

—El astrolabio es el más importante. Nosotros lo llamamos "armonía de las estrellas" o "balanza de los profetas", porque con él determinamos la posición de los cuerpos celestes. Míralo, aquí lo tienes: es un disco suspendido cuya circunferencia está graduada y tiene una regla diametral movible con dos puntos de mira por los que se puede observar la altura del sol o de las estrellas. Nos sirve a los astrónomos y a los astrólogos, pero sobre todo a los navegantes, como tú sabes. Es un antiguo instrumento sobre el cual se han escrito muchos tratados, algunos en la tierra de donde vienes.

—He oído hablar de las tablas astronómicas.

—Sí, yo tengo varias en mi biblioteca. Ahí constan los fenómenos celestes, los ciclos, las estaciones, los signos del Zodiaco, las leyes de las esferas, las lunas nuevas, el calendario, los eclipses.

En noches claras, el astrónomo Abraham y Benjamín de Tudela caminan por los campos y miran al cielo en busca de signos. Poder leer en la alta naturaleza es para Benjamín un privilegio. Le gustaría tener tantas vidas como ocupaciones gozosas hay. Establecerse en algún apartado rincón del mundo y dedicarse al estudio y a la contemplación. Pero parece que éste no es su camino. Es, más bien, un deseo lejano: algo que podría esperarle al fin de los tiempos. La oculta ocupación que se lleva por dentro y que no se alcanza. Se pospone. Se pospone: el momento pasa y no se sabe cómo ha volado el tiempo. Y ya no queda nada.

Tampoco será astrónomo Benjamín de Tudela. Y no será astrónomo porque, en lugar de elevar la vista, algo lo ha distraído entre las sombras de la noche. Una figura de velos blancos aparece y desaparece. Se siente impelido a seguirla y a desatender las explicaciones de Abraham el astrónomo. Esa figura ocultándose le ha recordado los primeros pasos de su viaje, cuando el misterio rodeaba a Alucena y él la desconocía.

¿Pero es que acaso ahora conoce a Alucena? Alucena es otra desde que ha nacido el niño. Él también es otro y es difícil unir los nuevos otros. Alucena se le ha perdido por el camino.

El camino es traicionero. Los pasos no llevan a los pasos y la ruta puede no ser congruente.

Tiempo atrás, cuando descubrió a Alucena, se había propuesto conocer su esencia. Parecía, entonces, que Alucena manifestaba en sí varias esencias, la de Alouette y la de Agdala. Recuerda que encontrarla fue renunciar a la revelación divina y a comprender el sentido de los manuscritos. Fue empezar, entre tientas y luminosidades, a comprender la simple vida por simple vida.

El nuevo Benjamín había creído hallar su puesto en el camino: no como hubiera querido: ser una especie de cabalista o intérprete de la Tradición y de la Recepción, y estudiar los espacios blancos entre letra y letra: sino interpretar los espacios en blanco entre esencia y esencia de Alucena: los encajes en el vacío.

Pero esto lo había ido relegando por el camino: por tanta tierra y mar que había cruzado.

Ahora, en la noche y escuchando las palabras del astrónomo, había vuelto a él el propósito relegado.

En la noche, y por la visión de la figura trasparente, se ha arrepentido de su descuido y de su olvido.

¿Qué hacer?

Por lo pronto, ha causado el silencio de Abraham el astrónomo, quien ha notado que sus palabras caen en pozo sin fondo y que Benjamín no le pone atención.

—Otra noche seguiremos hablando. Veo que mis palabras te fatigan.

—No es eso. He visto una figura entre las sombras.

—Ninguna figura vale lo que el brillo de una estrella.

—Lo dudo. Esa figura puede ser también una estrella. Una estrella caída del cielo.

—Ya no hablamos la misma lengua. Yo hablo con realidades: tú con imágenes.

—Pero eres tú el que conoce la lengua del cielo.

—Claro, y eres tú, el mercader de Tudela, el que conoce la lengua de la tierra. Yo, astrónomo y astrólogo, encuentro la realidad en el cielo, aunque no pueda atraparla. Tú, necesitas rodear las palabras para adornar tu oficio, mientras que yo no.

—¿Aludes a mi oficio como irreal?

—Es un mundo cambiante el tuyo. El mío está ahí: sólo tengo que elevar la vista.

Benjamín bar Yoná vuelve una y otra noche a los campos, pero no de estrellas, sino de figuras elusivas. Los velos y el movimiento aparecen y desaparecen. El astrónomo ya no le acompaña. La nueva figura puede ser la que imagina o puede ser sólo un espejismo.

Empieza una batalla de adivinaciones, supuestos, movimientos esquivos, cercanía pretendida y realidad de la distancia.

Podría atrapar la figura velada: pero siempre llega tarde.

Podría intentar no llegar tarde: pero su voluntad se detiene.
Podría fortalecer su voluntad: pero su paso es tardo.
Podría acelerar su paso: pero su cuerpo se rebela.
Podría dominar su cuerpo: pero su mente se vuelve lenta.
Podría agilizar su mente: pero el sueño le abate.
Podría despertar el sueño: pero duerme en blanco.
Podría sacudir luz y tinieblas: pero no halla la frontera.

Cuando regresa de sus paseos nocturnos, Benjamín se asoma a ver a Alucena y al niño: ambos duermen y tal vez sueñan entre sí. Fatigado sin saber por qué se une a sus sueños.

Durante el día deambula. Observa a Alucena y la ve ocupada con el niño. Lo lava, lo viste, lo carga, le canta canciones, lo amamanta. Todo ello en medio de la serenidad. Y la serenidad se le contagia. Olvida las visiones nocturnas. Lo único importante es contemplar al niño: desde la indefensión: los primeros movimientos sin voluntad: contracciones: espasmos: la columna que no es columna: el frágil cuello: la pesada cabeza: hasta los primeros intentos de coordinación: de movimiento en orden: de todo tipo de sonidos: de gestos: de parpadeos: de llanto: de sonrisa: de bostezo. Viviendo únicamente de lo elemental: de lo que se arrastra: en perpetuo sueño.

Un cerebro en promesa: pero que ya trae la blanca tabla en la que habrán de inscribirse, en complicado entrecruzamiento, las frases de las múltiples lenguas. Todo listo para encontrar su lugar: lo heredado: lo imitado: lo que habrá de aprenderse: los errores y los aciertos.

Benjamín siente el impulso de tener entre sus brazos y pegado a su cuerpo al pequeño ser, a la pequeña extensión suya. Es un calor suave junto al suyo. Es un palpitar inexplicable.

Después de no haber entendido qué es un hijo, ahora le parece que es suyo para siempre.

Entonces, Alucena se convierte en una nueva Alucena. Ella ha portado a ese hijo. Ella le da vida. Ella que antes le había dado vida a él, ahora se la da al hijo.

Es verdad que Alucena no es una, sino muchas Alucenas. ¿Cuándo terminará de conocerla?

Alucena ha sentido la mayor emoción, nunca antes sentida: que Benjamín tenga en sus brazos al hijo. Todo se ha revuelto en su interior. Su hijo se ha convertido en su hijo en ese momento. No sólo en su hijo, sino en el hijo de los dos.

El pequeño ser será único. Ya no los separará, como había temido en un principio: que Benjamín se le iba y que ella huiría.

Tal vez ahora Benjamín vuelva a ella, porque si no lo hace seguirá pensando en huir. No sólo huir. Sino morir.

A la orilla del lago, Alucena toma el sol. Lentas y suaves olas llegan a sus pies. La brisa menea las copas de los árboles. Huele a campo húmedo. A los enamorados los mueve el pensamiento. Benjamín, a su lado, la acaricia.

No importan las noches en vela. Los claroscuros. El rozar de las ramas y las hojas.

Importan los cuerpos en armonía. Las pieles, que luego de la cuarentena, se reconocen de nuevo.

Las pocas olas del lago lamen los pies de los enamorados. Inundan sus cuerpos.

Flotan las telas, los velos, en el agua no profunda.

Los cuerpos se desvanecen. Se deslizan mar adentro. Es la hora de la muerte.

La muerte por éxtasis: comunión de los amantes en sí y en la naturaleza.

Se sabe qué cosa son los elementos: agua: aire: tierra: fuego.

Es un saber sin saber.

Pleno ascenso.

Y claro: descenso.

Muerte en vida.

Vida en vida.

Vida.

En.

Vida.

Luego de flotar, los amantes regresan a la orilla.

El tiempo ha sido recobrado. Borrado y vuelto a escribir.

El tiempo se escribe en la pasión que todo lo olvida.

¿No es al revés?: la pasión borra el tiempo: borra el olvido.

"Sí. Creo que sí."

Piensan todos los amantes del mundo.

XXVI. CAMINO ADELANTE: DAMASCO

ABRAHAM el astrónomo le ha dicho a Benjamín que no sólo el cielo, sino la tierra, guarda maravillas. Han ido a las termas de Tiberias. Allí brotan fuentes de agua caliente y Benjamín se ha bañado.

La historia de Tiberias viene de los romanos que no sólo conquistaban imperios, sino que viajaban de termas en termas para mejor bañarse y relajarse después de las batallas.

Tiberias es lugar de pescadores a la orilla del lago, pero también de tejedores, ceramistas, vidrieros, talladores de madera. Hay quienes guardan como tesoro antiguas monedas romanas que muestran una guirnalda de cañas o un ancla y la imagen de Poseidón o de Higia, como símbolos marinos y de las aguas termales.

Benjamín asiste a la sinagoga de Caleb ben Yefuné y oye relatos de la famosa academia rabínica de la antigüedad donde se compusieron capítulos del Talmud hierosolimitano.

También es conducido al cementerio donde famosos sabios fueron enterrados, como Yojanán ben Zacai y el poeta Yudá ha-Leví, tudelano como él, viajero y mercader, autor del inigualable *Cuzari*.

¿Qué otros cementerios visita Benjamín? El de Taimín o Timnata, donde está la tumba de Simeón *el Justo*. El de Medún o Madón, a tres leguas de distancia, en cuyas cuevas fueron enterrados los rabinos Hilel y Shamai, unidos en muerte, contrapuestos en vida. Y tantos otros sepulcros de discípulos y estudiosos.

Benjamín, fascinado por la muerte, sigue su recorrido de cementerios. Llega a Alma. Se aloja en la comunidad judía y pronto se orienta hacia las tumbas. Le atrae visitar la de Joní ha-Meaguel o el trazador de círculos, la de Simeón ben Gamaliel y la de Yosi el galileo.

Sobre todo, la de Joní el trazador de círculos. ¿Por qué alguien se llama así? ¿Qué oficio es el de trazar círculos? Trazar círculos ¿en dónde?, ¿para qué?, ¿por qué?

Círculos. Círculos como el uróboro. Ni principio ni fin. O tal vez principio, pero no fin: como el viaje del mercader de Tudela.

Círculos como el universo: como el sol: como la luna.

No podrá resolver el misterio.

O sí podrá.

He aquí la historia de Joní ha-Meaguel:

Joní ha-Meaguel y sus actos de maravilla. Trazaba un círculo sobre el polvo para invocar a la lluvia. Se instalaba adentro y dirigía una plegaria a Dios Todopoderoso: "Señor del Universo, Tus hijos me llamaron porque consideran que pertenezco a Tu casa. Juro por Tu Nombre Impronunciable que no me moveré del círculo hasta que no muestres piedad hacia Tus hijos".

Y entonces caía una suave lluvia y parecía un pequeño milagro. Pero no era suficiente. Joní invocaba de nuevo: "No es por estas gotas por las que Te he rezado, sino por agua que llene las cisternas, los diques, las albercas".

Llovía esta vez con mayor abundancia, pero seguía sin ser suficiente. Joní exclamaba: "Tampoco estas gotas han bastado. Te imploro otra lluvia: la lluvia de la benevolencia, de la abundancia y de la generosidad".

Y entonces llovía de manera constante y regular. Los campos florecían y las espigas se doraban. La tierra restañaba sus heridas secas. El ganado olvidaba la sed. Los niños se salpicaban en las fuentes.

Joní el trazador de círculos, trazó también el círculo de su muerte, cuando se le pidió que maldijera y condenara. Sus palabras fueron su sentencia final: "Señor del Universo, Tu pueblo se mata en la guerra y me pide la muerte entre hermanos. Por esta vez no cumplas mis ruegos".

Joní ha-Meaguel fue lapidado y no salió más del círculo que acababa de trazar.

Historia muerta que para Benjamín es viva. Deambular entre muertos y vivos: confundirlos: quién está vivo: quién muerto. El camino siempre por delante.

Siempre por delante el camino. Benjamín emplea media jornada para llegar a Cades, que es Cadesh de Neftalí, y se encuentra a la orilla del río Jordán. El campo está florido. Lirios, mirtos, amapolas, cardos. En las afueras está la tumba de Barac ben Abinoam, que no ha sido abandonada, pues aunque no vivan judíos en la ciudad, los visitantes cuidan de ella.

Desde allí, Benjamín se dirige a Dan, la frontera última de Israel. La ciudad de Dan es llamada Banias por los árabes, derivada del nombre griego Paneas, porque allí se encuentra una cueva que estaba dedicada al dios Pan y a las ninfas. Pero era, sobre todo y mucho antes, la ciudad de Dan, fundada en el valle de Jule, junto a las fuentes del río Jordán, cuyo primer nombre había sido Laish, como consta en el Libro de los Jueces, y cuyos nombres sucesivos cambiarían según las guerras y los conquistadores. Afán inútil de convocar el olvido: al fin el nombre verdadero recupera su espacio.

Benjamín recorre el camino polvoso y se envuelve en su capa. Visita la cueva y reconoce el lugar donde estaba erigido el altar de Mija a quien adoraban los danitas en la época primera. Y sigue por el camino polvoso y se cubre media cara con la capa, para evitar el polvo. Quisiera hallar el ara de Jeroboam que guardaba el becerro de oro e imaginar su trazo estilizado y su cubierta de hojas de plata y oro: los airosos cuernos: el delgado tronco: las patas iniciando un pausado movimiento: antiguo amor por la cercana naturaleza.

Benjamín recorre y evoca: en su interior se le representa lo leído y aprendido en la Torá, para colocarlo ahora en la tierra que pisa: esté o no el altar él lo ve en este rincón de polvo ante su vista.

Se despide, no sin dolor, de la tierra de Israel y del que llama Mar Último, que así le parece el fin del Mediterráneo, mar primero y último para él. Otros mares irá buscando, pero por ahora dejará mar y tierra amados.

Busca otro polvo para sus pies. Otra arena.

Palmo a palmo deja la tierra bienamada. No bienaventurada por las guerras. Sí bienaventurada por las rutas de caminantes que van en busca de desiertos ignotos. Que sólo para ellos se dibujan.

No bien se despide, ya siente el dolor de lo amado-perdido. La inutilidad de la separación. Y el consuelo del libro: su *Libro de viajes* que le sirve para que la memoria no se le escape.

¿Qué cosa es un libro que atrapa los olvidos de Benjamín? ¿Sirven de tan poco una mente, un cuerpo? Así parece: sólo sirve el libro: pequeña materia deleznable: si cuenta con varias copias: eterna.

¿Y las copias del cuerpo: cuáles son? Benjamín lo sabe.

¿En cuanto al alma? No es materia aparte. ¿Materia? Benjamín duda.

Ahora Benjamín reordena su compañía y no se repone de la falta de Farawi y de maese Pedro. Acaricia a Álef y echa de menos a Bet. En las noches cree escuchar el trote de un caballo, pero si se incorpora el silencio es más espeso. ¿Qué podría hacer para abatir su desasosiego? Seguir camino.

Toma el camino de Damasco. A sus espaldas le acompaña el misterioso trote de caballo y le parece reconocer a Bet. Pero si se da vuelta, aun rápidamente, una nube de polvo se desmorona. Recuerda que ya ha sido perseguido otras veces. Decide, ahora, adelantarse y perseguir al perseguidor. Lo dejará pasar. El trote del caballo vuelve a sentirse cerca. Cada vez más cerca.

El caballo pasa y no puede hacer nada por atraparlo ni por distinguir al jinete. Y, sin embargo, algo le dice que son quienes sospecha.

Espolea a Álef y sale tras ellos. El polvo del camino es penetrante y una fina arena de desierto le ciega. Un intenso dolor le obliga a restregarse con furia los ojos. Desliza los pliegues del turbante a medio rostro. Alcanza a la compañía y les pregunta por el caballo y el jinete, pero nadie ha visto nada.

Da media vuelta, decidido a encontrarlos. Avanza a derecha y luego a izquierda, pero en vano. Se detiene para escuchar algún sonido, pero igualmente es en vano. Silencio le rodea. Silencio más silencioso que el silencio.

Cuando quiere regresar con la compañía no reconoce el rastro. Suelta un poco las bridas de Álef para que encuentre el camino, pero Álef no se mueve. Entonces, vuelve a oír el trote del caballo. Álef sacude la cabeza y relincha suavemente. Sí: debe ser Bet. Luego Bet se salvó de la avenida de aguas. ¿Y Asael? ¿Se habrá salvado también? Su cuerpo no apareció. ¿Será Asael?

No. No es Asael. Es Farawi, en cambio. Farawi, por fin.

—Tenías que regresar. Lo sabía. No era posible nuestra separación.

—Bet me vino a buscar y comprendí que tenía que regresar contigo.

Los dos amigos se abrazan desde sus caballos y sin decir nada más se lanzan al galope como solían hacer. Retoman su amor en el punto interrumpido. Sus pechos se expanden con el aire que inspiran y es como una curación de todo mal.

En dos jornadas llegan a Damasco y se deslumbran por la gran ciudad. Es una ciudad encantada, labrada de oro y cristal. Benjamín aparta la melancolía y no duda en escribir en su *Libro*:

Es una ciudad hermosa, grande y circundada de una muralla: tierra de huertas y vergeles en un trayecto de quince millas a la redonda: no se ve una ciudad tan fructífera como ella en todo el país. Hacia ella descienden desde el monte Hermón los ríos Amana y Parpar, pues se asienta bajo el monte. El Amana desciende por medio de la ciudad y las aguas son conducidas por medio de acueductos a todas las casas de los notables, a las calles y a los zocos. El Parpar discurre entre sus huertas y vergeles. Es tierra de mercadería para todos los países. Allí hay una mezquita llamada Yamí Dimasc: no hay construcción como ésta en todo el país. Dicen que fue palacio de Ben-Hadad.

Allí hay un muro de cristal hecho por arte de los encantadores, e hicieron en él tantos orificios como días tiene el año, penetrando el sol a diario por cada uno de ellos, bajando doce escalones, correspondientes a las horas del día.

En el palacio hay casas construidas con oro y cristal, y cuando la gente va rodeando el muro, se ven los unos a los otros, desde dentro y desde fuera, mediando el muro entre ellos. Hay allí columnas recubiertas de oro y plata, asimismo hay columnas de mármol polícromo.

Dentro del patio hay una cabeza de gigante revestida de oro y plata, construida a guisa de fuente: los bordes son de oro y plata y es grande como un depósito: pueden entrar en su interior, para bañarse, como unas tres personas.

Allí, en el interior del palacio, está colgada una costilla del mismo gigante, cuya longitud es de nueve palmos y su anchura dos palmos. Y dicen que él era el rey gigante de los antiguos cíclopes. Su nombre era rey Abramaz, pues así lo hallaron grabado en una piedra, sobre su tumba, y estaba escrito en ella que reinó sobre el mundo entero.

Benjamín, maravillado con Damasco, centro de las rutas de los mercaderes, fértil oasis en medio del desierto, deja volar su imaginación entre la riqueza, los exquisitos vinos y las comidas deliciosas. Descansa y olvida sus pesares. Vende bien y compra mejor. Lanas, tejidos, la famosa tela de damasco, las ciruelas jugosas o bien cristalizadas, el dulce vino de Senir, el sabor y la cualidad de las aguas de los ríos, perfectas para las abluciones, en fin, los frutos todos de la tierra, le han ganado el sobrenombre de antesala del jardín del Edén.

Benjamín le promete a Alucena que se quedarán un tiempo en Damasco, que descansarán y que el niño crecerá tranquilo. Ahora gobierna la ciudad Nur al-Din, rey de los turcomanos, y se han acabado las peleas contra los cruzados. Los judíos prosperan. Hay sabios, hay potentados, hay médicos, hay grandes mercaderes, hay famosos poetas y todo tipo de artesanos. En total habrá cerca de tres mil israelitas. La Academia de Israel tiene como su jefe a Azaría y su hermano Sar Shalom es el presidente del tribunal rabínico. Otros nombres respetados son los del rabino José, que ocupa el quinto lugar de la Academia; el rabino Maslíaj, jefe del orden sinagogal que señala las ceremonias y el procedimiento litúrgico; el predicador Meir, sabio entre los sabios; el rabino José ben al-Falat, fundador de la Academia; el administrador Hemán y el médico Sedequías. Hay también como cien caraítas y unos cuatrocientos cuteos, que aunque viven en paz no se casan entre ellos. Benjamín de Tudela visita a las principales familias. El médico Sedequías lo acoge en su casa y habla con él de muchas cosas. Le menciona los manuscritos y su misión de llevarlos de pueblo en pueblo, de ciudad en ciudad. Sedequías le dice que no ha encontrado mejor lugar para enseñarlos y discutirlos. La Academia los estudiará con cuidado.

Benjamín halla paz y sosiego. Farawi está a su lado y Alucena y el niño están contentos. Gustan de pasear a la orilla del río Barada, donde las palmas reales se mecen al menor viento. Llevan dátiles y nueces para comer y hacen un cuenco con la mano para tomar agua del río.

Después de varias semanas, Benjamín le hace caso a Sedequías y dedica unas horas a repasar con él los preciados manuscritos y a recoger datos para su *Libro de viajes*. Luego, el médico lo lleva con el jefe de la Academia, Azaría. Se sientan en el suelo sobre cojines bordados con hilos de oro y plata y Benjamín vuelve a saborear el espeso café que tanto le ha gustado, servido en pequeñas tazas de porcelana traídas de la legendaria China. Entonces concibe la idea de viajar hasta el fin del mundo. ¿Y por qué no? Éste es el momento en que puede decidirlo. Pero, mientras, escucha la pregunta de Azaría.

—¿Acaso estos manuscritos te han sido encomendados por alguna misión especial?

—Eso es lo que me atormenta. Los llevo y los traigo, se me interroga, pero nadie me habla con claridad. Sé que el esfuerzo debo hacerlo yo, así me lo ha dicho el Ángel de la Verdad, pero estoy perdido entre las palabras, solamente intuyo lo que dicen y la esencia se me escapa. Leo y releo, pienso, medito, invento. Y sigo sin verdaderamente entender. Algo debe haber entre ellas: un mensaje oculto que soy incapaz de descifrar. A veces, por qué una palabra sigue a otra o por qué una califica a otra me parece el mayor de los misterios. Que los verbos se conjuguen de esta o de la otra manera, que indiquen lo ya pasado, lo que sucede en el momento presente, o lo que no sabemos si sucederá en el porvenir, me intriga y no hallo la clave de qué es esta lengua que hablamos. ¿Cómo es posible que algo inexistente represente a la existencia toda? Pero, ¿es inexistente o es existente de por sí, con una vida propia incomparable con la nuestra? Nosotros somos mortales y la lengua no lo es. ¿Cómo ella, entonces, nos representa? ¿Será por eso que nunca llegamos a entenderla, a dominarla, nosotros, de huella efímera? Ella es más poderosa que la muerte: nos sobrevive: nos da aliento: ¿cómo conocerla, si se nos escapa en sierpe de río, en mar ignoto? Si nos enreda, si nos sorprende, si guarda siempre un secreto último. No hablamos. No escribimos. Balbuceamos.

XXVII. LA CARTA QUE LLEGA

—DE ESO se trata: de que apenas balbuceemos —contesta Azaría—. Si no, todo estaría resuelto: sería una especie de paraíso resuelto. Recuerda que la lengua es atributo divino: nunca conocerás la mente de Dios. Por eso, en los manuscritos que portas, sin saber lo que llevas, tampoco entiendes lo que dice. Porque lo que dice es lo que no aparece escrito. ¿No te das cuenta que la capacidad de entender está más allá de un sonido que la circunscribe o de una letra que la dibuja? ¿Aún no has descubierto que el entendimiento carece de límites? ¿Dónde le pondrías fin a la invención? ¿Dónde el alto a la imaginación?

—¿Querría eso decir que debo crear el sentido de los manuscritos? ¿Que debo inventar las palabras, los sonidos y las formas, y hasta los silencios?

—¿No se te ha ocurrido que los manuscritos puedan estar en blanco y no sonar aunque los leyeras en voz alta? ¿O que se escriban y borren instantáneamente?

—Si fuera así, ¿no debería grabármelos en la memoria? Pero entonces, ¿qué haría con las variantes que me han escrito los rabinos a lo largo de mis viajes? Y las que seguirán escribiéndome, ¿cómo haría para preverlas?

—Ése es el sentido de tu viaje: recoger esas palabras que, de otra forma, habrían de perderse.

—Y, sin embargo, hay quienes quieren que se pierdan. Los manuscritos me han desaparecido y han vuelto a aparecer. ¿Cómo sé si no los han cambiado o alterado o falsificado?

—Lo sabes. Lo sabes. El peso en la bolsa de cuero donde los cargas debe ser el mismo: una sola letra que se hubiera trastrocado, la bolsa pesaría más o pesaría menos.

—¿Una letra pesa?

—¡Y cómo!

—¿Qué hacer, entonces, con los manuscritos?

—Eso, ¿qué hacer?

La conversación con Azaría no ha aclarado las dudas de Benjamín de Tudela. Vuelve a repasar los escritos y no encuentra la clave. De pronto, por revelación, comprende una frase: es algo más allá de lo trasmisible: un descenso a tierras ignotas: un viaje sin regreso: algo que quedará entre brumas y el esfuerzo por recobrarlo no avanzará del mismo esfuerzo.

Sueño no reconstruido cuya presencia existe velada. Certeza: pero certeza oculta.

Este no saber que se sabe que es saber. Saber no saber.

Benjamín guarda los manuscritos.

Pasea por las calles de Damasco. Se entretiene en medio de la riqueza de las mercaderías. El trato es sencillo: comprar, vender, ganar, construir, disfrutar. Las transacciones son claras. No hay rodeos ni falsas abstracciones. El mercado es el mercado. Ninguna otra complicación en los mercados que todo lo exhiben sin pesar. Por eso, queda tiempo para cultivar otros frutos. Frutos del peregrinaje. Del pereginaje de la mente que todo lo abarca.

Benjamín no para. Y no parar es una marca del exilio.

Benjamín añora las huellas que se borran. Entre las mercaderías es donde se siente seguro. (Los manuscritos lo orillan.) Entre lo que perece está su asidero. Sólo la muerte es segura. (La vida, no.) Caminar es su distracción: hacia un fin que conoce. Cómo ama la muerte: acopio de tanta vida querida.

Entonces llega la carta. Carta que no esperaba. Carta olvidada. Carta que tardó años en encontrarle. Amante carta.

La carta dice:

Habrán de llegarte mis palabras. Sí. Que pase el tiempo no importará. Prueba de que aguardo. Prueba del ascenso de tus pasos. ¿Recuerdas que adivinaste mi nombre al dármelo por primera vez?

Desde mi ventana veo llegar y partir los barcos. En uno vendrás tú. Salgo cada mañana en que aparece uno nuevo. No pregunto por ti, pero los marineros lo saben y luego tocan a mi puerta: saben, también, que harán el amor conmigo aunque yo les ponga tu rostro.

Así, te amo en muchos como uno. Acaricio las sienes de los marineros como acaricié la tuya. Les preparo la infusión de cáscara de manzana y flores de jazmín por si hubieran de recobrar la memoria y se reconocieran como Benjamín de Tudela, el viajero.

Los marineros olvidan.

¿Olvidaste tú?

Los marineros no saben quiénes son. A todos los llamo Benjamín y no reconocen su nombre.

¿Guardas tú aún tu nombre? ¿No lo has perdido por los caminos?

Nombre que no puede pronunciarse. Nombre de nombres que te señalaría.

Ahora debo advertirte: los marineros conocen muchas historias: dicen que los manuscritos secretos que llevas son tu condena. Que habrán de matarte por ellos. Que nunca se debe llevar papeles. Que la memoria es la guardiana. Que los pases por el fuego, que los empapes de agua, que los vuelvas aire y que luego los entierres. Sólo así regresarás del viaje y de ese tu exilio escogido. Que cada vez te alejas más y más y desconoces cómo retornar. Tus pies sólo se dirigen hacia adelante: ¿olvidaste que tienes espalda?

Cuentan también que por escribir tu *Libro de viajes* no podrás regresar. Es un libro sin fin y recorrerás la tierra sin encontrar reposo. Pesa sobre ti una maldición y para que no se cumpla escribes cada día: si dejaras de hacerlo, morirías.

¿No escribir es morir?

Por eso, ya no espero tu regreso. No quiero tu muerte.

Agdala. Soy Agdala. El nombre que me diste.

Benjamín no necesita leer la carta. Como cuando estuvo con Agdala, sabe de antemano lo que viene.

Benjamín comprende ahora que los manuscritos y su *Libro de viajes*, para él fuente de sosiego y sabiduría, de constancia, inquietan, no son entendidos, no son bien vistos. No.

¿Qué hacer entonces?

Nada. El no podrá dejar de escribir. Escribirá hasta el día de su muerte. Aunque así adelante la muerte.

La carta continúa:

Recogí toda huella que dejaste en Marsella. Doblé tus deambulares. Aun guardé otros papeles, no tuyos sino de Gualterius ben Yamín. Tú no te llevaste todo lo que él había escrito. Tampoco sabías que él había sido mi amante. Y que si yo te encontré y te guié hacia mí fue porque él me lo pidió.

Quería protegerte. Sabía que tenías una misión y que había que reforzar tu voluntad, dada a la melancolía. Porque él también era un melancólico, pero más grave que tú y algún día habría de terminar mal. Vio en ti su reflejo y quiso guardarte de error. Te preparaba como heredero y por eso te encomendó a mí. Pero yo te dejé ir. No cumplí mi parte.

A veces, dejo de hacer lo que debo hacer. Algo me inclina a desdecirme, a cancelarme. Y lo gozo.

Hundirme es placentero. No ayudar. Anular. Borrar.

Intoxicarme con el hachís y alcanzar la beatitud.

Gualterius me enseñó este camino de una sola dirección. Por amor a él lo recorro. Pero ahora me arrepiento de haberte dejado ir. ¿Cómo atraerte a mi lado? Nada más que para hundirnos juntos.

Benjamín no siente nada al leer la desesperación. Él está más allá. Agdala no sabe su imparable necesidad de seguir camino, de no volver la vista atrás. Es verdad que no tiene ataduras: sólo momentáneos intereses. Salvo caminar, que no dejará, y escribir, que tampoco dejará. Una cierta frialdad le permite ser caminante. Ser escritor. Y de los recuerdos sólo escoger determinados: los demás borrarlos. Esos recuerdos determinados escrutarlos hasta el agotamiento. Los otros, arrojarlos: seguramente no valen la pena: para él no han valido la pena.

Ahí está Agdala: en recóndito repliegue de la memoria. Pero, ¿regresar a ella?, ¿para qué? Él no se regodea en lo que ya ha muerto. Agdala fue un paso en su deambular: hace tiempo que no cuenta para él.

Un paso lleva a otro paso. Benjamín no es de los que vuelven la cabeza. Ni un sentimentalismo. Ni una añoranza.

Sólo le atrae lo desconocido. Lo que no existe aún.

La carta no se acaba:

No puedo vivir sin ti. ¿Sabes lo que es eso?

Tal vez no lo sepas, porque hubieras regresado conmigo.

He perdido el sentido.

El sentido de las cosas.

El sentido de mí.

La cordura.

¿Dónde está la cordura?

No duermo.

Y si duermo despierto en el agobiante filo del pavor.

Cansada del vaho del amanecer.

Dormir. Dormir siempre. Que es precisamente lo que no logro.

Oigo hablar tras de las paredes y las palabras no significan nada. Lo que los demás hacen y dicen no me atañe.

Habitas mis entrañas.

Ahí estás: dentro de mí: impúdicamente dentro de mí.

No ser yo: eso es lo que soy: no-yo.

¿Cómo me has cortado en pedazos, dejándomelos aquí? ¿Por qué no te los llevaste?

Yo, que conozco fórmulas, recetas y encantamientos, no encuentro el remedio de mis males. Y ése es el peor mal: el de la melancolía de amar. El de la invasión de la voluntad: el no entendimiento y la constante hiriente memoria.

La única pasión que me domina es la de la memoria. El mayor tormento es el de recordar.

Si te olvidara. Oh, si te olvidara.

("Y yo que te he olvidado, para qué tenías que escribirme, Agdala olvidada. Si yo camino tan bien sin ti y sin nadie. Los que van conmigo son ellos, los que quieren acompañarme y cuidarme. Podrías haberte unido a nosotros: serías una más de mis amantes. Faltaría Alouette. Tu carta me ha hecho recordarla. Alucena-Alouette-Agdala-Alucena-Alouette-Agdala. Que nunca supe si eran tres o una. Cada una con una parte del pacto de amor.

"Agdala, tú permaneciste quieta. De Alouette no sé nada. Ha sido Alucena la que me ha seguido y la que ha tenido un hijo.

"¿Qué será de las otras dos? ¿Qué haré con ellas?
"Yo no quiero la memoria como prenda de dolor.")

Y la carta prosigue: porque la carta no terminará nunca.

Amado Benjamín, no podré llegar a ti. La parálisis me invade. No es sólo la parálisis del alma, sino la del cuerpo. Escribirte ha sido un constante dolor: dedos y manos llevan cuchillas clavadas.

Te escribo entre pausa y pausa del dolor y de la fatiga. Tu pérdida se ha convertido en la pérdida de mi cuerpo. No me levanto del lecho. La parálisis me invade.

No es sólo parálisis de amor. Es parálisis real. Ningún medicamento me consuela. Me han traído de los campos de Hyères el bulbo y las semillas del cólquico para que remedie mi mal, y algo me ha servido. Pero es tan tóxico que es difícil acertar con la dosis.

Amo este mi amor por ti. Copa derramada del árbol de plata. Copa de vino y copa de agua. ¿Cuál de las dos beberá la doncella que sale en busca del doncel? Hay unos sacerdotes de nuevo culto que me visitan y me escriben poemas de razones de amor. ¿Hallaré la mía?

De los altos trigales (que ya no veo), presiento el aire que los mecía. Y ya no sé si los mece.

¿Cuáles son las plantas liliáceas que crecen entre las altas espigas? ¿Cómo era la puesta de sol entre las azules olas?

A mi ventana llegan los cantos de las niñas y el ritmo de sus cuerpos que juegan. Las palmas. Los saltos. Me veo a mí, entonces.

Ni aunque quisieras regresar me encontrarías. Me escapo entre nubes soñadas y tañido de flauta al atardecer.

¿Por qué escribo estas cosas? Yo misma no lo sé. Es como si una campana se hubiera rajado y su sonido ya no fuera el mismo. Que tuviera que seguir tocando y no importara el tañido. Que una especie de armonía vendría al final.

Y todo es por ti. Sé que todo es por ti.

Que escriba o no escriba es por ti. Allí, al fondo del cristal, te espero. Del mar que tanto amas. Y sé que, tarde o temprano, llegarás. A mi lado.

Este saber lo que no se sabe. Amor que todo lo impregna. Puede ser que tú no ames: pero yo sí: por los dos: o por no sé cuántos más.

Aunque yo antes, creí amar, y no lo sabía. Creí desdeñar.

Entre las ruinas. Entre las ramas. Bajo los pinos. Bajo las sombras.

No creas que me puebla el silencio. Al contrario: me despuebla. Es decir, deliro.

Tengo que apretar fuertemente la pluma para poder escribirte. Ya he pensado que si sigo así tendré que amarrármela a los dedos, porque pierdo toda la fuerza. Los músculos se me debilitan día a día. ¿O serán los nervios los que no dan la orden del movimiento? Estoy llena de fallas.

Los sacerdotes del nuevo culto, que dicen que no es tan nuevo, porque son gnósticos de tierras antiguas y lejanas, me preparan el papel y la tinta y afilan las plumas para que pueda escribirte. Me sientan en la cama y mullen los cojines para que me arrellane. Dicen que cuando esté muy mal ellos escribirán por mí. Que yo solamente les dicte. Pero, ¿y si me quedo sin voz?

No querría conmoverte. Si te escribo es para que continúes en tu aprendizaje. Sé que eres un aprendiz sin remedio. Además, ni siquiera sé si la carta te llegará. Y si te importe cuando la leas. Y si la entiendas. Porque lo que yo escribo tú lo interpretarás de otro modo. Del modo tuyo.

Del confuso modo tuyo. Del modo que todo lo cambia: no a la manera de una melodía que pasa de un instrumento a otro, sino de un tono a otro. No sé qué entenderás o qué creerás entender.

He adivinado tu oculto fondo de error. Tu imparable humor. Tu impaciente manera de ser: en alto o en bajo.

Tú, en cambio, nunca habrás pensado así de mí. ¿Me habrás borrado? Es lo más seguro. Agdala: como me llamaste. Ésa soy yo: la que creaste al nombrar.

Si no me nombras, me descrearás. Si tachas las letras sobre mi frente, me desmoronaré. ¿No es ésa una antigua historia?

Qué bien caminaba por los prados y cómo el viento sacudía mi capa. Cómo aspiraba el olor de las flores y de la alfalfa recién cortada. Con qué gusto sentía que el aire puro me inundaba, sin que tosiera, como ahora.

Son muchos los hermanos caritativos que me atienden y ni los marineros me han olvidado. Parece una romería mi lecho de postrada.

El cuarto huele más a flores que al dolor de mis músculos. Abajo suenan las campanillas de los pastores que me traen leche de cabra y un poco de queso, que dicen que me hará bien.

Nada me distrae. Sólo tú.

Sólo tú en el silencio. En realidad, lo que más quiero es que llegue la noche. No porque vaya a dormir. Sino por el silencio.

Me imagino dibujos en las paredes blancas. Veo tu ruta pintada y sé que aún te falta mucho por recorrer. Esto me entretiene y desconozco el ritmo del tiempo. ¿Acaso hay ritmo?

Si hubiera ritmo, estarías aquí. Con tu ritmo: mi ritmo.

¿Qué más contarte? Como si supiera que iba a interesarte. ¿Qué más? El amanecer: ¿te gustaría oír del amanecer?

Pero tú todo lo sabes del amanecer. Hasta del amanecer despertado por el dolor. Que tus dolores de cabeza amanecen contigo. Y los de mi cuerpo también: de cada articulación: de cada músculo que se contrae: de la piel que no soporta el mínimo roce.

Se me resquebraja el cuerpo. Se me anula.

211

El cuerpo que es mi alma. O el alma que es mi cuerpo.

Te comprendo.

Te comprendo en tu lejano atar palabra con palabra, para que eso, por lo menos, no se escape. Que las huellas en el polvo no están. Tu voz es una ilusión que suena. Tus ojos no ven la oculta trasparencia. Oyes la mitad de la sonoridad. Tocas con miedo el invisible espacio que te rodea.

¿Cuál será el camino que sigas? Desde aquí, en el lecho, en dolor constante, quisiera ser tu fuerza. La poca que me queda será para ti. No sé cómo trasmitírtela, si no es por medio de esta carta que algún día habrá de llegarte.

Sería extraño, pero podría suceder, es más, creo que así sucederá, que cuando leas esto que fue escrito en vida mía, yo haya muerto. Pero, ¿no es ése el fin de todo escrito?

Todo escrito nace muerto. Toda palabra en el momento de emitirla ha muerto. Imposible retener el sonido o el rasgar de la pluma: están condenados a seguir adelante: como tú, amado Benjamín, que no puedes detener tu ruta. Tu ruta de mercader del tiempo.

En el tiempo te escribo, pero el tiempo ha sido roto.

Dejemos ya de adorar el tiempo.

¿Y el espacio?

Los tengo confundidos: ¿cómo separarlos?

Deliro. Estoy segura de mi delirio.

¿Cómo se puede asegurar que deliro? ¿No es eso un delirio del delirio? ¿Será que la muerte abre su haz de luz? Así lo creo. Es la clarividencia de la muerte.

La muerte que todo lo ve.

No te escribo para entristecerte. Quisiera explicarte que cuando la enfermedad invade sin remedio, se borra el engaño y la visión penetra hasta donde nunca había penetrado.

Se adquiere, entonces, la única extensa paz.

Paz sobre la punta de las hojas y el polvo incesante. El polvo que no es olvido, sino acumulación de nueva tierra para que fructifique invisible semilla.

Creo que las semillas es algo en lo que debemos insistir.

Las semillas escapan a nuestra imaginación.

Me gustaría, por última vez, desgranar entre los dedos alguna clase de semilla que no hubiera conocido: de algún país ignoto: de esos que tú caminas. Semillas de un árbol de la India o de China, cuyo nombre desconozco.

Desgranar entre los dedos semillas de…

Hasta aquí llega la carta de Agdala. Benjamín sabe que no podría llegar más allá. Su extensión es la exacta. Su interrupción, la esperada. La sorpresa de la vida es la certeza de la muerte. Benjamín amará más que nunca a Agdala. Agdala es ya carne de su carne. La carta la guarda junto al corazón.

"Desgranar entre los dedos semillas de…"

XXVIII. CONSECUENCIAS

BENJAMÍN BAR YONÁ DE TUDELA, luego de leer y releer la carta de Agdala, se siente invadido por una sensación de gozo.

La carta será su secreto: la palabra a la que acudir: la fuerza para seguir en el camino. Alguien que quedó atrás lo recuerda. Alguien le pide que siga y que luego regrese en su busca. Pero, ¿estará viva Agdala? La carta parece una despedida.

Tal vez los límites entre vida y muerte midan el largo de la carta.

Si caminar es creer que se marcha en una dirección, ¿cómo será caminar en la lectura? Mientras ha leído la carta de Agdala, la dirección no ha sido una, sino múltiple. Por todos los radios del círculo, la rosa de los vientos lo ha tocado.

Se ha visto figura ubicua en los lugares y en los tiempos.

Ahora sabe que seguirá y seguirá camino, en compañía o solo. Quien quiera alcanzarle lo hará con la vara de una letra: misterioso signo trazado en frágil papel que viaja sin ser destruido.

También él viaja sin ser destruido, gracias a sus escritos y al peso constante de la bolsa de cuero labrado que lleva colgada al hombro y donde los guarda.

No puede evitar ser un portador.

Es un portador: de todo tipo de escrito, mensaje, noticia.

Carga el peso de la historia sin apenas darse cuenta.

¿O se dará cuenta?

Si Agdala lo sabe, ¿por qué no él?

Pero eso no le preocupa.

En Damasco ha conocido la razón de todo viaje. Ese avanzar sin llegar nunca. Ese inventar otra ciudad más. Otro país. Otra arena. Otro mar. Cómo añora el mar. Ya lo perseguirá de nuevo. Ya lo atrapará.

De pronto, se siente dichoso. ¿Cómo puede sentirse dichoso mientras Agdala muere o está muerta? Pues bien, sí, sí puede sentirse dichoso. Es una compañía que le ha sido regalada. No puede hacer nada ante su muerte, sino aceptarla. Y si la acepta es ya parte completa de él. Mientras vivía se le escapaba y la olvidaba y era olvidado. Ahora ya no. Los fragmentos han reconstruido la imagen total. Como esas antiguas vasijas rotas que recoge en sus paseos por las ruinas con la intención de armarlas pacientemente y de que recuperen la forma perdida.

Es, pues, una dicha.

Dicha perdida. Dicha encontrada.

¿Por qué encuentra siempre consuelo?

Es su deambular encontrar consuelo.

Es su paciencia encontrar consuelo.

Es su capacidad de conocer la vida y de sobrevivir.

Casi ama más a los muertos. Los vivos huyen. Gualterius y Agdala son suyos. Le pertenecen. Asael, embebido por las aguas. André Delabelle, lanceado. Imperturbables.

Pero los vivos lo llaman, lo requieren. Le tiran de la manga: le gritan: ¡despierta!

A veces, despierta Benjamín de Tudela y vuelve a las rutas que no tienen fin. Son los muertos los que lo empujan. Pesan más. Son la prueba de la vida.

Benjamín ha prometido permanecer un tiempo largo en Damasco, pero el camino le llama. No es la vida, sino la muerte, la que pone las manos en su espalda y lo obliga a caminar.

Vuelve a la casa del médico Sedequías porque quiere contarle de Agdala.

—Es inútil —le dice Sedequías—, ella ha muerto y tú seguirás sin volver la vista atrás.

—Pero, ¿qué hago?, ¿qué hago con los vivos? Con Farawi, con Alucena, con el niño.

—Lo que siempre has hecho, hasta que los pierdas.

—¿Es que lo que toco, muere?

—Sí. Lo que tocas. Lo que toco. Lo que tocan los demás, muere. ¿Olvidaste el poder de las manos?

—¿Y tú? ¿No curas con las manos?

—Claro. Yo dije: el poder de las manos.

—No entiendo.

—Es el primer paso para entender.

(Benjamín, ¿por qué no dejas de preocuparte por un rato? Tranquilízate. No pienses. Disfruta nada más.)

(¿Quién me habla?)

(Yo, Benjamín. Tu proveedora de papel.)

(Es decir: ¿quién?)

(Quien te ha provisto de pluma y te ha puesto a caminar. Te ha dado dos caballos, una carga preciosa y muchos amores.)

(Pero me has hecho dudar y sufrir.)

(Bueno, también te he dado alegrías: ¿has olvidado los barcos y tus viajes por mar?)

(No.)

(¿Entonces?)

(¿Cuándo descansaré?)

(Cuando yo descanse.)

(Pero si tú estás ordenándome es porque yo escribí antes.)

(Pero yo me aproveché y eres ahora mi pacto.)

Es decir, Benjamín de Tudela se tiene que aprestar a partir de nuevo. Y no le importa. La verdad es que no le importa. Si no, ya hubiera dicho ¡basta! a sus paseos y a cualquier pluma de escritor, propia o ajena. En fin, es la bien o malhadada fuerza del destino.

Nadie protesta. La compañía recoge sus pertenencias y adelante. Las ganancias han sido buenas: todos están contentos.

En una jornada de marcha llegan a otro vergel. Gilad es tierra extensa y rica, con arroyos, huertas, jardines irrigados por estrechas zanjas que dejan correr el agua para que llegue la cantidad necesaria a cada planta. Allí viven en tranquilidad unos sesenta judíos, regidos por Sadoc, Isaac y Salomón.

Benjamín se detiene lo suficiente para recorrer el lugar y los alrededores, hacer algunas transacciones y descansar en el fresco de los vergeles. Luego se dirige a Salka, donde permanece brevemente y continúa camino a Baalbec.

Baalbec es otra ciudad mágica. Benjamín da el toque de lo extraordinario a los lugares por los que viaja. Se maravilla de las construcciones que sólo por artes extrañas pueden haber sido erigidas. Tal el palacio que mandó construir el rey Salomón para la hija del faraón. En la madrugada despierta y escribe en su *Libro:*

La construcción del palacio es de grandes piedras: la longitud de cada piedra es de veinte palmos y su anchura de doce palmos. No hay nada entre piedra y piedra, diciéndose que no se hizo esta construcción sino por obra de Asmodeo. En la parte alta de la ciudad hay un gran manantial que sale y discurre por en medio de la ciudad, como un gran río, sobre el que hay instalados molinos. Dentro de la ciudad hay huertas y vergeles.

Benjamín sube a la parte alta de la ciudad para contemplar la vista. Bebe agua del manantial y se acerca a ver los molinos. No se cansa de observar el movimiento de las ruedas con su ritmo mantenido y de sentir su combate con el agua: como pisadas de gigante. Así, plantados los molinos firmemente a la orilla del río, parece, sin embargo, que pudieran salir navegando de un momento a otro, entre espumas salpicantes.

El recuerdo de Agdala vuela en el mismo aire que mueve los molinos, en la misma agua sacudida, en las gotas de espuma.

De pronto, Benjamín pierde la calma. ¿Cuál es el sentido de la vida si acaba en la muerte? ¿Por qué tanto afán, tanta construcción, tanto desvelo?

Quisiera apartar esos pensamientos. Nunca ha podido sacar nada de ellos. La vida ha trascurrido y no ha podido detenerla. Ninguna noticia ha sido importante. A veces, creyó que sí, pero era engaño y vanidad. No hay nada en el correr de los días. Salvo la carta de Agdala. Porque es la última que recibirá: está terminada y no podrá modificarse.

¿Qué hace, pues, en el mundo Benjamín? No lo sabe. Le cuesta trabajo seguir con su tarea. Y, sin embargo, su tarea es la única que lo mantiene alerta. Sin ella, se arrojaría a un abismo.

Benjamín de Tudela no cree en nada, sino en los pasos de su caminar. Y esto le desespera. Porque los pasos es el camino hacia la muerte. Y no puede olvidar, como los demás. Y esa presencia es constante. Y, si no, ahí está la carta de Agdala para recordárselo. Si pudiera borrar lo conocido: arrastrarse, nada más. Pero: tiene memoria, desgraciadamente. Y la memoria empuja y es mala compañía. Él, que persigue la memoria en sus escritos y que sabe que sus anotaciones serán la eterna memoria mil años después, la desdice y reniega de ella.

¿O será que el olvido nunca ha existido?

¿Cómo se puede desvivir de este modo?

Farawi ha seguido de lejos la caminata de Benjamín y al verlo sentado a la orilla del manantial sabe que está en uno de sus trances. Poco podrá hacer por él, salvo acercarse lentamente y decirle que es hora de regresar a las faenas cotidianas, las únicas capaces de borrar los pensamientos de la imperiosa muerte. Así le habla:

—Vamos, tenemos que irnos.

—¿Irnos?

—Sí, irnos. A otra parte.

—Estoy cansado. Irremediablemente cansado.

—Por eso, vámonos.

—No, no quiero irme: me quedaría aquí, inmóvil, para toda la vida.

—Sabes que es imposible.

—No, no lo sé.

—Vámonos.

—No, vete tú.

—Sabes que es imposible, sin ti.

—¿Entonces, qué haremos? Cada vez me importan menos las cosas.

—Como si a alguien le importaran. Solamente fingimos.

Descienden Benjamín y Farawi, con un cansancio milenario: el de todas las cosas perdidas y todas las muertes habidas.

Alucena y el niño aguardan, pero no son suficientes para apaciguar el desánimo. Alucena también se cansa y algo tendrá que decidir algún día. No siempre permanecerá a la expectativa. También ella contará su versión de los hechos. ¿Cuándo?

En este momento, dados los desánimos, podría interrumpirse el viaje. Pero aunque se interrumpiera, tendría que continuarse en dirección contraria. Así que la idea de interrumpir no es válida. Claro que sería un retorno veloz, no con la lentitud hasta ahora empleada.

Y, de pronto, hay un cambio inesperado en Benjamín. Rompe su inercia, aparta las vacilaciones y se dirige a Tadmor, que es también Palmira, un oasis en medio del desierto, entre el Éufrates y el Orontes. Punto de intersección de las caravanas. Tadmor, que viene de *tamar*, palma, y que fue traducido a otras lenguas por Palmira.

Tadmor está en la encrucijada de Siria, Canaán, Mesopotamia y Arabia. Punto álgido y rosa de los vientos: en su centro convergen quienes viajan del norte o del sur, del este o del oeste. No sólo las caravanas se dan cita ahí, sino las embajadas diplomáticas, los príncipes de distantes reinos, los grandes comerciantes. Ciudad de intensa vida, de confluencia de culturas.

He aquí que Tadmor o Palmira fue fundada como Baalbec por el rey Salomón y, por lo tanto, ciudad mágica también. Construida con grandes piedras, con palacios y columnas. Ciudad estratégica, fortificada, amurallada. Ahí, Benjamín siente el deseo de unirse a los guerreros judíos, famosos por su valor y por la rapidez de sus actuaciones. Combaten a los cristianos y a los árabes al mando del rey Nur al-Din, y socorren a los ismaelitas, sus vecinos.

Por primera vez, Benjamín quiere hundirse en el centro de una batalla y conocer el instinto de atacar y defender. La contraparte de su melancolía lo lleva ahora a algo inesperado. Le pide a los jefes de la comunidad de dos mil judíos que allí habitan, que lo envíen a pelear. Isaac el griego, Natán y Uziel se sorprenden de la petición. Tratan de disuadirlo: él no es un guerrero y no sabría cómo actuar. Piensan que desvaría. No es posible que quiera salir a guerrear. Y Benjamín insiste: por todos lados donde ha pasado, la guerra era la principal actividad. Cristianos entre cristianos. Cristianos y moros. Moros entre moros. ¿Por qué no probar? Imposible, no le harán caso. No es ése su papel. A lo cual contesta Benjamín: ¿Y por qué no?, es lo mismo que cualquier otro papel. ¿Qué será matar?

Sentir que el cuchillo, que la espada penetra un cuerpo y le quita la vida. ¿Habrá un éxtasis en matar? ¿Un temor primero y luego un placer? ¿Un abismo que no tiene fin y sólo se colma con otra y otra y otra muerte?

¿No era eso lo que sentía André Delabelle? El delirio de la sangre derramada. La muerte en las manos y también la muerte que puede ser recibida. Porque como matas, serás matado. El perdón, en última instancia.

Benjamín quiere sentir el horror. Necesita un sacudimiento para volver a vivir. Pero nadie le hará caso. Son tan etéreos sus conflictos que se diluyen en el aire. Para los demás. Que para él son cruciales.

Claro que eso de ir a pelear no se cumplirá. Se queda entre tantos otros de sus deseos insatisfechos. Hasta ahora, parece que es experto en acumular jaquecas, depresiones, imposibilidades, sueños y manuscritos.

Decide que, en cambio, sería buena cosa volver a hablar con el Ángel de la Verdad. Lo invoca, para ver si así logra algún orden en lo que ya piensa en llamar desvarío.

El Ángel accede y se presenta. Éstas fueron sus palabras:

—Mi querido Benjamín, cuando te elegí para esta tan especial misión, no sabía que iba a significar tal carga para ti. Que estés a punto de enloquecer, me preocupa. Pensé que lo tomarías más a la ligera. Que la perspectiva de los viajes, de las aventuras, del conocimiento de nuevas gentes y costumbres: la belleza de los paisajes, el potente mar, las rutas improvisadas, las sorpresas, los amores: todo, en fin, creí que te entusiasmaría. Pero, ahora, veo que me equivoqué. Lo malo es que, a mitad del camino, no puedo cambiarte por otra persona. O ¿podría? ¿Y si te cambio por otra persona? ¿Si te dejo descansar con Farawi? (Que lo has contagiado a él también.) Pero, ¿a quién mandaría en tu lugar? Déjame pensar, que esto tiene que resolverse.

XXIX. EL ÁNGEL PIENSA

EL ÁNGEL DE LA VERDAD, *Malaj ha-emet,* se aparta para mejor pensar qué hacer con Benjamín de Tudela. Si está a la mitad de su recorrido no puede abandonarlo ahora. Tiene que insuflarle nuevas fuerzas para que siga adelante. Toda la idea del viaje se vendría por tierra. Debe abarcar el mundo existente hasta sus extremos. Los manuscritos llegarán a las más lejanas comunidades.

¿Pero qué hacer con Benjamín el tudelano?

"Sí, piensa el Ángel, debe descansar. Que termine este recorrido de lugares cercanos y luego, en Bagdad, que se quede una temporada larga. Ahí podremos decidir si sigue adelante o si le encuentro algún sustituto. Y pensándolo bien, hasta yo podría ser el sustituto. También sería divertido para mí. Cosa que ha ocurrido: para eso sirven los ángeles: nos gusta ser suplantadores. Luego le instilaría, en sueños, el resultado de mis viajes y él lo escribiría como si lo hubiese vivido. Me parece estupenda idea.

"Claro que también podría hacer algo disparatado: que Alucena, disfrazada de hombre, tomara el lugar de Benjamín. Pero es más complicado: ¿qué haríamos con el niño? Podrían cuidarlo Benjamín y Farawi. O yo me encargaría de él. Nunca he tenido un niño para jugar. Esto sería todavía más divertido. Además de que para el niño sería una experiencia única y todos sus deseos le serían cumplidos. ¿Qué más, qué más se me podría ocurrir?

"Por lo pronto, voy a sustituirlo en estos breves recorridos por lugares cercanos. Que se quede en Palmira, que tanto le gusta. Luego, en sueños, creerá que fue él quien viajó. Así yo probaré caminar un poco y codearme con seres mortales. Ojalá sepa cómo comportarme.

"Viajaré primero a Quiriatín. Total es muy cerca: media jornada de marcha: así me iré acostumbrando a usar las piernas: no es fácil esto del equilibrio. Con razón le cuesta tanto trabajo a los niños aprender a caminar.

"En Quiriatín no hay gran cosa qué hacer. Sólo vive un judío, tintorero de profesión. Hablo con él un rato, me entero de algunos gajes del oficio, como el tener siempre la piel pintada y los fuertes olores que invaden la casa. Después me salgo. Doy unas vueltas. Me hago invisible y penetro en otras casas. No encuentro nada interesante. O por el contrario, son tan complicadas las vidas que ni yo, ni Dios las entendemos. Vuelvo a mi forma humana. Descanso un rato y desde allí, en una jornada, llego a Jamsán, que es donde habitan los zemaritas. Allí viven unos veinte judíos.

"Para ahorrarle más trabajo a Benjamín en otra jornada de camino llego a Jamma, asentada sobre el río Yaboc, que serpentea del monte Líbano abajo. Me distraje, y llegué tarde para evitar el gran terremoto que sacudió la ciudad y que produjo tantas muertes. En un día murieron veinticinco mil personas, y de la comunidad judía, de doscientas personas, sólo quedaron setenta. Cuando hablé con Elí ha-Cohen y los jeques Abu-Galeb y Mujtar no dejaban de mencionar el terremoto. En verdad que me sentí mal de no haberlo prevenido.

"Me marcho apesadumbrado y en media jornada llego hasta Shiza, que es Jasor. Sigo el sistema de Benjamín de dar los dos nombres de las ciudades, para que se reconozcan por el hebreo. De ahí, a otras tres leguas más, entro en Dimín. En dos jornadas, estoy en Jaleb, que es Aram Suba. Ésta es la capital del rey Nur al-Din. Es una ciudad importante, con un hermoso palacio real y una extensa y poderosa muralla. Aquí falta el agua, no hay manantial ni río, pero sus habitantes se las han ingeniado (por medio de mis sueños, no faltaba más) para recoger el agua de la lluvia y en cada casa hay un aljibe. Los judíos, cinco mil de número, están organizados en una comunidad próspera, al mando de Moisés al-Constantiní y el rabino Shet.

"Para no complicar las cosas no he traído los manuscritos, a pesar de que ésa es la misión de Benjamín. Ya veremos cómo resolvemos esto. Benjamín que es el escritor, encontrará la manera.

"No traer los manuscritos me creó problemas, porque las comunidades ya están avisadas de las pesquisas de Benjamín de Tudela y es un honor para sus miembros recibir los textos y discutirlos. Al no traerlos, pensaron que yo era un impostor (con lo cual no estaban muy descaminados que digamos) y no me otorgaron su confianza. Así que las notas de estas correrías no son tan precisas como las de Benjamín. (Ahora Benjamín es el que me va a pedir cuentas.)

"Me he quedado poco tiempo en cada lugar para no levantar sospechas. Partí para Balis, que es Petora, sobre el río Éufrates. Ahí está la antigua torre de Balaán, que se construyó para señalar las horas del día. A Benjamín, aficionado a algo que podría llamarse arqueología, que seguramente se llamará así en los siglos por venir, según puedo prever con mis dotes angélicas, le hubiera encantado y la hubiera descrito mejor que yo. Qué le vamos a hacer.

"En media jornada me dirigí a Sela-Midbara que quedó en poder de los árabes cuando los turcomanos tomaron el país y la gente huyó a los desiertos. Viven en esta ciudad unos dos mil judíos, a cuya cabeza están los rabinos Sedequías, Jiya y Salomón. Me contaron historias sobre el tiempo que vivieron en el desierto y cómo poco a poco fueron regresando a sus casas para no perderlas.

"Después, en una jornada de camino llegué a Raquía o Salja que es la frontera entre los turcomanos y el reino de Shinar. Habitan ahí unos setecientos judíos, dirigidos por Zacay, Nadib el Ciego y José. La sinagoga es muy antigua, de la época en que Esdras ascendió a Jerusalén de retorno de Babel.

"En dos jornadas más llegué a Jarán la Antigua, donde moran sólo veinte judíos que acuden a la sinagoga de Esdras. Aquí estaba la casa de Téraj y su hijo Abram, antes de que fuera Abraham. En el lugar no hay edificación alguna, pero los ismaelitas honran el espacio y acuden a rezar.

"Desde allí me tomó dos jornadas de caminata hasta llegar a Ras al-ayin, que es Cabeza del Manantial, en donde nace el río Al-Kabir o Río Grande, que a Benjamín le hubiera recordado el nombre del Guadalquivir. En este lugar viven doscientos judíos. Y se me olvidó anotar el nombre de los jefes de la comunidad. Cosa que a Benjamín no le va a gustar nada.

"Empleé otras dos jornadas hasta Nesibín, que es una ciudad llena de canales o arroyos que la atraviesan. Ahí habitan cerca de mil judíos. Tampoco anoté el nombre de los rabinos.

"Luego me dirigí a una isla que está en medio del río Tigris y que se llama Yazirá ibn-Umar o Isla de Omar, por el famoso califa. Está localizada a los pies del monte Ararat y sé muy bien que a cuatro millas de distancia es donde varó el arca de Noé. Esto le hubiera gustado a Benjamín, pero no me arrepiento de que siga descansando. Anotaré los datos con cuidado. El arca había quedado sobre dos montañas, por la subida del agua, pero Umar ibn al-Jatab convirtió el arca en una mezquita para los ismaelitas. Cerca del arca está la sinagoga de Esdras, que sigue funcionando hasta hoy, la cual visité. Es un punto de reunión de todos los judíos del país, sobre todo en el día noveno del mes de Ab, fecha de la destrucción del Templo de Jerusalén, cuando acuden a rezar. En la capital de la isla hay cuatro mil judíos, a cuya cabeza están los rabinos Mujbar, José y Jiya.

"De ahí me dirigí a Al-Mosul, que es Ashur la Grande, donde habitan unos siete mil judíos. Entre ellos es muy famoso el astrólogo del rey que se llama José y se le apoda Baraján al-Falak o Maravilla del Firmamento. También conocí al príncipe Zacay, de la estirpe del rey David. Mosul es donde principia Persia, antigua ciudad asentada a orillas del río Tigris y separada de Nínive sólo por un puente. Las ruinas que quedan de Nínive le hubiera gustado conocerlas a Benjamín. Trataré de grabarlas en mi memoria de ángel para describírselas después. Por lo pronto, podemos imaginar su grandeza por la extensión de las murallas, como de unas cuarenta leguas, hasta la ciudad de Al-Bal. Y luego, el río Tigris bordeando las murallas como si fuera una segunda muralla de agua inquieta, de espigas al borde, de insectos, de mariposas de colores, de croar de ranas vigilantes. He recorrido las orillas por Benjamín y ahora pienso que, tal vez, hice mal en no traerlo. Le hubiera gustado: era necesario que él viera estos lugares. Sí, tendré que provocarle un sueño tan vívido que no sepa que no ha estado.

"Visité también dos sinagogas, la de Obadia en Mosul, que es la que edificó Jonás, y la de Najum el elcosita.

"Después crucé el puente y caminé hasta el río Éufrates. Estuve en Rajba, donde habitan dos mil judíos gobernados por Ezequías, Tahor e Isaac. Es una ciudad tan hermosa que quisiera uno quedarse a vivir en ella: es grande, fuerte, amurallada, con huertas y vergeles por doquier.

"Luego viajé a Karkisia o Karkemish. Los judíos que aquí habitan son alrededor de quinientos, a cuya cabeza están los rabinos Isaac y Eljanán.

"En dos jornadas llegué a Pumbedita, que está en la región de Nehardea. La famosa Pumbedita donde se compuso la Guemará que son los comentarios finales del Talmud babilónico. Esto no me lo perdonará Benjamín nunca: que no vaya a poner pie en esta ciudad sabia, sede del conocimiento rabínico, de las antiguas academias que disputaban la supremacía del saber con las de Sura. Sus manuscritos hubieran estado en las manos de los descendientes de los sabios. Hubieran leído directamente los comentarios bíblicos y hubieran hallado alguna solución para las dudas de Benjamín. ¿Qué he hecho? No sé cómo arreglarlo. Me arrepiento de esta suplantación.

"Pumbedita alberga a unos tres mil judíos y los sabios que la rigen son Jen el maestro, Moisés y Joaquín. Están enterrados allí Judá y Samuel y sus sepulcros son venerados. Enfrente están las sinagogas que ellos mismos habían mandado construir. Otros sepulcros importantes son el de Bostenay, príncipe Exilarca, el de Natán y el de Najmán bar-Papa.

"Después viajé a Jadra, ciudad con quince mil judíos, gobernados por Janán, Yabín e Ismael. Y hasta aquí llegó mi jornada. En dos días me acercaría a Bagdad y era demasiado si tampoco le permitía a mi protegido que la conociera por sí mismo. No, era demasiado. Mi suplantación debería llegar a término.

"Lo que tengo que pensar es cómo arreglar este desaguisado. No me queda más remedio que imbuirle en sueños las imágenes de las ciudades y luego que él escriba lo que quiera. Sí. Eso haré.

"Ahora retornaré a Damasco, pero por mi vía etérea y no por los caminos de la tierra. Debo llegar pronto. Y luego, desapareceré."

Mientras tanto, Benjamín, abandonado en su desolación, poco a poco se ha ido reponiendo. Desesperado de sí mismo, sólo le queda volver a la actividad, olvidarse de sí y retomar el viaje.

Despierta en Bagdad y las ciudades intermedias han desfilado como en un sueño. Busca su *Libro de viajes* y ve que no ha escrito nada sobre ellas. Como si alguien le dictara y su mano se deslizara por el papel sin su voluntad, llena página tras página de los sucesos pasados-soñados.

Ahora, en Bagdad, decide quedarse una larga temporada y poner en orden sus asuntos. Se deslumbra por la riqueza de la ciudad y sus bellas construcciones. El califa gobernante es el príncipe Al-Abasi, hijo de Al-Muqtafi, del linaje de Mahoma. Encabeza la religión de los ismaelitas y todos los reyes le rinden pleitesía, siendo como el Papa de los cristianos. Benjamín ha escrito lo siguiente:

El califa posee un palacio de tres millas de extensión. En su interior hay un gran bosque con toda clase de árboles del mundo, frutales y no frutales. Tiene también un zoológico rodeado por un muro. En el bosque hay un estanque, cuyas aguas proceden del río Tigris. Cuando el califa quiere pasearse, divertirse y beber, cazan para él aves y todo tipo de animal, así como pescan peces. Vive rodeado de sus asesores y ministros y es el custodio del Corán. Aprecia mucho a los israelitas y hay entre ellos quienes le sirven. Conoce todas las lenguas y está versado en la Torá de Israel; lee y escribe la lengua santa. No quiere sacar beneficio sino de su trabajo manual, y hace esteras que marca con su sello. Sus dignatarios las venden en el zoco comprándolas los magnates del país, y come y bebe de tales ganancias. Es hombre veraz, creyente, afable con todos.

Los ismaelitas no lo pueden ver más que una vez al año. Los peregrinos que vienen de país lejano para ir a La Meca, que está en tierra de Arabia, piden ver su faz y claman enfrente del palacio: "¡Señor nuestro, luz de los ismaelitas y esplendor de nuestra Ley, muéstranos la claridad de tu faz!" Y no hace caso de sus palabras. Vienen sus ministros y le dicen: "Señor nuestro, extiende tu saludo a los hombres que vienen de lejana tierra, que están prestos a cobijarse en la sombra de tus bondades". En ese momento se levanta y deja caer, desde la ventana, el extremo de su manto, y vienen los peregrinos a besarlo. Entonces les dice otro ministro: "Id en paz, pues ya os saludó nuestro señor, señor de los ismaelitas". Él es a sus ojos como el mismo Profeta y se van a sus casas contentos y alegres de corazón.

Cada miembro de la familia califal tiene un palacio en el interior del gran palacio, pero permanecen presos y encadenados, con guardianes a las puertas de sus casas para que no se levanten contra el rey, pues hubo una vez en que eso ocurrió y lo mataron, escogiendo rey entre ellos. Por eso se dio un decreto de que los miembros de la familia califal fuesen encarcelados. Cada uno permanece en su palacio, con gran honor, y poseen aldeas y ciudades, cuyo tributo les traen sus funcionarios. Comen, beben y se solazan toda su vida.

En el palacio del gran rey hay enormes edificios de mármol y columnas de plata y oro, así como ornamentos con piedras preciosas engastadas en las paredes. En su palacio hay mucha riqueza y torres colmadas de oro, ropajes de seda y toda clase de joyas.

El califa no sale de su palacio más que una vez al año, en la fiesta que los ismaelitas llaman Id Bada Ramadán o la fiesta después de Ramadán. En ese día vienen de países lejanos para ver su rostro. Monta una mula y viste ropajes regios hechos de oro, plata y lino; en la cabeza lleva un turbante con piedras preciosas de incalculable valor. Sobre el turbante lleva una pañoleta negra para simbolizar su humildad ante las cosas del mundo, como diciendo: "Ved, todo este honor lo cubrirá una tiniebla el día de la muerte". Acuden a él todos los jefes ismaelitas vistiendo hermosos trajes, y montan caballos los príncipes de Arabia, Turkmenistán, Daylam, Persia, Guzz y del país de Tibet, que está a tres meses de marcha, al oeste de Samarcanda. El califa va desde su palacio hasta la Gran Mezquita, que está en la puerta de Basora, que es la mayor mezquita de los ismaelitas. Por el itinerario que recorre hasta la mezquita, todos los muros están revestidos con mantos de seda y púrpura. Hombres y mujeres se encuentran en las plazas con toda clase de música, cánticos y danzas, ante el rey que llaman Al-Jalifa o el sucesor de Mahoma. Lo saludan diciendo: "La paz sea contigo, nuestro señor el rey, luz de los ismaelitas". Él besa su manto y les insinúa un saludo con su manto, sosteniéndolo con la mano.

Benjamín de Tudela hace una pausa en su escribir, sorprendido de su velocidad y de la manera imparable de poner palabra tras palabra. Como si le fueran dictadas por un ángel.

(El Ángel de la Verdad piensa: "Lo logré, no ha notado mi suplantación. Que siga escribiendo frenéticamente.")

XXX. BENJAMÍN SIGUE INSPIRADO

LO QUE vive Benjamín en Bagdad es tan fantástico que su pluma corre a velocidad imparable. No se ocupa de nada más que de escribir, luego que ha recorrido intensamente la ciudad y que le ha tocado ver las fiestas mayores. No olvida anotar ningún detalle. Su relato es minucioso. Sigue adelante en su *Libro:*

Luego de su caminata, el califa se vuelve hacia el atrio de la mezquita, sube a una torre de madera o alminar y predica la Ley del Corán. Los alfaquíes ismaelitas se levantan y rezan por él y le ensalzan por su mucha grandeza y piedad, y todos responden: "Amén". Luego les bendice, traen ante él un camello y lo degüella —siendo éste el sacrificio de su Pascua— y lo entrega a sus ministros, quienes dan parte de él a todos los habitantes del país, para que gusten del animal degollado por la mano de su santo rey. Tal cosa les alegra.

Después sale de la mezquita y va a la orilla del río Tigris, él, solo, hasta su palacio; los nobles ismaelitas van embarcados por el río, frente a él, hasta que entra en el palacio, porque no regresa por el camino que fue. Ese mismo camino que hay a la orilla del río está custodiado durante todo el año para que no vaya ningún hombre por el mismo sitio que pisara la planta de su pie. Y ya no sale de su palacio en todo el año. Es un hombre piadoso.

Ha hecho un palacio al otro lado del río, en la orilla de un brazo del Éufrates, que está al otro lado de la ciudad, y construyó allí grandes casas, zocos y alhóndigas para los pobres enfermos que vienen a curarse. Hay allí como unas cincuenta boticas y todas tienen bálsamos y todo cuanto necesitan de la casa real. Todo enfermo que allí va es atendido con el dinero del rey, y le medican.

Hay también un palacio que llaman Dar al-Maristán o casa de los enfermos, que es donde encierran a los dementes que se encuentran en la ciudad, a causa del calor. Cada uno está sujeto mediante cables de hierro, hasta que recobran la razón, en invierno. Todos los días que están allí son mantenidos por la casa real. Cuando recobran la razón se les despide, y cada cual vuelve a su casa y a ocupar su cargo.

Le dan dinero a quienes han permanecido en las alhóndigas cuando regresan a sus casas y a sus cargos. Mensualmente, los funcionarios del rey los interrogan y examinan, soltándolos si han recobrado la razón, para que prosigan sus caminos. Todo eso hace el rey, por caridad, a todos los que vienen a la ciudad de Bagdad, tanto enfermos como dementes. El rey es hombre piadoso y sus acciones son bien intencionadas.

Benjamín, como conocedor de las artes médicas, visita las boticas para saber qué medicamentos tienen. Logra ser admitido en el hospicio de los locos y observa su comportamiento. Nunca antes había visto algo semejante. El enredo, el ruido, los gritos o el silencio súbito. Las gesticulaciones o la inexpresividad. La exultación o la melancolía. La confusión y la claridad. La incongruencia y la lucidez.

¿Qué creer de un mundo tal? ¿Están locos los locos? ¿Hay orden en su desorden? ¿Creación en su caos?

Benjamín camina entre los encadenados y uno de ellos le advierte:

—Cuidado, no te quedes mucho aquí. Te confundirían. Vete, vete ya.

Y a su voz, los demás encadenados gritan:

¡Vete, vete ya! ¡Vete, vete ya!

La algarabía es insoportable y los guardias empujan a Benjamín hacia la salida, diciéndole:

—¿No quieres quedarte aquí, verdad?

Benjamín ha sentido miedo. ¿Dónde está la línea divisoria? ¿Quién la marca? ¿Qué camino o qué frontera se pierden? Es un viaje que le tienta, pero que no quisiera emprender. Quizá porque lo ve cercano.

Benjamín recorre la ciudad. Una ciudad grande, de diez millas a la redonda. Con palmeras, huertas y vergeles como no los hay en el país entero de Shinar. A ella vienen viajeros de todo tipo y hasta del más recóndito lugar del mundo con mercaderías, piedras preciosas y telas de suave caída. En ella hay hombres sabios, filósofos, conocedores de toda ciencia y magos expertos en sutiles encantamientos. Instalan sus tiendas y exhiben su arte y su saber, sus objetos y sus valores. Lo que se mide y se pesa en especies y en palabras.

Benjamín el tudelano se ha detenido ante una tienda de tela de seda blanca con filamentos de oro: en el centro hay una mesa de caoba cubierta con tapiz carmesí de hilo labrado de la China sobre la que descansa una copa de alabastro con una esmeralda en el medio. Mirándola con atención, Benjamín descubre la talla de un uróboro y le parece idéntica a la que Alouette había dejado sobre la almohada después de pasar la noche con ella.

Se acerca para verla con atención y una mano más blanca que el marfil la arrebata de su vista. Pero no puede ver a la persona que escapa entre velos y tules. Sin pensarlo dos veces, se lanza tras de ella. La tienda da a un estrecho pasadizo de altos muros de piedra y sahumadores colgantes. Se siente asfixiado entre el humo y el perfume. No distingue el camino, pero sus pies siguen moviéndose. Empieza a toser y, al poco rato, cae desmayado.

El sonido suave de un laúd lo despierta. Su cuerpo está totalmente relajado, su mente no piensa, ha perdido la voluntad.

La música suena intermitente. Ni siquiera puede incorporarse para averiguar de dónde procede. Ni siquiera lo intenta. Cae en somnolencia. Una mano acaricia su frente y enreda los dedos entre sus cabellos. Siente un gran gusto, un placer deslizado. Quisiera no abrir los ojos. Unos labios lo besan en los labios y una lengua se abre camino hacia su lengua. Saliva más dulce que la miel. Un leve roce intencional en la mejilla, de pestañas que cosquillean su piel.

Los brazos y las manos comienzan a reconocer cada tacto de cuerpo vibrante. Las piernas se envuelven entre sí. Se montan. No hay luz, porque la luz es interna. Total olvido. Total relegamiento.

Los humores fluyen de un cuerpo al otro. Por huir es la huida de sí. Es el encuentro de una puerta que da a otra puerta que da a otra puerta. Sí.

Benjamín parece recordar. Que ya hubiera vivido esto. Visto, sentido, gozado. Años atrás. Recuerda. Recuerda. ¿Dónde?

Abre los ojos, en la penumbra. Poco a poco su pupila se adapta. Un cuarto parecido a éste también lo recuerda. ¿Dónde?

Los ojos descienden. Los ojos encuentran otros ojos cerrados. Los ojos cerrados parpadean. Los ojos se abren. ¿Será? ¿Será ella?

¿Alouette?

¿Alouette, la nieta del alquimista?

¿De Benois *el Viejo?*

Años atrás en Narbona. En la casa del alquimista, donde había oído música de dulzaina. (Ahora de laúd.) Y los ojos. ¿Los ojos serán los ojos? Esos ojos de Alouette que eran los de Alucena. Esa confusión de ojos. Que ahora, de nuevo, le parecen los de Alucena. ¿No será Alucena que le pone una trampa?

—¿Eres Alouette?

—Tienes buena memoria, pero no entiendes nada de nada.

—Eso mismo me dijiste en Narbona.

—Benjamín bar Yoná no eres el iniciado.

—Te repites, Alouette, eso mismo dijiste en Narbona.

—Y tú, Benjamín bar Yoná, también te repites, a causa de tu memoria.

—Alouette, ¿ya no tocas la dulzaina, es ahora el laúd?

—Olvida tu memoria, ¿de qué te sirve?

—Para evitarme sorpresas.

—¿Y que esté aquí tampoco te causa sorpresa? ¿Que te haya atraído con la misma facilidad y el mismo señuelo de Narbona? La copa del uróboro. Que siempre se te escapa.

—Entonces, ¿sí eres Alouette?

—Alouette soy.

—Cuéntame.

—No, yo no soy nostálgica como tú. No te contaré nada. Lo que importa es que te he encontrado. He seguido tus huellas: era fácil hacerlo: por donde pasaba te recordaban y sabían hacia dónde te dirigías. ¿Y si hubieras tenido que disimular, que hacer labor de espía? ¿O si huyeras de alguien: de mí? Ingenuo eres, por eso no eres iniciado.

—¿Qué importa si soy iniciado o no? ¿Por qué te preocupa?

—Porque, y esto es lo único que te diré del pasado, mi abuelo,

231

Benois *el Viejo*, antes de morir, me pidió que te buscara, porque tú eres el dueño de la copa de alabastro.

Benjamín lo único que quiere es volver a abrazar a Alouette. Cerrar los ojos de Alouette y recorrer la suavidad de su piel. Parecía que su sensualidad hubiera estado dormida y que Alouette la despertara. El deleite de Alouette es el deleite suyo y el olvido de los cuerpos es en uno solo. No llega el fin de la separación e imantados pierden el miedo.

Porque es atracción y es miedo. Es un fin sin fin. Es metales que se funden y humo de la sublimación. Éxtasis. Grados de la escala. El conocimiento adquirido: perfecto uróboro. Revelación de la bondad alcanzada. Manuscritos entregados al fuego. Fuego que purifica. Viento que aviva el fuego. Agua que penetra la tierra. Tierra en fuego. Viento en agua. Los cuatro elementos por fin abarcados.

No se sabe cómo ocurre el desprendimiento. Los suaves sexos humedecidos resbalan en la perfecta temperatura tibia. En el abandono brota la paz. Último jugueteo desmadejado.

Así la gran unión es la Gran Unión de la naturaleza en su afán de crear. En ese momento, Benjamín de Tudela vislumbra la culminación de su *Libro de viajes* y de su *Libro de sueños*. Todo lo que aún le falta por escribir se le presenta en un panorama iluminado de letras inatrapables que se van conformando en palabras que vuelan y las palabras en líneas que saltan y las líneas en páginas sueltas y las páginas en libros que huyen, que huyen y que, por más que extienda la mano Benjamín, no quedan a su alcance. Sin embargo, sabe que el *Libro* ha sido escrito. Falta descubrirlo.

Alouette recibe la señal del *Libro* en forma de música. Las melodías de la dulzaina y las melodías del laúd son el ritmo del orgasmo acoplado. La misma palabra es la unión de la copla y de la cópula. La Palabra Única. La Música Única. La Copla. La Cópula.

La armonía de las esferas por fin es comprendida.

La unión de los cuerpos universales.

Lo de abajo y lo de arriba, intercambiable, son los cuerpos humanos de esta tierra y los cuerpos celestes del firmamento.

—Todo por Alouette regido —dice Benjamín. Y Alouette asiente.

—Es en este momento cuando das el primer paso de los iniciados —dice Alouette. Y Benjamín asiente.

Pasarán días de plata en el palacio de oro de Alouette. Alouette enseñando, Benjamín aprendiendo.

—He aquí tu decálogo:
Borrarás la melancolía.
Comprenderás lo escrito.
Amarás a Alucena.
Sabrás quién es Farawi.
Jugarás con tu hijo.
Le darás por nombre Daniel: el que es juzgado por Dios.
Terminarás tu viaje.
Terminarás tu *Libro*.
Habrás escrito la historia.
Regresarás a Tudela. O, ¿tal vez, a Narbona?

—Gracias, Alouette, por poner un orden tan sencillo en mi vida.
—No te engañes, tudelano, que más que sencillo es claro, y no siempre lo claro es fácil de cumplir.
—Claro.

Con semejante empresa, Benjamín se da a la tarea de ordenar su vida. ¿Será posible cumplir esos preceptos? El primero es el más difícil y lo dejará para el final. ¿Separarse de su melancolía? ¿De su amada melancolía? Sólo si cumple los otros nueve preceptos.

¿Comprender lo escrito? Eso sí que es difícil.

¿Amar a Alucena? Eso sí que es agradable. Pero, ¿sabe él amar?

¿Quién es Farawi? Todavía no lo sabe y no sabe si lo sabrá alguna vez.

¿Jugar con su hijo? Tarea divertida y a la cual aún no se había dedicado.

¿Nombrarlo Daniel? ¿Cómo no se le había ocurrido antes, en lugar de llamarlo el niño o el hijo?

¿Terminar el viaje? Bueno, eso sólo si Dios lo permite.

¿Habrá escrito la historia? ¿Qué historia? ¿La suya o la de los demás?

¿Regresar a Tudela? Eso también depende de su suerte, de lo que esté escrito por Dios.

De pronto, Benjamín se derrumba: haber entrevisto la copa del uróboro le ha traído más problemas de los que se imaginaba. Haber aceptado el plan de Alouette, peor aún. Decide no hacer caso del orden y empezar por la fácil. Amar a Alucena y jugar con el pequeño Daniel.

Cuando llega con Alucena, los ojos de ella y los de Alouette son los mismos. Su piel es la misma. La melodía que toca en el laúd, la misma. No pregunta y acepta. No quiere enredarse más.

La ama como amó a Alouette y ninguno de los dos se sorprende.

Luego, le dice que traiga a Daniel y juegan entre los tres.

Se ríen y balbucean. Exploran el cuarto: todo lo tocan y todo preguntan qué es. Pequeñas nuevas palabras se forman y hablan como lo fue en el principio de la lengua y de la creación.

Es risa tras risa tras risa. El aire es ligero: un tono azul trasparenta las cosas.

XXXI. BENJAMÍN HACE HISTORIA

BENJAMÍN regresa a su trabajo de historiador de las comunidades judías y cuenta de Bagdad, entre otras cosas, las siguientes:

Hay allí en Bagdad como unos cuarenta mil judíos israelitas, y permanecen en calma, tranquilidad y honor bajo el poder del gran rey. Hay entre ellos grandes sabios y jefes de academias, ocupados en la Torá. Hay en la ciudad diez academias. El jefe de la Gran Academia *Gaón Yacob* es el maestro y rabino Samuel ben Elí. Es levita y su linaje viene de Moisés, nuestro maestro —la paz sea con él—. El jefe de la segunda academia es el rabino Jananías, su hermano, lugarteniente de los levitas. El rabino Daniel es el fundador y jefe de la tercera academia. El rabino Eleazar he-Jabber, *el Erudito*, es el jefe de la cuarta academia. Encabeza la quinta el rabino Eleazar ben Sémaj, jefe del Orden, que está emparentado en linaje hasta el profeta Samuel ha-Corjí. Él y su hermano saben entonar los cánticos como lo hacían los cantores en el tiempo que existía el Templo. El rabino Jasdai, *gloria de los sabios*, es el jefe de la sexta academia. El rabino Jaggai es el jefe de la séptima academia. El rabino Esdras, jefe que llaman *misterio de la academia,* es el jefe de la octava academia. El rabino Abraham, llamado Abu-Tahar, es el jefe de la novena academia. Y el rabino Zakkai ben Bostenai, *el Príncipe,* es el jefe de la última. Se les llama *los diez ociosos* o *batlanim,* porque no se ocupan de otra cosa más que de las necesidades comunitarias. Todos los días de la semana administran justicia a todos los judíos del país, excepto el lunes, que acuden todos ante el rabino Samuel, el jefe de la academia *Gaón Yacob.* Y el jefe de la academia se pone a administrar justicia, junto con *los diez ociosos,* a todos los que acuden a ellos.

A la cabeza de todos ellos está Daniel ben Jasdai, llamado nuestro señor el Exilarca de todo Israel, quien desciende de la casa del rey David. Los judíos le llaman *nuestro señor, jefe de la Diáspora,* y los ismaelitas *Said-na ibn Daud.* Tiene gran autoridad sobre todas las comunidades israelitas del señor Príncipe de los creyentes, señor de los ismaelitas, pues así lo ordenó Mahoma a sus descendientes; y le hizo un sello de autoridad sobre todas las santas comunidades que viven bajo el dominio de su Ley. Así ordenó que todo ismaelita, judío o cualquier gente de su gobernación, que se levante ante él y le salude, y todo aquel que no se levantare ante él, le golpeen cien azotes. Con él van jinetes gentiles y judíos cuando va a ver al gran rey, proclamando ante él: "¡Haced vía a nuestro señor Ben David, como le corresponde!"

Monta un caballo y viste ropajes de seda y encaje, y un gran turbante en la cabeza, sobre el turbante una gran pañoleta blanca con una cadena que lleva grabado el sello de Mahoma. Viene ante la presencia del rey, le besa la mano y el rey se levanta ante él, le hace sentar en un trono que Mahoma ordenara hacer para él, en su honor, y asimismo todos los reyes ismaelitas que vienen a ver al rey se ponen en pie delante de él. El Exilarca se sienta en su trono, enfrente del Califa, pues así lo ordenó Mahoma, para que se cumpliese la Escritura: *No se apartará el cetro de Judá ni el legislador de entre sus pies, hasta que venga Shilo, y a él se congregarán los pueblos.*

Benjamín se admira de la magnificencia y del respeto que rodean al Exilarca. Su autoridad se extiende sobre las comunidades israelitas de Shinar, Persia, Jurasán, Shaba, que es Al-Yemen, Diar Kalach, que es Bekr, todo el país de Aram Kahrayim o Mesopotamia, y los habitantes de los montes de Ararat y de las tierras de Alania.

Viajeros procedentes de estas tierras lejanas de Alania le cuentan a Benjamín de Tudela que es un país rodeado de montañas, cuya única salida son las llamadas Puertas de Hierro que hizo Alejandro *el Grande,* pero que están destruidas. Éste es el país de Siberia y de Georgia y nunca antes había sido mencionado. Benjamín anota con cuidado los nombres en su *Libro de viajes* y continúa preguntando detalles, por si fuera a encaminarse por esos lugares.

También le cuentan que sus habitantes son los gurganos, asentados sobre el valle del río Guijón, llamados también guirgasitas, y practicantes del nestorianismo.

El poder del Exilarca llega hasta las puertas de Samarcanda, el país del Tíbet y tierras de la India. Las comunidades de estos lugares acuden a él para designar rabinos y chantres. Le traen regalos y presentes de todas las partes del mundo, de uno a otro extremo.

Posee alhóndigas, huertas y vergeles en Babilonia y muchas heredades de sus antecesores que nadie le podría quitar por la fuerza. Es el hombre más rico y poderoso que ha conocido Benjamín bar Yoná en el mundo judío. Recibe cada semana tributo de las alhóndigas, de los zocos, y de los mercaderes que comprenden su jurisdicción. Mas sus riquezas no son nada comparado con su sabiduría y sus conocimientos del Talmud y de la Torá. Su generosidad es proverbial y en su mesa comen diariamente todos los que se presentan.

Cuando el Exilarca ha sido elegido, gasta mucho dinero en ofrendas al rey, los ministros y los lugartenientes. Cuando el califa lo confirma, es llevado en el segundo carro real desde la casa palaciega hasta la suya, acompañado de danzantes al son de tamboriles y pífanos.

Benjamín nunca pudo imaginar cosa semejante en los reinos cristianos y su asombro crece día por día. ¿Le creerán a su regreso a Tudela cuando cuente estas historias maravillosas? Benjamín toma la pluma de nuevo y escribe:

Los judíos de la ciudad son sabios y muy ricos. En la ciudad de Bagdad tienen los judíos veintiocho sinagogas, entre Bagdad y Al-Korj, que está al otro lado del río Tigris, pues el río divide la ciudad. La sinagoga mayor del Exilarca está construida con columnas de mármol polícromo, recubiertas de oro y plata, y en las columnas hay letras de oro con versículos de los Salmos. Delante del estrado hay unos diez escalones de piedra marmórea y en el superior se sienta el Exilarca con los príncipes de la casa de David.

Son los tiempos del califa al-Muktafí, cuando los judíos gozan de sus leyes y derechos. Florecen las artes y las ciencias. Son famosos los médicos y los poetas, los orfebres, los perfumeros, los mercaderes, los herreros, los talabarteros. Todos viven en paz y en prosperidad. Cuando oyen de boca de Benjamín la opresión que se sufre en los reinos cristianos, dan gracias de vivir en libertad y se entristecen por sus correligionarios en desgracia y humillación. Le dicen a Benjamín que de regreso a su tierra de Navarra no olvide contar su buena suerte y de invitar a quien quiera participar de ella.

Si no fuera que la misión del tudelano es la de viajar sin parar, hubiera pensado más de una vez en quedarse él mismo a vivir en Bagdad. Lo que sí se siente tentado de hacer es dejar a Alucena con Daniel en casa de alguno de sus buenos amigos recién adquiridos. Pero, al proponérselo, ella no lo ha aceptado.

—No, Benjamín, no puedo quedarme y menos ahora, que has decidido ser parte nuestra. Si nos separásemos ya no volveríamos a reunirnos. Te queda tanto camino por recorrer que ni tú sabes cuál será ni qué ruta tomarás para el regreso. No quiero perderte, ni que el niño te pierda. Si hasta ahora hemos sorteado los peligros, seguiremos igual en adelante. Además, quién sabe si al final no sea yo la que revise tus manuscritos y la que anote la última versión.

Farawi disfruta Bagdad. Ama la ciudad bullente. Se pierde entre las callejuelas y los grandes palacios. Escoge lugares recónditos y a la sombra de los huertos, para luego llevar a Benjamín y hablar como ellos suelen hacerlo.

—Ve como nuestros pueblos pueden amarse. Aquí nos podríamos quedar. Viviríamos en paz y tranquilidad. Este aire que sopla en el huerto está hecho para nosotros. Y este perfume de frutos es más que deleitoso. El tiempo que hemos estado aquí ha sido bien aprovechado. Los negocios, inmejorables; tu salud no se ha quebrantado; Alucena está más hermosa que nunca; Daniel crece fuerte como una palmera. Y nosotros nos amamos. Hasta Álef y Bet relinchan de gusto. ¿Qué más puedes querer?

—Sabes que no puedo detenerme. Aunque ahora he recobrado fuerzas y ánimos, los necesito para seguir adelante. Mi viaje no concluirá sino con el regreso a Tudela. Y ese regreso no lo veo claro, no sé por qué. Como si al final fuera a suceder algo. Por eso quiero seguir adelante.

Parten todos a Gaziga, llamada Rasán, que es una ciudad grande y habitada por cinco mil judíos. Es el lugar de la sinagoga de Rabbá, sabio que se menciona con frecuencia en el Talmud. Él está sepultado allí y bajo su tumba hay una cueva donde yacen los sepulcros de doce de sus discípulos.

En una jornada más, llegan a Babel. Benjamín es el primer viajero de Europa que da noticia de las ruinas de Babilonia, con estas palabras de su *Libro:*

Babel la Antigua está en ruinas, las cuales tienen una extensión de treinta millas. Todavía se encuentra allí el palacio derruido de Nabucodonosor, y los hombres temen entrar en él debido a las serpientes y alacranes que hay en su interior. Cerca de allí, a una milla de distancia, viven tres mil israelitas, que rezan en la sinagoga Alyiat Daniel —la paz sea con él—. Es la antigua camerata que edificara Daniel, construida con piedras talladas y ladrillos. Entre la sinagoga y el palacio de Nabucodonosor está el lugar del horno ígneo donde fueron arrojados Jananías, Misael y Azarías, que es profundo y conocido por todos. Y es el valle de Dura.

Benjamín levanta la pluma, interrumpe su escritura y piensa un rato en la historia de los tres piadosos judíos que prefirieron la muerte antes que adorar el ídolo construido por Nabucodonosor. Cómo lo abstracto puede tener más fuerza que lo concreto. Lo oculto ser más poderoso que lo manifiesto. La imagen mental sobre la realidad. El Dios que no se representa por ningún signo material ser más preciso que aquel que es representado por la forma de una estatua.

Benjamín baja la pluma y continúa escribiendo. Relata que desde allí hay cinco leguas hasta Jila, donde viven unos diez mil israelitas. Escribe también los nombres de las cuatro sinagogas: la del rabino Meir, enterrado frente a ella; la del rabino Mar Quesisa, también enterrado frente a ella; y la de los rabinos Zeirí bar Jama y Mari. Los fieles acuden a rezar todos los días.

Luego, Benjamín describe la Torre de Babel. Encuentra el lugar descrito en Génesis 11,7, donde se confundieron las lenguas por castigo divino. La construcción está hecha por ladrillos llamados *ayurra* en árabe:

La longitud de su basamento es como de unas dos millas, su anchura como unos cuarenta codos y su longitud como unos doscientos codos. Cada diez codos hay caminos, y por ellos se sube, en espiral, hasta arriba, viéndose desde allí una extensión de veinte millas, pues el país es llano. Desde los cielos cayó fuego en su interior partiéndola hasta lo más profundo.

Benjamín menciona de pasada la ciudad de Cafrí y la sinagoga de Nafaja. Pero cuando llega a la sinagoga del profeta Ezequiel, a orillas del río Éufrates, ahí sí se entretiene describiéndola:

En el lugar de la sinagoga hay como unas sesenta torres, en cada torre una sinagoga y en el atrio de la sinagoga mayor está el estrado y detrás de aquél está el sepulcro de Ezequiel, sobre el que hay una gran cúpula de muy hermosa construcción, edificada en la época antigua del rey Jeconías, rey de Judá, y los treinta y cinco mil judíos que vinieron con él cuando lo sacó de la cárcel Evil-Merodac. Este lugar está sobre el río Jebar, por un lado, y por el otro el río Éufrates. Los nombres de Jeconías y de todos los que vinieron con él están grabados en la pared, encabezados por Jeconías y finalizando por Ezequiel.

Benjamín continúa describiendo este santuario y cómo vienen los devotos desde lejos para orar en Año Nuevo y en Yom Kipur. Las fiestas que se celebran son grandes. El Exilarca viaja especialmente, junto con los jefes de las academias de Bagdad, y se instala en el campo, ocupando dos millas. Acuden, asimismo, los mercaderes árabes y la feria dura varios días. En el sepulcro del profeta Ezequiel hay una lámpara que arde día y noche desde su muerte. La gran casa del santuario está repleta de libros procedentes del primer y segundo Templos. Los peregrinos judíos de Persia y Media traen caudales para la sinagoga, y quien no tiene hijos dona libros. Las tierras, aldeas y heredades aledañas que pertenecían al rey Jeconías, fueron confirmadas por Mahoma para la sinagoga. Los ismaelitas también acuden a rezar por su gran amor a Ezequiel. En tiempos de inseguridad, nadie se atreve a atacar a los servidores de Ezequiel, ni ismaelitas ni judíos.

Benjamín anota con especial cuidado la vida alrededor de estos santuarios del judaísmo, ya que Europa carece de ellos y su admiración por el reconocimiento y respeto que reciben es para él un prodigio.

Benjamín sigue su recorrido por estas tierras llenas de historia y se mantiene fiel a su procedimiento: ha desarrollado un método para dejar asentada la historia de su época y esto le ayuda a ordenar y a no olvidar detalle alguno. Lo primero es anotar la distancia entre ciudad y ciudad, pueblo y pueblo; después su descripción y algo de la historia antigua; luego las comunidades judías, el número de habitantes, los jefes y personas principales, los oficios, las edificaciones, las sinagogas, los sepulcros. Es sencillo en sus descripciones y es notoria su objetividad.

Pasa a la ciudad de Cosomat de pequeña comunidad judía, y luego a Ayn Sefata, donde está enterrado el profeta Najum *el Elcosita*. Después se dirige a la aldea de Al-Karam y a otra más en el desierto. Anota los nombres de los principales enterrados en esos lugares. Cerca del arroyo de Raga descubre la tumba del rey Sedequías con la gran cúpula que la cubre.

En la ciudad de Cufa también hay cosas interesantes. Está el sepulcro del rey Jeconías, rodeado de un gran edificio y de una sinagoga. La gran mezquita de los ismaelitas es un lugar de peregrinaje, pues ahí está sepultado Alí ibn-Abú-Tálib, primo y yerno de Mahoma. Así que es un lugar santo para ambas religiones, la judía y la ismaelita.

Sura es una gran ciudad y Benjamín se detiene a recordar su pasado. Fue la sede de los exilarcas y de los jefes de las academias. Grandes rabinos, príncipes de la casa de David y hombres notables vivieron allí, antes de su destrucción.

A dos jornadas está Safiatib, con una sinagoga construida con polvo y piedras traídos de Jerusalén. Desde allí hay una jornada y media hasta Al-Ynbar, que es Pumbedita, en Nehardea, sede de la famosa academia. Ahora Benjamín puede visitar por su propio pie Pumbedita y el Ángel de la Verdad se alegra de que así sea, pues la primera vez lo había suplantado y no dejaba de tener remordimientos de que Benjamín no fuera a estar allí. Sin embargo, a Benjamín le parece ya visto, y es que el sueño que le indujo el Ángel lo dejó en tinieblas.

Luego, sigue camino hasta Hila y tarda cinco jornadas. Toma el camino del desierto de la tierra de Shaba, llamada Al-Yemen. Quiere conocer a los nombrados "judíos salvajes" o *Jebar*, que habitan hacia el norte de la tierra de Shinar, a veintiún días de trayecto. Este recorrido quiere hacerlo sólo con Farawi, pues es peligroso y recuerdan los días en que los dos cabalgaban juntos.

XXXII. PRODIGIOS

BENJAMÍN y Farawi buscan unos guías para atravesar los desiertos, llamados la tierra vacía. Esperan a que llegue una caravana de beduinos que tome esa ruta.

Pero una cosa es lo que se quiere y otra lo que sucede. Esperan y esperan días sin que nada suceda. La caravana tarda en llegar. Deciden que, mientras llega, ellos van a hacer pequeñas incursiones en el desierto. Es mucho el deseo que tienen de conocer ese otro mar (de arena) que es el desierto. Y esto los apartará de su plan original, pero, a la larga, lo preferirán por todas las cosas que habrán de ver y de dejar constancia.

Acompañados de dos guías se dirigen de oasis en oasis, al lado de la tierra de Shinar. Lo que piensan que será una pequeña excursión les toma casi un mes y llegarán hasta Teima, donde acampan los judíos llamados *Jebar* o judíos salvajes.

Han tomado las vestimentas árabes y han aprendido a cubrirse la cabeza y el rostro para protegerse de los vientos cargados de polvo de arena. Llevan agua suficiente y la racionan. De comer, frutos secos, como almendras y nueces, así como dátiles e higos prensados.

Las olas que se dibujan en las dunas son para Benjamín el mismo misterio de los caminos del mar. ¿Cómo distinguir unos de otros? La leve marca de ondulamiento o de un tono arenoso más oscuro no son estáticos: basta que sople un poco el *jamsín* para que la forma y la intensidad cambien: por lo que la memoria de nada sirve: el camino de ida no será el de vuelta.

Es así como el desierto y el mar se parecen.

Pero los desiertos no siempre lo han sido. Hay señas de que fueron habitados. Torres y piedras que fueran acarreadas desde grandes distancias. Marcas de lo que podría haber sido un antiguo camino. Un extraño reptil que escapa por los resquicios. Un insecto que se esconde en la arena. Así, la vista halla su reposo y se detiene en algo que comprende.

Luego, inesperadamente, surge un obelisco, medio derruido, pero aún en pie. Los jeroglíficos, algunos legibles, otros erosionados, dando noticia de sucesos que fueron importantes en su tiempo, hoy olvidados. Pero cuyas claves son un misterio para los ojos que los contemplan.

Los viajeros oyen un ruido detrás del obelisco: un lamento, un suspirar.

Se acercan cautelosos. Un anacoreta, de burdas y raídas ropas, de larga cabellera y espesa barba les aguarda en silencio. Pone el índice sobre los labios: no habla ni quiere que le hablen. Ha hecho votos de soledad y de mutismo. Señala hacia arriba del obelisco y ven unas cavidades como escalones apenas marcados y un espacio superior plano. Acto seguido, trepa por esa especie de muescas en donde se apoyan sus pies desnudos. Una vez en la parte superior extiende los brazos y los mueve como un ave dispuesta a volar.

Benjamín y Farawi no quitan ojo del anacoreta, mientras los guías atienden a los caballos y se recuestan a descansar, como si el espectáculo no les atañera.

El anacoreta se agacha y recoge unas alas tan grandes como de águila. Se las ata a los brazos, las sacude y da pequeños saltos. Poco a poco, su cuerpo se eleva. Se eleva. Se eleva. Y sí, vuela por los aires. Benjamín y Farawi no dan crédito a sus ojos. ¿Serán éstos los llamados espejismos?

El anacoreta desaparece en el cielo, como si nunca más fuera a regresar. Los guías siguen tan tranquilos y al ser interrogados por nuestros dos viajeros se ríen y les explican que ése es el tratamiento que el anacoreta le da a los intrusos, pues no tolera ninguna presencia a su lado.

Benjamín, maravillado, y siempre atento a nuevos medios de trasporte, piensa en lo conveniente que sería tener un par de alas para trasladarse rápidamente por los desiertos. Se le ocurre también que sería un extraordinario negocio venderle alas a los mercaderes. Si Mercurio posee unas pequeñas alas en los pies, cuanto mejor sería tenerlas en los brazos y así imitar el vuelo de los pájaros. Sería un negocio redondo, si sólo supiera la fórmula para elaborar las alas.

Decide, junto con Farawi, que esperarán el regreso del anacoreta. Los guías se ríen pero no dicen nada.

Pasa el día y no ocurre nada, ni el anacoreta regresa. Entonces, Benjamín modifica su pensamiento. No, no quiere las alas para negociar, sino por el gusto de volar.

Según anochece, se oye un batir de alas y pronto se distingue la figura del anacoreta. Desciende con suavidad sobre la plataforma adosada al obelisco. Se quita las alas y baja por los semiescalones.

¿Cómo comunicarse con un penitente?

Haciendo que el penitente adivine.

Dándole a entender que las alas serían imprescindibles para volar a los lugares que aún tiene que visitar Benjamín. Que la misión a cumplir llegaría a su término si pudiera volar a los lejanos países que guardan secretos.

Y pensado y hecho. El anacoreta le entrega las alas a Benjamín.

A la mañana siguiente, suben al obelisco y el anacoreta le enseña primero a Benjamín y luego a Farawi cómo colocarse y usar las alas. Los guías, abajo, empiezan a sorprenderse y ya no ríen.

Cuando sale volando Benjamín y después Farawi, los guías gritan de alegría y piden ellos también volar.

El anacoreta, que es bondadoso, a la par de ingenuo, deja que los guías vuelen. Piensa que nadie les creerá y que su secreto no será violado. No quisiera que su lugar de retiro fuera invadido por huestes deseosas de volar.

De pronto, se arrepiente. Ha cometido un error gravísimo y tendrá que huir de ese lugar con sus alas, pues en cuanto estos viajeros cuenten la noticia, el obelisco será visitado por todo el mundo. Esa noche, cuando los viajeros duermen, sube al obelisco y emprende el vuelo para no regresar.

Sin embargo, vuelve a arrepentirse (por algo es un penitente) y, al poco rato, regresa. Busca sigilosamente en la bolsa de cuero del dormido Benjamín y anota unas palabras en una esquina de un manuscrito. De nuevo, emprende el vuelo y ahora sí desaparece para siempre.

Grande es el desencanto de los viajeros al verse abandonados por el anacoreta y presienten que no regresará. No les queda sino continuar con el viaje y olvidar lo que pudo ser un espejismo.

Se internan por las arenas hasta donde sus guías conocen el camino. Un poco más y ellos se niegan a continuar. Dicen que sólo las caravanas se arriesgan más lejos y que lo mejor sería regresar. Benjamín y Farawi acceden.

Al regreso tratan de encontrar huellas o algo que les sirva para reconocer el camino, pero es casi imposible. Sin los guías, aun si estuvieran cerca, no se darían cuenta y darían vueltas en vano círculo y reencontrarían sólo sus propias pisadas a la inversa.

Benjamín piensa que el desierto es un cristal que refleja obsesiones. Un engaño de la trasparencia. Un deseo de agua imposible. Una sombra nunca hallada. Un retumbar de cascos de caballos que nunca suena. Sólo el viento, el viento pertinaz.

Farawi piensa que la única guía en el desierto es el cielo. El sol que nace y el sol que recorre el horizonte. Y en la noche, los luceros. La bendita constelación de Orión y la estrella Polar. Y claro, su preciada brújula, instrumento que pocos viajeros poseen, pero que él ha guardado para el momento preciso.

Con la brújula, y si conocieran el secreto de las alas del anacoreta, podrían viajar a tierras aún más lejanas, acortar rutas y no equivocar los pasos. Eso piensan Benjamín y Farawi.

Durante su estancia en Teima con los judíos llamados *Jebar*, han penetrado, otra vez, en territorio montañoso. Hay quienes aducen que Benjamín no llegó a estas tierras. Pero hay muchas cosas que por no saber cómo explicar se consideran inciertas, lo cual no prueba que no hayan ocurrido.

El caso fue el siguiente: Benjamín, releyendo sus manuscritos halló las palabras que el anacoreta había escrito apresuradamente. Las palabras eran la clave para hacer unas alas como las suyas. Sí, era un proceso lento y difícil, pero no imposible.

Con la ayuda de Farawi y de los guías fueron reuniendo lo necesario para construir las alas. Y no sólo siguieron las instrucciones al pie de la letra, sino que mejoraron la fórmula secreta, agregaron y quitaron, y tras de muchas pruebas contaron con dos pares de poderosas alas que habrían de permitirles viajar a lugares recónditos.

Y así fue como pudieron llegar a las tierras de Teima y de ahí proseguir viaje hacia otros lugares muy distantes.

Es un lugar único, Teima. Capital de un extenso territorio que tarda en cruzarse dieciséis jornadas, enclavado en lo alto de las montañas del norte. El príncipe de los judíos es Janán y desciende de la estirpe del rey David. Lo que escribe Benjamín, haya o no estado ahí, es lo siguiente (es curioso que mientras más detallada y preci[o]sa es una descripción, tanto más se empeñan los historiadores en negarle crédito):

Tienen grandes y fortificadas ciudades y no hay yugo de gentiles sobre ellos. Van a saquear y apresar botín a tierra lejana con árabes, que son sus aliados. Ellos, los árabes, acampan en tiendas camino del desierto, su país, y no tienen casas, yendo a saquear y apresar botín al país de Shinar y Al-Yemen. Todos los vecinos de los judíos los temen. Los hay que se dedican a labrar la tierra y son dueños de su ganado. Su territorio es muy extenso. Entre ellos hay eruditos. Dan diezmo de todo lo que tienen a los estudiosos que están en la *midrashá* o casa de estudio, a los israelitas indigentes, a los ascetas que llevan luto por Sión y Jerusalén, quienes no comen carne ni beben vino, vistiendo ropajes negros y viviendo en cuevas o en casas cerradas, afligiéndose todos los días excepto los sábados y los días festivos. Piden misericordia a Dios por el destierro de Israel, para que se apiade de ellos por la grandeza de Su Nombre, y por todos los judíos habitantes de Teima y Tilmes, la gran ciudad que tiene como unos cien mil judíos. Allí están el príncipe Shalmón y su hermano el príncipe Janán. El país pertenece a los dos hermanos. Son de la estirpe de David, pues poseen escritura de parentesco. Envían muchas cuestiones legales o responsas o *teshubot* al Exilarca, su pariente, que está en Bagdad. Ayunan cuarenta días al año por todos los judíos que viven en el destierro. Allí hay como unas cuarenta ciudades y unos doscientos pueblos y aldeas. La capital es Tanay. Allí, en todas las poblaciones, hay como unos trescientos mil judíos. La ciudad de Tanay está muy fortificada, pues en su interior siembran y cosechan: su extensión es de quince millas. Allí está el palacio del príncipe llamado Shalmón, y en Teima mora el príncipe

Janán, su hermano. Es una hermosa ciudad y en ella hay huertas y vergeles.

Tilmes es asimismo una gran ciudad y en ella hay como unos cien mil judíos. Está muy fortificada y se asienta entre dos altas montañas. Entre los judíos hay hombres sabios, entendidos y ricos.

Desde Tilmes a Jebar hay tres jornadas, y dicen las gentes que son de la tribu de los hijos de Rubén y Gad y de la mitad de la tribu de Menasés, que cautivó Salmanasar, rey de Ashur, y que los llevó allí. Construyeron ciudades fortificadas e hicieron la guerra a todos los reinos. Nadie puede penetrar hacia donde están, pues hay dieciocho jornadas de marcha por el desierto sin lugar habitado y es imposible llegar. ("Sólo con mis alas del anacoreta, pienso yo, Benjamín.")

Jebar es una ciudad muy grande y hay allí como unos cincuenta mil judíos. Hay en ella eruditos y hombres entendidos que preparan la guerra con los habitantes de Shinar, del país norteño, de Al-Yemen, que está próximo a ellos, al principio de la tierra de la India.

Benjamín y Farawi, con la ayuda de las alas que se han fabricado pueden volar a su antojo y recorrer, repetir, alterar, rutas y direcciones.

Así, a vuelo de pájaro, llegan hasta el río Viray, en Al-Yemen; a Lusim, donde sólo hay unos dos mil judíos y entre ellos un rabino y un *dayán* o juez. Luego, vuelan sobre Basora, asentada en la margen del río Tigris, con una comunidad de sabios y hombres ricos, calculada en diez mil judíos aproximadamente.

Luego, vuelan hacia el río Samara, que marca el principio de la tierra de Persia. Ahí habitan unos mil quinientos judíos y es el lugar donde está la tumba de Esdras, quien fue desde Jerusalén a visitar al rey Atajerjes y encontró la muerte, que es fin de todo viaje.

Benjamín visita la gran sinagoga que fue construida ante el sepulcro de Esdras. Y al otro lado, se encuentra con una casa de oración de los ismaelitas en respeto por Esdras y en aprecio a los judíos.

Todo marcha bien por aire para Benjamín y Farawi, salvo que no pueden llevar consigo las mercaderías. Deciden que guardarán las alas para algún lugar especial que quieran visitar, ligeros de equipaje, pero que su paso por tierra debe ser retomado.

Regresan por la compañía y los enseres. Se organizan de nuevo y ya a punto de partir, Alucena le dice a Benjamín que ha mudado de opinión, que ella y el niño se quedan.

Lo discuten largo y tendido, pero ella añora su tierra y quiere regresar a España. Puede unirse a algún grupo de peregrinos que tome el camino de Europa. Está muy cansada y empieza a no encontrarle sentido al viaje de Benjamín. Quisiera probar otras cosas, ahora que el niño es mayor y que tiene más tiempo libre.

—Te sorprenderás, Benjamín, pero lo que quiero es escribir la historia de este viaje. No sólo tú tomabas notas, sino yo. A veces, leía tu manuscrito y no estaba de acuerdo con lo que decías. Tu narración es muy escueta. Has eliminado las partes emotivas, las dudas, las fantasías. Eres demasiado apegado a la realidad. Yo pienso escribir cosas diferentes.

—¿Cómo? ¿Que tú piensas escribir acerca de este viaje?

—Sí y creo que lo haré mejor que tú.

—¿Qué dices? ¿Es que, acaso, tienes un propósito para hacerlo?

—El mejor de todos: carecer de propósito. Escribiré por escribir. ¿No te parece maravilloso?

—¿Escribir por escribir? ¿Quién hace eso?

—Pues, yo. Eso es lo que quiero hacer. Durante este viaje de tantos años he oído tantas historias, he conocido a tanta gente, te he estado observando a ti, he tenido un hijo, lo he visto crecer; en fin, han pasado tantas cosas que quiero contarlas; me siento desbordada por ellas y el único modo de sacarlas de mi cabeza es ponerlas por escrito.

—En verdad, no te entiendo.

—No, si no hay que entenderlo. Para escribir por gusto como yo, no hay que entenderlo. Es un prodigio más.

—Pues puedes hacerlo por el camino y seguir conmigo. Si no me acompañas estaré preocupado por ti.

—No, no será grave. Yo necesito regresar y sentarme a escribir, para poner orden en todo lo que me bulle por dentro. Te esperaré y luego, al cabo de otros tantos años como los que han pasado, regresarás y compararemos nuestros escritos. Será divertido.

XXXIII. ALUCENA CUENTA

LA HISTORIA pasa, ahora, a mí: Alucena de Tudela.

Dejaré que Benjamín de Tudela siga con sus enredados viajes y yo regresaré a poner orden. Daniel ya es grande y será mi compañero de viaje. Volveré a vestirme de hombre y estaré más protegida. Tomaré la ruta más corta para llegar al reino de Navarra.

Luego de varios meses y de no ocurrirme importantes aventuras durante el viaje heme, de nuevo, en España. He regresado a Tudela, sí, pero no le he dicho a nadie, ni a mi familia, quién soy, y no he abandonado las ropas de hombre. Así protejo mi identidad. He corrido la voz de que conocí a Benjamín bar Yoná, que hice algunos negocios con él y que fue él quien me recomendó establecerme en Tudela. Así, puedo visitar a los padres que aún viven y que, de este modo, estén cerca, sin saberlo los que son abuelos y nieto.

Mucho me preguntan los rabinos acerca de Benjamín y yo de todo les doy las noticias más precisas. Sé que quieren preguntarme de los manuscritos, pero no se atreven. Desconocen mi intimidad con él y apenas tantean el terreno para saber cuánto sé yo. Me gusta dejarlos intrigados y en la duda. Hay días en que simulo no saber nada ni entender de qué me hablan, y hay otros en los que les digo misteriosas palabras y hasta les resuelvo alguna que otra incertidumbre. No saben qué pensar de mí y esto es lo que yo quiero precisamente.

Daniel ha empezado su educación formal y ésta es otra de las razones por las que quería regresar. (Aparte de la morriña.) Toma clases en la *yeshivá* y es un alumno aventajado.

Mientras él estudia yo tengo todo el tiempo para dedicarme a escribir. Y a ser yo. Porque ya era hora de que yo fuera yo. En realidad, me he descubierto.

Tengo todo el tiempo por delante. Es decir, el tiempo presente, que es el que cuenta. Y mi tiempo y yo vamos a contar muchas cosas.

En primer lugar, Benjamín fue mi pretexto. Es verdad que sí lo quería y que lo sigo queriendo, pero mi propósito era correr mundo, aun antes de conocerlo. Cuando él se apareció en mi casa para encargarme los tejidos, las telas de hilo de oro, los bordados, los encajes, supe que era mi oportunidad de irme con él. Poco a poco fui armando mi esquema. Me vestí de hombre, le creé un ambiente de misterio y de peligro, al mismo tiempo que lo protegía. Yo sabía del plan de maese Pedro y el conde Dolivares. Fue por ello que evité que le robaran los manuscritos (aunque temporalmente desapareciesen y los involucrados creyesen que nadie los había descubierto). Más aún, evité su muerte. Y, por último, logré que maese Pedro se arrepintiera y que tomara los votos.

Me siento, en el fondo, como la relatora-redactora de los sucesos que han ocurrido.

He podido hacer lo que ninguna otra mujer ha hecho: he conocido lo que es ser hombre, al unirme a las aventuras de Benjamín y Farawi. Pero nunca he dejado de ser mujer y cuando quise tener un hijo, también lo logré.

Esta aventura que voy a emprender ahora (luego de tanto viaje), que es la de escribir, aún me emociona más. No pienso seguir ningún patrón retórico: me saltaré todo a la torera (y hasta inventaré estos términos). Siento que alguna futura escritora de siglos venideros me hace un guiño y con esto es suficiente. O yo se lo hago a ella. Y también es suficiente.

Aprendí muy bien de Benjamín cómo preparar el papel y las plumas de ganso para escribir. En cuanto a ideas, no me faltan y lo que no sepa lo imaginaré.

Escribiré un libro sobre todo lo que se me ocurra. Simplemente por el gusto de poner unas palabras tras otras.

Tal vez sea un diario lo que escriba. ¿Un diario? ¿Qué es eso? ¿Alguien ha escrito un diario? (¿Los capitanes de barco?) La palabra

251

suena bien: conjunto de días. Creo que me antecedo muchísimo a grandes personajes. Qué bien: seré una precursora.

Bueno, me parece que esto que estoy escribiendo (en este momento) es ya un diario. Lo estoy haciendo en este día: ¿qué día es hoy?, ¿qué día quisiera que fuera hoy? Porque puede ser hoy, o puede ser otro día, muchos años atrás, en que empezó esta aventura de los viajes de Benjamín de Tudela. O puede ser un día futuro, si pienso en quienes me habrán de leer que, claro, no será el mismo en el que escribo. ¡Qué lío!

Dejaré la fecha en blanco. O mejor aún: pondré: "Día primero de la escritura... Día segundo de la escritura... Día tercero de la escritura... Día cuarto de la escritura... Día quinto de la escritura... Día sexto de la escritura... Día séptimo de la escritura... Día octavo de la escritura... Día noveno de la escritura... Día décimo de la escritura..."

Eso será lo más acertado.
Luego exclamaré: ¡Qué gran comienzo!

Libro primero, capítulo primero, página primera, palabra primera, día primero. Con estas divisiones (que no sé si se le han ocurrido a alguien antes que a mí, pero tampoco importa), me facilito el trabajo. ¿Trabajo? No, nada de eso. Placer. Absoluto placer.

El placer de escribir y de leer.

Primero corrí mundo como nadie (como Benjamín y Farawi).

Luego, senté cabeza y regresé ("como hija pródiga") a mi lugar de origen (disfrazada), para poder ver sin ser vista (como realmente soy).

De tal modo que poseo la cualidad de la trasparencia y de la ubicuidad. Es decir, si escribo de un lugar en el que no estoy o de un tiempo que ya pasó, no se trata de mí, aunque me describa a mí. O más bien se trata de múltiples míes.

Por lo tanto, escribir es un acto fantasmal (y ésta sí es palabra muy antigua).

252

Es un acto de hacer aparecer lo que no es y de imaginar todo lo demás.

Es llenar los etcéteras.

¡Aleluya!

Es un descanso, en verdad que lo digo.

Bueno, pues empezaré la historia de mi diario. A diferencia de Benjamín, no me detendré en los pormenores del viaje, sino en ciertos aspectos, nada más.

La cuestión de sus amores. Están Alouette y Agdala (claro que yo también). ¿Y Farawi? ¿Qué haré con Farawi?

Alouette, Agdala y yo formamos una trilogía difícil de separar. Casi somos el mismo cuerpo y la misma mente.

Semejantes y diferentes. Tres. Dos. Una.

Tres en dos, en una.

Una que es tres.

Los ojos nos unen.

Tal vez, sea yo sola.

Las otras dos, pueden ser mi difracción.

Rayos luminosos y movimientos ondulatorios que pasan por los bordes de un cuerpo opaco.

¿O más bien espejos?

¿Se trataría de espejos?

Ojos que son espejos.

Espejos que son agua.

Mar.

Por lo menos, Benjamín ha sido constante con sus tres mujeres: los ojos parecen los mismos, los cuerpos también. En cuanto a las mentes, las tres hemos sido su complemento: aquello que a él le falta, nosotras se lo hacemos ver: de nuevo, espejos: espejos del conocimiento.

Mi aventura auténtica ha sido Benjamín: el conocimiento de Benjamín. He observado cada día cómo está compuesto. Benjamín es una composición perfectamente ordenada.

Me dediqué a contemplar su rostro: cada movimiento de los

músculos: los gestos: los pliegues: las leves arrugas: la barbilla hendida: el lunar en el pómulo: los ojos verdes, rasgados (él busca ojos verdes y los suyos lo son también: ¿espejos?). El pelo, espeso, ondulado, de un café rojizo. Su cuerpo, alto, bien formado, de proporciones exactas. Sus manos (que saben acariciar). Sus brazos largos (que saben envolver mi cuerpo). Sus piernas (que se trenzan con las mías). Su exacto sexo (en el mío).

¿Su amor? Eso no lo sé. No estoy segura. Del amor de él no puedo decir lo que de mi amor por él. A veces, parece como ausente: se me escapa: no sé adónde. Y entonces, mi canto es desesperado. (¿Otro antecedente?)

Va y viene.

Le gusta irse con Farawi: cabalgar los campos: nadar en el mar: simplemente estar juntos, quizá sin hablar: juntos: por estar juntos: sin hablar: que el silencio dice más.

Va y viene.

Sé que regresa a mí.

Por eso desconozco los celos.

Estoy y no estoy segura de él. Pero no necesito la seguridad.

Es otra la relación con él. No tiene nombre conocido de emoción.

Una neoemoción.

Un neosentimiento.

Ojo: no estoy haciendo poesía.

Estoy analizando.

No: tampoco.

Estoy volcándome.

Hacia el exterior.

Del interior al exterior.

Bien: Benjamín es mi razón de ser. Esto que escribo es por él. Él no lo sabe, pero es gracias a él. Si no existiera Benjamín, no existiría yo. Al escribir su *Libro de viajes* me dio la posibilidad de escribir. Al ser él fui yo.

Claro que, ahora soy yo quien lo mantiene vivo. Todavía no es conocido ante la Historia. Si yo preservo su manuscrito, aun en esta mi versión particular, se le conocerá por los tiempos de los tiempos.

Quedarán su *Libro* y el mío. El suyo, el correcto. El mío, el deseado.

Así inauguraré la nueva escritura histórica (¿no la había inaugurado hace tiempo?, ¿no la reinauguraré siglos después?).

Sí, ya sé que se suele creer en la Historia, pero yo prefiero creer en la historia. (Cuestión de mayúsculas y minúsculas.) Es decir, en la pequeña historia (GRANDE) de Benjamín Bar Yoná de Tudela. LA QUE NO SE ESCRIBIÓ Y YO ESCRIBIRÉ.

Sí, querido diario, me puedes tachar de todo lo que quieras. Para eso te estoy creando: para que me llames la atención y me digas cuándo me salgo de línea (del papel, se sobreentiende).

Querido diario, me sirves para usar el tú: yo siempre estoy dialogando conmigo misma (es decir: dos + una = tres personas). Desde el momento en que te escribo, ya somos tres + tú = cuatro.

Además, querido diario, me sirves para enderezarme (siempre me tuerzo al escribir: ¿padeceré de ataxia escritural?)

En realidad, siempre me la he pasado corrigiendo la vida de los demás. Más bien, no corrigiendo, recreándola de manera distinta. Basta que me digan algo abierto a la interpretación para que yo le dé mil una versiones diferentes y además, me las crea, como es mi costumbre, al pie de la letra.

Con frecuencia lloro porque me he imaginado que alguien ha muerto. Con frecuencia río porque confundo la tragedia con la comedia. Con frecuencia desconfío de todo el mundo porque creo que me van a hacer daño. Si camino, miro hacia atrás, porque alguien puede atacarme. Si me dicen que debo ir a la derecha, estoy segura que quisieron decirme a la izquierda. Lo blanco lo juzgo negro y lo negro blanco.

Me acusan, y a lo mejor tú también, querido diario, de pesimista. Y, sin embargo, no soy sino la más sencilla realista.

Veo las cosas como son. Y las cosas no son como se ven. Lo cual no es contradicción: es simple y llano realismo.

Eso del misticismo: realismo puro: nada es lo aparente: todo es lo que hay más allá de lo visible.

Y lo que hay más allá de lo visible es lo audible. Hay que reivindicar lo audible. Pero, atención: audible moderado, para que no pierda el misterio. En última instancia la palabra de Dios sólo se oye.

Lo único importante es el misterio. Y lo único comprobable.

Si es misterio es misterio y no hay más qué decir. (Ergo, ya está comprobado.)

Mist(erio) o mist(icismo).

En esta época de tanta confusión (porque como toda época hay confusión), lo mejor es llevar la contraria. Que si ortodoxia, mejor herejía. Que si reglas, mejor anomias. Que si reyes, mejor repúblicas. Que si que sí, mejor que si que no.

Regresando a esta mi presencia en Tudela. Qué puedo decir, sino que me gusta Tudela. Después de tantos años de exilio voluntario, regresar al recogimiento de las casas y de las pequeñas calles, de las huertas y del paseo por el río, es recuperar una paz interna perdida. Es, por fin, reposar el cuerpo y el alma.

Me siento como doncella guerrera que regresó al lado de su madre para pedirle la rueca e hilar. Nada más que lo que yo pienso hilar son mis ocultas palabras. Mis internas palabras. Mis alarmantes palabras. Mis naturales palabras.

XXXIV. BENJAMÍN POR SU LADO

BENJAMÍN, con su compañía disminuida, y empezando a resentir la ausencia de Alucena, se concentra en la preparación de su viaje. Retoma el ritmo por tierra. Llega hasta Kuzestán, que es Elam, de antiquísima y famosa historia. Es el país que se extiende a la izquierda del curso inferior del Tigris, en tierras de Persia. Su ciudad principal es Susa, no toda habitada y gran parte en ruinas. Fue Susa la capital del rey Asuero, según la historia del Libro de Ester.

Los antiguos elamitas, en su periodo bélico, y cuando la decadencia de Babilonia, incursionaron en Sipar y en sus templos. Se trajeron como botín la estela del código de Hamurabi y la estatua de Marduk. Yacen enterrados en las ruinas y nadie lo sospecha. Lo que Benjamín de Tudela anota en su *Libro* es que "allí había un edificio grande de tiempos antiguos".

En la ciudad, dividida por el río Karje, habitan unos siete mil judíos y hay catorce sinagogas. Delante de una de ellas está el sepulcro del profeta Daniel. Quienes vivían del lado del río donde estaba sepultado Daniel, lo hacían en prosperidad, quienes del otro lado, eran pobres y languidecían. Hicieron la guerra entre sí por considerar que el sepulcro otorgaba una benéfica influencia y que debería estar del lado de los pobres. Para terminar la animosidad, obraron sabiamente y determinaron que el sepulcro permanecería de un lado del río durante un año y al siguiente, del otro lado. Así, por turnos, ambas comunidades gozaron de bonanza. Cuando el emperador Sanyar Sha de Persia llegó allí encontró otra solución, pues no le pareció digno el trasporte del féretro. Pidió que se colocara el féretro dentro de otro de cristal y que se suspendiera a la mitad del puente que cruza el río y que ahí se construyera una sinagoga a la que pudieran asistir todos los fieles. Aún más, el Sha ordenó que no se pescara una milla río arriba y otra milla río abajo, por respeto al profeta Daniel.

El imperio de Sanyar de Persia es poderoso. Benjamín ha oído hablar de la ciudad de Samarcanda, entre dos grandes mares, el Caspio y el Negro (y si lo quiere probar tendrá que usar las alas y ver el panorama desde gran altura). Le interesa que en esas tierras y más lejos aún, hasta el río Gozan y las ciudades del Tíbet, tal vez empleando cuatro meses de marcha, encontraría mercadería preciada. Tal sería el caso del almizcle, proveniente de los almizcleros, especie de pequeños ciervos sin cuernos. Del almizcle se elaboran perfumes y en medicina se emplea como antiespasmódico. A Benjamín le gustaría llegar a esas tierras y penetrar en los recónditos bosques. Hasta ellas corre el dominio del Sha de Persia.

Benjamín habrá de llegar a estas tierras más adelante. Por lo pronto se dirige a Rudbar, donde habitan veinte mil judíos, algunos de ellos ricos y eruditos, pero sometidos a una gran opresión.

Luego se dirige a Nahavand, donde hay cuatro mil judíos y nada más llama su atención.

Sigue camino al país de Mulahat, nación que no cree en la fe de los ismaelitas y que habita en las montañas. Estos montañeses son los llamados *al-hashishin,* o los asesinos, con los cuales ya se ha topado Benjamín cuando recorría el pie del monte Líbano, en la región de Gebal. Están regidos por un anciano al que consideran su profeta. Hacen la guerra luego de embriagarse con hachís. Entre ellos habitan cuatro comunidades judías que se unen a sus fuerzas para ir a pelear. En esta región son los únicos que no se han sometido al yugo del Sha de Persia y esto admira a Benjamín que luego escribe en su *Libro:*

> Viven en las grandes montañas y de ellas descienden para saquear y pillar y luego suben a las montañas. Nadie puede guerrear con ellos. Entre los judíos que hay en su país hay eruditos y están bajo la jurisdicción del Exilarca de Babel.

Benjamín de Tudela no lo sabe, pero se anticipa en muchas cosas a las historias de un famoso viajero veneciano de más de un siglo después, que muy bien pudo haber oído de su *Libro de viajes* e inspirádose en él. Benjamín tiene la certeza y la tranquilidad de que el Ángel de la Verdad es su consejero. Es la ventaja de ser el iniciador.

Del país de Mulahat, Benjamín emprende la ruta hacia Amadia y le toma cinco jornadas llegar. Allí habitan más de veinticinco mil israelitas y es el comienzo de una serie de comunidades que se extienden por las montañas de Haftón. Es lo que se llama el país de Media. Estas comunidades están formadas por los descendientes del primer cautiverio que deportó el rey Salmanasar. Se caracterizan por hablar arameo o la lengua de Targum y abundan los sabios y los eruditos. El territorio se extiende de Amadia a Gilán. Los judíos pagan tributo en todo reino de los ismaelitas: cada varón de quince años arriba entrega anualmente un *amiri* de oro, que es un maravedí y un tercio de oro y, según la moneda del rey Lobo de Valencia, equivaldría al morabatino lopino. De cualquier modo, una fuerte cantidad.

A Benjamín le toca en suerte narrar la historia de David el-Roy, el falso Mesías del Kurdistán. David el-Roy, cuyo verdadero nombre era Menajem bar Salomón, de físico y modales atractivos, había sido un estudiante destacado en la Academia de Bagdad, experto en misticismo judío, hábil en magia y conocedor de la vida y costumbres árabes. Sus hazañas fueron relatadas mejor por pluma de Benjamín bar Yoná:

Allí surgió, hace ahora diez años, un varón de nombre David el-Roy, de la ciudad de Amadia; había estudiado bajo la tutela del Exilarca Jasdai y del rector de la Academia *Gaón Yacob,* en la ciudad de Bagdad; era diligente en la Torá de Israel, en la Halajá, en el Talmud y en toda la sabiduría de los ismaelitas, y en todos los libros profanos, libros de los magos y de los encantadores. Se le ocurrió rebelarse contra el rey de Persia y reunir a los judíos habitantes en los montes de Haftón para salir a guerrear a todos los gentiles e ir a conquistar Jerusalén.

Daba a los judíos señales con falaces prodigios y decía: "El Santo, bendito sea, me ha enviado para conquistar Jerusalén y arrancaros del yugo de los gentiles". Y creyeron en él, llamándole nuestro Mesías. El rey de Persia oyó el asunto y mandóle venir para hablar con él; acudió sin temor y en la reunión con el rey, éste le dijo: "¿Eres tú el rey de los judíos". Contestó diciéndole: "Yo soy". Se encolerizó el rey y ordenó prenderle y meterle en la cárcel, lugar donde los prisioneros están recluidos hasta el día de su muerte, en la ciudad de Tarabistán, que está sobre la orilla del río Gozán, el gran río. Al cabo de tres días sentóse el rey con sus ministros para hablar del asunto de los judíos que se habían rebelado contra él; he aquí que compareció ante ellos David, quien se había liberado de la cárcel por sus propios medios, sin permiso de nadie. Al instante de verle, el rey le dijo: "¿Quién te ha traído aquí o quién te ha liberado?". Díjole: "Mi sabiduría y mi subterfugio, pues no he de temer de ti ni de todos tus servidores". Al punto exclamó el rey a sus servidores: "¡Prendedle!" Respondieron sus servidores: "A nadie vemos, mas su voz se percibe por el oído". Inmediatamente se admiró el rey, así como todos sus ministros, de su sabiduría. Dijo al rey: "Heme aquí que marcho a mi camino". Marchó y el rey tras él, y sus ministros y servidores marchando tras su rey, hasta llegar a la orilla del río; tomó David su pañoleta y la extendió sobre la superficie de las aguas, cruzándolas sobre ella. En ese instante le vieron los servidores del rey que había cruzado las aguas sobre su pañoleta y se lanzaron tras él con pequeñas embarcaciones para atraparle, y no pudiendo, dijeron: "No hay en el mundo un hechicero como éste".

Ese mismo día hizo un trayecto de diez jornadas hacia la ciudad de Amadia, con la invocación del Nombre Inefable, y dijo a los judíos todo cuanto le había sucedido y se admiraron todos de su sabiduría. Después de esto, el rey de Persia envió al emir Amir al-Muminin que está en Bagdad, señor de los ismaelitas, para que hablase con el Exilarca y el rector de la Academia *Gaón Yacob* para impedir a David el-Roy hacer tales cosas. "En caso contrario, mataré a los judíos que se encuentren en todo mi reino".

Todas las comunidades del país de Persia se sumieron en gran aflicción. Y enviaron cartas al Exilarca y a los rectores de las Academias de Bagdad, en este tenor: "¿Por qué hemos de morir ante vuestros ojos así nosotros como todas las comunidades que hay en el reino? Contened a este hombre y no será derramada sangre inocente".

El Exilarca y el rector de la Academia *Gaón Yacob* enviaron un escrito a David el-Roy, diciendo: "Sabes que no ha llegado el tiempo de la redención, que no hemos visto nuestras señales, que el hombre no prevalecerá por la fuerza; nosotros te ordenamos que tú mismo te abstengas de tales acciones, si no, serás excomulgado de todo Israel".

260

Enviaron escritos a Zacay el príncipe, que está en el país de Ashur, y al rabino José Barahán al-Falak, el astrólogo que está allí, para que enviasen el escrito a David, y aún más, ellos le escribieron una misiva advirtiéndole, y no transigió. Hasta que surgió otro rey, de nombre Zayn al-Din, rey de los turcomanos, siervo del rey de Persia. Envió que buscasen al suegro de David el-Roy y le sobornó dándole diez mil monedas de oro para que matase a éste en secreto. En viniendo a su casa lo mató mientras dormía en su lecho, desvaneciéndose así su propósito. El rey de Persia fue, entonces, contra los judíos que están establecidos en las montañas. Éstos pidieron al Exilarca que acudiese en su ayuda cerca del rey y lo apaciguase; apaciguóse mediante cien talentos de oro que le dieron, y el país se tranquilizó después.

Tal fue el fin de la aventura de David el-Roy y las palabras de Benjamín de Tudela dieron cuenta de su historia de ese modo. Unos relatos hablan de unos impostores que usaron el nombre de David el-Roy para prometer que los ángeles trasportarían a los judíos de Bagdad a Jerusalén y otros más, lo niegan. También se dice que, después de su muerte, sus seguidores tomaron su verdadero nombre —Menajem— y se hicieron llamar los menajemitas.

Ahora Benjamín seca la tinta de la pluma, la guarda con cuidado en su estuche y se dispone a seguir su viaje. La idea de que su misión es el viaje perpetuo es, cada vez, más clara para él.

De las montañas de Haftón que contemplaron los sucesos de la vida del profeta del Kurdistán, emplea diez jornadas para llegar a Jamadán, la antigua Ecbatana. Arriba, infatigable, a la gran ciudad de Media que alberga una comunidad de treinta mil judíos y donde se encuentra la sinagoga en la que están enterrados Mardoqueo y Ester, los protagonistas de la narración de Purim. Benjamín tiene la suerte de ir reconstruyendo la historia del pueblo judío, literalmente, paso por paso. Y los restos que encuentra serán una especie de último testimonio, de ceremonia de adiós.

Los dos sarcófagos, bajo la cúpula, son atracción de peregrinaje. Hay nombres escritos en las paredes que rodean los dos monumentos, y sobre éstos resaltan las palabras del último capítulo del Libro de Ester.

Esto es lo que ve el mercader de Tudela y en ese momento tiene una revelación: su mercadería no son los bienes terrenales, sino los espirituales, esa historia que, sin el pretexto del viaje no habría de ser escrita: ese paciente reunir datos y ese amor por dejar constancia de aquello que escapa en el fluir, casi líquido, del tiempo.

Benjamín acaba de comprender, ante las tumbas de Ester y Mardoqueo, que el paso por el tiempo es el paso por los caminos, tan frágiles uno como el otro y que, algo igual de frágil: un papel y unas letras: es la fuente que permanece.

Bendice la existencia de las letras y la forma que adquirieron.

Bendice las palabras y su construcción en suaves sentencias.

Bendice la invención de la lengua y las variantes del sonido y el sentido.

Bendice el discurso que todo lo guarda, lo atesora, lo unge.

Bendice, en fin, por igual, papel, pluma, navaja, tinta, arenilla que se esparce sobre el escrito para antes secarlo.

Sí, Benjamín está comprendiendo muchas cosas. Podría decirle a su Ángel inspirador que empieza a vislumbrar la luz del final. Si su principio fue un largo túnel del que no veía la salida y su angustia era la incomprensión, ahora lo ciega una luz que le anuncia el fin de los tiempos. Tal vez, comprender sea cerrar los ojos.

Le invade la calma. La blancura de cristales absolutos de un calidoscopio aparecido en sueños. Donde no hay nada que hacer, ni siquiera la torsión de la mano para cambiar figuras.

La rueda de los tiempos sería la rueda de la Carroza Divina. Una *mercabá* escueta: no la dislocada de Ezequiel, el de las profecías.

De lo complejo a lo simple: tal sería la evolución del mercader de Tudela. Encerraría, en este momento de la revelación, todo el saber en una nuez.

Una nuez, apretada y sustanciosa, esencia de esencias.

Cáscara tras cáscara que el viajero ha ido desprendiendo hasta llegar a la última delgada película. Concentración de sueños en uno solo ininterrumpido.

El sueño que fue caminar por las rutas del mundo será comprendido como el verdadero sentido del sueño de ojos cerrados.

Por eso, comprender es cerrar los ojos.

Por eso, primero es vivir el sueño despierto y luego, el dormido.

Y del sueño dormido provendrá la claridad para el sueño despierto.

Ni uno ni otro se separarán.

¿Entonces, no valdrá la profecía del sueño: la pregunta de la esfinge?

Paso a paso ha medido los caminos del mar y de la tierra, Benjamín el navegante y Benjamín el caminante. El trote de su caballo ha retumbado sendas de raíz profunda.

Benjamín no ha vuelto los ojos atrás. Aún está impelido por el camino que no para y el recodo que anuncia la espléndida vista de una nueva ciudad por conocer.

XXXV. SAMARCANDA Y OTROS RELATOS

Mientras más camina Benjamín hacia el oriente, más relatos nunca antes oídos recoge en su memoria y en el papel. Con los rabinos que se topa, ya no discute aspectos de la Torá o de las interpretaciones de los seguidores de la Tradición o Cábala. Ahora escucha relatos extraordinarios. Su estilo cambia y pareciera que se acercase a la fuente viva de la narración. De pronto, todo es un aire fresco, una renovación. No muestra sus manuscritos por temor a que pudieran parecer un deslinde de la realidad. Cuando la realidad es tan fantástica no queda más remedio que poner oído atento y dejar que fluyan las palabras de los relatores con la misma tranquilidad y deleite de un niño que oye un cuento por primera vez.

Y esto es parte de la nueva calma que invade a Benjamín de Tudela. Ya no necesita acudir al mundo del estudio y la teoría; se hunde, mientras avanza hacia el sol, en los rayos luminosos de la cotidianidad y adquiere el candor del escucha virgen. Todo es nuevo para él. Todo es instantáneo y vigoroso. Ya no escribe claves cifradas. Ya no se esfuerza en hallar exégesis deliberadas. La pluma se le convierte en un ágil instrumento de historias preciadas. Como si el verdadero estilo de la narración lo invadiera físicamente y ya no necesitara sino la más simple palabra, la más breve descripción, la pequeña y fácil palabra.

Entonces, su ritmo es vivo, ágil su frase, serpenteante su palabra. Se vuelve creyente de los demás y lo que le cuentan lo acepta. Borra las dobles intenciones. Las cosas son como son y no hay vuelta de hoja.

Benjamín se alegra desde lo más profundo de su corazón. Es una liberación descansar en los relatos de los demás. En recoger textualmente lo que le es contado. En no opinar. En recibir.

Entonces, se da cuenta. Se trata de otra manera de escribir la Cábala. De una manera humilde de oír y repetir.

Sigue camino Benjamín, acompañado de Farawi. Se ponen de acuerdo en dirigirse a Tarabistán, sobre el río Gozán y ahí encuentran una comunidad de unos dos mil judíos. Su ciudad siguiente, al término de siete jornadas es Isfahán, grande y extensa en doce millas, capital del reino. Moran allí quince mil judíos aproximadamente.

Isfahán es centro de estudios hebraicos. El príncipe Shalom es el gran rabino designado por el Exilarca para el reino de Persia. Los habitantes son prósperos y se dedican a la orfebrería, a las antigüedades, al comercio de las especias, a los textiles. Benjamín intercambia productos con ellos y ambas partes quedan satisfechas.

De ahí, parte a Shiraz, ciudad persa en la que viven unos diez mil judíos. Junto con Farawi acude al mercado y escuchan con atención muchas y variadas historias comunes.

Parten luego a Gazna en un trayecto de siete jornadas. Es una gran ciudad asentada sobre el río Gozán y ambos conocen muy bien este deseo de asentarse junto al río, fuente de vida y de tráfago mercantil. Es Gazna un extenso centro comercial donde llega mercadería de gente de toda lengua. Es ciudad rica y próspera. La gente es de buen talante.

Pero de lo que más ganas tienen Benjamín y Farawi es de llegar a Samarcanda, la famosa ciudad situada en el confín de la tierra de Persia, de la que tanto han oído hablar, desde que han penetrado en el territorio persa, y la que consideran como ciudad mágica. La comunidad judía es grande, de unas cincuenta mil personas, muchas de ellas sabias y ricas. El príncipe gobernante es el sabio y respetado Obadia.

Samarcanda es punto de confluencia de culturas. China, Persia, India, Arabia, Europa se dan cita. Exacto centro de comparación, de intercambio, de semejanzas y diferencias. De nombre que atrae. De historias contadas o a medio contar. Algo recuerda Benjamín y pregunta por una historia de la muerte que se encuentra en Samarcanda. Pero nadie más la recuerda. O sucedió mucho tiempo atrás o aún no ha sucedido.

La muerte en Samarcanda. Una cita que se cumple cuando se piensa que se ha evadido. Mientras más se huye de la muerte, más pronto se la encuentra. Mientras más se apuesta con la muerte, antes gana ella. Pedirle tiempo es acortarlo. Rogarle compasión es una burla. Creer que el momento ha llegado es aceptarla.

Hay un relato, Benjamín lo sabe. Da vueltas en su cabeza. Samarcanda. Samarcanda. Por eso ha llegado allí. Pero el relato no es completado en su memoria. ¿Lo oyó? ¿Lo leyó? ¿Lo soñó?

Alguna vez conoció la historia. Palabra por palabra, conoció la historia y luego la olvidó. Lo que le fue contado pasó al olvido de la muerte. Era una historia de muerte que, para él, murió.

Trataba del destino ineludible. De la ironía galopante. De no haber querido entender una palabra. Una palabra que era la muerte y se confundió con la vida.

El error humano. El fatal error humano. No creer en la muerte mientras más cerca se la tiene. El cálculo falaz: aún no ha llegado el momento: aún puede ser saltada. El desatino de correr al lugar más alejado, a Samarcanda por ejemplo, y que sea ése el lugar de la cita con la muerte.

Tal vez fue un relato que le contaron a Benjamín de niño. Algún otro viajero que le antecedió y llegó cargado de historias. A lo mejor fue a él a quien quiso imitar y esperar a mayor para poder emprender el viaje a Samarcanda. Pero, entonces, ¿por qué no recuerda con precisión qué fue lo que pasó en Samarcanda?

¿Y si la historia estaba reservada para él? ¿Y si el viajero que le antecedió y llegó a Tudela cargado de historias le estaba contando la que le iba a suceder a él?

Le pregunta a Farawi:

—¿Qué pasó en Samarcanda? ¿Cuál es la historia del monarca y su visir?

—No sé qué pasó en Samarcanda. Te oigo hablar en sueños y en sueños preguntas: "¿Qué pasó en Samarcanda?" Lo supiste alguna vez y ahora lo preguntas. Lo relataste alguna vez. Sé que lo relataste, pero yo no lo oí.

—¿Cómo saberlo? ¿Dónde buscar? ¿A quién preguntar?

—Te falta sabiduría. Una historia que debió de ser tan simple como la de la muerte en Samarcanda, tú la olvidas. ¿Qué esperar de ti?

—Nada. No sabré nunca lo que pasó en Samarcanda.

De Samarcanda, si Benjamín hubiera hecho el viaje hubiera llegado en cuatro jornadas al Tíbet, pero no lo hace y sólo anota en su *Libro* que es lugar en donde abunda la mirra en los bosques.

Y de ahí, si hubiera seguido viaje, en veintiocho jornadas más estaría en las faldas de los montes de Nisabur, que están sobre el río Gozán. Hay quienes dicen que en esos montes hay cuatro tribus de Israel: la de Dan, la de Zabulón, la de Aser y la de Neftalí, y esto lo hace constar Benjamín.

Pero como no hace ese viaje, porque ya desea regresar, recoge, en cambio, lo que le cuenta el rabino Moisés, que es lo siguiente:

—Escúchame, querido Benjamín bar Yoná, que oirás cosas maravillosas, aunque no por maravillosas menos ciertas:

"Sobre los israelitas de los montes de Nisabur, hay noticia en 2 Reyes, 18,11, de nuestra santa Torá. Sobre ellos no pesa yugo de gentiles y son libres como los gamos de los bosques. Su príncipe es José Amarcala ha-Leví y a él acatan con admiración y amor. De todo encontrarás entre ellos: eruditos y sabios, pero también sembradores y segadores. Es pueblo guerrero, temido por sus vecinos. En sus incursiones llegan hasta el país de Cush. Querido Benjamín, recuerda que Cush es un término muy amplio con el que se nombra desde las lejanas tierras de Etiopía hasta las de Arabia y sus desiertos.

"Tienen alianza con un pueblo de costumbres especiales. Son los infieles turcos o Kuffar al-Atrak, también llamados los Adoradores del Viento. Acampan en los desiertos y el viento es para ellos el soplo de la vida y el soplo de la muerte. Todo viene por el viento y se va por el viento. Todo lo que no tiene explicación y todo lo invisible halla respuesta en el viento. Hay un dicho que así lo expresa: 'El viento es la semilla del secreto'. Y otro más dice: 'Dime qué viento sopla y te diré quién eres'.

"Los Adoradores del Viento se alimentan frugalmente. No comen pan ni beben vino, pero la carne la comen cruda y de todo tipo de animal, sin que distingan entre puro e impuro. Su rostro es casi un círculo y no tienen nariz sino dos pequeños orificios por los que respiran, tal vez, como muestra de respeto hacia el viento que adoran. Estiman en mucho al pueblo judío y a él se sienten unidos.

"Hace quince años llegaron como olas imparables de mar. Con una fuerza armada de grandes y expertos guerreros invadieron Persia, tomaron la ciudad de Ray, en la cercanía de Teherán, y la pasaron a cuchillo, se apoderaron del botín y siguieron camino del desierto. Nadie pudo detenerlos y nadie quiso volver a encontrarlos.

"Cuando el poderoso rey de Persia lo supo, montó en cólera y juró que los alcanzaría y que su nombre sería borrado de la faz de la tierra. Reunió un poderoso ejército y tomó un explorador que se dijo pertenecer a su pueblo, al que prometió enriquecer si lo guiaba hacia los campamentos de los Adoradores del Viento o Kuffar al-Atrak. De acuerdo con el explorador llevó provisiones para dos semanas, lo que duraría la travesía por el desierto. Mas después de dos semanas aún no se avistaban los campamentos, y hombres y bestias empezaron a morir. Al ser interrogado, el explorador reconoció que se había equivocado de camino y que no había nada qué hacer, por lo que el rey lo mandó decapitar ahí mismo.

"El rey ordenó racionar lo que restaba de comida, tanto para los hombres como para los animales, pero después tuvieron que comerse también a éstos. Aun así, vagaron otros trece días por el desierto, sin apenas fuerzas que los sustentaran.

"Finalmente, arribaron a los montes de Nisabur, donde se asientan los judíos. El día que llegaron era *shabat,* día de descanso, y se lanzaron sobre los frutos de los huertos y vergeles, sobre el agua de los manantiales y comieron y devastaron sin que nadie se les opusiera.

"Pero vieron sobre las montañas gran cantidad de ciudades y de torres, por lo que el rey envió a dos de sus servidores que fuesen a preguntar a esas gentes por los temibles Adoradores del Viento que pensaba exterminar. Los servidores se adelantaron y escudriñaron el terreno. Se toparon con un gran puente y sobre él tres torres. La puerta del puente estaba cerrada y tras de ella se vislumbraba una gran ciudad. Gritaron ante el puente hasta que llegó un hombre y les preguntó qué querían. Como no lograban entenderse fue necesaria la presencia de un intérprete que conociese ambas lenguas. Así, los judíos supieron que el maltrecho ejército del rey de Persia estaba ante sus puertas y los persas supieron que los judíos que ahí vivían eran independientes, sin ajeno rey gentil que los gobernase, sino fuese un propio príncipe judío. Después, los servidores persas preguntaron por los aguerridos Kuffar al-Atrak y recibieron la respuesta de que eran sus aliados y que quien deseara su mal, deseaba el de los judíos.

"Con tales respuestas, los persas regresaron ante su rey, quien se atemorizó grandemente.

"Poco después, los judíos mandaron aviso de que pelearían contra el rey, a lo que éste les respondió: 'Yo no vine para combatiros, sino a mis enemigos los Kuffar al-Atrak, Adoradores del Viento. Mas si me combatís, me vengaré matando a todos los judíos que hay en mi reino, pues me doy cuenta de que aquí vosotros sois más fuertes que yo con mis soldados hambrientos y sedientos. Hacedme la merced de no combatir conmigo y dejadme que me enfrente a mis enemigos. Vendedme sólo la provisión que mis soldados y yo necesitamos'.

"Los judíos consultaron entre sí y decidieron que por el bien de sus correligionarios dentro del territorio persa complacerían al rey. Le permitieron entrar en la ciudad junto con su ejército y descansar durante quince días. Al mismo tiempo que le recibieron con gran pompa, mandaron aviso por escrito a sus aliados, los Kuffar al-Atrak, de lo que estaba sucediendo.

"Los Kuffar al-Atrak, ni cortos ni perezosos, se apostaron con todos sus ejércitos sobre los desfiladeros de las montañas, le presentaron batalla en el camino y le vencieron. Ante la gran mortandad de sus tropas, el rey se vio obligado a huir con unos cuantos de los suyos a Persia.

"Y aquí es donde entro yo, querido Benjamín, en este relato. Uno de los servidores del rey me hizo salir con engaños y me llevó a Persia, donde me tomó como esclavo. Un buen día, el rey presenció la práctica de los arqueros y entre ellos estaba yo, que fui el mejor tirador. Al ser interrogado por el rey, le expliqué cómo había sido engañado. Al punto, el rey me liberó, me dio regalos y ropas de seda. Me propuso que me convirtiera a su religión y que sería rico y administraría su casa. Le respondí que tal cosa era imposible. Entonces, el rey me colocó en la casa del príncipe Shalom, el rabino de la comunidad de Isfahán, quien poco después me dio a su hija por esposa.

"Y así fue como todo terminó bien."

Éstas fueron las palabras que el rabino Moisés le contó a Benjamín el viajero, que durante el relato no abrió la boca y aun hubiera querido que más palabras fluyeran.

Comprendió también que si le gustaba escribir es porque más le gustaba escuchar historias. Que cuando no tenía quién se las contara, se las contaba él.

Como se trata de relatos tan bien confeccionados, a Benjamín ni se le ocurre dudar de su veracidad. La veracidad consiste en lo bien unido de la historia y lo demás no importa.

El mundo de la relación es el de la relatividad, donde las leyes que rigen son las de la imaginación hilada, para un lado o para otro, para el derecho o el revés y de todo color.

Tan cierto es ese mundo como cualquier otro que parezca comprobable.

Después de todo quién es quien pide una comprobación de aquello que ha sido urdido tan espléndidamente como los relatos que escucha Benjamín, según penetra en el horizonte del que sale el sol.

Nadie, nadie pide una comprobación (que desmenuzaría la ilusión). Ni un lector de la época de Benjamín ni un lector de épocas por venir.

XXXVI. ALUCENA SE DESMENUZA

Y BIEN, la narración regresa a mí. Letras y palabras me inundan.
Sigo con mi historia. Es importante que cuente lo que hago.
Porque esto no lo contará Benjamín en su *Libro*.

Y no lo contará por un cierto pudor que le invade. O porque
no se da cuenta de lo que cuenta. (Esta última frase es ambigua: sí
se da cuenta de lo que cuenta, pero tiene que darse cuenta también de lo que vale.) Adelante. (Esto es lo que me gusta de escribir: las palabras pueden volverse del derecho y del revés, como
guantes.)

Me quedé en que yo voy a contar otras cosas. Las pequeñas
otras cosas que se pierden por su tamaño. Por ejemplo, tengo que
ocuparme de la educación de Daniel, hijo de Benjamín y mío. Por
lo pronto, está yendo a la *yeshivá*, donde estudia la Biblia. Esto me
obliga a yo estudiarla también y a entablar entre los dos pequeñas-
grandes discusiones. Son tantas las preguntas que nos hacemos
que a duras penas avanzamos de la primera página.

He conocido a un joven estudiante que se dice de la Academia
de Narbona y que cuando pasamos por ahí Benjamín y yo, era apenas un niño. Él recuerda nuestro paso y se ha ofrecido a explicar-
nos a Daniel y a mí las nuevas interpretaciones de algo que, con
cierto misterio, mencionaba Benjamín: las enseñanzas de la Cábala
o Recepción. He accedido entusiasmada y ahora, los tres leemos
con cuidado y más de dobles intenciones cada párrafo de la Torá.
Me ha dicho que se llama Asael y yo le he preguntado si no tiene
nada que ver con un joven Asael que Benjamín conoció en Tierra
Santa y que desapareció arrastrado por una avenida de aguas. Me
ha contestado que no sabe de qué hablo y que él es otro.

Asael nos enseña con gran paciencia los principios de la Cábala. Tiene unos hermosos ojos, de color difícil de establecer: a veces parecen verde azulado, a veces grises, otras dorados y otras

más, oscuros como azabache: pero su mirada es siempre constante e iluminada. Sus manos son largas y de dedos delgados. Dan la impresión que fueran santas y que colocadas sobre la frente de un enfermo lo sanarían.

Digo que nos enseña los principios de la Cábala y nos perdemos en las explicaciones de cada palabra, de su raíz, de sus derivaciones y aún más, de lo que podría leerse, no sólo entre líneas, sino entre letras y entre espacios en blanco.

Su fórmula preferida es: *Fuego negro sobre fuego blanco,* que todavía no logro discernirla.

Lo que me ocurre con frecuencia es que me pierdo en la belleza de su rostro. Me hundo en la profundidad de sus ojos y ahí suelo quedarme.

Últimamente me pregunta mucho sobre Benjamín y sus viajes y si sé cuándo regresará.

Pues no, yo no sé nada. Pienso que sigue entusiasmado, rumbo al oriente, que le ha fascinado.

Esto de ser yo por dentro y otra por fuera (más bien, otro, porque sigo vestida de hombre), sirve para entender quién soy realmente, quién quiero ser y quién puedo ser (o quién se creen los otros que soy). El vestido (que es algo exterior) define de inmediato a la persona. Es decir, lo de fuera es lo importante. En este momento, todos creen en Tudela que soy un amigo de Benjamín. Lo cual no es que sea mentira, pero tampoco es la verdad.

Bien, soy un amigo de Benjamín: para los de fuera y también para mí por dentro. Aunque por dentro no soy amigo, sino amiga.

Luego, a nadie se le ocurre imaginar que no sea hombre si llevo ropas de hombre. Los demás no son observadores: creen por encima: no se atreverían a desnudarme para saber quién soy.

Además del vestido, debo adoptar una actitud varonil para no despertar sospechas. Varonil moderada, porque tampoco quiero exponerme a que me reten a duelo o que me lleven a una orgía.

El problema se acentúa cuando miro insistentemente a un hombre. Debo confesar que con Asael es difícil. Lo bueno es que él está en sus ensimismamientos místicos y es distraído. Lo cual me lo vuelve más atractivo. Supongo que él lo interpreta como mi interés por la Cábala.

Que esté vestida de hombre es un acto temporal, para protegerme y darme mayor libertad. En cuanto llegue Benjamín, regreso al traje femenino.

Afortunadamente, Daniel me comprende y le encanta guardar un secreto tan inusitado como éste.

Sin embargo, llego a la conclusión de que la ropa no es lo importante para mí, ni me define (en contra de la opinión general), ni me conmueve.

Lo que sí ocurre con el cambio de ropa es la adquisición teatral. Si de por sí un traje es un disfraz (en realidad, deberíamos estar desnudos, como en el paraíso), cambiar el que es propio por el opuesto, doble disfraz será. Me siento como esos mozuelos que, en los autos sacramentales, representan a la virgen María o cualquier otro personaje femenino.

Por esta capacidad de actuación (hay o habrá una teoría de que en el gran teatro del mundo todos tenemos asignados un papel por representar y que no somos lo que somos sino lo que actuamos y cómo lo actuamos), por esta capacidad de actuar, digo, convertida en otro yo, me veo a mí y a mi yo, desde fuera y como me ven los demás.

Lo que me hace sorprenderme de mí. Y liberarme. Porque al no ser yo, soy yo más libre. Soy otra yo. O los múltiples yoes que llevo por dentro.

Por ejemplo, no tengo que ser la madre de mi hijo, sino su tutor. Con lo cual nos escapamos del rigor materno y nos divertimos de lo lindo. En realidad, ser madre es bastante pesado y así me lo evito. Como nadie lo sabe, también me evito las críticas.

Sí, todo son papeles por representar: la madre debe hacer de madre. Qué bien que no soy lo que soy.

Daniel está igual de feliz: al no ser hijo se siente a mi misma altura y sin imposición alguna.

Entro y salgo cuando quiero, aparezco y desaparezco, estoy y no estoy.

Todo se me da servido y no tengo ninguna obligación (salvo ésta de escribir).

Creo que me voy a convertir en el modelo para futuras protagonistas de obras teatrales que cambiarán de traje como de piel.

Otra ventaja es la ambigüedad. ¿Qué haríamos sin la ambigüedad? Gracias a la ambigüedad nada es lo que es y todo aparenta ser otra cosa. Es la oportunidad de no comprometerse. Es no tomar partido. Es ser neutro: ni uno ni otro. Ni soy personaje ni soy autora. Ni soy hombre ni soy mujer. Simplemente, traslado las palabras al papel.

Pero sigamos con los sucesos.

Un día, paseando por la orilla del río y casi sin pensar en nada, me topé con el conde Dolivares. De inmediato se dirigió a mí en tono perentorio:

—Así que tú has viajado con el famoso Benjamín bar Yoná.

—Famoso, famoso, no sé cuánto lo sea. Pero viajar, viajar, sí que lo hemos hecho. No hemos parado.

—Y, ¿podrías decirme a qué viene tanto viaje?

—Viene, va: ése es el propósito de los viajes.

—No. Hay algo más. Sospecho que hay algo más. Alguna intriga. Algún interés. Algo de fondo.

—Pues no lo creo. Benjamín viaja por viajar, sin ninguna otra intención. Después de tantos años, ya se hubiera sabido.

—Yo envié a un espía, ¿sabes?

—Sí, era muy notorio. Todos lo sabíamos, pero lo dejábamos actuar para descubrirlo. Finalmente, se metió a un monasterio, arrepentido de lo que ni siquiera hizo.

—Se quedó con mi dinero.

—No: lo donó al monasterio.

—¿Y los manuscritos? ¿Qué es lo que había en los manuscritos? Siempre sospeché que eran claves contra los cruzados para que perdieran la guerra.

—No, qué va: si la pierden será por otras razones: como toda guerra: por índole estratégica, de armamentos, de conocimiento del terreno, de pragmatismo, de falta de ética, de engaño, de habilidad y de golpes de suerte (mas no de pecho).

—Hablas muy extrañamente, como un guerrero que no fuera de esta época.

—Puede ser.

—Y, a propósito, ¿de dónde vienes tú?

—Eso sí que es difícil de contestar: muy pocos lo saben y yo entre ellos.

—No es fácil entenderte.

—Ni lo pretendo.

Con estas palabras, la conversación queda interrumpida. Aparece Asael con Daniel de la mano. El conde Dolivares se despide bruscamente y los tres que quedamos nos reímos con disimulo.

Bajamos hacia el río y Daniel se mete en el agua. Observo que Asael tiene un estremecimiento, como si le temiera al agua.

Regresamos despacio a la casa y tomamos unos alimentos ligeros: fruta, un pedazo de pan y algo de queso, y bebemos agua fresca de una jarra de barro.

Es el calor estival y nos vamos a dormir una siesta, para luego continuar con los trabajos de la jornada. O empalmar el sueño hasta la alborada.

Antes de dormir, me acuden palabras de lo que quisiera escribir. Si las dejo flotar en la semivigilia, se me habrán olvidado cuando despierte. Si las anoto en estas hojas que dejo a mi lado, me despertaré del todo y no podré reconciliar el sueño. Las repito varias veces, para no olvidarlas. Pero sé que será inútil: al despertar no recordaré nada.

Mi trabajo siguiente será reconstruir lo que olvidé antes de dormirme. Y esa sensación de que no lo lograré, de que sólo será una aproximación lo que queda, me acompaña siempre.

Sólo si escribo esas palabras y luego me duermo, me servirán de guía para retomar la escritura. El desmadejamiento que me cerca, poco antes de dormir (y la imposibilidad de atrapar el momento inmediatamente anterior al vencimiento del sueño), me impide anotar las palabras iluminadoras. De tal modo que el despertar será un vago e inútil deseo de recobrar el contorno de una figura que se ha desvanecido.

Por un lado, ansío el sueño (porque una vez dentro del sueño surgirán imágenes nunca antes vistas), por otro, lo alejo para memorizar lo que ya tengo al alcance de la palabra.

Batalla entre el sueño y la vigilia que se sobreponen entre sí.

Despertar puede ser un triunfo, si la imagen o la palabra han sido retenidas. O una derrota irreparable, si se han perdido en oscuras zonas del olvido.

O el olvido a medias. Ésa es otra posibilidad que da cierta esperanza. Hay una sensación de que, por esfuerzo de la memoria, por asociación con algún suceso posterior, se recobrará lo que había sido establecido.

Como si la voluntad pudiera demostrar, así, su potencia.

Difíciles debates.

En los que todo el día se está a la caza y captura de un algo que no se sabe qué es, pero que aparecerá furtivamente.

Y ésa será la chispa que desatará el fuego de la escritura.

Escribir se convierte en una recapitulación de olvido tras olvido. Apabullante ejercicio de memoria de unos registros tan deleznables.

Memoria sin punto de referencia que una vez sí lo tuvo.

¿Descenso a los infiernos del alma?

¿O ascenso?

Ascenso o descenso: no se sabe: pero inevitablemente tortuoso camino laberíntico.

¿Salida del túnel?

Tampoco se sabe.

Puede ser entrada en el túnel.

Entrada en el túnel que se va estrechando, estrechando, hasta que no hay posibilidad de seguir.

Entonces: lanzarse de cabeza: y he aquí que el túnel se abre y luz irresistible explota por delante.

Todo eso es lo que ocurre en el desmenuzamiento de la escritura.

Es un cavar: con pico, pala, azadón: en la bendita, oscura, fértil tierra.

Es hora de despertar. Como en el poema del guerrero de Vivar:

> Ya crieban los albores - e vinie la mañana
> ixie el sol, - Dios, qué fermoso apuntava.

Y sale el sol y canta el gallo y responde, lejano, otro gallo. Y ladra el perro guardián y las ovejas tintinean sus campanillas. Y empieza el suave murmullo de pasos ligeros, de bostezos, de agua derramada sobre la palangana. De fuego que se prende en la cocina. De hervor, de plato de metal que suena, de escudilla, de cubierto. Y el olor de lo que se cocina que llega hasta el lecho de los perezosos y más que cualquier otra cosa los obliga a despabilarse.

Esto es lo que me trae la calma: los amorosos actos repetidos que serán rutina de vida mientras haya vida. La perenne, fiel mujer que prepara la comida para sus hambrientos dependientes. Que se despierta la primera, porque de ella es el ritmo de la creación. Sin interrogarse: adquirido don desde el origen de los tiempos. Suya la gracia de la manutención.

No queda más remedio que ofrecer a esa fidelidad la respuesta de quien devora y destruye en un momento la tarea de confeccionar la comida. De cambiar unos elementos en otros para ser engullidos y volver a ser cambiados en otros. Leyes de recónditos alquimistas: sus fórmulas fueron, en un principio perdido, simples recetas de cocina.

Agradecer que haya comida. Rezar y bendecir el misterio de la nutrición.

Simples, pero sustanciosos usos de vida.

Las cosas que se cuentan y las que no.

Las que no se juzgan contables.

Las que se saltan.

Sólo se relatan ciertos aspectos.

Imposible que una narración sea un retrato de la vida.

Muchos menos un espejo.

En todo caso, es un retrato de la escritura.

Y un espejo del acto de escribir.

No hay que darle vueltas:

Escribir es escribir.

XXXVII. LO DIFERENTE, LO EXTRAÑO, LO LEJANO (INDIA, CHINA, ADÉN, ABISINIA)

SIGUEN las rutas. Sigue el *Libro de viajes.* Benjamín ha adquirido la obsesión de la escritura. Como Alucena. Sólo Farawi observa. (¿Habrá él, también, de escribir su libro?)

De los montes de Nisabur, se puede tomar la ruta de regreso a Kuzestán, sobre la orilla del río Tigris. Benjamín se queda unos cuantos días allí y le pide a Farawi que se embarque rumbo al Océano Índico hasta la isla de Kish, en el estrecho de Ormuz. Farawi, a su regreso, le proporciona los siguientes datos.

La isla de Kish es de importancia capital para los mercaderes de Oriente. En eso basan su modo de vida y descuidan el cultivo del campo: no siembran ni cosechan y prefieren vivir de lo que arriba al puerto. Su clima es extraño, no tienen más que un manantial y carecen de ríos. El agua la obtienen de las lluvias y la guardan en grandes tanques. La ciudad está fuertemente amurallada y protegida. En las costas cercanas se encuentran los famosos bancos de perlas. En el puerto, siempre en movimiento, fondean los barcos que provienen de la India, de las islas, del país de Shinar, de Al-Yemen y de Persia. Las mercaderías son las preciadas vestimentas de seda, de púrpura, de lino; la flor de crisantemo, el algodón; el trigo, la cebada, el centeno, el mijo, el arroz; todo tipo de leguminosas, como lentejas y habas; además de las valiosas especias. Los isleños han desarrollado el oficio de corredores de mercancías y de eso viven. Allí habitan alrededor de quinientos judíos.

De nuevo, Benjamín se une a Farawi y retoman el viaje. Esta vez, se embarcan rumbo a Catifa, que se encuentra en el Golfo Pérsico, cerca de Bahrein. Los diez días de viaje son disfrutados plenamente. Al calor de la estación, se agrega una brisa que suaviza su efecto e impulsa las velas del barco en buena dirección. El cargamento de todo tipo de mercadería y, sobre todo, las especias y los perfumes avivan su olor bajo el efecto del aire. Los pulmones se expanden y la sensación de velocidad es agradable para el cuerpo.

Álef y Bet relinchan al no sentir la tierra bajo sus cascos. Los dos viajeros pasan grandes ratos con los caballos, dándoles de comer y cepillándolos, para aliviar su encierro.

Una vez arribados en Catifa sienten alegría de poner pie en tierra y los caballos se impacientan.

Se dirigen a una hospedería y deciden descansar el resto de la jornada.

La comunidad de Catifa es grande, de unos cinco mil judíos y su principal ocupación es la relacionada con la pesca y el comercio de las perlas. Sobre cómo se obtienen las perlas es para Benjamín de Tudela algo tan maravilloso que se queda días observando la pesca de las ostras. Según el calendario hebreo, el 24 del mes de Nisán caen allí grandes lluvias sobre las aguas y entonces, una especie de sabandijas marinas o moluscos que son las ostras perleras surgen en la superficie, absorben la lluvia, se cierran y se hunden en el fondo del mar. A mediados del mes de Tishri han producido unas piedras preciosas en su interior. Entonces llegan los pescadores de perlas que se atan con unas sogas, descienden al fondo del mar y recogen las ostras. Luego, las hienden y extraen las perlas.

No todas las perlas formadas en el interior de la ostra son igual de valiosas. Las más apreciadas son las que tienen un lustre iridiscente y al movimiento refractan la luz. Así eran las de Yosef Margalit, recuerda Benjamín. La forma es también importante: puede ser en botón, redonda, como pera o irregular.

Las perlas de Catifa pertenecen al rey, bajo la vigilancia de un funcionario judío.

Benjamín, atraído por la serena belleza de las perlas, compra varias docenas para hacerle un collar y un anillo a Alucena.

De ahí, Benjamín parte hacia el puerto de Quilón, al sur de la costa índica de Malabar, punto de reunión de los comerciantes chinos y árabes. Es la tierra de la pimienta, sobre todo, la blanca y la negra. Las costumbres son desconocidas y son extraordinarias. Así las consigna el mercader de Tudela:

Cawlam o Quilón es el comienzo del reino de los adoradores del sol: son los hijos de Cush y hacen predicciones en las estrellas. Todos son negros y se caracterizan por la honestidad en sus negociaciones. Cuando de lejano país les vienen los negociantes y atracan en el puerto, acuden a ellos tres escribas del rey, que inscriben sus nombres y les llevan ante él. El rey se hace cargo de sus riquezas, depositadas sobre el campo, sin vigilante alguno. Hay un funcionario, sentado en su tienda, que cuando el dueño de un objeto extraviado le dice sus señas, de inmediato se lo entrega. Ésta es una costumbre que reina en todo el país.

Desde Pésaj o pascua judía hasta el Año Nuevo judío, esto es, durante todo el verano, nadie sale de su casa por el intenso calor. A partir de la tercera hora del día todos permanecen en sus casas hasta el atardecer, saliendo después. Encienden candelas en todos los zocos y plazas y luego, por la noche, realizan sus trabajos y transacciones, pues cambian noche por día debido al excesivo calor del sol. Allí se encuentra la pimienta; plantan su árbol en el campo y cada ciudadano conoce cuál es su huerto. Los árboles son pequeños y la pimienta es blanca como la nieve, pero al recogerla la ponen en ollas y echan encima agua hirviendo para que se fortalezca; posteriormente la sacan del agua, la secan al sol y tórnase negra. Allí se encuentra la caña azucarera, el jengibre y muchas clases de especias.

Los hombres de aquel país no entierran a sus muertos, sino que los momifican con ciertas clases de bálsamos y los colocan en banquetas, cubriéndolos con sudarios de lino. Todas las familias tienen casas donde colocan a sus antepasados y a sus familiares, secándose la carne sobre los huesos, aparentando totalmente personas vivas. Todos reconocen a sus antepasados y familiares durante años.

Adoran al sol y tienen grandes templos en lo alto en todas partes, a una distancia de media milla fuera de la ciudad. Por la mañana corren al encuentro del sol, pues en cada templo tienen un disco solar hecho con artificios de mago. Cuando sale el sol, el disco da vueltas con grandes ruidos y cada uno, hombres y mujeres, con su turíbulo en la mano, queman incienso al sol: tal es su camino de torpeza.

En la isla, incluyendo todas las ciudades, hay como un millar de israelitas. Los habitantes son negros y asimismo los judíos son negros.

Son buenos judíos, observantes de los preceptos. Estudian la Torá de Moisés y los libros de los Profetas, y en menor grado el Talmud y la Halajá o Ley.

De la isla de Quilón, Benjamín continúa su viaje por mar, durante veintitrés jornadas, hacia la isla de Berig, que es Ceilán. Más que otra cosa, y casi olvidando su profesión de mercader, lo que le interesa es recoger las historias y leyendas de esta región del mundo. Poco trabajo tiene aquí con sus manuscritos, pues las comunidades judías no son tan dedicadas al estudio, y prefiere anotar con cuidado lo que le sorprende y maravilla de las culturas orientales.

Así, descubre que en la isla de Ceilán los habitantes son adoradores del fuego. Se llaman *Dujbín* y entre ellos hay unos tres mil judíos.

Los sacerdotes de los *Dujbín* son poderosos y poseen casas de idolatría en toda la isla. Más que sacerdotes son brujos y dominan el arte de la hechicería. Benjamín nunca ha visto tales actos de hechicería en ninguna parte del mundo por las que ha viajado.

Le ha tocado ver algunos de éstos. Frente a la casa de adoración hay un foso en el que se enciende un gran fuego al que nombran *Eluhata*. Hacen pasar por él a sus hijos e hijas y hasta lanzan en él a sus muertos. A veces, algún hombre prominente se ofrece en sacrificio y se lanza vivo al fuego. Cuando le comunica a su familia su decisión es un honor para ellos y todos lo consideran bienaventurado. El día de su muerte le preparan un banquete espléndido y hacen todo tipo de festejo. Si es rico monta en su mejor caballo y viste sus mejores vestimentas. Si es pobre, marcha a pie con gran orgullo. Tanto uno como otro se lanzan sin temor a las llamas en medio de los cánticos de los familiares, de las danzas y del ritmo del tambor. Los familiares permanecen frente al fuego hasta que el cuerpo se ha calcinado. Se consideran de tal modo unidos a él que las cenizas esparcidas por el viento son recibidas sobre los rostros como la forma perfecta del amor.

Al cabo de tres días, los sacerdotes intervienen con sus artes de encantamiento. Dos de los principales se dirigen a la casa del sacrificado y hablan con los hijos. En llegando, les dicen:

—Preparad y arreglad la casa, pues hoy vendrá vuestro padre para ordenaros qué debéis hacer.

Los hijos mandan traer testigos que confirmen lo que va a suceder.

Entonces, ocurre la maravilla de las maravillas ante los ojos de los idólatras. Aparece una figura satánica que representa al difunto. La esposa y los hijos interrogan a la figura con palabras parecidas a éstas:

—¿Cómo se está en el otro mundo?

La respuesta no se deja esperar:

—Vine con mis amigos, pero no me recibirán hasta que no cumpla con mis obligaciones y pague mis deudas a mis allegados y vecinos.

En seguida, dicta testamento y reparte sus bienes entre los hijos. Da instrucciones de pagar a los acreedores y de cobrar a los deudores. Los testigos asientan por escrito su voluntad y se marcha sin que se vuelva a saber de él.

Pero esto es un engaño y, seguramente, uno de los sacerdotes ha suplantado al muerto y ha hecho creer que se trataba de un acto sobrenatural. Y, sin embargo, su habilidad para hacerlo, la gravedad de su voz, la solemnidad de la ceremonia, han creado un ambiente de magia como nunca se ha visto. Así se contribuye a que se haga justicia y a que todos queden contentos.

Para cruzar al otro lado de la tierra, lo que es el Extremo Oriente, son necesarios cuarenta días de viaje. Benjamín no se detiene ante nada y sabe que aún le aguardan mayores misterios y extrañas vidas y costumbres. Sabe, además, que lo que él mencione de esos apartados lugares nunca antes había sido mencionado. El suyo es el primer testimonio sobre la tierra de Zin o China. Para algún futuro viajero veneciano serán sus palabras su guía. Y coincidirá con él en su segundo testimonio.

Por lo pronto, Benjamín alaba la extensión de esa tierra, sus mares y ríos. Sus montañas. Hay un mar que describe como congelado o cuajado a la manera del queso. Su nombre es ambiguo, tal vez le suena como Nikpa o Ning-po. ¿Será así? Sobre ese mar domina su estrella preferida, la de Orión. Se ve tan claramente la figura de Orión: el cuerpo, el cinturón: que es un deleite contemplar esa constelación que es como su gran ángel tutelar. Recuerda, también, las palabras de Abraham el astrónomo, años atrás, en Tiberias y agradece lo que aprendió de él.

En el Mar de la China a veces sopla un viento de tormenta tan fuerte que ningún marinero, por experto que sea, puede gobernar la nave, quedando ésta inmóvil. La tripulación, impotente, resiste hasta que se acaban las vituallas y muere sin haber logrado mover la nave. Esta tormenta recibe el nombre de tifón y es la responsable por la pérdida de muchas naves.

Sin embargo, le cuentan a Benjamín de Tudela que hay una treta para escapar a este peligro. Los marineros llevan consigo pieles de grandes reses y en cuanto sopla el tifón se introducen en la piel con un cuchillo en la mano y desde el interior cosen perfectamente la piel para que no entre ni una gota de agua, y se arrojan al mar. El pellejo flota y es visto por una gran águila llamada grifo o ave roc, que pensando que lo que flota es una presa, la saca hacia la tierra firme y la deposita sobre un monte o unas rocas para comérsela. Entonces, el marinero oculto hiere al grifo y lo mata con el cuchillo, emergiendo, después, de la piel. Una vez libre, se dirige al próximo poblado, salvándose de este modo.

Sobre esta ave extraordinaria, corren muchas leyendas entre la gente de esos mares. Ese viajero veneciano que más de un siglo después recorrerá casi los mismos lugares que Benjamín de Tudela, describirá y añadirá otras historias acerca del grifo o ave roc. A su vez, los lectores de cuentos árabes de inmediato recordarán la historia de Simbad el marino.

En China hay comunidades judías, procedentes de Persia, desde épocas antiguas. Hay una ciudad, llamada Kaifeng, donde se construyó una famosa sinagoga que fue restaurada varias veces a lo largo del tiempo.

Benjamín visita varias ciudades y recoge los datos que puede. La lengua que hablan es totalmente diferente a las que él conoce y le impide ser preciso en la trascripción fonética de los nombres. Su paso siguiente es lo que él llama la ciudad de Al-Gingala.

Tarda quince días por mar hasta llegar ahí. Se encuentra con una comunidad de un millar de judíos y de ellos obtiene direcciones a seguir. Siguiendo su consejo, se embarca de nuevo y emprende la ruta hacia Julán, empleando siete jornadas para arribar, pero allí no encuentra judíos. Se dirige, entonces, a Zebid, en doce días de viaje y encuentra unos cuantos correligionarios.

Benjamín quiere regresar por tierras de la India. En ocho jornadas llega al continente y entra por Adén, que está en Telasar. Es una región de grandes montañas y los judíos que ahí habitan están libres del yugo de los gentiles. Poseen ciudades y torres en las cimas de las montañas y su carácter es intrépido. Cumplen con los preceptos de la religión y usan las filacterias o *tefilim*. Cuando bajan a las llanuras de Libia o Abisinia, dominio de los cristianos, pelean contra ellos y son tan aguerridos que nunca han sido derrotados. Obtienen botín que se llevan a las montañas. Más tarde estos judíos habrían de ser nombrados *falasha*. Y algún día, lejanísimo todavía, regresarían a la Tierra Prometida, montados en alfombra mágica.

El regreso al desierto atrae a Benjamín. Tiene que atravesarlo si quiere llegar a la tierra de Assuán. Veinte días dura el trayecto y en ellos recupera el ritmo lento de las arenas. El calor en el día y el frío en la noche. Aprende a cavar un lecho en la arena y así protegerse. Cuida a Álef y a Bet, que ya no son tan jóvenes y que empiezan a cansarse en las jornadas largas. Pero nunca se deshará de ellos. Morirán a su lado. Con frecuencia los contempla y se le humedecen los ojos: no quiere imaginar su enfermedad ni su muerte.

XXXVIII. EL CAIRO

LLEGAN Benjamín y Farawi a Saba, que está sobre el río Nilo y desciende del país de Cush o de los negros, que será llamado Etiopía. Es la tierra de la hermosa reina, la que viajó para conocer al rey Salomón y le colmó de regalos, oro, piedras preciosas, especias, camellos.

Es la tierra de los cusitas, tierra caliente, cuyo rey es el sultán Al-Habasa. Entre ellos viven unas tribus de gente miserable que sólo se alimentan de hierbas, que andan desnudos y que carecen de conocimiento. Son promiscuos y yacen con sus hermanas o con quienes encuentren. Los guerreros de Assuán los hostigan y obtienen botín. Llevan consigo pan y trigo, pasas e higos y se los arrojan a esos pobres hombres. Ellos se lanzan por la comida y son atrapados y llevados cautivos. Luego son vendidos en Egipto y en los reinos aledaños como esclavos. Estas víctimas son los hijos de Cam que recibieron la maldición de su padre Noé.

De Assuán, Benjamín se dirige en doce jornadas a Jaluán, en donde hay una pequeña comunidad judía de trescientos miembros. El único modo de seguir camino es atravesar el gran desierto llamado Al-Sahara. Y la mejor manera es unirse a una caravana. Aun así, el trayecto es de cincuenta jornadas, un largo camino a seguir. La dirección es hacia la ciudad de Zavila, que es Habila, en el país de Gana.

De nuevo, Benjamín y Farawi están en el desierto por ellos amado. Casi como el mar, pero sin su ligereza. Donde no hay caminos, sino estrellas en el cielo y sentido de orientación. Tan poderosa su fuerza que las leyendas y las historias abundan. Benjamín recuerda al anacoreta y desearía encontrarlo de nuevo. En las noches, alrededor de una fogata, los caravaneros entretienen las horas contando cuentos. Dicen que las montañas de arena son movidas por el viento y que las dunas no quedan en su lugar. De nada sirve marcarlas en un mapa: tarea inútil que es borrada en un instante. La arena arrastrada por el viento puede cubrir caravanas enteras y convertir el desierto en cementerio. Luego, alguien con suerte puede hallar expuesto en la arena tesoros y riquezas, oro, piedras preciosas, bolsas de trigo, lentejas, sal, si el viento al volver a soplar desentierra lo que yace en el fondo.

El desierto encubre y expone con ritmo de ola de mar. Se traga ciudades y luego las expulsa. Es limpio e inagotable. No exento de vida, sino con vida oculta. Benjamín ha visto minúsculos insectos correr casi al ras de la arena y serpientes que se deslizan sin temor. De las dunas surgen algunas hierbas, delgadas y trasparentes, que se doblan con la fuerza del viento. Todo se confunde en el mismo color de la arena y nada permanece quieto. Lugar para tramar muertes y desapariciones, sin que quede una huella.

Lugar de silencio: es mejor callar para que la arena no invada la boca. El cuerpo se envuelve en telas amplias que lo protejan suavemente y que impidan la invasión de la arena.

Obsesiva arena.

Caminar en el desierto parece tarea de nunca acabar. Se avanza, pero se tiene la sensación de lo contrario: de que uno no se mueve del mismo lugar: de que ya se ha pasado por ahí: de que se está regresando al punto de partida.

A la mitad del camino, se desata una tormenta de arena. Los caravaneros toman medidas. Desmontan y se colocan de espaldas al viento tras de los camellos y esperan a que pase el peor momento. Si alguien se mueve es fatal. Por apartarse un poco, se pierde la noción de la distancia y tal vez ya no se sepa regresar al grupo. Uno de los arrieros, siendo éste su primer viaje, es invadido por el pánico, no escucha la orden de permanecer quieto y se lanza despavorido entre la arena que le golpea furiosamente el rostro. Benjamín y Farawi intentan ir por él, pero los guías los retienen por la fuerza. Es inútil, el arriero es un caso perdido y si alguien más sale tras él, tampoco regresará. La arena lo asfixiará: cubrirá sus ojos, sus oídos, su nariz, su boca. El viento lo lanzará al suelo y capa tras capa de arena lo cubrirá y ésa será su sepultura.

Benjamín se despide del desierto porque sabe que es la última vez que lo verá. Agradece la dicha de haberlo conocido, pero siente la tristeza del fin de las cosas.

En Jaluán, nuestros viajeros sólo permanecerán el tiempo suficiente para reponerse y continuarán camino hasta la ciudad de Cush, principio del país de Egipto. En esta ciudad hay una comunidad de unos trescientos judíos, cuya ocupación principal es el intercambio de mercaderías. Benjamín habla con ellos acerca de las mejores rutas. Le recomiendan que se dirija a Fayum, que es Pitom. Sólo está a tres millas y hay allí una comunidad de unos doscientos judíos, quienes lo acogerán.

En Fayum, Benjamín visita las ruinas de antiguas construcciones faraónicas, que erigieron los judíos del tiempo de Moisés. Entre ellas, quedan algunos muros de los graneros imperiales que aún no han sido tragados por el desierto. Esos graneros que recibieron el nombre de José, por haberse encargado él de guardar las cosechas de las buenas épocas, para aliviar las malas. Benjamín siente que está recobrando los orígenes de la historia del pueblo judío. Le gusta imaginar que donde está su pie estuvo el de tantos y tantos antepasados.

De Fayum, Benjamín llega a El Cairo, la gran ciudad asentada sobre el río Nilo, en cuatro jornadas. Ahí se queda una temporada larga. Luego del desierto, le deslumbran los colores que brillan y alborotan por las calles. Azules, rojos, dorados, blancos impecables. Y los ruidos, luego del silencio. Los parloteos, los gritos de los mercaderes, el tintineo de las campanillas que llevan al cuello los camellos, el balido de las cabras, el relincho de los caballos y el rebuznar de los burros. Todo ello en confusión, como habrán de mencionar viajeros y más viajeros por los siglos de los siglos.

Benjamín y Farawi deambulan por los mercados y los bazares y hay un abigarramiento como nunca han visto. Lo primero que hacen es beber café. Les sabe a gloria y van de puesto en puesto pidiendo otra tacita más. La combinan con los dulces de hojaldre y miel, y es un regalo para el paladar. El café de El Cairo les sabe aún mejor que el que habían probado con los drusos.

La vida judía en El Cairo florece. La comunidad es de unos siete mil individuos. Hay dos sinagogas que siguen rituales con variantes. Una es la de los habitantes que proceden de la tierra de Israel, *Eretz Israel* y la otra la de los que proceden de Babel, *Eretz Babel*. La congregación de Israel se llama Al-Samiyín o los sirios y la de Babel, Al-Iraquiyín o los iraquíes.

Benjamín anota cuidadosamente en su *Libro* las diferencias del ritual:

> No todos siguen un ritual único en los capítulos y órdenes de la Torá, pues los babilonios acostumbran recitar cada semana un capítulo (como hacemos en Sefarad y como es nuestro ritual, el que nosotros seguimos) y cada año concluyen la Torá. Los de *Eretz Israel* no tienen tal costumbre, mas hacen de cada capítulo tres órdenes y concluyen la Torá al cabo de tres años. Tienen entre ellos costumbre y convención de reunirse todos y rezar juntos el día de *Simjat-Torá*, cuando se concluye de leer la Torá y el día de *Matán-Torá*, que es la festividad de *Shavuot* o de las semanas.

Benjamín visita a Natanel, Príncipe de los Príncipes o *Naguid*, jefe de la academia rabínica y de la comunidad judía de Egipto, servidor ante la corte de los árabes y del rey que reside en el palacio de Soán Al-Medina.

Natanel sabe de los manuscritos que porta Benjamín bar Yoná. Le promete leerlos con cuidado y le ofrece alojamiento en su casa, pero Benjamín aunque lo agradece mucho, prefiere alquilar una vivienda y mantener su independencia. Quiere entrar y salir a las horas que le conviene y recorrer la ciudad libremente.

El Cairo es una ciudad fascinante, casi rodeada por el Nilo, muy calurosa, donde no cae lluvia, ni hielo, ni nieve. Se desconoce el blanco de una ciudad nevada, pero se sustituye por el blanco de las ropas y el blanco de las casas encaladas.

El Nilo se sale de madre una vez al año y ese día el rey emerge de su palacio. Cuando ocurre es el fin del año judío. El río se desborda y cubre toda la tierra, regándola en una extensión de quince días. Durante dos meses, los meses de *elul* y *tishri*, las aguas inundan y sacian la tierra produciendo su bienvenida fertilidad. Todo tipo de grano, espiga, vaina crecen y se solazan en el agua y el limo.

Pero hay otras y grandes maravillas a causa del Nilo y éstas las describe Benjamín de Tudela de este modo:

> Para saber la medida de la subida del Nilo tienen una pilastra de mármol de ingeniosa factura que está sobre una isla, dentro del agua; tal pilastra está a doce codos sobre el nivel de las aguas y cuando sube el Nilo y la cubre saben que ya subió el río y cubrió el país de Egipto en una extensión de quince jornadas. Si cubrió la mitad de la pilastra, no cubrirá sino medio país. Un hombre mide cada día la pilastra y pregona en Soán y en El Cairo, diciendo: "¡Alabad al Creador, pues el Nilo subió hoy tanto y tanto!" Cada día él mide y pregona. Si las aguas cubren toda la pilastra hay abundancia en todo Egipto y el Nilo sube poco a poco hasta que cubre el país.

Cuando Benjamín y Farawi salen a pasear cerca del Nilo para observar el fenómeno, se encuentran con gran cantidad de trabajadores que zanjan el campo a trechos. Esto se debe a que con la avenida de las aguas gran cantidad de peces son arrastrados y se quedan en las zanjas. Los dueños de los campos los aprovechan como alimento o los salan para venderlos en los mercados. Así obtienen una ganancia más. Esos peces son muy grandes y grasientos, por lo que de su grasa elaboran aceite para alumbrar las candelas. Aunque se coma mucho pescado y se beba mucha de esta agua nunca provocarán enfermedades, antes bien son curativos.

Benjamín quiere encontrar explicación para todo y averigua cuál es el origen de la crecida del río Nilo. Esto es lo que le cuentan los egipcios: Dicen que la gran cantidad de lluvia que cae en los altiplanos de Al-Habash o Abisinia, que es la tierra de Habila, es lo que provoca la subida de las aguas. También le explican que si el río no sube, no se siembra y el hambre llega a ser extrema.

Una vez que han bajado las aguas se siembran primero las cebadas y luego los trigos. Un mes después, las cerezas, las peras, los pepinos, las calabazas y los calabacines. Luego, habas, guisantes, almortas y verduras en abundancia, verdolagas, espárragos, leguminosas, lechugas, culantrillos, endivias, coles, puerros y cardos. La abundancia y la variedad dan gusto y alegran el paladar. Con tal cantidad de verduras y frutas los guisos que se preparan son deliciosos. "El país está colmado de todo lo bueno," escribe Benjamín. Y agrega:

> Las huertas y vergeles son regados por estanques de agua y por las aguas del Nilo. Pues cuando el Nilo viene de allá a El Cairo se divide en cuatro cabeceras. Una cabecera va camino de Damiat, que es Kaftor, y allí cae en el mar. La segunda cabecera va a la ciudad de Rashid [que Benjamín de Tudela no sabe que mucho tiempo después habrá de llamarse Rosetta], próxima a Alejandría, y cae allí al mar. La tercera cabecera va camino de Ashmún, y cae allí al mar. Y la cuarta cabecera va por la frontera de Egipto. Sobre esas cuatro cabeceras hay ciudades, urbes y aldeas, aquí y allá, y todos van a ellas en barcas y por tierra. No hay país tan poblado como aquél, muy extenso y colmado de todo lo bueno.

Benjamín se entusiasma con la grandeza egipcia. Las glorias faraónicas reviven en las hazañas de los sultanes. La cultura se desarrolla y la comunidad judía goza de un buen momento.

Benjamín recorre Egipto. Desde el Nuevo Cairo se encamina al Viejo Cairo, que era Fustat. Como tanto le atrae visitar las ruinas, recorre las antiguas murallas y lo que queda de las construcciones y casas. Persigue los rastros de las comunidades judías y encuentra ahí, como ya ha encontrado en otros lugares, cómo está viva la presencia de José (y agrega un "la paz sea con él") en los muchísimos graneros que mandó construir, con cal y piedras, obras tan sólidas que han resistido el paso del tiempo.

Se encuentra con un maravilloso obelisco, hecho por arte de encantamiento, sin que haya otro igual en el mundo. De forma piramidal, labrado, con jeroglíficos que narran antiguos hechos históricos.

Luego, fuera de la ciudad, está la sinagoga de Moisés (y agrega Benjamín, "nuestro señor, la paz sea con él por los tiempos de los tiempos"). El encargado de cuidarla es un anciano administrador al que llaman Al-Sheij Abu al-Nasr, quien se entretiene un rato hablando con Benjamín y Farawi. Les recomienda que no dejen de ver el resto de las ruinas de El Cairo, incluyendo las pirámides, que construyeron los esclavos judíos, construcciones mágicas como las que nunca verán en otra parte del mundo y cuya extensión es de tres millas.

Otra ciudad egipcia a la que llega Benjamín es la de Goshén, que es Bilbais, en tierra de Ramsés, sobre el delta del Nilo. Es una gran ciudad, de comercio y agrícola. Benjamín se queda unos días, anotando el número de miembros de la comunidad, que alcanza a ser de unos trescientos judíos. Cada día es invitado a comer en una casa diferente y la hospitalidad de los habitantes es su rasgo principal.

De la tierra de Goshén se llega en media jornada a Ain-al-Shams, que quiere decir "Manantial del Sol" y es Ramsés. Los griegos la llamaron Heliópolis. Fue una ciudad muy importante, pero está en ruinas. Benjamín pasea entre las piedras desmoronadas y encuentra restos de las construcciones de los antepasados: grandes torres derrumbadas que fueron edificadas con sólidos ladrillos. Recoge un poco del polvo rojizo y lo deja escapar entre los dedos, como recuerdo de la fragilidad de la vida. Recoge otro poco del polvo y lo guarda en un trozo de tela.

De ahí se dirige a las ciudades de Al-Bubizig, donde habitan unos doscientos judíos. Banja, donde hay sesenta judíos. Muna Sifta, con quinientos judíos. Samno, como con unos doscientos judíos. Damira, con setecientos. Lammana, con quinientos.

Su ciudad siguiente es Alejandría y a ella dedica una buena parte de su tiempo.

XXXIX. ALEJANDRÍA

ALEJANDRÍA es una bella ciudad. Benjamín al verla repasa su historia. Y aún así su historia no habrá terminado. Ciudad de filósofos y poetas y escritores. De gente de toda nación, del uno al otro confín.

Fundada por Alejandro *el Macedonio,* la mandó construir con calles en ángulo recto, a la manera helénica. Con casas, edificios, palacios, columnas de elaboración armónica y serena. Quiso que fuera un espejo en el cual mirarse. Una muestra de su poderío y de su sentido de la proporción. La rodeó de una muralla espesa y delicada a la vez.

Fuera de la ciudad está la Gran Academia de Aristóteles, el maestro de Alejandro, en lugar sosegado, con palmeras entre el viento y la arena. El edificio central comprende veinte academias, cada una separada entre sí por una columna de mármol de distinto color: blanco, rosa, gris, verde, negro. La Gran Academia reúne a estudiosos de todas partes del mundo que acuden a perfeccionar sus conocimientos de filosofía.

Durante algún tiempo, Benjamín acude a oír a famosos maestros, pero pronto se impacienta con el ritmo de la lógica y del método. Prefiere sus interpretaciones libres, su sistema asociativo por acumulación de conocimiento y experiencia. Las sorpresas de nuevos caminos. El no atenerse a lo que los demás aceptan sin condición. No, la sistematización no es para él. Si acaso, escogería la palabra poética de los Receptores de la Tradición, de los cabalistas, de los iluminados.

Hablan, por ese entonces, de la tragedia que le ha ocurrido a un gran filósofo, del que Benjamín oyó en Sefarad y en tierras de Provenza. Maimónides ha perdido a su hermano David, quien tuvo menos suerte que Benjamín en sus viajes y su barco se hundió en el

Océano Índico. Perdió la vida, la riqueza de la familia y dejó desamparados a sus hermanos, sobrinos, esposa e hijos.

Durante un año, Maimónides lo lloró. Durante otro año cayó presa de la melancolía. Maimónides no sale de su casa. No escribe. Sólo piensa. Piensa.

Benjamín quisiera visitarlo. Conoce su enfermedad y podría ayudarle. Pero, también, porque conoce su enfermedad, sabe que la soledad debe ser respetada. La cura, si es que llega a ocurrir, viene de la propia soledad, del silencio y del abatimiento.

Así como la melancolía es apreciada, llega el momento de desecharla. Así como es fuente de conocimiento, lo es de desprendimiento. Es preciado sello de la memoria y absurda lacra del olvido. Corre pareja con el viento y es lenta como la tortuga. Llega a la cima y se hunde en la sima. Desata desidia pero también violencia. Es de raíz tímida y es de fruto aventurero. Paralítica e imparable. Silenciosa y locuaz.

Abatida: tremendamente abatida.

Para renacer de sus cenizas y atreverse a lo que nadie se haya atrevido.

Maimónides no sale de su cuarto. No se levanta de su lecho. Sólo agradece la oscuridad. Si la bilis negra lo invade, que todo sea negrura a su alrededor. No come: nada más agua clara de la fuente bebe.

Así lo imagina Benjamín bar Yoná. Así sabe que es.

Con quien más pudo desear hablar, con quien hubiera sido su par, por aquello mismo que los unía, fueron separados.

Que dos almas gemelas no puedan coincidir.

Que dos amados desconozcan el amor.

Líneas paralelas que nunca se toquen.

Espejo que reflejase espejo, por un vacío que era el más lleno de los llenos.

Palabras que habrían nacido de una y otra boca para ser un mismo discurso comprendido. Obliteración del diálogo por un continuo monólogo en dos tonos.

Qué amor no hubiera sido y, en cambio, fue amor perdido.

Nada puede hacer Benjamín, sino tenerlo presente en sus rezos.
Que renazca del dolor.
Que recobre la palabra.
Que sea para los demás.
Que corra de un enfermo a otro y para todos tenga compasión.
Que los cascos de su caballo sean el sonido de la esperanza.

Luego, en su *Libro de viajes* no fue eso lo que anotó, sino la descripción detallada de cómo es la ciudad por la que nunca unos pasos llevaron a otros pasos.

La ciudad está construida hueca por debajo mediante puentes. En su interior, en los canales que uno ve, los hay de una milla de distancia, de puerta a puerta: desde la puerta de Rashid hasta la puerta del Mar. Allí se construyó una vía sobre el puerto de Alejandría, de una milla de distancia dentro del mar. Se hizo una gran torre llamada El Faro y en lengua árabe Minar al-Iskandariya. Allí, sobre lo alto de la torre, hay como un espejo de cristal. Todas las embarcaciones que van a ella para guerrear o causarle daño, sea del país de Grecia o del país de Occidente, lo veían desde una distancia de veinte jornadas, a través del espejo de cristal, y se prevenían de ellos.

Hasta que un buen día, mucho tiempo después de la muerte de Alejandro, vino una embarcación del país de Grecia. El nombre del marinero era Teodoro, un hombre sabio en toda sabiduría. En aquellos tiempos estaban los griegos sometidos bajo el yugo de Egipto y el marinero Teodoro trajo un magno regalo para el rey de Egipto: plata, oro y vestidos de seda. Atracó ante el faro, como solían hacerlo los comerciantes. Se hizo amigo del farero y comía con él y sus servidores cada día, entrando y saliendo sin que nadie se lo impidiera, pues se había ganado su confianza. Un día le hizo un banquete y le dio de beber mucho vino. Cuando los comensales se quedaron dormidos, se levantó el marinero y con la ayuda de sus compañeros rompieron el espejo y emprendieron su camino la misma noche.

A partir de ese momento, empezaron a venir los cristianos con grandes naves y embarcaciones, y tomaron la isla de Creta y la de Chipre, que hasta hoy siguen en manos de los griegos.

La torre del faro es una señal para los navegantes, pues todos los que vienen a Alejandría desde cualquier parte lo ven a lo lejos, a una distancia de cien millas y hasta por la noche, porque el guardián alumbra una antorcha, viendo los marineros el fuego desde lejos y dirigiéndose hacia él.

Benjamín admira la actividad febril del puerto y el esplendor de la ciudad. Todos los pueblos y todas las religiones se dan cita allí. Se hablan todas las lenguas. Se exhiben todas las vestimentas, todas las mercaderías, todas las riquezas de todos los rincones del mundo. Habitan, en Alejandría, unos tres mil judíos.

Desde todo reino cristiano vienen allí. Benjamín anota, una por una y con gran gozo porque las conoce, casi todas las ciudades que se hacen presentes, para que quede ante la historia: Venecia, Lombardía, Toscana, Apulia, Amalfi, Sicilia, Calabria, Romania, Jazaria, Patzinakia, Hungría, Bulgaria, Racuvia, Croacia, Esclavonia, Rusia, Alemania, Sajonia, Dinamarca, Gurlabia, Irlanda, Trana, Frisia, Escocia, Inglaterra, Gales, Flandes, Roter, Normandía, Francia, Poitou, Anjou, Borgoña, Moriana, Provenza, Génova, Pisa, Gascuña, Aragón y su Navarra natal.

Por el occidente de los ismaelitas no faltan: Al-Andalus, Algarve, Argelia, Tunicia, Libia, Arabia. Y por otra parte: India, Zawila, Al-Habash o Abisinia, Al-Yemen, Shinar, Al-Sham o Siria, y Javán o tierra de los griegos y Al-Turk.

La mercadería es gozo para los sentidos. Benjamín siente el placer de dejar por escrito los nombres, que es como si recreara su sabor, su textura, su memoria de todas las cosas: bálsamos, perfumes, ungüentos, mirra, áloe, incienso, especias, pedrería, oro, perlas, jade, telas suntuosas, esmaltes, marfiles. Y para de contar, que le llevaría páginas y páginas de escribir.

"La ciudad es bulliciosa por el comercio y cada nación tiene su propia alhóndiga," son palabras de Benjamín en su *Libro*. Y muchas más podría agregar, que tal vez lo haga en un libro posterior.

Donde se detiene un buen rato es a la orilla del mar, ante un sepulcro de mármol en el que está grabada toda clase de fiera y ave en modo de escritura antigua que nadie sabe descifrar. (Pero que habrá de ser descifrada seiscientos años después, por un oficial francés bajo las órdenes de un iluso estratega que creyó que el mundo puede pertenecer a un solo dueño. Y fue más y para siempre, lo que hizo el oficial que el iluso estratega.)

Todo está en escritura de los tiempos antiguos y nadie conoce su escritura. Dicen que se supone que era un rey de los tiempos antiguos, anterior al diluvio. El sepulcro tiene quince palmadas de largo y seis de ancho.

(Sí, Benjamín es cuidadoso con todo dato: de haber vivido en nuestro tiempo, hubiera sido un arqueólogo o un egiptólogo o un sanscritista, o ¿un agente de turismo?)

Benjamín y Farawi pasean infatigables por las callejuelas. Les gusta recorrer los laberintos cercanos al puerto. Toparse con gente ruda. Oír gritos de mujeres que se ofrecen a los marineros. La otra cara del esplendor: la del rictus hiriente. Los bajos fondos que se exhiben, entre el olor depravado, el vómito y la inusitada perversión. Todo, tras el ritmo libre de las olas contra el muelle y la espuma inatrapable, la blancura de las velas y el sol del amanecer.

Lo que parecería que no existe uno al lado del otro y es ésa su razón de existir.

Donde el delito es ley y esto es lo que atrae a Benjamín. Descubrir dónde está la línea divisoria entre el hacer y el deshacer, entre la paciencia y la exasperación.

En qué momento se dobla la vara de medir y priva la desmedida.

Cuándo principio y fin no marcan una evolución.

La pérdida de la restricción, del límite, de la frontera.

El levísimo mecanismo invisible que ni siquiera indica la ruptura.

Tan difícil de comprender como la sutileza entre cuerdo y loco.

Sí, ésos son los paseos metafísicos de Benjamín y Farawi. Todo lo demás son olvidos sin sentido.

Luego, cuesta trabajo regresar a la realidad. Porque esos paseos laberínticos no son sino el escape de la realidad: el sueño: el deseo: la droga ingerida.

La realidad es el orden y es la falta de imaginación.

La realidad es imposible.

En los puertos, priva el gran sueño de los embelesados o adictos a la belesa.

Benjamín recuerda la historia de Gualterius ben Yamin. Siente, de nuevo, un gran dolor por su pérdida. Quisiera regresar en el tiempo a cuando aún vivía, en otro puerto, el de Marsella. Sólo queda su memoria. Gualterius ben Yamin dejó sus papeles, sus manuscritos, para morir frente a la puerta de la liberación, que no logró traspasar.

Así muchos marineros en este puerto de Alejandría.

Tal es el destino de los que se encierran en una nave, sin paisaje y con el engaño del mar.

Benjamín retoma su viajar. En dos jornadas llega a Damiat, que es Kaftor, a la orilla del mar. Allí encuentra una pequeña comunidad de unos doscientos judíos, ocupados en diversos menesteres, divididos entre el trabajo y el rezo, de tranquila vida.

Luego se dirige en una jornada a Simasín, pequeño lugar donde habitan como unos cien judíos.

De ahí parte a Sunbat, centro por excelencia del cultivo del lino, de los textiles y de la exportación a todas partes del mundo. Benjamín compra una buena cantidad para llevar a Europa.

Descansa y emplea cuatro jornadas para llegar a Aylam, que es Alim, territorio de los árabes que acampan en el desierto.

De nuevo, Benjamín siente la tentación de pisar el desierto y en dos jornadas más está en Refidim, donde sólo moran árabes.

Por fin, enfila hacia donde quería llegar todo este tiempo y aún no lo había logrado. Después de tantos años de rodeos se encuentra al pie del monte Sinaí. Subir es buscar las huellas del profeta Moisés. Es estar en la cuna de los orígenes. Es ver un paisaje que tantos ojos vieron y tantos más habrán de ver. Es sentir la calidad de la roca y la leve arena en los resquicios.

¿Oirá, acaso, Benjamín el tudelano el retumbar de una voz que pronunciaba por primera vez los diez preceptos fundadores?

¿Algún eco habrá sobrevivido?

¿Será ésta la razón de su peregrinaje: recoger una historia para que perdure?

¿Por qué le interesa dejar constancia?

No: no dejar constancia: hacer constancia.

Algún hilo suelto presiente Benjamín. Hilo suelto que debe anudar, como el hermoso tejido de lino que ha apartado para Alucena. Pero en eso es en lo que se debate: ¿por qué sabe que hay un hilo suelto y no sabe cómo anudarlo?

Si el final de su viaje se acerca, tal vez llegue a descubrirlo. Pero, también puede suceder que no llegue nunca a descubrirlo y eso sería el fin de las cosas.

Por ejemplo, en el monte Sinaí no hay el más leve rastro del paso del profeta de profetas. En la capilla del Monasterio de Santa Catalina, de los monjes llamados sirianos, se ha instituido el lugar de Moisés y hasta el de la zarza ardiente, pero ¿cómo creerlo?

El mismo monte, ¿será el monte?

No importa si el monte es el monte: basta que así se lo considere. Lo que importa es que el monte sea el monte de la revelación divina.

Un monte de difícil acceso, pero con oasis de agua de invierno. De dorada roca, de estrechos senderos, de cielo abierto sin nada más que cielo. Donde la temperatura desciende abruptamente en la noche y, a la misma velocidad, asciende con el primer rayo de sol de la mañana.

Al pie del monte hay una gran ciudad llamada Tur-Sinaí, según la lengua hablada por sus habitantes, que es el arameo.

Por varios días, Benjamín y Farawi deambulan por los parajes. Mientras más viaja Benjamín más se entretiene en los lugares. Más se maravilla. Más piensa que nunca acabará de conocer la totalidad. Más quiere seguir adelante y nunca regresar.

Pero regresar, debe regresar.

Aún intenta otro paso. A una jornada de Tur-Sinaí está el mar Rojo, que es un brazo del Océano Índico y hacia allí se dirige, para bañarse en sus aguas y poder decir que su cuerpo ha conocido todas las aguas de todos los mares.

XL. EL FIN SE PRECIPITA

EN EL mar Rojo, Benjamín decide que es hora de regresar a Tudela. Permanece un tiempo, el suficiente, para despedirse de los lugares que no volverá a ver. Pero ya le invade la inquietud del regreso. Sabe que empezará a apurar jornadas y a acortar caminos.

Una especie de melancolía menor le invade. Más bien se trata de añoranza de lo conocido y deseo de descanso. Es como estar al fin de una etapa. Es el cansancio que cierra una obra construida, una labor terminada.

Si la melancolía es menor y no avanza es porque acarrea una esperanza de nueva labor. De regreso a su hogar. De sedimento. De balance. De "qué he hecho hasta ahora y qué haré después".

Una especie de pequeña muerte que ronda, de la cual puede venir un renacer. O también la gran muerte final.

Empieza una cuenta regresiva.

De regreso a Damiat se encuentra con una carta. Carta que ha viajado de país en país y de mano en mano, muy bien guardada en preciosa bolsa de cuero y lacrada. No domina el impulso de abrirla: tantos nombres imagina de quién pueda ser el remitente. En un instante uno tras otro desfilan por su memoria, para buscar con mano temblorosa el firmante. Lo encuentra: es de Alouette. De todos los nombres, no había pensado en ella. Más sorpresa aún guía su lectura.

Benjamín de Benjamines: Sí, no hace tanto que estuvimos juntos en el mismo lecho, en el mismo palacio de oro donde te dicté un decálogo a seguir. Como eres distraído y, a veces, no oyes lo que se te dice, tal vez no te has acordado de cumplirlo. ¿Estoy en lo cierto?

Como era un decálogo muy fácil de seguir, puede que sí lo estés cumpliendo, sin acordarte que yo te lo di.

La verdad es que ya estás casi al final.

He regresado a Narbona. Soy, ahora, la heredera de mi abuelo, Benois *el Viejo*, la heredera de su arte alquímica. La copa del uróboro que se te aparece y desaparece, está en mi posesión. Con ella lograré que regreses a mi lado.

Es importante que lo hagas. Puede ser que tu viaje termine conmigo. Lo que tenemos que resolver es qué hacemos con Alucena y Daniel. Ah, y con Farawi. Tal vez, vivamos todos juntos, felices y comiendo perdices.

Si no quieres perder la vida, no se te olvide venir a verme. Así que acorta tu viaje. Apresura el desenlace. Es el momento de poner punto final.

No te pierdas más por los caminos. Regresa ya. Yo sé lo que te digo. Es un llamado urgente, pero necesario.

Encontrarás la paz.

La paz.

Benjamín lee y relee la carta, la dobla y la vuelve a guardar en la bolsa de cuero. Sí, él quiere regresar. La carta no hace sino subrayarlo. En unos meses más, terminará su viaje.

Por lo pronto, hace balance de sus mercaderías. Revisa y pone en orden los manuscritos. Le pide a Farawi que disuelva la reducida compañía y que guarde lugar para el próximo barco que viaje a Mesina.

Una cierta alegría le invade. Ahora es el ritmo del retorno lo que le acucia. La pequeña melancolía se borra. Devorar etapas es lo que quisiera. Es lo que hará.

Disfruta la travesía marítima, desmenuzando hasta el mínimo detalle. De nuevo, regresa a él la sensación de certeza de lo que se hace por última vez. Pasea por la cubierta del barco observando cada detalle de su forma, de su construcción. Le atrae el quehacer organizado de los marineros, su manera de funcionar en dependencia uno de otro. Cada tarea, cada paso dado, cada movimiento son precisos y calculados. Nadie puede disminuir el ritmo de trabajo. Nadie puede menospreciar una labor: hasta la ínfima es importante. Cada uno se siente el dueño del destino de la nave y sabe que si fallara, todo se iría a pique.

Por eso, hay cierto orgullo en la labor bien cumplida, en el uso extremo de la fuerza, en la posposición del cansancio, en el olvido de sí mismo. Por eso, cuando llegan a tierra, desatan el nudo apretado de sus pasiones y beben y comen y fornican brutalmente.

Las labores del barco curten sus pieles, pero también curten sus corazones y las palabras son parcas y hasta dolientes. Crean un vocabulario explosivo, unas órdenes concretas, un código severo.

No hay perdón: sólo implacabilidad.

Y, sin embargo, hay cierto amor que flota en el aire y en la tormenta. Tal vez, recogido, para el arribo al puerto.

Veinte días dura la travesía hasta Mesina, en el comienzo de Sicilia, ahí donde desemboca el brazo Lipar, que es la división con Calabria.

Benjamín aprovecha para poner en movimiento su cuerpo y volver a las caminatas. Es bello el país y se deleita en los huertos y en los vergeles. La comunidad judía es de unos doscientos miembros. Habla con los principales y es invitado a sus casas. Llega para la fiesta de Sucot y se solaza en el frescor de los árboles frutales.

Algunos de los judíos se preparan para partir a Jerusalén y arreglan sus viajes junto con los peregrinos cristianos que quieren participar en las cruzadas. Los judíos van guiados por otros motivos: que el hijo lleve a cabo su compromiso del *bar-mitzvá* en lo que queda del Muro de los Lamentos; que unos novios se casen bajo una *jupá* de Tierra Santa; que un anciano a punto de morir lo haga en su lugar de origen.

Con ellos habla Benjamín y a ellos les cuenta qué significa estar en la tierra propia. El círculo de escuchas se agranda y cada atardecer se sientan en círculo a su alrededor, mientras él narra sus aventuras.

Sarai, la hija del anciano Yosef que prepara su último viaje, es quien más atenta le escucha. Una noche, después de llevar a dormir a su padre, regresa al lado de Benjamín.

—Nunca había oído a alguien hablar como tú. Seduces con la palabra. Hay magia en tu describir. Si esos lugares son como los describes, yo, que no quería viajar, lo haré ahora con gusto. Dime, ¿son así de verdad o son las palabras las que encantan?

—Las palabras encantan: esto lo saben muy bien los cabalistas: pero los lugares son lugares encantados y, por eso, las palabras encantan.

—¿Quieres decir que las palabras hacen posibles los lugares? O, ¿los lugares las palabras?

—A fin de cuentas, no importa. A estas alturas, creo que voz y vida es lo mismo. Sin voz (voz que es palabra) no hay palabra ni vida.

—¿Sería como el amor?

—¿Acaso sabes de amor?

—Porque soy hija única y doncella, ¿crees que ignoro el amor?

—No, ya no cometo esos errores.

—Dime, ¿tu vida amorosa ha sido tan larga como tu viaje?

—Sí.

—Y, ¿no crees que la mía, en esta isla, lo ha sido tan grande como la isla?

—Sí.

—Entonces, nada te impide que nos amemos esta noche, para que tu vida y la mía sean una sola.

—¿No te guardas para nadie?

—Ahora sé para quién me guardaba.

Esa noche, Benjamín y Sarai cabalgaron viaje de amor sin bridas ni espuelas, distancias ni fronteras. Benjamín no se explica de dónde viene esa fuerza irresistible que es el imán de la cópula. Ese ansia, olvido, imposibilidad de separación. Jadeos, pieles, perfecto acoplamiento. Por todas partes la inundación de palabras de amor. Semen derramado y copa de sagrada recepción.

—De las mujeres que he amado tú eres la única que no empieza su nombre por A: Alucena, Alouette, Agdala.

—Porque a las otras no les preguntaste su nombre.

—Las de A, que es *álef*, viven en mundos aparte. De las otras no sé.

—Las otras son como yo: no viven en mundos aparte: viven en la presencia de éste. Haces con ellas lo que quieres: pueden ser olvidadas.

—No. No olvido.

—Claro, para eso tienes tus manuscritos. ¿Escribes de ellas?

—No. Pero alguien lo hará.

—La última de tus amantes.

—La última: que no sé quién será.

—Puede ser de este tiempo o podrá ser de otros tiempos que no imaginas.

—¿Un amor pospuesto por el tiempo? ¿Un amor en el que no esté presente?

—Podrías estar presente de otra manera: inventada: deseada: escogida.

—¿Alguien que escriba sobre mí y que me ame?

—Sí: después de mil años.

—¿Esperar tanto para amar?

—Sí, pero valdrá la pena.

—¿Cómo, si no estaré?

—Estarás.

—¿Podré, entonces, conocer el amor? ¿El verdadero?

—Sí, el verdadero amor: el diferido.

—Por lo tanto, el eterno.

—El escrito. Empiezas a comprender.

Sarai nada le pide a Benjamín: sabe que su papel es darle inagotable papel para escribir. Papel que es su cuerpo: de infinitas células aún no descritas.

Benjamín comete un error: quiere regalarle una de las telas maravillosas que son parte de su mercadería. Sarai nada acepta: su tela y su maravilla es otra: tela invisible de dónde cortar.

Benjamín promete que regresará. Sarai le coloca un dedo en la boca para silenciarla y le dice que eso no ocurrirá, que no está escrito en parte alguna. Que el fin se acerca.

Sigue viaje, Benjamín. Llega a la ciudad de Palermo en dos jornadas. Enlaza paisajes, jardines, huertos, palacios. Nunca pierde la capacidad de sorprenderse. Ahora ve con ojos frescos: los que le ha lavado Sarai.

Admira el palacio del rey Guillermo II *el Bueno:* los altos muros: las hiedras en los resquicios y el perfume de la hierbabuena. Por doquier hay manantiales, arroyos, agua que cae de torrentes que permiten la multiplicación de huertas y vergeles.

Crecen el trigo y la cebada, las vides, las rosas, las flores de azahar, el culantro, la alcaravea y el romero. Si se arranca con la mano una hoja de naranjo, se frota y se aspira su olor, nada hay comparable a ese placer. ¿Nada? Nada. En ese momento, nada.

Es la *ciudad-jardín,* de frutos de todo árbol: perales, albaricoques, higueras: perfume mezclado que envuelve las calles. Con sólo alargar la mano, nada ni nadie impide —porque los ciudadanos son generosos— cortar una fruta, llevarla a la boca y saborearla lentamente, ciudando de que el dulce líquido no escurra por las comisuras, de tan abundante como es. *Ciudad-placer-de-los-sentidos.*

Hay manantiales que cantan el agua y los peces: libélulas de azulado abdomen que apenas rozan el líquido espumoso. Todo tipo de jardín, de casa, de muralla, se alegran al sol, entre el zumbido de los insectos.

Allí, las embarcaciones están recubiertas de oro y plata y el rey navega con sus mujeres para sosegar su espíritu: río abajo, río arriba, brazos del mar, entre vergeles y palacios, recubiertos de piedras preciosas.

Uno de los grandes palacios está pavimentado de mármol y embaldosado de plata y oro con toda clase de dibujo imaginable que repite la abundancia de la naturaleza circundante. Algo así no se ha visto en otra parte.

Y, luego, el resto de la isla y cada una de sus espléndidas ciudades —Siracusa, Marsala, Catania, Petralia, Trápani—, posee en sí toda clase de exquisitices del mundo. Tierra privilegiada, si las hay. La comunidad judía está bien asentada y su número es de unos mil quinientos.

En Trápani, abunda la piedra de coral, que se trabaja en todo tipo de joya fina. Benjamín sopesa los corales en su mano y no resiste no comprar varios para engastar y, después, regalar. Aspira a desprenderse de sus posesiones.

De ahí hace un viaje de diez jornadas a Roma y luego, en cinco más llega a Luca.

El recuerdo de la carta de Alouette obliga a Benjamín a apresurar su viaje. De Alucena no ha tenido noticias y quisiera saber qué ha ocurrido con Agdala. Piensa en ella como si hubiera muerto, pero la certeza no la tiene.

Así que, de Luca, pasa al monte Giovani Moriana, que sólo él le ha dado ese nombre o que le ha sonado de ese modo. Atraviesa los desfiladeros de Italia y en dos jornadas llega a Verdún, que es el principio del país de Alemania, país de montes y colinas, bosques y lagos.

En Alemania visita las comunidades judías, asentadas sobre el río Rhin. El reino de *Ashkenaz* se extiende desde la ciudad de Colonia, que es la capital, hasta la ciudad de Regensburg y se puede recorrer en quince días. Las comunidades judías se encuentran en las ciudades de Metz, Tréveris, Coblenza, Andernach, Bonn, Colonia, Bingen, Münster, Worms, Strasburg, Würzburg, Mantern, Banberg, Freising y Regensburg. Ciudades en las que los judíos destacan por sus estudios y su sabiduría, por recibir a los huéspedes con grandes banquetes y por pedir, con palabras del Cantar de los Cantares, que llegue el "tiempo del ruiseñor y la voz de la tórtola."

De allí en adelante, comienza otro país, que es Bohemia y su capital Praga. Luego viene el país de Esclavonia, que es el de las gentes de Rusia: un gran reino que se extiende desde las puertas de Praga hasta las puertas de Kiev. Le cuentan a Benjamín de Tudela que en ese país nadie sale de sus casas en el invierno porque el frío es tal que se puede caer la punta de la nariz, como le ha ocurrido a algunos hombres.

En el gran reino ruso hay grandes montes y espesos bosques, famosos por los armiños grises y la marta cebellina, cuyas pieles se utilizan en la confección de prendas para quienes padecen tan crudos inviernos.

Pero Benjamín no se aventura por esas tierras. Toma el camino de Francia, desde Auxerre hasta París, sobre el río Sena. Allí gobierna el rey Luis VII *el Joven.*

En la comunidad judía hay sabios y eruditos, dedicados al estudio de la Torá día y noche. Son cumplidores de las leyes y reciben con los brazos abiertos a todo viajero.

He aquí que termina bruscamente el viaje de Benjamín de Tudela y una mano ha escrito: "Terminado y completo".

LOS EPÍLOGOS

Según Alucena:

Ha llegado el momento de la despedida. Los hilos de la madeja ya no dan para más. He escrito bastante sobre este viaje. Benjamín se me escapa. No quiere regresar a Tudela. En París duda hacia dónde dirigirse ahora. Yo regresaré a Narbona, con Asael y con Daniel.

He decidido confesarle a Asael que soy Alucena, aunque esté vestida de hombre, y como ya me quiere, me querrá más y viviremos juntos.

Lo he hecho y él, a su vez, me ha confesado que sí es el Asael que estuvo a punto de morir, arrastrado por las aguas. Pero que su renacimiento le llevó a recorrer el mundo en busca de Benjamín y que, por eso, lo espera en Tudela.

Pero no, no debemos esperar a Benjamín, sino atajarle el camino e irnos a vivir a otra parte. Lo que todos queremos ahora es el anonimato.

Según Alouette:

Coincido con Alucena: Benjamín no debe regresar a Tudela. Hay que cumplir con el decálogo. La reunión es en Narbona. Mi casa es tan grande que todos cabremos en ella. Podremos hacer y deshacer parejas: Alucena y Benjamín: Farawi, Asael y yo. Farawi, Benjamín y Asael. Alucena y yo. Alucena y Farawi. Alucena y Asael. Benjamín y yo. Y, desde luego, Álef y Bet (porque Bet no es caballo, sino yegua).

Según Irit, la hija de Dacio:

Yo también me uniré algún día. El hijo de Benjamín no fue hijo, sino hija y lo llama por valles y montañas.

Según Sarai:

No, yo no me uno a la compañía. Debo llevar a mi padre a Jerusalén. Benjamín regresará a Mesina, si no se le cura la fiebre de viajar.

Según el Ángel de la Verdad:

Y a mí, ¿por qué me dejan aparte? Yo entro en esos círculos amorosos. Ángeles y humanos es muy buena combinación.

Según Asael:

Estoy de acuerdo con el Ángel de la Verdad.

Según Benjamín:

Ahora mismo parto para Narbona.

Según maese Pedro (desde el monasterio en Tierra Santa):

Y yo abandono el monasterio y me doy cita con la compañía en Narbona.

Según Farawi:

He amado toda mi vida a Benjamín de Tudela. Lo he cuidado. He sido su sombra. Pongo punto final a su libro:

LOS MANUSCRITOS NO EXISTEN

Mixcoac, 1993-1995

ÍNDICE

Este libro se terminó de imprimir en junio de
1998 en los talleres de Impresora y Encua-
dernadora Progreso, S. A. de C. V. (IEPSA),
Calz. de San Lorenzo, 224; 09830 México, D. F.
En su composición, parada en el Taller de Composición del FCE, se utilizaron tipos Bodoni
Book de 11:13, 10:12 y 9:11 puntos. La edición de 2 000 ejemplares, estuvo al cuidado de
Julio Gallardo Sánchez.